D1194928

LA CLAVE DE LAS LLAVES

Andreu Martín y Jaume Ribera

La clave
de las llaves

Umbriel

Argentina • Chile • Colombia • España
Estados Unidos • México • Uruguay • Venezuela

© 2005 *by* Andreu Martín y Jaume Ribera
© 2005 *by* Ediciones Urano, S. A.
  Aribau, 142, pral. – 08036 Barcelona
  www.umbrieleditores.com

ISBN: 84-95618-91-5
Depósito legal: B. 44.607 - 2005

Fotocomposición: Ediciones Urano, S. A.
Impreso por Romanyà Valls, S. A. – Verdaguer, 1 – 08760 Capellades (Barcelona)

Impreso en España - *Printed in Spain*

Supongo que los policías y detectives
Deben de estar protegidos por el arcángel san Miguel
O por san Jorge, pues su trabajo es de verdadero
Ángel de la guarda y de guerrero protector.

(SUSO DE TORO, Trece campanadas)

*Queremos manifestar nuestra gratitud a César Alías
y Joan Miquel Capell que nos aproximaron a investigaciones
forenses y de la Policía Científica, a Susana Prieto que nos habló
de la gente guapa madrileña, a Dani Nel·lo que nos descubrió
el maravilloso mundo del theremin, a Màrius Carol que nos
habló del rey, y a Carles Quílez que nos habló de futbol,
sin cuya colaboración esta novela no sería lo que es ni
nos gustaría tanto como nos gusta.*

UNO

1
....

Día 11, jueves

El trato que Biosca dispensaba a las personas que visitaban nuestra agencia obedecía a estereotipos muy elementales.

Una mujer joven, de metro setenta, noventa / sesenta y cinco / noventa, con diamantes en las orejas, el escote y las muñecas, y un abrigo de piel de nutria, era sin duda una clienta que merecía alfombras rojas y clavar la nariz en el suelo para recibirla. En cambio, una mujer más que cuarentona, de metro cincuenta, despeinada, con gafas de culo de vaso, bata de cuadros como de ir al cole, calcetines caídos y pantuflas de felpa, desde su punto de vista sólo podía ser una asistenta.

Como doña Maruja pertenecía a la segunda especie, cuando se la encontró en el rellano de la escalera, aquella mañana, Biosca le preguntó, frunciendo la nariz:

—Usted es la primera vez que viene, ¿verdad?

La mujer le respondió que sí y, entonces, Biosca abrió la puerta de la agencia, la hizo pasar y le indicó, imperioso:

—Pues en ese armario encontrará la escoba, el cubo y la fregona y todo lo que necesite. Empiece por los lavabos.

Solucionado el trámite, corrió a encerrarse en su despacho, precedido por el gigantesco Tonet, que iba abriendo puertas como si temiera que detrás de cada una de ellas pudiera esconderse un pirata malayo dispuesto a clavar un kris en la espalda de su amo y señor.

Doña Maruja, tan pequeñita, tímida, educada y obediente, no había contratado nunca a un detective y supuso que aquélla debía de ser una exigencia imprescindible para hacerlo. De esta manera, con la bayeta en una mano y el Ajax Pino en la otra, se incorporó a la atmósfera enloquecida de mi lugar de trabajo.

Poco después, cerca de ella Amelia y Beth saltaban de alegría, muy excitadas, agitando por encima de sus cabezas unas entradas para asistir a un pase de modelos de ropa interior masculina en la discoteca Sniff-Snuff del Poble Nou. Iban a exhibirse allí algunos de los mitos eróticos de la temporada: un cantante, un actor de cine, un futbolista, y se las veía ávidas de musculaturas sólidas. Se reían como niñas de quince años e intercambiaban comentarios bobos acerca de lo que harían o dejarían de hacer con aquellos pedazos de carne si se les ofreciera la oportunidad. En cualquier otro momento, aquel estado de exaltación sexual habría recibido algún comentario mordaz por parte de Octavio, pero aquel día nuestro compañero estaba enfurecido e iba de un lado para otro probándose disfraces de Papá Noel y protestando por las pifias de su equipo de fútbol preferido, que últimamente perdía todos los partidos.

—¡Gandules, que son unos gandules! ¡Salen al campo a pastar, no hacen otra cosa que pastar! —Y, para no parecer excesivamente negativo, mientras se probaba otra barba blanca, ofrecía un abanico de soluciones drásticas: obligar a los jugadores a salir al césped con cencerros colgados del cuello, para ver si así se avergonzaban y espabilaban, o, aún mejor, capar a dos de ellos en público para que los otros escarmentaran—: ¿Sabéis cuántos millones hemos invertido este año en jugadores nuevos?

—Uuuh, la tira —exclamó Amelia, con una frivolidad que hizo que Octavio se estremeciera—. Ese Garnett dicen que costó...

—¿Garnett? ¡A Garnett déjalo en paz! ¡Ése aún se salva! Es el único que toca pelota. Pero, ¿y los otros? ¿Sabéis cuánto cobra Modiano? ¿Tenéis idea de la renovación de contrato que le han hecho a Reig? ¿Qué os parece esta barba? ¿Me queda bien?

Fernando, en su mesa, asentía con la cabeza como si le diera la razón cuando, en realidad, estaba concentrado en la resolución de uno de sus solitarios de naipes. El único que le habría hecho caso, porque también era un loco del fútbol, Tonet, estaba encerrado en el despacho de Biosca, sentado en una silla con cantos reforzados de hierro, vigilando que nadie asesinara a nuestro jefe. Sin otra cosa que hacer mientras no se presentara el quimérico asesino, seguramente él también se amargaba pensando en la larga serie de derrotas humillantes de su equipo predilecto.

Ésta era la situación cuando entré en la Agencia Biosca y Asociados. Me había encontrado en el ascensor a nuestra asistenta habitual y llegábamos comentando la solicitud de un modesto aumento de sueldo que la señora le había hecho recientemente a Biosca. Los dos nos sorprendimos al ver que ya había una persona que, en medio de una nube de polvo, se esforzaba por trasladar los ácaros de un lado a otro del despacho.

—Oh, Dios mío —dijo la auténtica y genuina asistenta—. Ese loco ha contratado a una esquirol para ahorrarse unos céntimos de euro.

—¿Qué hace usted aquí? —Abordé a la intrusa, antes de que la otra la desafiara a un duelo a escobazos.

—He venido porque necesito un detective privado, como los de la tele —dijo la mujer, en andaluz de Bellvitge, comiéndose la mitad de las consonantes y clavando en nosotros su mirada transparente.

—¡Pero...!

—... Pero un señor me ha dicho que fuera sacando el polvo y, total, he pensado que no me costaba nada, mientras me atendían... Además, parecía de esa clase de gente que no le gusta que les lleven la contraria...

Nos quedamos mirándola con los ojos como cedés girando en la pletina del reproductor.

—Pero, mujer —reaccioné de la manera más solícita que pude articular—, deje esa escoba... Siéntese, siéntese... Olvídese de eso. Y dígame, dígame para qué necesita un detective privado.

La verdad es que doña Maruja no parecía lo que se dice de una gran solvencia pero, en aquella época, no teníamos demasiado trabajo. Era jueves, 11 de diciembre, y en estas fechas tan cercanas a la Navidad, a nadie le interesa averiguar indiscreciones de los mañanas. Llegados a ese momento del año, tanto quienes sospechan de la fidelidad de sus cónyuges, como quienes lo hacen de sus empleados, aplazan hasta enero las investigaciones pertinentes, no fuera caso que descubrieran alguno que los pusiera de mala leche y les amargara las fiestas. Y son precisamente ese tipo de casos los que conforman el grueso de nuestro trabajo. La única investigación que teníamos entre manos era la de unos robos sistemáticos en unos grandes almacenes del centro, pero de éste ya se encargaban Beth y Octavio, que había tenido la brillante idea de vestirse de Papá Noel para buscar a los ladrones pasando desapercibido entre la clientela.

Con un gesto discreto, conseguí que el personal que nos rodeaba apartara la vista de nosotros y se dedicara a su tarea habitual. Amelia se fue a la recepción a leer revistas, Octavio regresó al baño para probarse la enésima barba blanca, Beth continuó dando golpecitos con el dedo sobre el cristal del reloj para indicarle que se les hacía tarde, y Fernando siguió concentrado en su solitario. Movía los labios en una inaudible discusión consigo mismo. ¿Debía poner el rey sobre la carta tapada o tal vez era más conveniente descubrir cuál era esa carta? Si la descubría y resultaba ser otro rey, la cosa podía ser dramática pero si optaba por ponerle encima el rey y era un as, la catástrofe estaba asegurada. ¿Qué hacer? Se mordía las uñas, angustiado.

—Quisiera... —dijo la señora pequeñita, despeinada y disfrazada por las gafas de culo de vaso— quisiera hablar con el que más mande.

Yo no tenía pinta de ser el que más mandaba. Aquel día no me había puesto corbata y mi chaqueta tenía coderas.

—Ahora está muy ocupado. Pero, mientras se desocupa, ¿podría decirme qué clase de problema tiene?

Porque a Biosca no hay que molestarlo con según qué problemas. Y porque, con frecuencia, los clientes huyen despavoridos cuando conocen a Biosca.

—Han asesinado a mi hija —dijo la mujer, parpadeando, como quien dice «yo, a veces, juego a la petanca».

—Oh —hice.

Fernando levantó los ojos del solitario, Beth y Octavio se quedaron petrificados y mudos y Amelia asomó la cabeza, todos con los ojos desorbitados y fijos en nosotros como focos de campo de prisioneros. Casi se podían escuchar las sirenas de alarma. «¿Un asesinato?»

—No crea: tengo dinero... —añadió ella. Rebuscó en un bolso negro y sucio que tenía en las manos y sacó de él un paquete de billetes de cien euros. Una especie de ladrillo de papel sujeto con una goma elástica—. Tengo dinero, ¿ve? Para pagar.

Biosca, que tiene la prodigiosa capacidad de oler el dinero a través de puertas cerradas, salió de su despacho con los brazos abiertos y la sonrisa más diabólica de su colección, desparramando a su alrededor un penetrante olor de colonia viril y afrodisíaca.

—¡Querida señora! Ha pasado usted la prueba de la obediencia, la austeridad y resistencia, que es la más difícil de superar para convertirse en cliente nuestro. Me complacerá sobremanera que me cuente usted las circunstancias del asesinato de su hija. ¡Adelante, adelante!

Prácticamente la levantó en brazos, como hacen los novios con las novias para introducirlas en sus noches de bodas, y la metió en su sanctasanctórum. A mí me endiñó una ojeada por encima del hombro y dijo, secamente:

—¡Venga usted también, Esquius! ¡Le necesitamos!

Les seguí.

2

Doña Maruja entró en el despacho de Biosca sin despegar los pies del suelo, avanzando milímetro a milímetro, contemplando apabullada en contrapicado aquella multitud de pantallas de televisión que llenaban la estancia con una iluminación de centelleos multicolores. TV-1, La 2, TV-3, Antena 3, Tele 5, CANAL +, CNN, Foxnews, imágenes en blanco y negro de la calle y del aparcamiento subterráneo y de la escalera y, por si fuera poco, aquel saco de ladrillos olvidado en un rincón que, si te fijabas bien, no dejaba de mirarte de reojo, estuvieras donde estuvieses. Tonet.

Biosca, con sonrisa de neón y ojos de hipnotizador demente, nos esperaba con un muslo sobre el escritorio de anticuario y las manos reposando delicadamente sobre el sexo.

—Querida señora, no me diga nada, puedo ver perfectamente a la hermosa dama que era antes de que le sucediera la espantosa desgracia, y atisbo la metamorfosis cruel provocada por el desconsuelo. Unos ojos de gacela devastados por la miopía, el cuerpo doblado por el peso aplastante que la abruma, el maquillaje descascarillándose debido a las muecas del llanto, y el buen gusto y la elegancia exquisitos que la caracterizaban arrinconados y sustituidos por la vulgaridad abominable propia de las almas en pena. Una madre nunca podrá superar el descalabro que representa la muerte de una hija. Pero, si podemos hacer algo por aliviar su dolor, como por ejemplo encontrar al asesino de la muchacha, siempre que disponga de unos cuantos euros para pagar los gastos, nosotros lo haremos con mucho gusto...

—No, no —decía la mujer desde hacía rato—. No, no. —Y, por fin—: No *cal* que encuentren al asesino de la nena. —Se expresaba recurriendo a expresiones catalanas. Seguramente conjugaba con soltura los verbos *plegar* y *enchegar*.

—¿Ah, no?

—No, porque ya sé quién es —dijo doña Maruja con aquellos ojos de mirada incolora, inodora e insípida.

—¿Sí? —hizo Biosca, sin disimular la decepción. Y, a continuación, cabeceando comprensivo, dispuesto a escuchar cualquier disparate que pudiera decir la buena mujer, siempre y cuando fuese a cambio de dinero, la invitó a que continuase hablando.

—Sí. Mire usted... Si me permite que se lo cuente...

—Claro, claro, buena mujer, cuénteme todo lo que quiera.

—Mi niña era puta, ¿no que sí? —Detrás de los cristales de mil dioptrías, los ojitos de la buena mujer miraban fijamente con inocencia prodigiosa. Dijo «Mi nena era puta» con la naturalidad virginal del niño que le pregunta a su madre si le quiere. Biosca soltó un «Aaah, caray» que daba un elevado valor a aquella afirmación. Y continuó la mujer—: Trabajaba para la señora Leidi Sophie, una mujer muy seria, que tiene una empresa de lujo. Porque la niña era mu hermosa, ¿no que sí? Miren ustés...

Nos mostró una fotografía salida de las profundidades de aquel bolso oscuro y deshilachado. La niña era demasiado niña para dedicarse a la prostitución, y aún más joven para haber muerto. El cuerpo espectacular, la postura, el biquini y el decorado hacían que aquella instantánea pareciera una vieja postal de estrellas de un Hollywood de color pastel, lejano y ficticio. El rostro era sincero y miraba directamente al objetivo, con la misma naturalidad sin artificios como su madre nos estaba mirando a nosotros. Tenía el cabello y los ojos claros y una sonrisa infantil de niña buena dispuesta a servir a Dios y a usted.

—Se llamaba María —dijo la señora, después de tragarse un suspiro imperceptible—. María Borromeo. María como yo y Borromeo como el hijoputa de su padre.

—Ah —volvió a decir Biosca—. Era mona.

—El jueves pasado, o sea, hace una semana, el jueves, 4, por la tarde, la señora Leidi Sophie la llamó, que tenía que hacer un servicio. Las cosas van así: de vez en cuando, la llama y le dice «Mira, Mary, que hay clientes». Una cosa de lujo, le dijo aquel día: que se pusiera bien elegante, con su mejor vestido, y aquellos zapatitos de tacones de a palmo, de aguja que le dicen, que le sacaban más el culito, y ropa interior bien sexy, y portaligas y todo, que la nena tenía un vestuario que parecía una actriz de cine... El cliente tenía que recogerla delante de El Corte Inglés y la llevaría a una fiesta de alta sociedad con mucha gente.

—¿Cuál de los establecimientos de El Corte Inglés? —la interrumpí.

—No sé, sólo me dijo eso, «El Corte Inglés», y que la llevarían a una fiesta. A la nena le gustaban las fiestas con mucha gente, porque eran más animadas, y se relacionaba. Mucho mejor que encontrarse con un señor aburrido, que siempre es lo mismo. Se fue con el coche y la despedí desdel balcón, «No tardes, no hagas locuras, llámame por teléfono si te vas a retrasar...», en fin, si son padres ya sabrán lo que es eso...

—Muy bien, muy bien —Biosca le metía prisa al mismo tiempo que se provocaba un bostezo muy elocuente.

—Bueno, pues —dijo precipitadamente la pobre mujer—. Bueno, pues, sí, perdone, bueno, pues... —Recuperó el tono de narradora de cuentos infantiles para continuar—: El caso es que la mataron. Al día siguiente, viernes, me llama la policía y me dice que la han encontrado, allí, cerca de los chiringuitos de Las Planas, pobrecita, muerta...

Le temblaban los labios, le costaba mantener aquella actitud estoica aprendida después de muchas pruebas crueles como aquélla. Biosca hizo un gesto de impaciencia. Yo agarré la mano arrugada, huesuda y callosa y ella me lo agradeció con una mueca simpática y dolorida. Tragó saliva, tomó aire y continuó haciendo un esfuerzo de voluntad:

—Tuve que ir a identificar a la niña en el depósito... —Una nueva pausa. Hacía esfuerzos por normalizar la respiración, por dominar los suspiros y los sollozos. Se los tragó como si fueran una medicina y el sufrimiento que la desgarraba sólo se notó en un leve movimiento de nalgas como si la silla que ocupaba le resultase un poco incómoda. Miraba mis manos, que daban a las suyas el calor que me habría gustado proporcionarle con un abrazo—. Estaba muy mona, la verdad, aunque esté feo que yo lo diga.

Una nueva pausa. Biosca y yo nos miramos. La mujer tomó impulso y reemprendió el relato:

—El lunes, claro, como comprenderán, fui a ver a Leidi Sophie. Porque se me ocurrió que a lo mejor tenía asegurada a la nena, o que yo tenía derecho a alguna compensación económica porque, al fin y al cabo, murió en plena faena. Una especie de accidente laboral, ¿no que sí? Que no es para mí, no... Es para la nena, mi nieta, de cinco años, que ahora de repente se ha quedado sin madre... Y sin padre, claro, de padre ya no tenía por definición, claro. Míriam, se llama...

Otra foto. Una niña sonriente que nos contemplaba con una mirada transparente idéntica a la de su abuela.

—Que dice que Míriam es como María pero en español... —Nadie la sacó de su error—. O sea que, en realidad, se llama María, como yo. Bueno, igual que mi hija, pobrica, que también se llamaba como yo. Sólo que a mi hija la llamábamos la Mary, y a mi nieta la llamamos la Míriam. A mí siempre me han llamado la Maruja.

—Muy bien, señora —la cortó Biosca—. María, Mary, Maruja, Míriam, Mireya, Mariona y Marieta, una imaginación desbordante, en su familia, sí, señora, preparándose para el Alzheimer, cuantas menos cosas tengamos que aprender, más tarde nos pillará, ya la entiendo. Lo que todavía no entiendo es qué quiere exactamente de nosotros.

—Pues eso, pues eso... —Se aturrullaba la señora, abrumada por la grosería de mi jefe—. Una compensación, una pensión, para que a mi nieta no le falte de nada, porque no hay derecho lo que le ha pasado. Porque se la pedí a Leidi Sophie y me dijo, tuvo el coraje de decirme, que no sabía quién había contratado a la Mary. —Ahora, se excitaba, hablaba más de prisa—: Que ella no le había dicho nada, que la Mary había hecho un servicio por su cuenta. Digo «¿Pero qué dice? ¡Si usted la llamó, que yo estaba allí...!». Dice: «No, pero más tarde la Mary me llamó y me dijo que se encontraba mal y que lo había pensado mejor, y seguramente actuó por su cuenta, hizo el servicio y se embolsó el dinero...» Pero yo sabía que era mentira. Porque, a Mary, el que la mató no le quitó el bolso y, dentro, encontramos ochenta euros y dos tarjetas de crédito, o sea que no la mataron para robarla, ¿no que sí? Lo que no tenía eran los trescientos euros que la nena cobraba por servicio. Porque las chicas que trabajan para Leidi Sophie cobran en metálico y después liquidan con ella. Mary, según dice la policía, folló pero no cobró. O sea, que la estafaron. Porque, mire usted, si una es puta y folla pues ha de cobrar, ¿no que sí? De manera que yo sabía que aquello que me decía Leidi era mentira, y le dije: «Mire, señora Leidi, eso es mentira...»

—¿Y ella qué le contestó? —intervino Biosca, con la paciencia a cero.

—¿Sabe qué hizo Leidi Sophie? —Aquella mujer tenía un cierto sentido dramático de la dosificación del argumento, aprendido, seguramente, a fuerza de ver culebrones suramericanos.

—No, no sé lo que hizo.

—¿No sabe lo que hizo?

—¡No, señora! ¡No sé lo que hizo!

—Pues me dio esto.

Y volvió a sacar el ladrillo de billetes de cien euros del bolso roñoso. Los ojos de Biosca chispearon como debieron de chispear los ojos de las pastorcillas de Fátima al ver que se les aparecía la Virgen. Nuestro jefe estaba teniendo una experiencia mística.

—Cincuenta mil euros.

—¡Cincuenta mil euros! —Biosca, como un eco.

—¿Se los dio inmediatamente? —pregunté yo.

—Inmediatamente.

—¿No tuvo que bajar al banco, o le firmó un talón...?

—No, no. Los tenía allí, en un cajón, expresamente para dármelos en cuanto fuese a reclamar.

Hice una pausa para tragar un poco de saliva. Biosca continuaba con la vista fija en los billetes y con sonrisa extática en los labios y en los ojos.

—Bueno, pues consiguió lo que quería, ¿no? —dije, porque todavía no acababa de comprender nuestra función en aquel drama—. Una compensación económica.

Me miró de manera insultante.

—¿Con eso cree que yo puedo pagar la carrera de Míriam? —Se corrigió, para evitar malentendidos—: ... ¡la carrera universitaria, quiero decir! ¿Tiene usted hijas? —Sí que tengo una, Mónica, pero no afirmé ni negué—. ¿Y con cincuenta mil euros se daría por satisfecho? Piense que la nena hizo estudios hasta primero de universidad, ¿eh?, que quería ser pedagoga, y había hecho cursillos de modelo, estaba apuntada en algunas agencias de actores y de *topmodels*, y había hecho unos cuantos *castings* para ser estrella de cine... Cincuenta mil euros no son ni cuatro años de la vida de la María, si cuenta a dos polvos por día y el cincuenta por ciento de los trescientos euros que le tocaban por sesión. No, no, yo callaré, porque tengo que callar, porque es de ley que calle, pero me parece que Míriam se merece mucho más que eso por el mal que nos han hecho. Yo, en todo caso, utilizaré estos dineros como inversión para conseguir lo que realmente me corresponde por derecho...

—¿Qué quiere decir...? —me interpuse entre las manos codiciosas de Biosca y el dinero que exhibía doña Maruja—. Un momento, un momento. ¿Dice que callará...? ¿Que sabe quién mató a su hija pero que está dispuesta a callar...?

—Tengo que callar igual. Con dinero o sin dinero.

—De acuerdo. Pero a mí... ¿Me diría quién mató a su hija?

—Bueno, supongo que ustedes tienen que saberlo... —Pero le costaba decirlo.

—¿Quién fue?

Me miró. Y miró a Biosca. En contrapicado, encogida en aquella silla que parecía inhumanamente pequeña.

—El rey —dijo, al fin.

—¿El qué? —pregunté instintivamente.

—El rey.

—¿El rey? —hizo eco Biosca.

—Sí, sí, el rey, el rey.

—¿Pero qué rey?

—¿Cómo que qué rey? ¿Cuántos reyes tenemos? ¡El rey de España!

Con aquella mirada transparente y sin artificios.

3

De no ser por los cincuenta mil euros que la mujer estrujaba entre sus dedos supongo que Biosca y yo habríamos variado el tono y la expresión y habríamos comunicado a la buena mujer que, de momento, teníamos mucho trabajo y no podríamos dedicarnos a su caso hasta dentro de unos días, que ya la llamaríamos y, sobre todo, que no se le ocurriera llamarnos si le parecía que nos retrasábamos un poco. Aquello era tan estrafalario que incluso Tonet había alzado un poco una ceja.

Pero aquel ladrillo de papel verde nos paralizaba. A Biosca, simplemente porque tenía la intención de apropiárselo. A mí, porque me hacía pensar que nadie regala una morterada como aquella por una tontería.

—¿Y ya se lo ha dicho a la policía? —pregunté.

—¿Cómo quiere que se lo diga a la policía? ¡Me meterían en la cárcel! ¡Estoy hablando del rey de España!

—¿Y cómo...? ¿Por qué...? ¿Qué le hace pensar...?

—¿Ah, no se lo he dicho? La nena me llamó, por la noche, cuando ya me estaba metiendo en la cama. Debía de hacer tres o cuatro horas que se había ido, y en éstas que suena el teléfono y era la Mary que me llamaba. Y estaba tan contenta, hija de mi corazón, con una ilusión... Hablaba en voz baja porque estaba en un lugar cerrado y debía de haber gente por allí, que se oía ruido de conversaciones y música, pero si hubiera podido habría gritado como una loca. Estaba tan plena de vida. Dice: «Mamá, que estoy con el rey». Le digo «¿Con el rey?», como ustedes hace un momento. Y ella «¡Que te lo juro, que es emocionante a tope, que yo cuando lo he visto tampoco me lo creía, un lujo que no te puedes ni imaginar. ¡El rey en persona, te lo prometo, mamá! ¡Ya te lo contaré!» Y colgó. Fue la última vez que hablé con ella.

Biosca y yo estábamos un poco pasmados.

—No, no —continuó ella—. A la policía, ni palabra. He hablado con ellos un par o tres de veces. Porque se ve que este señor ha mayado a más de una, de puta, ¿saben? ¿No lo han leído? —Buscaba en las profundidades de su bolso de color cachumbo —. Una que mató cerca del parque de los animales. Y la policía vino a verme para preguntarme si yo conocía a aquella tal Leonor, si era amiga de mi hija, si había alguna relación entre ellas... Una puta que hacía la calle, que hacía esquinas, una mujer negra, una arrastrada. Yo digo: «¿Mi hija? ¿Qué quiere que tenga que ver mi hija con una de esas mujerzuelas?» No sé si me entienden. Yo me los miraba y pensaba «¿Estos tíos sabrán o no sabrán quién es el asesino fetén?» ¿No lo han leído? —repitió mientras nos ofrecía cinco recortes de prensa.

Una noticia se repetía en el formato de tres periódicos diferentes con fecha de 6 de diciembre, cinco días antes. La recordé en seguida: «Celebraban un despedida de soltero y encontraron un cadáver». «Prostituta asesinada. La segunda en dos días. La encontró un grupo que celebraba una despedida de soltera.» «El asesino del cigarrillo golpea de nuevo.» Aparte de los titulares que hablaban del autocar que transportaba a cincuenta señoritas borrachas y eufóricas, las otras noticias eran pequeñas, apenas billetes de quinientos caracteres. «Mujer muerta en Les Planes.» «Ajuste de cuentas.» Cosas así, sin fotos ni nada.

—... La policía me dijo que la otra puta se llamaba Leonor —dijo la señora, con vocecita tímida, para reclamar nuestra atención—. Leonor García, y era negra.

—Pues muy bien, señora —dijo Biosca con voz de tenor—. Nosotros hablaremos con las instituciones, la administración, las altas esferas, pondremos las cartas sobre la mesa, sobre todo la del rey de oros, y veremos qué se puede hacer por usted. No le garantizo nada, pero puede estar segura de que todos nuestros esfuerzos, nuestra probada competencia profesional y los últimos progresos de la tecnología estarán a su servicio hasta que se acabe la pasta, se lo garantizo. Nos encargaremos de que su nieta Mary...

—Míriam. La nieta es Míriam y la hija Mary.

—Me la sopla. —Cuando una persona no caía bien a Biosca y, además, le interrumpía para corregirlo, mi jefe experimentaba la necesidad imperiosa de hacérselo saber.

—Y yo, Maruja —remató la mujer, impávida.

—Nos encargaremos de que la nena tenga una beca para ir a la universidad el día de mañana.

Ya estaba detrás del escritorio buscando un impreso de contrato para rellenarlo con cuatro garabatos.

La mujer me ofrecía una tarjeta.

—Yo no quiero meterme donde no me llaman —decía—, ustedes sabrán cómo hacer su trabajo, pero les aconsejo que vayan a ver a la señora Leidi Sophie, que a lo mejor ella les dirá de dónde han salido estos dineros y de dónde pueden salir más.

La tarjeta era de color verde fosforescente y sólo rezaba Lady Sophie y un número de teléfono. Seguro que se podía leer en la oscuridad. La metí en el bolsillo, junto con la fotografía de Mary.

Cuando doña Maruja salía del despacho, se le cayó encima un Papá Noel. Era Octavio que trataba de contarle a Fernando que no le escuchaba cómo había marcado el único gol de domingo Danny Garnett. «Vió venir la pelota así, él corría de espaldas, mirando al cielo, así, y de repente se tira al suelo y, ¡badabum! De chilena y de talón, ¡tío! A eso se le llama el gol del escorpión, tío, el tercero que marca así en su carrera, ¡por eso le llaman Escorpión Garnett! ¡Qué jugada! ¡Qué golazo! Lástima que el otro equipo nos metiera cuatro, por culpa de los inútiles del resto del equipo.» La pobre mujer fue a dar contra una de las mesas, que por poco tira el ordenador al suelo. Después de comprobar que la clienta no se había roto la cabeza del fémur o algo así, Biosca me arrastró al interior de su despacho y cerró la puerta por dentro. A continuación, se marcó unos alegres pasos de baile, olisqueó el ladrillo de billetes como si desprendiera fragancia de vestal en celo, estampó un beso en la frente del impasible Tonet y estalló en una carcajada contundente como una ráfaga de ametralladora.

—¡El rey, el rey! —gritaba, como si aquello fuera el final del chiste más ingenioso del mundo—. ¡El rey, Esquius! —Se partía de risa—. ¿No se da cuenta? ¡Nos ha tocado la lotería! ¡Es el caso de nuestras vidas!

—Supongo que no se lo ha creído —protesté, un poco nervioso.

—¡Pues claro que me lo he creído! ¡Soy republicano de toda la vida y, por tanto, creo que los reyes son capaces de cualquier cosa! ¡Son capaces de todo!

—Por favor, es imposible —me resistí.

—¿Imposible? ¿No ha oído usted todo lo que se cuenta del rey...?

—¡Leyendas!

—¡Todos los reyes del mundo lo han hecho! Incluso los reyes de los cuentos, y Jaime I el Conquistador, y el de *Príncipe y Mendigo* y Alfonso XIII... Todos han salido un día u otro envueltos en una capa para mezclarse con el populacho, y...

—¡Por el amor de Dios, pero no para matar prostitutas!

—¿Ah, no? ¿Y Jack el Destripador, que dicen que pertenecía a la familia real británica? —Se le ocurrió una teoría sobre la marcha—: Mire qué le digo, esta ansia de matar prostitutas podría ser una cosa genética... Nuestra familia real y la inglesa, ¿están emparentadas? ¡Seguro que sí, amigo mío, los miembros de la realeza son endogámicos por definición! O sea, que quiero que investigue a fondo y que me traiga pruebas de la culpabilidad de ese personaje...

Yo me estaba poniendo muy nervioso.

—¿Y entonces qué piensa hacer? ¿Entregarlo a la policía?

—¡Claro que no! Cuando tenga las pruebas en la mano, pediré audiencia y le miraré a los ojos y le diré «Yo sé y usted sabe que yo sé» y, a partir de ese día, mi vida cambiará.

Con Biosca no se puede discutir, y menos cuando va lanzado en pleno ataque maníaco. Se mete en situación con demasiada facilidad. Ya se veía a sí mismo investido con un título de marqués, y sobornado con extensas propiedades, en las que jamás se pondría el sol.

—Seguro que la chica estaba hablando del Rey del Pollo Frito, o el Rey de los Sofás o el Rey de Bollullos del Condado, o de algún gángster al que llaman el Rey...

—¿Y eso le habría hecho tanta ilusión a una puta de trescientos euros? —replicó, sarcástico. Y el caso es que, en ese punto concreto, tenía razón—. Esa nena estaba acostumbrada a los clientes de pasta y a los lugares de lujo. Si llama a su madre pegando grititos de alegría es porque se encontró con lujo asiático, de verdad, y con un rey de verdad, no con un pelanas que instala tazas de váter y se hace llamar El Rey del Inodoro. ¡El rey por antonomasia, Esquius! —No supe qué decir—. ¿Y los cincuenta mil euros? Parece que se olvida de los cincuenta mil euros. ¡Son ocho millones de las antiguas pesetas. Y va la *madam* y le da a esa mujer ocho millones de golpe, ¡ocho millones que casualmente tenía allí encima! Por el amor de Dios, como dice usted, nadie tiene ocho millones en el cajón casualmente, aunque sea una *madam* de burdel de lujo. La mujer lo ha dicho bien: la estaban esperando, por si iba a reclamar, le tenían preparado el soborno para hacerla callar... ¡Cincuenta mil euros es mucho dinero, coño! ¿Por qué tendrían que dárselos si no era para encubrir a alguien muy importante, pero que muy importante? ¡Y mire usted la prensa! Si a la puta muerta no la hubiera encontrado un autocar lleno de mujeres borrachas en pelotas, nadie habría hablado para nada del tema. Pero es que, además, no han continuado hablando! ¿Usted ha visto alguna noticia de todo eso en el periódico de hoy? ¿Y en el de ayer? ¿Lo han sacado en el Telediario? ¿Qué se apuesta a que, cuando vaya a ver a la policía, nuestro querido comisario Palop le dirá que no están haciendo nada, que el juez tiene paralizado el caso y que es mejor que usted no se meta? ¿Qué se apuesta?

No acababa de creérmelo pero de momento carecía de argumentos para responderle. Supuse que, cuando investigara y llegase al fondo del asunto, podría demostrarle con datos y hechos en la mano que su teoría no era más que un disparate.

4

Dediqué el resto de la mañana a preparar y estudiar el caso. Hice fotocopias de la foto de Mary Borromeo, pedí a Amelia que buscara en la hemeroteca de la agencia las noticias de la última semana referidas al tema y yo entré en Internet.

Y, a pesar de que Amelia es buena documentalista, vaciadora de prensa y aficionada a las noticias luctuosas, y a pesar de que estamos suscritos a tres páginas web de información confidencial, encontramos muy poca cosa.

El viernes 5, sólo dos periódicos habían hablado del asesinato de Mary Borromeo, en notas lacónicas, para llenar espacio. «Mujer muerta en Les Planes» se limitaba a comunicar que se había encontrado el cadáver de una mujer en la antigua carretera de Vallvidrera a Les Planes, poco transitada desde que se construyeron los túneles de Vallvidrera, que la policía sospechaba de que se dedicaba a la prostitución, que tenía unos veinte años y sólo la identificaban con las siglas M.B.F. «Ajuste de cuentas» ya partía del supuesto de que M.B.F. ejercía la prostitución y que había sido asesinada por «algún miembro de la organización que la explotaba». El sábado, no encontré ninguna continuación ni ampliación de la noticia. Había caído una banda de kosovares que robaban pisos, un policía había matado a su mujer accidentalmente mientras limpiaba la pistola y se había hundido una casa de Ciudad Vieja con el resultado de trece inmigrantes magrebíes muertos y una enfermera austríaca había practicado la eutanasia con dieciséis ancianos, precisamente los que le daban más trabajo, pero de la pobre M.B.F. no decían nada.

Fue domingo cuando saltó la noticia del autocar de la pandilla que celebraba una despedida de soltera y que tropezó con el cuerpo de la segunda mujer asesinada. Eso fue en la madrugada del cinco al seis, por tanto demasiado tarde para que la noticia entrara en las ediciones del sábado. La noticia era lo bastante curiosa como para merecer cuatro columnas y titulares a juego en la página 36 del Periódico de Catalunya, por ejemplo, y un tratamiento similar en otros dos rotativos.

A pesar de su nombre pretencioso, el paseo de Circunvalación es una vía solitaria, entre las vías y almacenes de la Estación de Francia y los muros que encierran el parque zoológico, por donde no pasea nadie y que sólo sirve para aparcar coches sobre sus estrechas aceras. Las ocupantes del autocar, a las que imaginé tocadas con penes erectos a modo de antenas y cantando canciones marranas a grito pelado, debían de estar mirando por las ventanillas, ansiosas por llegar al bar donde algún atleta les enseñaría sus atributos gigantescos o cosa por el estilo, y entonces vieron a la mujer que yacía entre dos automóviles con un charco de sangre bajo la cabeza. Una de las chicas, que trabajaba en un juzgado, se hizo cargo de las primeras diligencias. Ella anunció que la mujer estaba muerta, y delimitó la escena del crimen impidiendo que nadie la pisara, y regañó a todo el que no se comportaba como a ella le parecía adecuado. La pobre víctima (de raza negra, que fue identificada por otras profesionales que ejercían la prostitución cerca de allí como Leonor García, inmigrante ilegal procedente de Guinea) había recibido una fuerte paliza. Tenía el rostro cubierto de golpes, sangraba por la nuca, le habían apagado un cigarrillo en la lengua y, de una manera algo incongruente, el redactor añadía que no habían encontrado sus zapatos por ninguna parte, como si ésa fuera una lesión más atribuible a la paliza.

El detalle del cigarrillo en la lengua recordaba al periodista otra prostituta asesinada que habían encontrado el día antes en la Colonia Sant Ponç, cerca de la carretera que va de Vallvidrera a Les Planes. También aquélla tenía un cigarrillo apagado en la boca. Cabía suponer que se trataba de Mary Borromeo, pero en aquella ocasión ni siquiera se mencionaban las siglas de su nombre.

Para acabar de llenar espacio, el redactor especulaba sin convicción alguna con la posibilidad de que se tratara de un ajuste de cuentas entre bandas de tráfico de prostitutas.

Curiosamente, aun cuando supuse que algunas de las despedidoras de soltera llevarían consigo cámaras fotográficas y debían de dispararlas, la noticia sólo iba ilustrada por una instantánea del autocar con fondo de la tapia del zoo.

Y nada más.

El lunes, la noticia ya había caducado. Los periódicos hablaban de dos casos de violencia doméstica, uno de ellos con resultado de muerte, y una reyerta sin víctimas entre clanes gitanos rivales, pero de las prostitutas asesinadas, ni una palabra. Ni el martes, ni el miércoles.

Llamé al comisario Palop. Un viejo amigo con quien frecuentemente intercambiamos favores.

—¿Qué sabéis de esos asesinatos de putas de la semana pasada? —le pregunté a bocajarro.

Me puso muy nervioso el silencio con que me respondió. Fue un silencio abismal, incluso parecía que se había apagado el rumor de fondo de la comisaría.

—Las de los cigarrillos en la boca.

—Sí, sí —replicó.

—¿Qué pasa?

Evidentemente, algo pasaba.

—Nada. Ya está controlado.

—¿Qué quiere decir que está controlado? ¿Ya habéis detenido al que lo hizo?

—Prácticamente. Lo estamos buscando.

—¿Qué te parece si paso por tu despacho y me lo cuentas mejor?

—No hay nada que contar —respondió, impaciente—. Mataron a dos tías y teníamos miedo de que continuaran matando más, pero parece que la cosa se ha parado. Nos olemos quién es, y lo estamos buscando. Y no queremos publicidad. Ni periodistas ni detectives privados, ¿sabes qué quiero decir? Por eso de la alarma social.

—A veces, el silencio provoca más alarma social.

—Eso depende de las circunstancias.

—Palop —me endurecí un poco—: ¿Puedo pasar por tu despacho para echar una ojeada a los papeles del caso?

Otro silencio de esos vertiginosos. Un suspiro. Y, por fin:

—Pasa.

Con un ápice de trascendencia. No fue un «pasa, ¿por qué no?», o un «haz lo que quieras», o una negativa, o una concesión a regañadientes. Casi me sonó a orden. «Pasa.» Quizá un «pasa y verás la que te espera».

—Y tomaremos un café, ¿eh?

Al colgar el teléfono, me quedé pensativo unos instantes, algo inquieto. Levanté la vista y me encontré con la mirada socarrona de Biosca que me espiaba desde su despacho, por la puerta entreabierta. Me pareció que él también me estaba diciendo, con el pensamiento: «Pasa, Esquius, pasa y verás la que te espera».

Utilicé el reloj como excusa para apartar la mirada.

Había quedado para comer con mi hija Mónica y se me estaba haciendo tarde.

Me levanté de un salto y huí de allí.

Pero la aprensión se vino conmigo.

5

Mónica me había dicho «Papá, quiero hablar contigo» utilizando un tono que presagiaba cambios radicales y dramáticos en nuestras vidas. Supuse en seguida que la conversación trataría de su nuevo compañero, un chico llamado Esteban, al que yo aún no conocía y que trabajaba en una ferretería, y me temí lo peor, aunque habría sido incapaz de concretar en qué consistía eso de «peor». Heterogéneos y diferentes entre sí, todos los novios anteriores de Mónica habían tenido en común la capacidad manifiesta de horrorizarme.

Acaso para compensar los disgustos que pudiera darme mi hija, elegí el restaurante Can Lluís de la calle de la Cera, un clásico que al menos me garantizaba buena comida y buen ambiente. Me colocaron en el comedor de abajo, decorado con antiguos pósters que anunciaban librillos de papel de fumar. Delante de mí, había uno de la marca Pay-pay con esta misteriosa inscripción: «Con patente de invención para pegar bien el cigarro sin luz».

Todavía no me habían traído la cerveza que había pedido para entretener la espera, cuando llegó Mónica.

—Hola, papá —me llegó por la espalda su voz despierta, su beso en la mejilla, el olor de colonia de bebés.

En aquel momento, me di cuenta de que había estado ensimismado, permitiendo que me rondaran inconcretos augurios referentes a prostitutas asesinadas y reyes asesinos.

—Tendríamos que elegir otra mesa, porque...

Venía acompañada.

A su lado, había un chico que parecía más joven que ella, encorvado y descolorido. Era muy pálido, de piel anormalmente blanca en esta época en que se valora tanto el bronceado, y su cabello también parecía haber perdido color, no era ni castaño ni rubio, como si se lo hubieran lavado con algún producto inadecuado que, de propina, se lo hubiera vuelto áspero y rebelde al peine. El jersey que vestía también era de un azul desteñido, y los pantalones vaqueros daban pena; le iban largos y tenían los bajos deshilachados de arrastrarlos por el suelo.

—Te presento a Esteban.

—¡Ah, el famoso Esteban! —dije, con falso entusiasmo de hipócrita experto.

Mientras permitía que le estrechara la mano, fláccida y sudada, el chico miraba obsesivamente hacia el pasillo que conducía a los lavabos, como si mi proximidad le provocara urgentes necesidades físicas. La ausencia de química entre los dos a primera vista era evidente.

Nos trasladamos a otra mesa. Ahora, lo que tenía delante era la publicidad de papel de fumar El Toro. Mónica iba de simpática y desenvuelta, en un intento de transmitir la imagen de qué bien nos lo estamos pasando. Yo le seguía la corriente de manera un poco forzada, un poco histérica. Y Esteban se empeñaba en contemplar cualquier cosa excepto mis ojos, sin duda en busca de la salida más próxima por donde huir cuando las cosas se pusieran feas.

Yo pedí la Pobola de Can Lluís, que consiste en un arenque con uvas y pan con tomate, y Mónica, después de arrugar el nariz ante mi elección, optó por unos higos con anchoas. Después, coincidimos en el conejo con caracoles. Esteban, siempre a la suya, como si estuviera solo a la mesa, pidió por el foie tibio de pato y las cigalas de Arenys, los platos más caros de la carta. Tuve la sospecha de que lo hacía a propósito, para ponerme a prueba, o para castigarme por ser el padre de Mónica.

Durante el primer plato hablamos de esto y aquello, de todo y nada. Para responder a «¿Cómo te van los estudios?», mi hija me describió a todos los profesores y todos los amigos y amigas de la facultad, uno por uno, lo que significaba que el tema que nos reunía era sumamente delicado. A continuación, adoptó su actitud de angustia vital, puso su mano sobre la mía y me preguntó, trascendental: «Y tú, papá, ¿cómo estás?». Desde que había muerto Marta, años atrás, me trataba como se trata a los que dan señales evidentes de estar pensando en el suicidio. Le dije que estaba bien, pero no se conformó y prolongó la conversación sobre mi salud física y mental durante tanto rato que, al final, yo ya estaba aterrorizado. ¿Qué era aquello tan terrible que tenían que decirme?

Por fin, salió.

Era que ella y Esteban muy pronto vivirían juntos y formarían una feliz pareja de hecho y de derecho.

Yo me quedé sin respiración y sin apetito.

—... Esteban vendrá a mi piso —puntualizaba mi hija, como para remarcar que no era tan grave. Ya hacía tiempo que se pagaba el alquiler de un piso gracias a trabajos esporádicos que hacía para un par de editoriales y también gracias a la ayuda económica que me comprometí a pasarle mientras ella terminaba su carrera de psicología.

Me volví hacia el chico para que se explicase, pero Mónica continuaba en su papel de portavoz.

—Tiene que irse de casa de su madre. Ha decidido independizarse. Allí, es imposible dedicarse a la creación.

—¿A la creación?

—Sí, su madre es... No sé cómo decirte... —Pedía ayuda al novio, porque siempre se hace un poco cuesta arriba describir a la suegra como una bruja en presencia del hijo, pero Esteban estaba concentrado en el minucioso descuartizamiento de una cigala gigante y no era capaz de prestar atención a tantas cosas al mismo tiempo. Mónica eligió la prudencia—: Su madre es muy suya, muy especial, no sé cómo decirte. —Sus ojos decían: «¡Un horror!»—. De manera que, si quiere estudiar y componer tranquilo, Esteban tiene que salir de su casa. Y yo, en el piso, tengo sitio.

—¿Componer? —me interesé. Me temblaba la mano, como si el tenedor pesara demasiado—. ¿Has dicho dedicarse a la creación?

—Ah, sí. Esteban es músico. Compositor. Es especialista en theremin...

—¿Celemín?

—No: Theremin, con te y hache. Es un instrumento fabuloso que inventó Leon Theremin en 1929...

—¡Diecinueve! —apuntó Esteban, con la boca llena, asqueado ante tanta ignorancia—. ¡1919!

—El primer instrumento electrónico de la historia —continuaba Mónica con una ilusión y un entusiasmo que sólo podían ser producto del amor—. ¿Sabes la música que ponían en las películas de ciencia-ficción cuando salían los platillos volantes? Uuuiiiiiiiiiuuu... Iiiiiuuu —Recordé perfectamente aquel ruido inquietante que me había provocado más de una cefalea—. Pues eso se hace con el theremin. Es el origen de los primeros sintetizadores. Es el único instrumento, aparte de la voz humana, que suena sin tocarlo con las manos. Sólo acercando los dedos a unas antenas que emiten una frecuencia...

No sé quién estaba más incómodo, si Esteban o yo. Mónica parecía la persona más feliz del mundo. No sé de quién habrá heredado semejante capacidad de fingimiento.

—Creí —aventuré, como en broma— que trabajabas en una ferretería. —De repente, me parecía mucho más prometedor un futuro como dependiente de ferretería que como músico. Especialmente, como músico experto en un instrumento del que no había oído hablar en mi vida.

—Sí, bueno —replicó Mónica, anunciando otro relato interesantísimo—. Pero lo dejó. Era un trabajo horrible. Un caso de acoso sexual. El dueño iba a por la chica de la caja y Esteban tuvo que pararle los pies. —Tan orgullosa de su héroe, pobrica. Yo no me imaginaba a Esteban parándole los pies a nadie—. Y, como no tenía contrato, ni seguro social ni nada, ahora se encuentra con una mano delante y otra detrás.

—¿Y la víctima ya denunció ese acoso sexual? —dije, con intención de subir el nivel del examen.

Esteban soltó una risita breve, destinada a subrayar mi conmovedora ingenuidad.

—Todos son unos hijos de puta —resumió, para dejar las cosas claras.

—Pero estará buscando trabajo —supuse, insinuando que no me gustaría nada que un mocoso desteñido viviera a expensas de mi hija.

—¡Claro! —exclamó Mónica. ¿Cómo me atrevía a pensar lo contrario?— A él no le importa trabajar mientras no pueda vivir de su vocación...

—Ah, bueno —dije. Y, recordando una conversación reciente—: Un amigo mío tiene una empresa de mensajería y siempre necesitan gente para los repartos. Puedo llamarle ahora mismo y...

Esteban me miró a la cara por primera vez, con el horror del acusado que acaba de escuchar una sentencia de pena de muerte.

—Yo no sé ir en moto —declaró—. No sé ir ni en bicicleta.

—Pero podrías aprender, sacarte el carnet y...

—Papá —dijo Mónica. Un «Papá» que equivalía a un «no digas más tonterías»—. Lo que Esteban busca es un trabajo tranquilo y a tiempo parcial, compatible con sus proyectos. Se bajó de Internet los planos del theremin y se ha fabricado uno... Y ha compuesto un concierto para theremin que es fabuloso, papá, tienes que oírlo. Tope tribalismo contemporáneo, ¿entiendes?, primitivismo urbano tomando el pulso a la tierra. Se ha hecho una maqueta...

Con un movimiento mecánico y brusco, Esteban sacó del bolsillo una casete y lo depositó sobre la mesa, cerca de mi mano.

—Ah, ¿lo has traído? —exclamó Mónica con voz desmayada y mirada recriminatoria, como si no considerase muy oportuno haber llevado aquello, fuera el que fuese. Recuperó la sonrisa con dificultad y volvió a su papel de intermediaria—. Bueno, pues sí, tú mismo podrás escucharlo.

La casete era el concierto. Lo cogí y me lo metí en el bolsillo. Mi movimiento habría sido idéntico si se hubiera tratado de la prueba de un crimen espantoso.

—Es maravilloso —aseguró Mónica, recuperando los ánimos—. Piensa que los Beach Boys utilizaron el theremin en su *Good Vibrations...*

—Lo de los Beach Boys no era un theremin, era un tannerin —la interrumpió Esteban, con el tono severo de un teólogo rebatiendo una herejía.

—Ay, perdona, Esteban, qué burra soy —se excusó, humilde y sumisa, mi hija. ¿Aquélla era la Mónica que yo conocía, la que se rebelaba en casa contra la autoridad familiar, la que no admitía recriminaciones ni imposiciones de ninguna clase? Continuó ella—: Bueno, los Beach Boys utilizaron el tannerin, que es una especie de theremin electrónico, pero tanto los Led Zeppelin, como Paul McCartney como muchos otros sí que lo usaron. —«Puede que lo utilizaran, sí, pero son unos aprendices, a mi lado», decía Esteban con los ojos y con una sonrisa torcida que se había dibujado en su rostro—. Y, bueno, también ha estado preparando los exámenes de arquitectura, Esteban, quiero decir, porque su madre —hizo girar los ojos para recalcar: «¡esa madre capadora de genios!»—, su madre se empeña en que termine la carrera de arquitectura, ella no quiere que sea compositor... Y, bueno, en cuanto pueda buscará trabajo...

O sea, que no estaba buscando trabajo. Y, después de la noticia feliz de su unión domiciliaria, y del cotilleo familiar contra la suegra, y el cataclismo laboral del acoso sexual, habíamos llegado a nuestro destino fatal: las dificultades económicas y el sablazo.

—... Pero, lo que te estaba diciendo... Ahora, él ha hecho esta maqueta, y la ha llevado a unas cuantas discográficas, y al Liceu, y a algunas productoras de cine y de teatro, porque sería una banda sonora estupenda para cualquier película...

—Las discográficas... —intervino Esteban sin mirarme—. Son todos unos cabrones y unos desgraciados, que sólo van a la pela, al éxito fácil...

—... Pero, claro, él se ha hecho esta maqueta en su casa, con su ordenador, y no tiene el nivel de calidad necesario para que el profano entienda bien su música, ¿entiendes? Y ahora lo que necesitaría, o sea, lo que tiene que hacer es grabar el disco con un DJ, un *disc-jockey* profesional que le haga las mezclas. —Yo la miraba con cara de póquer, como si no me imaginara ni remotamente dónde quería ir a parar. Y ella se lanzó. Mónica siempre ha sido valiente y descarada—: Eso quiere decir alquilar una sala de grabación en el Poble Nou. Y seis mil que costaría el local y seis mil que quiere cobrar el DJ... Con doce mil nos arreglaríamos.

—¿Doce mil?

—Doce mil euros.

—Eso equivale a dos millones de pesetas.

—Sí, no es tanto, ¿verdad? Y te los devolveremos en cuanto Esteban ligue el contrato, que seguro que le cae. Seguro que nos cae, que ahora que viviremos juntos, yo también soy parte implicada.

La miraba fijamente y pensaba que ella era capaz de pedírmelo porque sabía que yo no empezaría a pegar gritos ni puñetazos sobre la mesa. Y la verdad es que tenía ganas de hacerlo, pero llega un día en que descubres que te has pasado toda la vida actuando de una manera, asumiendo un estilo y un tipo de reacciones y que, cuando querrías cambiar, ya es demasiado tarde. En aquel momento, pensé que no me apetecía nada entregarle doce mil euros a aquel holgazán devorador de cigalas, pero temí ser incapaz de formular una negativa contundente. Me sentí un poco estafado por mi hija, que probablemente sabía que yo no podría negarle aquel dinero, y esa sensación aumentaba la ebullición de mis jugos vitales. Después, miré al chico descolorido, de mirada furtiva, y me lo imaginé partiéndose de risa mientras contemplaba sus manos mugrientas rebosantes de billetes de banco. ¡Mis billetes de banco!

—Bueno, permitiréis que me lo piense — murmuré.

Nunca había decepcionado tanto a mi hija.

—¿Quieres decir que no?

Perdí un poquito de estribos.

—Quiero decir que no lo sé, que tengo que ir a casa y revisar mis extractos bancarios, y ver si puedo prescindir de esa fortuna por unos días.

—Una fortuna... —hizo Mónica, como si le pareciera ridículo el uso de aquella palabra en aquellas circunstancias. Decepcionada, como si hasta entonces hubiera creído que yo era Papá Noel y de pronto descubriera que en realidad era el señor Scroggs.

Esteban le puso una mano sobre la suya, en un gesto de consuelo que se entendía sin palabras: «Ya te decía yo que no le sacaríamos un euro ni con sacacorchos. Tu padre es tan plasta como me imaginaba». Y con la mirada le recriminaba que le hubiera hecho pasar a él, un genio, por una experiencia tan humillante e inútil.

—Llámalo como quieras —dije—. No sé si tengo tanto dinero de sobras.

Pero eso significaba que, si lo tuviera (y lo tenía, y Mónica lo sabía), sí que estaba dispuesto a concederles el crédito.

Me sentí derrotado.

Y la comida me costó más de lo que había previsto.

DOS

1

Mientras conducía mi Golf hacia la Jefatura de Vía Laietana, escuché la casete que Esteban me había dado, y me estremecí. Nunca me había sentido tan viejo, tan desfasado y alejado del mundo que me rodeaba. El iiiiiiuuuuuuuuuuuuuuuuuuiiiiiiiiiiuuuuuu de platillo volante anacrónico se me metió en el cerebro y me deprimió. A partir de aquel momento, supe que nunca, durante el resto de mi vida, podría olvidar la imagen de Esteban destrozando cigalas mientras que, a su lado, la encantadora Mónica me pedía doce mil euros con exquisita ingenuidad. El concierto para theremin y batería me llegó al alma, me trastornó. No sé si era aquello lo que quería conseguir el compositor pero me dejó fuera de combate.

Apabullado por la indignación y por la certeza de que les acabaría dado el dinero, me imaginaba al Esteban ese delante de un bosque de antenas, moviendo las manos como un director de orquesta que se ha hinchado a anfetaminas, y con el rostro perlado de sudor e iluminado por una luz verdosa que venía de abajo y proyectaba sombras de película impresionista en las paredes y el techo. Me lo imaginaba líder de una secta que tenía como tótems los theremins y como objetivo principal vaciar las cuentas de los padres de sus acólitas. Era como soñar despierto y tener pesadillas al mismo tiempo.

Cuando llegué a Jefatura, no estaba en condiciones de entrevistarme con un policía y menos para sacarle información si él no me la quería dar.

Pregunté por el comisario Palop, de los Grupos Especiales de la Policía Judicial. El guardia uniformado de recepción me dijo que esperase un momento, habló por teléfono y, a continuación, me proporcionó una etiqueta de plástico que me identificaba como VISITANTE (no policía, no delincuente, no periodista) y me indicó de qué manera podía llegar al despacho de Palop. Yo ya conocía el camino.

Atravesé la sala en que unas mamparas de contrachapado separaban a unos grupos especializados de los otros, en dirección al fondo, donde Palop me esperaba en la puerta de su despacho. Al pasar por delante del Grupo de Homicidios, el inspector Soriano y yo intercambiamos miradas cargadas de energía negativa. No nos tenemos demasiada simpatía. A él no le gusta que todo un señor comisario como Palop se rebaje a hablar con un huelebraguetas como yo, cree que los detectives privados no hacemos más que enredar y no me perdona que alguna vez haya resuelto un caso antes que él. A mí, entre otras cosas, no me gusta su manera de mirarme.

Palop me hizo pasar con una actitud que hacía pensar que mi presencia no le provocaba alegría alguna.

—Pasa, siéntate.

—Gracias.

Me senté y contemplé cómo se trasladaba al otra lado de la mesa cubierta de papelorio en desorden, rascándose la nariz, cavilando la fórmula ideal para enviarme al cuerno sin violencias. ¿Qué le pasaba?

—¿Qué quieres saber?

No es que soliera recibirme con serpentinas, trompeteos y descorchando botellas de cava, pero tampoco era normal tanta frialdad.

—Lo que no quieres explicarme —dije.

Arqueó las cejas. Se sentó y apartó un montón de documentos para que pudiéramos vernos las caras.

—El caso está cerrado.

—¿Habéis detenido al asesino?

—Prácticamente.

—Entonces, el caso sólo está prácticamente cerrado.

—Ya sabemos quién es. Le estamos siguiendo la pista y no tardará en caer.

—Ah, bien. ¿Y quién es?

Me pareció que encajaba la pregunta como si fuera un desafío.

—Un macarra. Un desgraciado. No se podrá esconder mucho tiempo más.

No quería decírmelo. A lo mejor, porque no estaba tan convencido de que fuera un culpable tan evidente. Pero, por otra parte, me había permitido el acceso a su despacho, y me había pedido que me sentara. Quería hablar. Tenía un grito en la punta de la lengua. Yo asentí lentamente, reflexivo. Él no apartaba sus ojos de mí, como si estuviera tratando de ver mi alma antes de animarse a vomitar lo que le roía por dentro.

—Lo que me extraña —me animé al fin— es la relación que pueda haber entre los dos asesinatos. La primera era una puta cara, de trescientos euros, que trabajaba para una *madam* de la parte alta y aparece al otro lado del Tibidabo, junto a los merenderos de Les Planes. La otra, una puta barata, inmigrante sin papeles, de las que hacen esquinas, y aparece en la otra punta de la ciudad...

—¿Quieres más diferencias? —dijo Palop—. La primera folló, la segunda no. A la primera le pegaron un golpe en la nuca, un golpe de conejo. A la segunda, después de pegarle una paliza, le reventaron la cabeza con lo que se dice un objeto contundente. Y también le robaron los zapatos.

—¿Entonces...?

—Los cigarrillos en la boca. Son de la misma marca, Gran Celtas con boquilla, y tienen el mismo ADN.

—¿El ADN?

—Sí, señor. Ya tenemos los análisis y el ADN, completo, con todos los marcadores, de los dos cigarrillos, y pertenecen al mismo hombre.

—Ese macarra desgraciado.

—Estuvimos hablando con compañeras de la negra que hacen la calle cerca de allí, junto a los muros de la Ciutadella, y sí, nos han dicho que hay un tío que tiene muy mala leche, que ha cascado a más de una y que había amenazado a Leonor. Un tal Gabriel Antonio, que le llaman Gabi, o Gavilán.

—Pero estas mujeres deben de estar controladas por una banda,

no por un solo macarra... —Movió la cabeza, mudo y desafiándome
con los ojos—. ¿Qué es este Gavilán? ¿Un cliente, uno de la banda,
un subalterno, un pez gordo...? —Palop no tenía respuesta. Sólo tenía un nombre. Continué ensañándome—. ¿Y qué tiene que ver un
macarra desgraciado con la primera puta, la que trabajaba en la parte alta por trescientos euros el polvo?

Respondió, con énfasis:

—Cuando lo encontremos, se lo preguntaremos.

—Y le haréis un análisis de ADN, para ver si coincide.

Asintió cabeceando con el entusiasmo de un paciente que le da
permiso al dentista para que le clave la aguja de la anestesia. La perspectiva de detener a aquel Gavilán no le hacía ninguna ilusión. Más
bien parecía que se temía que, cuando comprobasen su ADN, tendrían un disgusto.

—Al menos, el ADN es una pista —dijo, sólo para dar a entender que no tenían las manos completamente vacías.

—Os lo ha dado él por propia voluntad, os lo ha dejado dentro
de la boca de la víctima como quien deja una caja vacía, envuelta en
papel de regalo, bajo el árbol de Navidad —le hice notar, aunque
era consciente de que no le decía nada nuevo—. Probablemente,
sabe que os será tan útil como una linterna a un ciego. El perfil ge-
nético no está incluido en la información del DNI. Si no tenéis sospechosos con los que contrastarlo, no sirve de nada.

No me contestó. Apoyé la espalda en el respaldo. Pensaba en el
caso, pensaba en Palop exigiéndole al rey una muestra de sangre, o
de saliva y, entre todas estas ideas, se colaban otras relativas a Mónica y al tocatheremins.

El silencio se prolongó.

—No jodas, Palop —dije—. ¿Qué coño pasa?

Quería decírmelo, pero dudaba. No encontraba las palabras. Las
buscaba por encima de la mesa, entre los papeles, entre las fotografías y los diplomas de la pared, y no las encontraba. Se le escapaban
ojeadas hacia la puerta, como si temiera que alguien nos estuviera escuchando desde fuera, o que alguien la abriera de pronto y nos sor-
prendiera haciendo algo feo.

—No jodas, Palop —repetí.

—¿Para quién trabajas? —Era una pregunta retórica, para ganar tiempo.

—Sabes que no te lo puedo decir. —No le costaría mucho trabajo adivinar la respuesta.

—No te metas, Esquius. Déjalo. Son dos putas de mierda. Gajes del oficio. Siempre hay un cliente cabrón. Ya saben lo que se juegan.

—No jodas, Palop —por tercera vez.

Aquello lo convenció. Volvió a mirar hacia la puerta, tosió, encendió un cigarrillo y dijo:

—Nos están metiendo palos en las ruedas. —Ya estaba, ya había empezado. Ya no podría parar. Yo me acodé en las rodillas, dispuesto a no perderme ni una palabra—. ¿Quién? No lo sé. El juez, pero supongo que hay alguien más arriba. —Me pareció que se me dormían las manos, como si alguna especie de gangrena fuese avanzando por mis brazos en dirección a los hombros. Una sensación de irrealidad. Y él continuaba hablando, con expresión de «Tú te lo has buscado, después no te quejes»—. Primero, me llamó el juez, después me llamaron de Gobernación. La excusa era la alarma social. Cuidado con la alarma social, que la gente anda muy alarmada con la falta de seguridad ciudadana, que no habíamos vivido una época como ésta desde aquello del «miedo a salir de casa», por los años ochenta. Esto es el pan de cada día, pero nadie me preguntó por el caso, ni me dijeron que tuviéramos que resolverlo rápidamente. Sólo me preguntan «¿Qué sabes de eso?» y, cuando ven que no sé nada, que no tenemos ni idea, se conforman, ¿sabes qué quiero decir? Como quien dice «Si no sabes nada, mejor»... Después, me entero de que el juez de guardia al que correspondió el segundo caso se inhibió inmediatamente a favor del primero, de prisa y corriendo, considerando que los dos crímenes estaban relacionados. E, inmediatamente, el juez que llevará el caso me convocó a su despacho y me dijo que quería estar informado de todos los pasos que se diesen en todas las investigaciones... Me recordó que somos policía judicial, es decir, dependiente del juez, y que la policía tiene que hacer lo que él diga. —Se adelantó a mi comentario—: Es así, en realidad tendría que ser así. En cada caso, los jueces tendrían que decir a la policía qué hay que hacer y cómo, pero no lo hacen, claro.

Ellos no saben conducir una investigación, no se lo enseñan en la facultad de Derecho. Supongo que son reminiscencias de la época franquista, cuando la magistratura obedecía a la policía y no al revés. El juez nunca nos dice lo que tenemos que hacer. Asiste al levantamiento del cadáver, dice «Procedan como de costumbre» y esperan resultados, y nosotros actuamos, y le llevamos los culpables y las pruebas y ellos juzgan. Pero tienen la facultad de dirigir la investigación, claro que sí, y por tanto de frenarla. «No hagáis nada hasta que yo os lo diga, tenedme informado de cada uno de los pasos que déis, no os mováis hasta que no tengamos los resultados de la autopsia y los informes de la Científica, y las pruebas del ADN...»

—Os las han hecho muy de prisa —comenté.

—Anormalmente de prisa —dijo—. En veinticuatro horas ya las teníamos, cuando normalmente pueden tardar hasta quince días. Prioridad extrema. Fue el primer juez quien las pidió con urgencia y el segundo juez se basó en ellas para considerar que los dos crímenes están relacionados y para pasarle la patata caliente al primero. Que, por otra parte, la aceptó encantado. A pesar de que, a la hora de la verdad, cuando se ha hecho con los casos, nos ordena que demos prioridad absoluta a dos agresiones domésticas con resultado de muerte, porque es un tema que genera mucha alarma social, y a una pelea entre clanes rivales de gitanos y magrebíes, en que ni siquiera hubo heridos de consideración, porque dice que todo eso de las etnias, el racismo, la inmigración y la marginalidad es tema preferente... He hablado con los del departamento de prensa y ellos también han recibido instrucciones. Que no divulguen las noticias. Salió aquello del autocar de las que iban a una despedida de soltera pero en seguida se apagó el fuego. Y basta.

Una pausa.

—¿Y qué explicación le das?

—Lo que dicen por aquí... —dudó durante un espacio de tiempo lo bastante largo como para invalidar lo que iba a decir—. Tienen miedo de que sea un asesino en serie. Eso de que no hay nada que estimule más a un asesino en serie que la publicidad que se haga de sus actos, de manera que no quieran hacer ninguna publicidad. En realidad, ahora estaríamos esperando la tercera víctima.

—Pero... —le di pie.

—Pero, casualmente, sabemos que del juzgado han salido, como mínimo, dos datos que han aparecido en los periódicos: el detalle de los cigarrillos en la boca de las víctimas y el hecho de que a la negra le faltaran los zapatos... La clase de detalles que nunca permitimos que trasciendan, ya sabes. Nos los guardamos para utilizarlos cuando detenemos a un sospechoso. Cosas que sólo puede saber el asesino, para pillarlo en contradicción, en fin...

—Dirías —afirmé— que las medidas tomadas por el juez parecen destinadas más bien a retardar o entorpecer la investigación.

—Ya hace dos días que obra en su poder todo lo que nos pidió, el informe de la autopsia, el ADN, los informes de la Científica...

—¿Puedo tener esos informes? Una fotocopia.

Tenía un ojo más cerrado que el otro, por culpa del humo del cigarrillo, y se rascaba la nariz con tanta insistencia que pronto brotaría la sangre. Se había desahogado contándomelo todo, pero no quería que las cosas se detuvieran ahí. Le fastidiaba que le pusieran trabas, que el juez estuviera estorbando su trabajo, que lo manipulasen. Yo era una gran tentación para él.

Tomó una decisión. Se levantó, se llegó hasta la puerta, la abrió y habló hacia fuera.

—¡Soriano! Haz fotocopias del expediente del Paseo de Circunvalación. Y tráemelas en una carpeta, por favor. —Alguien preguntó algo y tuvo que aclarar—: Sí, el de la chica de Les Planes también, claro.

Cerró la puerta y volvió a sentarse en su sitio, al otra lado del escritorio desordenado.

—¿Sabes quién es el juez? —Esperé—. Santamarta. ¿Conoces al juez Santamarta?

Todo el mundo conocía al juez Santamarta, que se había hecho famoso en algunas tertulias radiofónicas y televisivas diciendo barbaridades.

—Aquél que —evocó— para referirse al caso de unos *skins* que habían agredido a un homosexual dijo, por radio, que sólo se trataba de unos ciudadanos que habían cascado a un maricón... ¿Te acuerdas?

Sí. Me acordaba.

—Ante el juez Santamarta —continuó Palop, con ánimo didáctico—, un día comparecieron cuatro gamberros que habían protagonizado un alboroto en un bar. Eran jóvenes de casa bien con unas cuantas copas encima, rompieron unas pocas cosas, algunos guantazos, nada importante. Iban muy confiados de que no les pasaría nada: sus padres eran gente importante, había pasta de sobra para pagar fianzas... Iban tan confiados que a uno de los chicos se le ocurrió tararear, en plan de coña y bajito, aquello de «Santa Marta tiene tren pero no tiene tranvía»... El juez pareció que no lo había oído. Soltó a los otros tres y este mocoso se pasó tres meses en la trena. Primero, porque se había extraviado su expediente, después porque, al reaparecer el expediente, en él se hablaba, no se sabe cómo ni por qué, del movimiento *okupa*, de la supuesta pertenencia del chico a Terra Lliure, de material explosivo, documentos terroristas y no sé cuántas cosas más. Como era gente de clase alta, se echó tierra encima y no se hable más.

—¿Como era gente de clase alta...? —me sorprendí—. ¿No lo denunciaron?

—No te extrañe. A la gente de clase alta les interesa estar bien con los jueces, igual que a la clase baja y casi por los mismos motivos. Los únicos que protestan y montan jaleo son los de clase media, que aún conservan la ingenuidad del ciudadano que vota por convicción.

La parrafada lo dejó descansado. Apagó el cigarrillo y, sin pensar, encendió otro.

—¿Hablaste con la *madam*...? La mujer para la que trabajaba la primera víctima?

Tardó en responder, pensativo, como si se hubiera dado cuenta de que ni él ni yo habíamos mencionado el nombre de la primera víctima. Por fin, asintió:

—Sí.

—¿Y...?

—No sabe nada. Por lo visto, aquella noche la chica no tuvo ningún servicio. Si hubiera tenido alguno, la *madam* lo habría sabido, porque todo pasa por su teléfono. En todo caso, salió a trabajar por su cuenta. Y eso lo ha certificado la madre, que dice que la nena no recibió ninguna llamada, que salió muy bien vestida, como si fuese a hacer un servicio, pero ella no sabe dónde fue.

—Se fue de casa en coche...

—El coche ha aparecido esta misma mañana, en un aparcamiento, cerca de El Corte Inglés de Diagonal. Aún lo están revisando, pero no parece que haya señales de nada.

—Eso está muy lejos de donde encontraron el cuerpo —reflexioné en voz alta—. El cliente debió de recogerla en su coche. Debieron de quedar en un lugar concreto.

—Posiblemente —Como quien dice: «¿Y qué?»

A continuación, para romper aquel largo silencio durante el cual los dos éramos conscientes de que estábamos esperando las fotocopias del expediente, Palop me preguntó por la gente de la agencia, por el «loco de Biosca, ¿aún está tan pirado?», por Octavio, por mis hijos. Recordó que yo ya tenía nietos y me acabó preguntando la edad. Cuando se la recordé, me dijo que me conservaba muy bien, me preguntó si hacía gimnasia o algo por el estilo y, a continuación, previsiblemente, me habló de su salud, de que fumaba demasiado y que su trabajo ya lo aburría. Tenía ganas de jubilarse. Y, de repente, por sorpresa:

—Te aconsejo que no te metas en esto, Esquius. Déjalo. Huele mal. —Pero añadió—: Pero, si no lo dejaras, si te empeñaras en seguir adelante, tenme informado. Y cuenta con mi ayuda...

Se abrió la puerta y entró Soriano a tiempo de escuchar el remate de la frase:

—... Extraoficialmente, claro.

—El expediente... —dijo el inspector jefe de Homicidios.

—Dáselo a Esquius.

Inconscientemente, la mano se le cerró con más fuerza sobre la carpeta. Como un niño de tres años que tiene miedo de que un amigo le robe un juguete.

—Esto es confidencial.

—El Esquius es de confianza. Está haciendo una tesis doctoral y lo necesita.

Alargué el brazo y la carpeta roja se posó sobre la palma de mi mano. En la mano, en lugar de en la boca y después, con un enérgico impulso, tráquea abajo, que era realmente lo que le apetecía hacer a Soriano. Me puse en pie y cualquiera habría pensado que nos disponíamos a partirnos la cara.

—¿Esquius investigará estos asesinatos?

Se le entendía todo. Tendría que haber añadido: «¿... cuando no los investigamos ni siquiera nosotros?»

—¿Quiere decir que hay algo que investigar, Soriano?

El inspector estaba muy nervioso y ofendido. Como si Palop le hubiera ordenado que archivara el caso y ahora lo traicionara encargándomelo a mí, un huelebraguetas. Dijo:

—Mire: si a ese tío no le paramos pronto los pies, continuará matando. —Se me ocurrió que había oído aquel discurso en miles de películas y series de televisión. Podría haber continuado hablando con él, a coro. Pero me abstuve—. El hecho de que apague cigarrillos en la lengua de las víctimas es una firma. O la advertencia de un sicario que está ajustando cuentas o la marca de un asesino en serie. Yo creo que es un asesino en serie porque las dos putas eran demasiado distintas entre sí para estar implicadas en un mismo tema. Han sido elegidas al azar. Se trata de un caso de asesino en serie y los casos de asesinos en serie no son para los aficionados.

—Bravo —dije, mientras le daba un golpecito amistoso en el hombro—. Con eso me está diciendo que usted tampoco cree que el asesino sea ese Gavilán que buscan, ¿verdad?

Se puso colorado.

—¿Me permite? —Ejercí una cierta presión para que se apartase de la puerta y me dejara pasar—. Gracias, Palop. Te tendré informado.

Salí y los dejé discutiendo.

2

Cuando llegué a casa, volvía a pensar en Mónica, que me había pedido doce mil euros para pagarle un DJ a su novio músico. Doce mil euros, dos millones de pesetas, una sala de grabación, un DJ... Al abrir la puerta, tuve la fantasía de que veía a la Mónica de seis años corriendo alborotada por el pasillo, perseguida por su hermano Oriol. La vocecita de niña mimada, con aquel sonsonete delicioso: «¡Papá, papá, mira qué me hace Ori!». De pequeña, se negaba a llevar faldas porque su hermano, dos años mayor, se divertía bajándole las bragas. Aún hoy es muy raro ver a Mónica con falda. Aunque supongo que, si se lo pidiera Esteban, no tendría inconveniente en ponerse una falda hawaiana para asistir a un oficio religioso.

Fui al dormitorio, dejé la chaqueta sobre la cama y cambié los zapatos por las zapatillas. Me pareció que escuchaba la voz de Marta: «No la dejes ahí de cualquier manera. No es tan difícil colgarla en el armario».

De vez en cuando, me daba el coñazo.

Sentado en el sillón, delante de la tele, busqué el número del móvil de Sisteró en la agenda. Lo marqué en mi móvil porque las llamadas de móvil a móvil son más baratas que las de fijo a móvil. Quienes nos encontramos con la perspectiva de tener que dar doce mil euros a nuestra hija, tenemos que hacer economías.

—¿Sisteró? Soy Esquius, Ángel Esquius, no sé si te acuerdas de mí.

—¿El detective privado? ¡Claro que me acuerdo! Eres el único detective privado que conozco. ¿Qué es de tu vida?

—Nada nuevo.

—Lo que no tiene interés para un detective privado es apasionante para el resto de los mortales. ¿Qué me cuentas? ¿Tienes un titular para un pobre periodista?

—No, aún no. Sólo una pregunta que tendrías que responder. Pura curiosidad. Me parece que tú lo sabrás...

—Dispara.

—¿Habría manera de saber dónde estaba el rey el jueves pasado, o sea, hoy hace una semana?

—¿Quién dices?

—El rey. El rey, el rey de España.

Casi escuché cómo se desplegaban dos antenas telescópicas en su cabeza, *clink, clink*.

—Vaya. ¿A qué viene esa pregunta?

—Simple curiosidad, ya te lo he dicho.

—¡Vamos, vamos! Los detectives privados nunca preguntáis por simple curiosidad.

—Que sí, hombre, te lo digo en serio. Es una apuesta. Dice un colega mío que la gente pública está controlada por todo el mundo las veinticuatro horas del día. Yo digo que no. Y él asegura que el rey, por ejemplo, aunque nos parezca tan inalcanzable, puede ser localizado por cualquiera en cualquier momento.

—No me creo ni una palabra. ¿Es un tema de seguridad?

—No.

—¿Has tenido noticia de que alguien haya querido matar al rey...?

—Que no, Sisteró, de verdad. Sólo quiero saberlo para ganarme una cena. —Y impaciente, ya—: ¿Puedes decirme dónde estaba el rey la noche del jueves cuatro al viernes cinco?

—Pues... Espera... —Pensaba. O a lo mejor estaba tecleando en su ordenador. Comentaba, entretanto—: Es difícil, casi imposible. Si no estaba en un acto oficial, con público, o en el extranjero, no creo que podamos saberlo. Dicen que el rey tiene un 12 % de agenda pública y un 88 % de vida privada. A ver... No estaba en el extranjero en viaje oficial... Y no, no tengo noticia de que hubiera ninguna inauguración, audiencia real, ni acto oficial... No, no...

—¿Puede ser que estuviera en Barcelona?

—¿Quién lo ha visto? —saltó el periodista.

—Nadie, coño, Sisteró. Te prometo que esto es pura especulación. ¿Puede ser que el rey venga a Barcelona y nadie lo sepa?

—Hombre, lo sabrá el piloto de su avión, y los controladores aéreos del aeropuerto del Prat, y el personal del palacio de Pedralbes, y el personal de la Delegación del Gobierno, y el personal de la Generalitat... Y seguramente también en el Ayuntamiento...

—Pero, si quiere hacer un viaje de incógnito... Dicen que el rey hace salidas de incógnito...

—Hombre...

—Si viene en coche, por ejemplo...

—Pues lo sabrá su chófer...

—¿Y si va en moto? ¿No dicen que le gusta mucho hacer salidas en moto, en solitario?

—¡Joder, Esquius! ¡Si va en moto, sólo lo sabrá él, claro!

—Y enmascarado con un casco integral... ¿Verdad? Nadie lo reconocería.

—Demasiado arriesgado. Imagina que tiene un accidente.

—Arriesgado o no, dicen que a veces lo ha hecho —insistí—. Imagina que viene a Barcelona en moto y no va a dormir al palacio de Pedralbes...

—¿Y dónde quieres que vaya, si no?

—¡Estamos especulando! Imagina que tiene un amigo por aquí, o una amiga... Una fiesta nocturna, sorpresa... Una orgía, por ejemplo.

—¡Esquius! ¿Dónde fue la orgía?

—Sólo es una suposición, Sisteró...

—Ahora mismo haré cuatro preguntas.

—Y, cuando tengas las respuestas, ¿me las dirás?

Tardó en responder.

—Tú no me estás diciendo todo lo que sabes.

—Si me dices las respuestas, estás invitado a Casa Tito de Cadaqués, el mejor restaurante de la Costa Brava.

—Te tomo la palabra.

—Bueno... Ah, espera, una última pregunta...

—A ver con qué me sales, ahora.

—¿El rey fuma?

Uno, dos, tres, cuatro segundos de demora.

—No. Yo diría que no. No se le ha visto nunca fumar en público. Pero ya lo preguntaré.

—Bueno, gracias. Ah, para terminar...

—Tengo el número de tu móvil. Te perseguiré. Tendrás que pagarme una cena en Cal Tito.

A veces, tendría que morderme la lengua. O quemármela con un cigarrillo. O, como mínimo, elegir restaurantes donde no tenga marisco. Cualquier gasto, sumado a una inversión inicial y a fondo perdido de doce mil euros, suponía un gasto temerario para mi economía. Corté la comunicación y me quedé pensativo, hundido en mi sillón.

Mónica y Oriol me distraían de mis pensamientos enredando por allí, corriendo, gritando, llorando, riendo. Vi a Ori en el momento en que rompía aquel jarrón antiguo que Marta había heredado del abuelo, la única antigüedad de valor que habíamos tenido en casa, o el día en que Mónica se cortó con mi navaja de afeitar, porque se quería depilar los sobacos, y la vi andando como un autómata por el pasillo, los brazos levantados y el costado izquierdo empapado de sangre. O el día en que nos telefonearon diciendo que Ori había tenido un accidente con la bici y había perdido el conocimiento.

Por un momento, la casa adquirió el aspecto de años atrás. El embaldosado colorido del suelo, que el *parquet* había ocultado, las altas puertas de madera de teca con los cristales translúcidos, y los muebles rústicos de pino que tanto gustaban a Marta.

Se me ocurrió, imprudente, que no es necesario que la gente haya muerto para que sus fantasmas llenen una casa.

Y, como respuesta a este pensamiento temerario, apareció Marta apoyada en la puerta de la cocina, en aquella postura impertinente con que subrayaba y recriminaba mis meteduras de pata. «¿Por qué no piensas las cosas dos veces antes de hablar?»

Porque ella sí que había tenido que morir antes de que su fantasma me llenara la casa.

En el mismo momento en que la vi, la sala de estar sufrió una perturbadora mutación. Creció rápidamente, de tal manera que, si me lo hubiera propuesto, habría tardado horas en llegar a la puerta desde donde me observaba Marta. Los muebles se hicieron inmensos, el techo altísimo, había que ser un gigante para poder colgar de él la lámpara.

O a lo mejor es que yo me hice pequeño, pequeño, muy pequeño, insignificante, apabullado por el desconsuelo.

Fui al lavabo y me cuide mucho de cerrar la tapa después de utilizarlo. No quería que Marta me volviera a reñir.

Me trasladé a la cocina. Por el camino, conecté el equipo de música y empezó a sonar un CD de Diana Krall que últimamente me hacía compañía. Me gustaban especialmente sus versiones de *I've got you under my skin* y, en seguida, *I can't give you anything but love, babe*. Mis gustos musicales son amplios, heterogéneos y dispersos y terminan justo donde empiezan los intérpretes de theremin. Maquinalmente, conecté el horno. Mientras se calentaba, del frigorífico saqué los pimientos y berenjenas escalibados y el solomillo. Del congelador, las alcachofas empanadas. Me serví un vasito de vino de una botella de Enate que tenía empezada, y, después de poner a freír las alcachofas, corté una rodaja de queso de cabra, la coloqué sobre una porción de escalibada y metí el conjunto en el horno, programado para que me avisara a los diez minutos. Deposité las alcachofas fritas sobre un plato con papel, para que absorbiera el aceite, y pasé el solomillo por la plancha, vuelta y vuelta.

Una vez puesta la mesa, dispuse ante los manteles individuales el contenido de la carpeta que me había dado Palop. Diligencias previas, actas de inspecciones oculares, ampliatorias, actas de declaración, levantamientos de cadáver, informes de autopsias, informes de la Policía Científica, informe del Instituto Nacional de Toxicología y, sobre todo, encuadernadas bajo el título de Informe Fotográfico, muchas fotografías. O, mejor dicho, fotocopias de las fotografías originales. Me quedé como un pasmarote, petrificado, absorto delante de aquel horror.

La joven Mary Borromeo.

Yo tenía una foto en el bolsillo donde se exhibía llena de vida y de sensualidad. De repente, a la luz cruda de un flash en la oscuridad, podía verla echada boca arriba, en una postura que recordaba un paso de sirtaki o de ballet clásico, los brazos abiertos, separados del cuerpo, casi en cruz, y el rostro vuelto hacia la derecha en dirección contraria a la parte inferior del cuerpo, donde las rodillas dobladas señalaban a la izquierda. Tenía el cabello corto adornado por una especie de diadema o aguja, y diría que no estaba ni un poco despeinada. Las lentejuelas del vestido rojo que la envolvía reflejaban chispas de luz en el objetivo. Era un vestido demasiado corto y con un escote excesivo para la época del año. Llevaba un collar de cuentas oscuras, verdes o quizá azules, amatistas o zafiros. Y un reloj de diseño sencillo y seguramente barato pero de buen gusto. No había impudicia en la postura, sino que transmitía una gran placidez. Lo único que rompía la armonía y llenaba la foto de patetismo era la expresión de la boca y de los ojos, muy abiertos, como si la muerte la hubiera sorprendido en el momento de darse cuenta de algo tan asombroso como obvio. Era cara de «¿Pero cómo es posible?» o «¿Cómo no se me había ocurrido antes?».

Me senté y empecé a cenar concentrándome en el estudio de aquellos documentos, tratando de ignorar los fantasmas que se sentaban alrededor de la mesa, Mónica diciendo que no le gustaba la escalibada, Ori exigiéndonos que nos calláramos, porque no le dejábamos escuchar la televisión, Marta recriminándome que leyera en la mesa.

Más fotografías.

Primer plano de la boca, de labios finos, sin pintar: sobre la lengua, como detalle repugnante, un cigarrillo. El informe decía «marca Gran Celtas, con boquilla», y yo añadía «el más barato del mercado».

Y un chal rojo, caído de cualquier manera, arrugado.

Y los zapatos, también rojos, de tacón de aguja altísimo, exagerado, casi vertical, desmayados uno al lado del otro, en medio de un bodegón de basura compuesto por una bolsa de plástico y una lata de cerveza arrugada.

Y el bolso, pequeño, de color rojo, a juego con los zapatos y el vestido. Aquella noche, María Borromeo había sido la Mujer de Rojo. El informe de la Policía Científica describía su contenido. Un billetero con el DNI a nombre de María Borromeo Fernández, de veintidós años, tres billetes de veinte euros, un billete de diez y diez euros más en monedas, una tarjeta de metro y dos tarjetas de crédito, la Visa y la MasterCard, aparte de una fotografía de su madre. Un llavero con llaves. Un paquete de preservativos abierto, un paquete de toallitas húmedas, un espejo, un estuche de maquillaje, un teléfono móvil y un aerosol defensivo. Parecía mentira que cupieran tantas cosas en aquel bolso tan pequeño.

El fotógrafo había disparado un par de fotos más del cuerpo entero sobre aquella superficie desigual de grava y barro. Una la había encuadrado agachándose, buscando la mirada perdida del cadáver, captando la torsión extraña del cuerpo, las piernas dobladas hacia allá y ofreciendo al objetivo la blancura de las plantas de los pies enfundados en medias. La imagen captada desde el otro lado resultaba extrañamente dinámica y dramática. Las piernas dobladas con las rodillas apuntando hacia la cámara daban la sensación de que estaba saltando hacia el enfoque, pero el rostro vuelto hacia atrás hacía pensar que se trataba de un salto involuntario, el salto hacia la muerte, y la muchacha apartando la mirada, porque no quería ver el fondo del abismo.

La proximidad de aquellas fotografías tenía el poder de avinagrar el Enate.

La escena del crimen era descrita, en el informe, como «descampado con basura y escombros, casi un vertedero, en las cercanías de la Colonia Sant Ponç, detrás de la iglesia». Como telón de fondo, el decorado presentaba una tapia con desconchones en la cal, una pintada muy artística donde se podía distengar la palabra FELIZ y el dibujo emblemático, omnipresente en diferentes puntos de la ciudad, del Chupete Negro. Este muro encalado y multicolor terminaba bruscamente al llegar a otro que pertenecía a una construcción antigua, de grandes bloques de piedra unidos por pegotes de argamasa.

Aparte de unas cuantas fotos más que mostraban un camino ascendente, sinuoso, irregular y pedregoso, flanqueado de matorrales y zarzales, la ubicación del crimen quedaba bien establecida en un plano donde se veían claramente los merenderos de Les Planes junto a la carretera y aquel camino que conducía hasta las primeras casas de la Colonia Sant Ponç. Una cruz roja señalaba dónde había sido hallado el cadáver, frente a las paredes posteriores de la iglesia. Al otro lado del templo había una docena de casas y, más allá, una zona cuadriculada donde alguien había escrito con letra de palo, la palabra «huertas».

Después de la escalibada y el queso de cabra, con el solomillo y las alcachofas, venían las fotos de la autopsia, el cuerpo desnudo y hermoso de una chica de la edad de mi hija convertido en objeto sobre una mesa de disección. Una muñeca hinchable. Un monigote erótico.

Experimenté una perversa excitación ante aquella foto, y aparté la vista de los documentos para tomar conciencia de que estaba bebiendo demasiado vino, casi me había terminado la botella de Enate. Y Marta me observaba, sonriendo con mala intención, desde el otro lado de la mesa.

—Eres un viejo verde —me dijo.

—No me siento viejo y necesito una mujer —respondí—. Viva.

Al reparar en que estaba hablando solo, bebí otro trago y regresé al estudio de atrocidades. Coloqué la foto del desnudo de Mary Borromeo bajo las otras y resoplé. Como quien dice, resuelto: «Vamos allá y que no sea nada».

Diane Krall cantaba: «I've got you under my skin, I've got you deep in the heart of me...»

La muerte había sobrevenido entre las dos y las tres de la madrugada del viernes, 5 de diciembre, y se atribuía a una fractura cervical con lesión medular.

El informe y más fotos de detalle exponían algunas excoriaciones y abrasiones superficiales en la espalda, producidas por la caída del cuerpo, un hematoma prácticamente imperceptible en la mejilla izquierda y una herida penetrante en el occipucio, que había sido la fatal. En esta herida se habían encontrado restos minerales y granos de arena, evidentemente procedentes de una piedra hallada a pocos centímetros del cuerpo y manchada de sangre.

«... I've tried so not to give in / I've said to myself this affair never will go so well / but why should I try to resist, when baby will I know than well / that I've got you under my skin...»

Se hacía notar también que el maquillaje de la mejilla izquierda había sido limpiado con algún producto que contenía alcohol, muy probablemente agua de colonia, mientras que se conservaba intacto el maquillaje de la mejilla derecha. No había heridas defensivas en los brazos ni nada que hiciera pensar en un forcejeo. En la vagina, se habían encontrado indicios de una relación sexual reciente, con restos de lubricante de preservativo.

La hipótesis plausible que se desprendía del informe era que la víctima había recibido un golpe (probablemente una bofetada o puñetazo) en la mejilla izquierda, que la había hecho caer de espalda y que, en la caída, se había golpeado con la piedra que le había producido la muerte.

«... Use your mentality, wake up to reality... makes me stop before I begin... 'cause I've got you under my skin.»

Se había enviado muestras de sangre, de orina, de bilis y humor vítreo, y la totalidad del estómago, al Instituto Nacional de Toxicología para rastrear la posible presencia de psicotropos y el índice de alcoholemia. El Instituto Nacional de Toxicología, en documento adjunto, certificaba la ausencia de psicotropos, un índice de alcoholemia de más de dos gramos por litro de sangre y «restos alimenticios compatibles con gambas, langostinos, cigalas, ostras, zanahoria, apio y alguna clase de carne».

Alejé de mí el plato, con asco, y me terminé el vino del vaso.

Díane Krall ya estaba entonando el tema de Fats Waller: «I can't give you anything but love...»

Cerré los ojos y apoyé la frente en la mano, descorazonado. Con ganas de pegar un grito y echarlo todo a rodar. Pero me reprimí porque ya no había nadie a quien gritar, ya todo el mundo se había ido, incluso Marta. A lo mejor los había ahuyentado yo, con mis estallidos de intemperancia. Cuando castigué a Mónica encerrándola en un armario, o cuando le pegué a Ori aquel tortazo tan bien dado, o cuando envié a Marta a la mierda, y me largué de casa aquel día con aquel portazo definitivo, o cuando me levanté de la mesa y tiré la servilleta y grité que estaba harto, pero muy harto, que ya no aguantaba más.

«... That's the one thing I've got plenty of, baby / I dreaming awhile, scheming awhile you're sure to find / happiness...»

Estaba harto y, de pronto, cuando ella ya no estaba conmigo, me encontraba hambriento. Me veía a mí mismo de lejos, en un pasado no tan pasado, y me despreciaba, me consideraba el peor de los imbéciles, como el niño que agarra su juguete preferido, el que más quiere, y lo golpea sistemáticamente contra el suelo, para ver si es resistente o no. No, no era tan resistente como yo creía: se hizo pedazos, me quedé sin mi juguete preferido. Y ya puedes llorar, ya, que no lo volverás a tener.

Marta.

«... Diamond bracelets Woolworth's doesn't sell, baby / Till the lucky day you know darn well, well baby / I can't give you anything but love.»

Una pausa y, en seguida, Diane Krall continuaba su recital: «You may not be an angel / cause angels are so few / but until the day that one comes along / I'll string along with you...»

Marta me sonreía desde el otro lado de la mesa y me decía que no tenía que pensar en todo aquello, que yo no era culpable de nada, que me estaba comiento el tarro con premeditación concentrándome en esos episodios dispersos que sólo eran las excepciones necesarias para confirmar la regla de una convivencia plácida y feliz, que todos esos pensamientos culpables y crueles eran paparruchas provocadas por la soledad.

—Lo que tú necesitas es otra mujer —me decía con frecuencia, y volvió a decírmelo entonces—. No sé cuántas veces tendré que decírtelo, para que lo entiendas.

Yo pensaba que la necesitaba a ella, que me había acostumbrado a ella y ahora me parecía que ninguna otra mujer le llegaba a la suela de los zapatos. La necesitaba mucho. O a lo mejor ella tenía razón y sólo necesitaba una mujer, cualquiera, alguien que la sustituyera al otro lado de la mesa, o colgada de mi brazo, o agarrada de mi mano, o entre mis brazos, o en la cocina, o en la cama. Aquella mirada turbia y depravada que se le ponía cuando yo me movía en su interior.

«... The human little faults you do have / just make me love you more...»

Por las fotos y los informes de Leonor García pasé más de prisa. Probablemente por efecto de la acumulación de horrores, la exposición de aquel cuerpo grueso, grasiento y deforme me provocó más repulsión e indignación que el de Mary Borromeo. En la primera foto que vi, estaba de costado, en posición fetal, con el torso en la acera y las piernas en la calzada, el rostro vuelto hacia el suelo, entre dos coches mal aparcados. Llevaba una blusa blanca sobre la cual la mancha roja y brillante de la sangre había retenido las miradas de las alegres despedidoras de casadas. En aquel espacio estrecho entre automóviles, el fotógrafo de la Policía Científica no se había podido lucir tanto. Prácticamente sólo había un punto de vista. Los primeros planos de aquel rostro negro, que parecía rehuir la cámara con una especie de vergüenza, habían captado de soslayo una mueca de furia y dolor bajo las marcas violáceas de los golpes. Esta mujer no llevaba bolso: le habían encontrado ciento veinte euros enrollados y sujetos con una goma elástica, formando un cilindro dentro de sus bragas. Y tampoco tenía zapatos. Había una instantánea que evidenciaba esta carencia reflejando los pies sucios y desnudos, igual como otra foto que había ido a buscar, más tarde, cuando ya habían podido mover el cadáver, la presencia siniestra del cigarrillo sobre su lengua, entre el estallido luminoso de unos dientes grandes y muy blancos.

Gran Celtas, con boquilla.

Pensé que, si el rey fumaba, no debía consumir Gran Celtas, por mucha boquilla que llevasen. Sabía que aquella razón nunca convencería a Biosca, que consideraba a la realeza capaz de cualquier disparate, pero dudaba mucho que nuestro rey, por muy excéntrico que fuera, consumiera la marca más barata del mercado.

Después, en la sala de autopsias, fotografías del rostro (frontal y dos perfiles), y del cuello, la espalda, el hombro y la nuca describían una paliza en diferentes tonos de morado sobre morado. Había brotado sangre en abundancia por las orejas y en el informe se hablaba de hemorragia subaracnoidea y de hemorragia intraventricular, pero no me entretuve para saber qué quería decir. El forense aventuraba que el agresor había atacado a Leonor desde su lado izquierdo y con poca libertad de movimientos, y eso le hacía pensar en el interior de un coche donde la víctima ocupaba el asiento del acompañante. Había recibido el primer golpe en el cuello, bajo la mandíbula, probablemente propinado con el canto de la mano. Se podía suponer que aquél quería ser un golpe mortal, pero no lo había sido. La mujer se había vuelto de espaldas, seguramente con la intención de abrir la puerta del coche, y había recibido una lluvia de golpes en el lado izquierdo de la cara, en la nuca y en el omoplato izquierdo. El agresor la había agarrado de la blusa, se la había sacado de la falda. Tampoco habían encontrado sangre o piel bajo las uñas de la víctima, que no se habría defendido de la avalancha de golpes, ni cubriéndose ni plantando cara, sino que sólo habría pensado en huir. Finalmente, el atacante recurrió a un objeto contundente, muy pesado, la naturaleza del cual se desconocía, y le descargó un mínimo de cuatro golpes en la parte posterior de la cabeza provocándole una «fractura de la base del cráneo incompatible con la vida». A continuación, parecía que el asesino había echado a la mujer del coche a empujones y puntapiés: se calculaba que aquello habría provocado la postura enroscada en que se había encontrado el cadáver.

No había indicio alguno de que la mujer hubiera practicado el sexo de ninguna manera en las últimas horas y los restos de alimento eran escasos, indefinidos, y el forense de turno había considerado innecesario su análisis a fondo.

El informe de la Científica hacía notar que los zapatos de la mujer no habían aparecido por los alrededores y que no había fibras sospechosas, ni rastro de sudor o grasa en la blusa de la víctima, en el lugar por donde la habían agarrado, lo que sugería que probablemente el asesino había utilizado guantes de cuero o de goma. Aquello hacía pensar que nos encontrábamos ante un crimen premeditado.

Se calculaba que Leonor había sido asesinada hacia las once de la noche y un informe adjunto de homicidios confirmaba que la última vez que sus compañeras la habían visto era precisamente a las once. Después la perdieron de vista, pero ninguna de ellas vio qué coche se la llevaba. Algunas afirmaban haber visto un vehículo sospechoso rondando por la zona, unas decían que un Opel Corsa, otras que un Seat Ibiza, otras que un Fiesta y, respecto a su color, ofrecían casi toda la gama del arco iris, que si amarillo, que si verde, que si azul. De manera que el asesino había recogido a la prostituta en un lugar solitario, con toda probabilidad lo había elegido precisamente porque no había testigos a la vista, y eso sugería que había sido elegida al azar. Una vez en el coche, la llevó al lugar donde la mató. Allí, sin practicar sexo, fue al grano. Un golpe en el cuello que quizá consideraba que sería definitivo y, después, la furia desencadenada de puñetazos hasta que se le ocurrió agarrar algún sólido y pesado que tenía a mano.

Pensé que eran dos crímenes completamente diferentes. Se podría pensar que habían sido cometidos por dos personas, de no ser por el detalle del cigarrillo en la boca.

En otro documento, la Científica notificaba que habían llevado los cigarrillos al Instituto Nacional de Toxicología donde se analizaría el ADN de la saliva que había en las boquillas. A continuación, el resultado de los análisis del INT certificaba que ambos cigarrillos habían sido fumados por la misma persona.

Por último, en una acta, el juez que había recibido el segundo caso se inhibía a favor del juez que se ocupaba de María Borromeo, al entender que los análisis de ADN establecían una relación inequívoca entre los dos crímenes.

Me fui a dormir con la sensación de haber asimilado muy poco de todo lo que había estudiado. Tenía la cabeza en otra parte. En el dormitorio me encontré con el recuerdo de todas las mujeres que había llevado allí después de la muerte de Marta.

Suspiré, abrumado.

Quizá me convendría una ducha de agua fría antes de meterme entre las sábanas con tanta gente.

3

Se daban todas las circunstancias para que tuviera una pesadilla, y, efectivamente, la tuve. Pero, curiosamente, no aparecieron en ella ni Marta, ni Mónica, ni Esteban ni theremin alguno. Sólo Biosca, que me comunicava entre carcajadas que el rey le había otorgado el título de marqués. En el siguiente fotograma onírico, su rostro cara risueña y eufórica pasaba a formar parte de la etiqueta de una botella de vino: «Marqués de Biosca» «Vino peleón». Me desperté con dolor de cabeza y tuve que ir al lavabo a orinar. A partir de aquel momento, sólo pude dormir a ratos.

Por la mañana, me encontré mirando aquella tarjeta de color verde, y fosforescente, que contenía, escuetamente, el nombre de Lady Sophie y un número de teléfono.

No me parecía oportuno telefonear a una de las *madams* más caras de la ciudad antes de las once de la mañana. Imaginaba que su trabajo debía de obligarla a trasnochar, alternar y tal vez a abusar del alcohol y otras substancias euforizantes, y no quería interrumpir su sueño, ni agravar su resaca, ni acelerar el proceso de restauración matutina. La quería muy lúcida a la hora de responder a mis preguntas.

Cuando me disponía a salir hacia la agencia, sonó el teléfono. Desde la puerta, dejé que se agotasen las llamadas y saltara el contestador automático, esperando quién sabe qué, y tuve la oportunidad de escuchar una conferencia entera de la voz exaltada de mi principal:

—¡Esquius! —Sólo con esta palabra ya supe que le ocurría algo: parecía el grito de agonía de alguien que ha quedado atrapado en una telaraña gigante y ve a la araña monstruosa y peluda que se acerca—. ¡Esquius! ¡Soy Biosca! Le ordeno... Óigame bien, no se pierda ni una sílaba de lo que tengo que decirle... Le ordeno que abandone inmediatamente la investigación que tiene entre manos! He estado pensando en ello y me parece una temeridad absurda continuar por el camino que ha emprendido. —Tendría que habérmelo esperado: Biosca tenía una personalidad ciclotímica, y sus períodos maníacos eran seguidos automáticamente por accesos depresivos y pánicos durante los cuales todavía era más insoportable—. Por muy superdotado que sea, no es tan omnipotente como para competir con la maquinaria universal con que pretende enfrentarse. He estado pensando si tendría que devolverle a nuestra clienta el dinero que nos dio, pero he llegado a la conclusión de que más vale no hacerlo. Podría sospechar algo, podría recurrir a otros detectives, dar a otro la oportunidad de lucimiento... Creo que es preferible fingir que vamos trabajando, darle largas, inventarnos algún informe para tenerla entretenida, pobre mujer, ¿qué le parece? Ah, y no es por nada pero quiero que quede claro que, si usted se empeña en luchar contra los molinos, no cuente conmigo. No quiero saber nada. Ya se apañará. Negaré toda conexión y connivencia con sus iniciativas, le daré la espalda, le negaré tres veces como San Pedro, renegaré de nuestra amistad y de los días felices que vivimos juntos, no sé si me entiende lo que quiero decir. Ah, y no lo invitaré a mi casa nueva y, piénselo bien, porque no es una casa, es un templo para los elegidos lo que acabo de estrenar. Y, si en algún momento sospechara, sólo sospechara que sus investigaciones desquiciadas pudieran poner en cuestión la estabilidad de mi empresa o de mi entorno, no dude que acudiré a la policía y le denunciaré como terrorista que pretende aniquilar a la monarquía con difamaciones. —Cambió el tono—. Se lo digo en plan de amigo, Esquius, de buen rollo. Será mejor que lo deje, ¿de acuerdo? Vamos, que pase un buen día. El día de mañana, cuando el rey se entere de lo que hemos hecho por él, nos lo agradecerá, ¿no le parece?

Suerte tenía Biosca de ser millonario y dueño de su propia empresa y no depender de nadie. En cualquier otra situación, ya estaría pidiendo limosna, o bajo supervisión médica especializada.

La llamada me disuadió de acercarme a la agencia y al mismo tiempo me convenció de la necesidad de apagar el móvil en seguida. Decidí entretener el tiempo que me quedaba hasta las once viendo alguna de las películas de mi colección de serie negra, concretamente *El Beso de Judas*, un extraño homenaje a Jim Thompson dirigido por un tal Gutiérrez, ambientado en Nueva Orleans, con Emma Thompson y Alan Rickman (los dos actores de *Sentido y Sensibilidad*) en el papel de policías que persiguen a una espléndida secuestradora interpretada por Carla Gugino. Mientras asistía a las apasionadas embestidas entre Carla Gugino y su novio, un hemisferio de mi cerebro consideraba seriamente la posibilidad de convertir la visita profesional a Lady Sophie en una visita de placer. Rechacé la idea pensando que no me sobraban trescientos euros, que necesitaría de todo mi capital para ayudar a mi hija Mónica y, al rato, me di cuenta de que no entendía nada de lo que sucedía en la pantalla del televisor porque los pensamientos me habían llevado a otra parte. De manera que interrumpí las aventuras de Emma Thompson y Alan Rickman contra los secuestradores y me sorprendí siguiéndole el rastro al novio descolorido de mi hija.

Recordaba que se habían conocido en la ferretería donde él trabajaba, porque Mónica iba con frecuencia cuando se dedicaba al bricolaje en su piso, y eso significaba que era la ferretería del barrio. Se me ocurrió que allí me hablarían de Esteban, quizá no de una manera demasiado objetiva, porque lo habían despedido, pero posiblemente la verdad estaría en el punto medio existente entre aquella versión y la de Mónica. Tenía que encontrar la ferretería y me prometí que lo haría en cuanto tuviera un momento.

También me rondaba por la cabeza la idea de pedirle consejo a Beth, la empleada de la agencia poco mayor que Mónica.

Marta eligió este momento para picarme un poco.

—¿Te has dado cuenta de que todos los novios de Mónica te caen mal? ¿Te has preguntado el porqué de tanta coincidencia?

No, no me lo había preguntado ni pensaba hacerlo. Tampoco

quería plantearme por qué no le hacía caso a Biosca y dejaba el caso de Mary Borromeo, ya que, al fin y al cabo, era él quien me pagaba. Para ahuyentar todas estas preguntas, me sumergí en páginas gastronómicas, buscando platos donde se combinaran verduras como la zanahoria y el apio con gambas, langostinos, cigalas, ostras, y alguna clase de carne. Encontré un apartado de cocina erótica. Supuse que si la zanahoria y el apio se consideraban afrodisíacos debía de ser por su forma.

Me quedé pensativo, ausente en el sillón giratorio, delante del ordenador. La *madam* le había dicho a Mary que tenía que ir a una fiesta de alta sociedad, con mucha gente. Aquello significaba una casa particular. La suma de cena afrodisíaca, prostituta contratada y un pandilla en una casa particular conducía mis pensamientos hacia la conclusión lógica de una orgía. ¿Una orgía con una sola prostituta? ¿O es que habían alquilado a otras en otras empresas?

A las once en punto, marqué el número de Lady Sophie.

—¿Sí?

Lady Sophie no ocultaba cuál era su profesión. El color, la fosforescencia y el tipo de letra de su tarjeta lo dejaban muy claro. Pero aquella manera de decir «¿Sí?» alejaba cualquier duda. Era un «¿Sí?» que podía matar a un niño, si lo oía.

—Me han dicho que vendes algo que me puede interesar —dije, e inmediatamente me sentí estúpido. Demasiado cine.

—¿Nos conocemos?

—Me gustaría que nos conociéramos.

—No hace falta. Dime dónde estás y a qué hora la necesitas y te enviaré compañía.

—¿No puedo elegir?

—Pudes fiarte de mí.

—¿Con esta voz? Sólo me fiaré de ti si puedo verte la cara.

—Está bien. Si te sobra el tiempo, ven.

Me dio su dirección y, cinco minutos después, ya estaba al volante del Golf, por la avenida de Sarriá arriba, hasta cruzar la Ronda del General Mitre por la plaza de Prat de la Riba, enfilando el paseo de San Juan Bosco y entrando finalmente en la calle de María Auxiliadora, donde se hallaba mi destino.

Allí tenía su feudo Lady Sophie.

Una casa de estilo vagamente neoclásico, pretenciosa, con frontón y columnas estriadas en la fachada. Pulsé el botón del piso correspondiente en el portero automático. En seguida, escuché:

—¿Sí? —Otra vez aquel «¿Sí?».

—Acabamos de hablar por teléfono. Me llamo Ayala.

Ya llevaba en la mano, a punto, una tarjeta que me presentaba como Enrique Ayala, abogado de una empresa denominada AGE, Asesores y Gestores Empresariales.

Subí en un ascensor que apestaba a perfume venéreo, o a mí me lo pareció.

4
....

La mujer que me abrió la puerta era extremadamente baja, una delicada miniatura que contrastaba con su voz de pantera. No sé por qué, se me ocurrió que no podía haber ejercido la prostitución antes de ser *madam*, era imposible. No sé por qué. Tenía unas facciones angulosas, afilados los pómulos y cuadradas las mandíbulas, y los labios delgados y desdeñosos, irradiaba descargas eléctricas incluso en estado de reposo, pero aún así era agradable de contemplar. Jersey de cuello cisne, probablemente para ocultar arrugas y disimular la edad, y ceñido porque tenía los pechos generosos, y sin mangas porque tenía los brazos bonitos. De un color verde, tan chillón como su tarjeta fosforescente. Pantalones de color beige y muy anchos. Debía de tener las piernas feas. Y babuchas bien planas para proclamar a los cuatro vientos que su altura no la acomplejaba en absoluto.

Me miró a los ojos, descarada, y después dejó caer la mirada escrutadora desde los cabellos blancos hasta los zapatos refulgentes, pasando por la bragueta como una caricia. No le convenció lo que veía, a pesar de que me había puesto el traje gris de alpaca, el abrigo azul y la corbata de rombos. Más bien me pareció que le confirmaba las sospechas y las paranoias anteriores. Su expresión profetizó dificultades, y dio media vuelta y pasó hacia el interior del piso dejándome solo en el vestíbulo.

El vestíbulo era un espacio pequeño, decorado con una consola con superficie de mármol y una banqueta minúscula de patas frágiles con incrustaciones doradas y acolchada, digamos que estilo Luis XVI o algo así. Había una puerta medio disimulada detrás de unos cortinajes de terciopelo y otra con cristales translúcidos y amarillos, que era por donde había pasado la *madam*. La seguí.

Me encontré en una sala lo bastante grande como para contener dos sofás, dos sillones, una mesita baja y una barra de bar que daba a la estancia aspecto de club privado. No había nada que hiciera pensar en el sexo, aparte, quizá, del olor de un ambientador demasiado dulce. Los cuadros eran abstractos, indescifrables, y aquí y allá se veían jarrones con flores naturales y móviles de esos que parece que nunca pueden estarse quietos. Nada de pornografía ni provocación de ninguna especie. Un ambiente tranquilizador para temperamentos medrosos y neuróticos. Lo agradecí.

Lady Sophie no tuvo que agacharse demasiado para coger una carpeta que había sobre la mesita enana. Me la dio con gesto despectivo, sin mirarme, como quien ya sabe que está haciendo algo que no sirve para nada. Ordenó:

—Elige.

Podría no haberla abierto, pero me venció la curiosidad. Me pasó peor la cabeza: «Así sabré lo que me estoy perdiendo».

Chicas muy hermosas. Cuerpos. Chicas que te gustaría conocer en el metro, o en un bar para tratar de ligar con ellas y acabar compartiendo almohada y sábanas. Podían ser estudiantes o administrativas o azafatas, sólo que llevaban poca ropa, o ninguna, y adoptaban actitudes seductoras que no les sentaban bien, que las hacían más baratas. Pero la baratura contribuía a hacerlas asequibles y, por tanto, excitantes. Era como si me estuviera poniendo a prueba. Reconocí a dos actrices de cine y a una presentadora de televisión. No era ningún secreto: allí se estaban ofreciendo, en aquel escaparate, al alcance de cualquiera que hojeara aquel menú. Yo podría ser cualquiera. El padre de una de ellas, por ejemplo.

Devolví la carpeta.

—¿Y Mary Borromeo? —dije.

Lady Sophie apartó la vista, asqueada.

—Me lo imaginaba —dijo.

Le entregué la tarjeta a nombre de Enrique Ayala.

—Represento a alguien que no está de acuerdo con la manera como se ha resuelto el tema de Mary Borromeo.

Frunció el ceño. Expresión desagradable, agresiva.

—¿A quién?

—El jueves pasado, contrataron a Mary Borromeo para un servicio y el cliente se la llevó hacia Sant Cugat... —Tenía que fingir que sabía más de lo que sabía, basándome en suposiciones: hay mansiones muy lujosas, en Sant Cugat, y habían encontrado el cadáver en la carretera de Vallvidrera a Sant Cugat.

Me clavó una mirada directa a los ojos, como hacen las personas cuando son sinceras. Pero las personas que dicen la verdad también parpadean al hacerlo. En aquella mirada artificialmente fija sólo había la determinación de aparentar sinceridad. Nada más.

—No sé de qué me habla.

Bajó la vista y, mirando las baldosas del suelo, con la cabeza por delante, pasó por mi lado, hacia el vestíbulo.

—Pues claro que lo sabe.

La agarré del brazo. Pegó un grito ensordecedor:

—¡Suélteme!

La solté, pero ella se había detenido.

—Pues claro que lo sabe.

—Hizo el servicio por su cuenta.

—La contrataron para una fiesta de alta sociedad...

—¡Me estafó!

—¿Y por eso la mataste?

Se quedó con la boca abierta.

En algún lugar de la casa, sonaban pasos de gigante con botas de siete leguas. ¡Bom, bom, tres, cuatro...!

Lady Sophie salió al vestíbulo. La seguí levantando la voz:

—... Mi cliente estaba allí, ¿comprendes? ¡Gambas, langostinos, ostras, comida afrodisíaca para antes de la orgía...!

Paralizó el gesto y se volvió hacia mí con tanta rabia como si le hubiera descrito el menú con toda exactitud. Hay gente que se pone colorada como un pimiento morrón en situaciones así. Y hay gente que se pone pálida. Lady Sophie se puso blanca como el papel. Me recordó a Esteban. Blanca amarillenta, blanca enferma, blanca a punto de lipotimia.

Y los pasos se acercaban y se acercaban, bom, bom, siete, ocho, y ya teníamos allí al gigante. Abrió de un tirón la otra puerta del recibidor y pasó entre los cortinajes de terciopelo como pasaban los arietes a través de las puertas de los castillos sitiados.

El cráneo puntiagudo y muy rapado y la ausencia de cuello le daban aspecto de proyectil, era el Hombre Bala, el Hombre Obús. Y los ojos desorbitados y redondos manifestaban un asombro perpetuo, desmesurado, inquietante. Eran ojos que no cesaban de exclamar «¡Oh, es maravilloso!». Era el Hombre Lechuza, el Extraterrestre salido directamente de la pantalla de peli de terror de Serie B y animado con la pretensión de darle a la escena un toque de *gore* a mi costa. Vestía una camisa blanca de seda, abierta hasta el ombligo para lucir cadena de oro y pelambrera. Tenía un tórax colosal, con brazos como un par de martillos neumáticos pegados a un lado y a otro, y se desplazaba sobre dos piernecitas zambas que no garantizaban mucha estabilidad.

Di un paso hacia él, hasta el umbral, y puse la mano sobre el pomo de la puerta de cristal amarillo, como si me fallaran las piernas y necesitara apoyo urgente. Nada más fácil, porque la verdad es que me fallaban las piernas.

—¿Qué pasa? —dijo el hombre de los ojos exorbitados.

—¡Espera, Cañas! —dijo ella, muy autoritaria. Y a mí—: ¿Quién te envía?

—Alguien que estaba allí y que no se conforma con la solución que le disteis. —No sabía muy bien de qué estaba hablando pero conseguí decirlo de manera bastante convincente—. Alguien que sabe perfectamente que tú fuiste la intermediaria —pensaba: la que llevó a Mary a la fiesta— y quien se ocupa de atar cabos y pagar sobornos cuando las cosas se han torcido —pensaba: la que aforó cincuenta mil euros a la madre de Mary—. Pero te equivocas mucho si crees que todo se soluciona aplacando a la familia, hay otros intereses. —Y ella que entendiera lo que quisiera, que la última parte no la tenía clara ni yo mismo.

—No sabes de qué hablas —dijo con desprecio infinito. Y abrió la puerta del piso—. Lárgate.

Arriesgué un palo de ciego:

—Si al juez Santamarta le parece que se puede pillar los dedos, cuando vea cómo estáis jugando, os retirará su apoyo, y entonces...

Se puso más pálida todavía. Incluso el cabello, y las pupilas empezaban a perder color. Blanca albina, fenómeno de feria, señoras y señores, la mujer que nunca vio la luz. Se me hacía evidente que yo iba por buen camino, que estaba dando en el clavo.

—Lárgate —repitió, insegura.

—Si tú no puedes negociar, dime con quién tengo que hablar.

—¡Que te abras!

Me impacienté.

—¡No seas imbécil...! —empecé.

Entonces, los ojos del Hombre Obús me dispararon rayos exterminadores. «¡Uy lo que ha dicho!», parecían chillar, no podían tolerar aquella falta de respeto contra su querida patrona. Yo estaba gritando «¿Quieres que divulgue todo lo que sé?» cuando él se lanzó contra mí, embistiendo como un toro.

Di un paso atrás y cerré la puerta, de manera que se interpusiera entre los dos. Se sumaron la fuerza de la acometida y la fuerza de mi brazo y el resultado fue una especie de explosión estremecedora. Cañas clavó su ceja contra el marco, el cristal translúcido se rompió con agudo estrépito y se convirtió en lluvia amarilla. Lady Sophie se puso a gritar «¡Basta, basta, basta, quietos!», y yo también empecé a chillar, histérico porque, muy cerca de mí, Cañas se tambaleaba y cerraba el puño como diciendo «ahora sí que te la has ganado, mamón». Yo aún tenía la mano en el pomo de la puerta y realicé un abrecierra seco de urgencia. Esta vez se la clavé en la nariz y el marco se astilló un poco. Cañas cayó sentado con ruido de cañonaza. Lady Sophie continuaba gritando y yo también.

—¡Basta, basta, que os he dicho que basta!

—¡Dile que se esté quieto! ¡Como me haga daño, todo saldrá a la luz!

Cañas, ciego de furia, se apoyó en la banqueta Luis XVI para levantarse, pero las finas patas cedieron y el hombretón fue a parar de nuevo al suelo. En el segundo intento por incorporarse, se agarró al cortinaje de terciopelo. Se descolgó la barra y el gigante volvió a desplomarse y la tela le cayó encima convirtiéndolo en fantasma rojo y convulso. Como era un hombre de ideas fijas, volvió a levantarse con la intención de degollarme antes de que yo pudiera huir. Plantó firmemente los pies en el suelo y pegó dos zancadas, sin entretenerse en quitarse la cortina que lo envolvía, hacia el lugar donde me había visto por última vez. Pero con tantos golpes y vueltas de peonza había perdido el sentido de la orientación, y lo que hizo fue estamparse directamente contra una pared. Casi la atravesó, como los fantasmas de verdad. La vibración producida por el golpe se trasladó al resto del edificio, en una especie de estornudo descomunal. Hubo otra conmoción más modesta, a continuación, cuando el ogro cayó al suelo rompiendo (según me pareció) un par de baldosas.

No sé si la pudo oír, pero, si la oyó, seguro que le ofendió un poco mi carcajada, imprudente y nada calculada.

Interrumpí las risas para gritar:

—¡Que pare! ¡Que pare o te juro que os arrepentiréis!

Y Lady Sophie:

—¡Basta, Cañamás, coño que me vas a destrozar la casa! —Y se volvió hacia mí, temblando de rabia —: ¿Tú estás loco? ¡Tú te crees que esto sólo es una chorrada futbolera, pero estamos hablando de temas más importantes! ¡Estamos hablando de alta política, imbécil! ¡Santamarta hará lo que le digan!

—Te fías demasiado de Santamarta —dije, amenazador—. Nos volveremos a ver.

Di media vuelta, salí al rellano y bajé por las escaleras porque me daba pereza esperar el ascensor y lo hice a paso ligero porque el médico siempre me insiste en que haga ejercicio. Detrás de mí, quedaban los mugidos y graznidos del Hombre Lechuza. Si prestaba atención, podía distinguir palabras y expresiones dedicadas a mí del estilo de «mearás sangre» y «te mataré», por mencionar las menos imaginativas.

Crucé la calle de María Auxiliadora con ganas de pedir auxilio, sintiéndome perseguido. Había un hombre con casco integral de motorista cerca del portal neoclásico, y otro hombre con mono que no sé qué hacía, unos metros más allá. Pensé que, si yo tuviera una casa de putas y hubieran asesinado a una de mis pupilas, no me conformaría con un Hombre Lechuza y habría ampliado mi personal de seguridad. Pondría a alguien en la calle, alguien que pudiera tomar nota de la matrícula del cliente que se ha pasado con alguna chica o que ha montado algún número desagradable.

Arranqué el Golf y salí disparado del estacionamiento, sin mirar; si llega a pasar algún coche en aquel momento, me clavo contra él. Conduje hacia el centro de la ciudad, sin rumbo, pensando que a lo mejor en aquel preciso instante alguien estaría anotando el número de matrícula de mi coche. Sabrían quién era yo y para quién trabajaba, vendrían a verme. Moverían pieza, caballo tres reina. Y, luego, ¿qué más? Hablaríamos.

O, si no, ¿qué? ¿Qué más podían hacerme? Caballo le pega una somanta de hostias a peón, se le mea encima y lo abre y lo despieza con un trinchante.

Matarme.

Imposible. La sola idea me congeló la médula.

Procuré pensar en otra cosa. Tal vez me estaba dejando arrastrar por el pánico. Pero, entonces, recordé la última frase de Lady Sophie: «¡Estamos hablando de alta política, imbécil!». No se me escapaba que, en este punto, la *madam* abonaba la teoría de doña Maruja y de Biosca.

5

Pero, antes de pronunciar aquella frase, Lady Sophie había antepuesto otra:

«¡Tú te crees que esto sólo es una chorrada futbolera...!»

Con la intención de alejar pensamientos funestos, en cuanto me sentí a salvo aparqué en un chaflán y marqué en el móvil el número de Mónica. No sabía muy bien qué quería decirle. Quizá, después del susto que me acababan de dar, buscaba que el calor familiar me protegiera y consolara. Me había pasado por la cabeza que alguien podía querer matarme, ¿y qué haría Mónica si yo me moría? ¿Quién la protegería de la secta de adoradores de theremins?

Tardaron en responder y, cuando lo hicieron, fue la voz ronca de Esteban.

—¿Mmhé?

¿Estaba durmiendo?

—¿Diga?

¡Sí, estaba durmiendo! ¡Eran más de las doce del mediodía! ¿Aquélla era su manera de buscar trabajo? ¿Así se movía tratando de vender su supuesto concierto de pito?

—¡Diga, joder!

—¿Está Mónica?

—No. Eh... ¡Ha salido!

Y me colgó el teléfono.

La madre que parió al genio del theremin, las doce tocadas y sobando. Mientras Mónica había salido, probablemente a visitar alguna editorial para pedir trabajo, o a preparar un examen en la intimidad de una biblioteca, o a comprarle quilos y quilos de cigalas, él estaba allí, tumbado como un rey...

No podía quitarme aquella palabra de la cabeza. Rey. Rey, rey, rey. En el chaflán, había un quiosco lleno de prensa deportiva que retenía mi atención sin que yo comprendiera exactamente por qué.

Llamé a la agencia.

—¿Puedo hablar con Beth? —le pregunté a Amelia.

—Beth está en los Grandes Almacenes, con Octavio. Pero espera un momento, que el señor Biosca quiere hablar contigo.

Pensé: «¡Oh, no!», pero ya era demasiado tarde para cortar la comunicación.

—¿Esquius? —gritó Biosca—. Esquius, amigo mío, permítame que, a pesar de todo, le llame amigo mío, amigo, amigo. Soy Biosca.

—Sí, ya le había conocido.

—Amigo mío, ¿acaso no ha recibido mi llamada de esta mañana? Ah, supongo que ya había salido en busca de nuevas aventuras por lugares inhóspitos donde no ha llegado todavía la cobertura de su móvil. Óigame: Le decía que abandonara el caso que lleva entre manos. Es demasiado peligroso, con aquella persona implicada, la que usted y yo sabemos...

—¿Se refiere al...?

—¡¡¡¡Psst!!!! —hizo con tanta fuerza que tuve la sensación de que me salpicaba un diluvio de salivilla surgido del auricular—. ¡No diga nombres!

—De acuerdo, diré «esa persona». Pues, óigame bien: esa persona no está implicada.

En aquel mismo instante, lo acababa de entender. Viendo aquella revista deportiva.

—No me interrumpa, Esquius. Estoy velando por su seguridad. Le estoy salvando la vida. Por si acaso, haga lo siguiente: vaya al aeropuerto y compre un billete del primer vuelo que salga hacia Buenos Aires. ¿Que por qué Buenos Aires? Bueno, allí hablan castellano, que siempre viene bien entenderse con los nativos, y además allí ahora es verano, y sé que a usted le gusta el tango, y el churrasco, y las boleadoras de cazar ñandús, y además he hecho rodar mi globo terráqueo y he lanzado un dardo y ha caído precisamente sobre Buenos Aires. Por cierto, ¿sabe que mi globo terráqueo estaba hinchado y lleno de aire, como una pelota? Pues yo no lo sabía. Una vez en Argentina...

—No iré a Argentina —dije.

—¿Prefiere encerrarse en mi nueva mansión en compañía de... hum... unas buenas amigas mías que le ayudarán a pasar el rato?

—No pienso hacer nada de todo eso.

—¿Qué?

—Que no.

—¿Ah, no?

—No, señor Biosca. Porque la persona que usted se temía que estuviera implicada en el caso no lo está...

—¿Ah, no?

—Y porque me parece que ya sé quién es el rey.

—¿El qué? ¡No sé de qué me habla! ¡Se equivoca de número!

Colgó precipitadamente.

Lo que me llevó a pensar en el fútbol fue el grito de Lady Sophie. «¡Tú te crees que esto sólo es una chorrada futbolera, pero estamos hablando... de alta política, imbécil!». ¿Por qué había mencionado el fútbol? ¿Sólo era una manera de hablar?

En el chaflán, había un quiosco que tenía gran cantidad de prensa deportiva a la vista. Y, muy a la vista, un titular que me llamó la atención.

Era la época en que en el equipo más importante de la ciudad, y uno de los más importantes del mundo, jugaban Camilo, Isidoro, Reig, Vessels, Ballard, Garnett, Bach, Fernando, Pescosolido, Kaminski y Modiano.

El titular decía: «Joan Reig enseñará los calzoncillos».

Me imaginé a María, con una manera de hablar similar a la de su madre, diciendo aquella noche y con tanta ilusión: «Estoy con el Rey...»... ¿Cómo pronunciaría Reig, la muchacha, en su andaluz de Bellvitge? ¡*Rey!* ¿Cómo lo pronunciaban todos los comentaristas deportivos del resto de España? «¡*Rey* la controla! ¡*Rey* se queda en el banquillo! ¡*Rey* sale al paso de Zurro y le derriba sin contemplaciones...! ¡*Rey* se enfrenta al árbitro!» Incluso lo llamaban directamente: «El Rey del área», en su condición de defensa central. Joan Reig: un chico que acababa de fimar una renovación de contrato por seis millones de euros (tema que llenaba los periódicos últimamente) se podía permitir todo tipo de lujos, orgías, alta sociedad, un ambiente deslumbrante para la joven Mary. Joan Reig, el guapo, el famoso, el adonis del fútbol nacional, el que las traía locas a todas y aparecía tanto en las revistas del corazón como en las deportivas, el que muy pronto participaría en un desfile de ropa interior masculina, que Beth y Amelia ya habían conseguido invitaciones para ir a verlo. ¡Joan Reig!

«¡Tú te crees que esto sólo es una chorrada futbolera!», había dicho Lady Sophie, exasperada.

TRES

1

Los grandes almacenes donde estaban trabajando Beth y Octavio se encontraban en el paseo de la Zona Franca. Se llamaban TNolan, así, sin punto ni espacio entre la T y la N, y estaban dedicados al hogar. En sus seis plantas se podía encontrar desde un listón de madera para hacerse un zócalo hasta reproducciones de cuadros famosos pasando por frigoríficos, cepillos de dientes, álbumes de fotos, flores, tanto artificiales como naturales, en un invernadero anexo y, en el súper del subterráneo, comida de toda clase: fresca, congelada, precocinada, preparada, dietética, natural y artificial. En la sexta planta había un restaurante y decidí comer allí.

Por el camino, llamé a Beth, pero debía de tener el teléfono fuera de cobertura. Quizá estaba vigilando que no robasen nada en el aparcamiento. Probé con Octavio y lo pillé en un mal momento.

—¡Diga!

—¡Soy Esquius!

—¡Me cago en el trineo de los cojones, Esquius! —Afirmación mezclada con una voz infantil insistente y aguda, en segundo término: «Un caramelito, Papá Noel, que he sido bueno, un caramelito, un caramelito, un caramelito, por favor, un caramelito»—. ¿Tú sabes la pinta que hace un Papá Noel hablando por un móvil?

—¿Es una pregunta con trampa?

—¿Cómo? ¿Qué has dicho? —Las súplicas del niño interferían en nuestra conversación, «¡un caramelito!».

—¡Que si es una pregunta con trampa!

—Papá Noel no puede hablar por el móvil, Esquius, joder!

—Pues desconéctalo.

—¿Y entonces con quién coño estarías hablando ahora?

La voz infantil continuaba reclamando incansable su caramelito. Me imaginé a un mocoso de tres o cuatro años tirando de la manga de mi compañero y a una madre joven y sonriente mirando enternecida a su hijito que creía en la magia y se ilusionaba con Papá Noel y con el espíritu de la Navidad.

—Un momento —dijo Octavio, exasperado. A continuación, se escuchó un rugido devastador—: ¡Joder, ya está bien! ¿Es que no sabes esperarte, nene? ¿No ves que estoy hablando con el cuidador de mis renos? ¿Quieres que se mueran de hambre por tu culpa, los putos renos?

—Quiero hablar con Beth —dije, horripilado y levantando la voz para sobreponerla al llanto súbito y desconsolado del niño.

—¡Me cago en tus muertos! ¿Me llamas a mí para hablar con Beth? ¡Pues llama a Beth, joder, Esquius, no jodas, que pareces idiota!

Al llanto desesperado de la criatura se sumaban ahora los gritos indignados de la madre y Octavio cortó la comunicación sin despedirse.

Ya sé que hablo demasiado por teléfono mientras conduzco, y que un día tendré un accidente o me clavarán una multa, pero mentiría si no dijera que de inmediato llamé a la agencia, hablé con Amelia y le pedí que buscara en el ordenador el número de teléfono de un periodista llamado Tete Gijón. Y, por fin, ya a la altura de la plaza Cerdá, muy cerca de mi objetivo, localicé a Tete Gijón, especialista en deportes.

—Me llamo Esquius y soy detective privado, no sé si te acuerdas de mí. Nos presentó una vez Sisteró...

—¡Jodó, ya lo creo que me acuerdo! ¡El día de la cerveza con vodka! ¿Y no eras tú el que se tomaba la cerveza con cointreau? ¡Jodó, tío, si me acuerdo! ¡Ya lo creo que me acuerdo!

Eran otros tiempos. Aún no hacía un mes que había muerto Marta y yo creía que no podría superarlo nunca. Hacía mezclas extrañas y tenía resacas aún más extrañas.

—Necesito un poco de información.

—¡Jodó, tío, pues claro, que para eso eres detective! ¿Qué quieres saber, salao? Si puedo ayudarte, por mí, encantado.

—Quisiera hablar con Reig, Joan Reig.

—¿Joan Reig, el futbolista? ¡Jodó, salao, a mí también me gusaría hablar con él, pero estos días está imposible, con todo eso de la renovación del contrato y la situación del equipo! No pude hablar con él ni en la rueda de prensa... ¡Imagínate!

—¿No habría manera de acercarse...?

—Ahora mismo, no se me ocurre ninguna. Y, si se te ocurre a ti, jodó, salao, me la cuentas, ¿vale?

—Bueno. Pues querría hablar contigo para que me cuentes cosas de Reig. Cosas que puedan haberle pasado últimamente.

—Coño, pues que le han renovado el contrato. Que decían que no se lo renovaban, que no se lo renovaban porque pedía la tira de millones, y precisamente el otro día hace un partido de puta pena, tú, de puta pena que te cagas, y patapam, como quien dice al día siguiente le renuevan el contrato. ¿Tú te lo explicas? Pues yo tampoco. Oye: ¿por qué no vienes el domingo al campo, que yo te cuelo, y ves cómo juega y hablamos de lo que sea? ¡Me gustará mucho volver a verte, jodó! Y nos zampamos unas cervezas con calisay, eh, ¿qué te parece? ¿Has probado la cerveza con calisay? Venga, salao, que tengo que cortar que voy conduciendo y hay guardias a la vista!

Yo ya estaba entrando en el aparcamiento subterráneo de TNolan.

Subí en ascensor a la sexta planta, donde estaba el restaurante, y pedí un plato combinado. Huevos fritos, chistorra, patatas fritas y una cerveza. Sola, sin calisay ni chartreuse, ni nada de eso. Estuve a punto de quedarme colgado de pensamientos melancólicos. Para espantarlos, probé de localizar otra vez a Beth y aquella vez la encontré.

—¿Beth? Soy Esquius. Estoy aquí, en los almacenes Nolan, en el restaurante. ¿Podemos hablar cinco minutos?

—Sí, claro. Como si quieres diez minutos. Yo también tengo que comer. Ahora subo.

Fue en aquel preciso momento, mientras cortaba la comunicación, cuando vi entrar en el restaurante al hombre con el casco integral de motorista puesto. Era alto y delgado y tenía unos brazos muy largos que colgaban a lo largo de su cuerpo y se balanceaban como si fueran de goma. Y llevaba una mochila roja y gris a la espalda.

Maldije mi estampa por no haber hecho caso de la primera intuición paranoica que me había asaltado al salir de casa de Lady Sophie. Al final, resultaba que la *madam* había situado en la calle a un vigilante provisto de móvil, que había recibido el mensaje mientras yo bajaba las escaleras: «Un tío alto, pelo blanco, abrigo azul, traje de alpaca gris marengo, corbata de rombos». Después, supongo que me había ofuscado la descarga de adrenalina provocada por mi encuentro con el Hombre Bala, y mientras conducía y hablaba por el móvil, no había estado atento a los retrovisores.

¿O no?

¿El motorista que yo había visto en la calle de María Auxiliadora llevaba una mochila como aquélla?

Ahora se quitaba el casco y ocupaba una mesa a la otra punta del restaurante, al lado de la puerta. Era joven y tenía los cabellos lacios y largos hasta los hombros. Vestía una cazadora de nailon negro, pantalones vaqueros muy gastados y botas de montañero. No me miraba. Se había puesto a hablar por el móvil.

2

Estaba acabándome los huevos fritos cuando Beth entró en el restaurante, me localizó y vino hacia mí deslumbrando a toda la parroquia con su sonrisa, su juventud, su vitalidad y su cabellera de un verde chillón. Iba vestida con un anorak azul cielo muy grueso, pantalones negros ceñidos y botas de media caña con cordones larguísimos. Labios y uñas pintados de granate, casi negro. Una clienta más. Nadie diría que estaba trabajando allí. A nadie se le podía ocurrir que una vigilante se tiñera los cabellos de verde.

—¡Eh, Esquius! —exclamó en cuanto se sentó ante mí—. ¡No sabes lo que nos ha pasado! ¡Es la pera! Abajo, en el subterráneo, donde está el supermercado... Una señora mayor, que llevaba un sombrero muy aparatoso, va y se desmaya. Hace un momento, de esto, justo antes de que me llamaras. La llevamos a la enfermería y, cuando le quitamos el sombrero... ¡Resulta que había mangado un pollo congelado y se lo había escondido dentro del sombrero! —Se echó a reír y me contagió su buen humor—. ¡Se ve que ha sido el pollo congelado lo que le ha provocado la hipotermia y el desmayo...!

No podíamos dejar de reír. Se me saltaban las lágrimas, a pesar de que era consciente de que el greñudo del otro extremo del local me estaba mirando disimuladamente mientras hablaba por el móvil.

—Bueno, ahora perdona, ya vengo, voy a buscar la comida.

Se levantó Beth bruscamente y me dejó solo en la mesa. La seguí con la vista. Me gustaba cómo meneaba las caderas, cómo se movía como impulsada por arranques inesperados. Ejerciendo deliberadamente de viejo verde, recreé un poco la vista. Alguna vez, me había parecido que tenía alguna oportunidad con ella. ¿Qué iba a hacer, yo, con aquella preciosidad que, por edad, podía ser mi hija? Después, me dijo que tenía novio y me pareció que, con aquello, descartaba cualquier expectativa por mi parte. Pero el novio resultó ser virtual, fantasmal, nunca nadie lo había visto, no tenía nombre, ni dirección, ni gustos o aficiones conocidas, y se convirtió en nuestro tema de conversación preferido para coquetear: «¿Qué tal con tu novio? ¿Aún te hace tan feliz?». «¡No te puedes imaginar lo que me hace, para hacerme feliz!» La observé mientras bromeaba con los camareros, mientras pagaba la comida.

Sacudí la cabeza para sacudirme los malos pensamientos. Que necesitaba una mujer, eso era evidente. Pero, cuando Beth volvía hacia mí con su bandeja, hice lo posible para que mi mirada fuera una galantería.

Ensalada multicolor y carne a la plancha.

Se fijó en la chistorra que yo aún no había probado.

—¿No decías que tenías que cuidarte? ¿Que estabas haciendo dieta...?

—Tienes razón. Pero todavía no he mirado en el diccionario qué significa la palabra colesterol —me justifiqué. Y, a continuación—: Ahora que se acerca la Navidad, las dietas son absurdas. En enero, empiezo una, ya lo verás.

—¡Jo, qué suerte que hayas venido, Esquius! —exclamó de pronto—. Te necesitamos aquí. Necesitamos tu coeficiente intelectual de superdotado. No sé cómo se las apañan los ladrones para llevarse cosas día sí, día no, cada vez de más valor. Me estoy volviendo una experta en robar en los grandes almacenes, ¿sabes?

—¿Y Octavio?

—¡Uy, Octavio! —se rió con la boca llena.

—Le he llamado y me ha parecido que estaba muy enfadado.

Con gestos ampulosos, me indicaba que lo estaba, y muchísimo. En cuanto deglutió, se explicó:

—Ya sabes cómo es. Va de un lado para otro vestido de Papá Noel y perseguido por los niños. Ahora hace un rato, le ha pegado un bocinazo a uno que han acabado todos en el despacho de dirección, Octavio, el niño y la madre que lo parió. Además, como no avanzamos nada en la resolución del caso, se aburre y, claro, ya sabes cómo es, le ha dado por insistir en registrar a las clientas que están buenas, y ha armado un par de follones. El peor pasó ayer, cuando abrió de golpe la puerta de un vestuario donde se estaba probando ropa una clienta, y sorprendió a la chica en bragas y sujetador. Imagínate a la pobre, que ve aparecer de repente a Papá Noel gritando, con ese vozarrón que tiene: «¡Quedas detenida!», por poco se desmaya del susto. Las mujeres de los probadores de al lado se pusieron a chillar... Después gritó también el jefe de personal, y el jefe de seguridad, que no les gusta nada que estemos por aquí porque nos consideran competencia que pone en cuestión su solvencia... En fin, un jaleo.

—¿Pero qué estáis haciendo, exactamente? —le pregunté, para alargar la conversación—. ¿Para qué os han llamado? ¿Robos...?

Me lo explicó mientras comía. Yo ya había terminado y había dejado la bandeja a un lado.

Hacía como mínimo tres meses que, en los grandes almacenes, de manera sistemática, iban desapareciendo artículos de los que había expuestos para el público. Toda clase de cosas: material de bricolaje, electrodomésticos, objetos artísticos, plantas, muebles... Consideraban que tenían un sistema de seguridad tan perfecto que, durante bastante tiempo, más de un mes, habían atribuido la responsabilidad a los vendedores y al departamento de contabilidad. Se suponía que los artículos, en realidad, se vendían pero que los dependientes de las cajas no se acordaban de hacerlo constar. O que había alguno conchabado con los ladrones que se olvidaba de ello con premeditación. Los del departamento de seguridad aún defendían esta tesis pero, incluso después de colocar cámaras de vídeo directamente enfocadas a las cajeras, no habían descubierto nada anormal. Y la merma constante había llevado a uno de los directivos de la empresa, que era amigo o conocido de Biosca, a contratar a la agencia para que tratara de solucionar el caso.

—... Y no tiene solución —concluía Beth—. O yo no sé verla.

Todos los artículos de la casa llevaban, bien a la vista, unas tarjetas magnéticas, de la medida de una tarjeta de crédito, pegadas de manera que sólo se podían quitar y desactivar en la caja. Nadie podía salir del establecimento, bajo ningún concepto, sin pasar por los arcos detectores que tenían un guardia de seguridad al lado y, si se intentaba salir por ellos con esa tarjeta magnética, se disparaban las alarmas. Había arcos detectores por todas partes: en las entradas y salidas de la clientela, naturalmente, pero también en las puertas que utilizaban los directivos, y en las salidas de emergencia, y en los grandes accesos a los almacenes de atrás, de manera que todos los paquetes que entraban y salía del recinto a lo largo del día, e incluso los contenedores de basura que sacaba el personal de la limpieza, por la noche, todo, todo, todo, siempre, pasaba por esos arcos detectores. Todos los artículos robados habían desaparecido de la tienda; ninguno de los almacenes anexos.

—... Si alguien se dedicase a arrancar las tarjetas magnéticas —continuaba Beth, como si me estuviera contando una historia apasionante—, cosa prácticamente imposible de hacer de una manera rápida y disimulada, después tendríamos que haberlas encontrado por la tienda, ¿comprendes? Porque no tendría sentido arrancarlas para después metérselas en el bolsillo y hacer sonar igual la alarma al salir. Y no hemos encontrado ni una. Aparte de que probablemente, tarde o temprano, los seguratas o las cámaras de seguridad habrían acabado por descubrirlo.

—Sí, sí.

—¿Qué te parece?

Yo no le prestaba mucha atención. Me preocupaba el hombre del casco de motorista, que ya había terminado de comer y fumaba tranquilamente, de espalda a nosotros y con la vista fija en la puerta.

—Mira... —dije, volviendo a la realidad—. Venía para pedirte un favor. Un par de favores.

—No, no, no —se resistió la chica—. Después hablaremos de los favores. Ahora dime qué te parece este caso.

Yo no le veía ninguna solución obvia a aquel misterio pero, ya que le estaba pidiendo favores, no podía negarle la ayuda. Decidí recurrir a vagas generalidades.

—¿Qué haces cuando miras la actuación de un mago? —le pregunté.

—¿Un mago? —se rió como si le hubiera hecho una proposición atrevida y le apeteciera aceptarla—. Pues aplaudir, ¿no?

—No: cuando miras la actuación de un mago, intentas descubrir el truco.

Uy, lo que dije. Beth puso los ojos en blanco, se echó a reír y emitió un chillido, todo a la vez. Escandalizada y escandalizando.

—¡No! ¿Cómo voy a intentar descubrir el truco? ¡Eso es lo que dice siempre mi padre!

—No estaba hablando de ti como espectadora infantil...

Pero, por lo visto, había tocado un tema especialmente traumático.

—¡Ostras, Esquius, no me esperaba esto de ti! ¿Por qué iría a ver la actuación de un mago si quisiera desenmascararlo? ¿Qué te crees? ¿Que te está desafiando? ¿Que quiere tomarte el pelo?

—Beth...

—¡Es precisamente la conversación que tenemos con mi padre cada vez que sale un prestidigitador en la tele!

—Beth: estoy hablando de ti como detective...

—Mi padre se cree que el mago le quiere engañar. Le digo «No, papá, el mago no lo hace con la intención de dejarte en ridículo. ¡Lo hace para que te diviertas, para que te lo pases bien!».

—... Y como detective sí que tienes que buscar el truco...

—¡No hay peor espectador que él! Cuando hay un mago en la tele, siempre le digo «¡Vete, lárgate porque aún te vas a poner de mala luna!».

—... porque los ladrones...

—Y, efectivamente: si pilla la trampa del mago, dice que es un chapuzas y, si no se la pilla, se queda mosqueado, como si una inteligencia superior acabara de demostrarle que es un imbécil...

Hice un gesto brusco y taxativo.

—... De acuerdo, me he equivocado con el ejemplo. Los ladrones sí que quieren engañarte, sí que te quieren tomar el pelo...

—Perdona, pero es como si leyeras un libro con la exclusiva finalidad de encontrarle faltas de ortografía, o erratas de imprenta, o incoherencias en el texto.

—... Tienes que ser más lista que los ladrones...

—Como si fueras al teatro sólo para ver cómo se equivocan los actores, o como si contemplaras un cuadro sólo para verle las desproporciones...

—¡... Porque los ladrones sí que te quieren enredar, joder! —Mi grito provocó tintineo de cubiertos en diferentes rincones del restaurante.

Y un silencio denso. Beth conteniendo la respiración y paralizando el gesto.

—Perdona —dijo al fin.

—Y tú eres detective y tienes que impedírselo.

—Sí, perdona —dijo Beth, en voz baja—. Es que es un tema que tenemos pendiente mi padre y yo. Dime. Un mago. Trato de descubrir el truco. Sí. Al menos, mi padre lo hace. ¿Qué más?

Parecía que volvíamos a la normalidad.

—Pero normalmente no consigue descubrir el truco, ¿verdad?

—No, claro que no, a menos que el mago sea un desastre.

—¿Y sabes por qué no lo consigue? Pues porque entra en su juego. El mago cuenta con que el público estará intentando descubrir el truco y ya ha tomado las medidas oportunas para impedirlo.

—¿Qué hay que hacer, entonces?

—Olvídate del mago. —A mí también me habría gustado poder olvidarme del motorista, que no parecía tener nada mejor que hacer que fumar un cigarrillo tras otro—. Quédate con el resumen de lo que ha pasado y plantéate cómo te las apañarías si tuvieras que hacerlo tú. «Se trata de hacer levitar a una chica que está echada sobre una mesa situada cerca de una cortina», por ejemplo. Seguro que hay pocas maneras de hacerlo y, cuando encuentres la tuya, será posiblemente la misma que utilice el mago.

—¡Quieres decir que tengo que preguntarme cómo robaría yo esos artículos de los almacenes!

—Exacto. Deja de vigilar a clientes y cajeras y ponte en la piel del ladrón. Ahora que conoces todas las dificultades, piensa qué harías tú si quisieras llevarte sin pagar las cosas que roba él en un lugar protegido de esta manera.

Se me quedó mirando con devoción. Estaba firmemente convencida de que mi coeficiente intelectual era comparable al de un Einstein, porque a Biosca le había dado por asegurarlo hacía un tiempo. Se lo creía y ahora acababa de tener ocasión de comprobarlo una vez más.

—Eres fantástico, Esquius —dijo, absolutamente arrebatada—. Siempre tienes la fórmula exacta, la solución ideal... Supongo que incluso podrías decirme el nombre y los apellidos del ladrón, como si lo viera. Pero no lo harás porque quieres que lo resuelva yo solita, ¿verdad? Como en aquel caso de las hermanas Fochs. —Hice un gesto que no significaba nada pero que se podía confundir con la modestia. Se conformó—. Está bien. Acepto el reto. Te tendré informado. Y ahora... ¿Qué querías?

—Tengo que hablar contigo de dos cosas importantes. ¿A qué hora sales?

—En principio, hacia las once, cuando la gente de la limpieza ha sacado todos los contenedores a la plaza, no me puedo ir de aquí. Pero si Octavio es tan amable de sustituirme... A las nueve puedo estar fuera.

—Ahora iremos a convencer a Octavio. A las nueve te invito a cenar.

—De acuerdo. Me tienes intrigada.

—Pero, antes, me tienes que ayudar a despegarme un monigote que llevo pegado a la espalda.

Tuvo un sobresalto.

—¿Te siguen?

—No mires ahora. El de las melenas y el casco de motorista.

No miró.

—¿Por qué?

—Ya te lo contaré esta noche, cuando cenemos.

—¿Es peligroso?

—Digamos que me tiene un poco intranquilo. ¿Vamos?

Cuando salimos del restaurante, de reojo vi que el Greñas también se ponía en movimiento, se levantaba, recogía el casco mirando hacia otro lado. Mientras bajábamos por las escaleras mecánicas, Beth me indicó, con un movimiento de cabeza, que venía detrás de nosotros.

Continuamos bajando hacia el cuarto piso.

—Mira lo que haremos —dije—: Ahora, nos vamos a separar. Yo lo distraeré. Haré que me mire. Entretanto, tú te acercas a él por detrás, y le metes cualquier artículo en la mochila. Yo saldré a la calle. Cuando él salga detrás de mí por el arco detector, sonará la alarma. Entonces, le echáis el guante y yo me escabullo. ¿De acuerdo?

—No —hizo ella. Y sacó el móvil—. Nos ha visto juntos, a ti y a mí. Es mejor que no nos relacione con el incidente. Le pediré a Octavio que nos eche una mano. —Ya había marcado el número, ya esperaba la respuesta mientras fingía un interés extremo por una colección de grifos y adornos de baño que colgaban de la pared—. ¿Octavio? Soy Beth.

Le pedí el aparato. Sonreía. Quien nos viera de lejos pensaría que éramos padre e hija preparándole una broma telefónica a mamá.

—Déjame, que le devolveré el buen humor.

—Espera un momento. Aquí tengo a Esquius, que quiere hablar contigo.

—¿Octavio? —No veía al Greñas por los alrededores.

—¿Qué pasa, Esquius? —escupió el tipo duro, rezongón.

—Cambia de tono, Octavio, que quiero hacerte feliz. Estoy seguro de que te gustaría mucho que Joan Reig te firmara un autógrafo, a que sí.

Beth se me colgó del brazo y pegó un salto. Ella junto a mi oído derecho y Octavio en el oído izquierdo, a través del móvil, gritaron a coro:

—¿Joan Reig?

—¿El futbolista?

—¿Reig, Reig, el superReig?

—¿Pero qué estás diciendo?

Me expliqué:

—En la investigación que estoy llevando, tendré que encontrarme con Reig. Podéis venir conmigo, si queréis.

—¿Lo dices en serio? —tronaba Papá Noel convertido en niño maravillado.

—Pero antes tendrás que hacerme un favor, Octavio.

—¡Lo que quieras! ¡Joder, claro que sí! ¡Le pediré un autógrafo y le endiñaré un pepinazo en los huevos, por la manera como jugó el domingo y para que espabile! ¡Qué cabrón! ¡Y encima le renueven el contrato, al hijo de puta! ¡Cuenta conmigo! ¡Me jugaré la vida, si hace falta!

—Bueno, pues escucha... Hay un tío, uno alto y delgado, con melena, cazadora de nailon negra y casco de motorista...

—Sí, sí, sí. Qué.

—Que me está siguiendo y me lo quiero quitar de encima.

—¡Cuenta conmigo! ¿Dónde estáis?

—En la cuarta planta. En la sección de cuartos de baño.

—¡No os mováis!

—Pero espera...

Todo fue demasiado rápido a partir de aquel momento. Resultó que Octavio estaba precisamente en la planta cuarta, muy cerca de donde estábamos nosotros, y de pronto se materializó pasando por nuestro lado en forma de tornado rojo y blanco, un Papá Noel arrasador que, al grito de «Hou, hou, hou», tocando una campanita y perseguido por una panda de críos excitados que le pedían caramelos, embistió como un alud navideño al hombre de los cabellos largos. Lo agarró del codo, como hacen los policías en el momento de una detención.

—¡Ven aquí, amigo mío! —oí que decía—. ¡Quiero ver lo que llevas en esa mochila!

En aquel momento, el Greñas estaba hablando por el móvil. Arqueó las cejas y miró a Octavio como si creyera que era realmente Santa Claus que le traía un regalo.

Pensé: «Suerte que ha acertado y no se ha tirado sobre cualquier otro ciudadano».

También pensé, con un escalofrío: «¿Y si este hombre no me estaba siguiendo? ¿Y si no era el que he visto en la calle de María Auxiliadora, delante de la casa de Lady Sophie?».

Pero no me ocupé de buscar respuestas para aquellas preguntas. Aprovechando la confusión, me escabullí entre mamparas de ducha, atravesé la reproducción de un lavabo adaptado para enanos y me dirigí hacia la puerta de los ascensores. Llevaba colgada del brazo a Beth, que pugnaba por adaptar sus zancadas a las mías, mucho más largas.

Un griterío infantil, ensordecedor, que parecía capaz de romper todos los cristales de los almacenes, atrajo nuestra atención, nos obligó a detenernos y volvernos para ver qué pasaba. Lo vimos de lejos, reflejado en uno de los innumerables espejos que nos rodeaban.

El Greñas se había resistido a la avasalladora entrada de Octavio y, al mismo tiempo que se desprendía de su zarpa, le había pegado un tortazo. Papá Noel («hou, hou, hou» y la campanilla tintineando por los aires) había despegado sus pies del suelo y había ido a parar dentro de una bañera. Automáticamente, el ejército de los niños, al ver agredido, abatido y humillado al hombre más bueno y emblemático del planeta, se sublevó y pasó al ataque. Vimos cómo sucumbía el Greñas rodeado por una turbamulta liliputiense que le golpeaba con todo lo que tenía a mano. Vimos caer a mi perseguidor en medio de una furia destructora de chillidos agudos.

Beth y yo continuamos nuestro camino sin poder contener la risa.

No quise entretenerme esperando el ascensor. Bajamos por las escaleras. Un piso, dos pisos.

Beth saltaba escalones a mi lado, jadeando y emitiendo grititos de excitación.

—¿Es verdad lo que has dicho de Joan Reig? ¿Es verdad que lo vas a conocer? ¡Oh, Ángel, llévame contigo!

Tres pisos. Al llegar a la primera planta, clavé el freno repentinamente. Beth chocó contra mí.

—¿Qué pasa?

Allí estaba. La confirmación de mis sospechas. Lo habíamos hecho bien. Llevaba gorra y gafas oscuras, pero reconocí su tórax voluminoso en precario equilibrio sobre aquellas piernecitas zambas, y las heridas en la frente y la nariz y en otros puntos del cuerpo que conservaban el recuerdo de nuestro primer encuentro. El Hombre Obús, el Hombre Bala, el Hombre Lechuza. ¿Cómo le había llamado Lady Sophie? Cañas. Allí lo teníamos, abriéndose paso entre la multitud de compradores, enfocado, teledirigido hacia las escaleras mecánicas y sin preocuparse de mirar a su alrededor. Supuse que el Greñas estaba hablando con él por el móvil en el momento de recibir la acometida de Papá Noel, y ahora corría para ver qué le había ocurrido a su compañero.

Y para partirme la cara. Por si acaso, no me moví hasta que desapareció de mi campo visual, escaleras arriba.

—¿No puedes venir ahora conmigo? —pregunté a Beth.

—No, aún no. Tengo trabajo, aquí.

Le di un beso en la mejilla.

—Pues te espero a las nueve y media en el Epulón.

—¿En el Epulón? —se sorprendió—. ¿Qué celebramos?

—Ya te lo contaré.

Salí a la calle.

3

Beth fue puntual. Volvimos a encontrarnos a las nueve y media en el Epulón, rodeados de paredes cubiertas de citas bíblicas («¡Comed, amigos, bebed, embriagaos de amor!, Cantar de los Cantares, 5,1», «¡Sembrad y segad, plantad viñas y comed sus frutos! Isaías, 37, 30», cosas así), en medio de una decoración barroca de objetos de culto (casullas, custodias, cálices), a la luz de velas y con cantos gregorianos de fondo. Yo ya estaba allí y la vi llegar, tan decidida como siempre, zigzagueando entre las mesas. Un lujo, su compañía. Venían ganas de encontrarse con algún amigo o conocido que, días después, comentaría: «Caramba, Esquius, qué bien acompañado estabas la otra noche. ¿Quién era aquella chica tan guapa?».

Se sentó delante de mí observándome con intensidad inquietante.

—Eres la pera —dijo—. «Ponte en la piel del ladrón», dices.

—Por un momento, pensé que me estaba tomando el pelo—. Siempre tienes la palabra justa. Todavía no he captado lo que querías decir, pero ya lo sacaré, ya.

—No lo dudo —le dije.

El Epulón no es un buen restaurante, pero deslumbra. Apuesta por la cantidad más que por la calidad, los platos son tan provocativos y excesivos como la decoración y buscan el primer impacto visual con una cierta grosería. Pero está cerca de la agencia y allí lo tienen mitificado como templo gastronómico insuperable. Había citado a Beth allí con toda la intención. Tenía que seducirla.

La especialidad de la casa, que es el marisco, me hizo pensar en el contenido del estómago de María Borromeo el día de su muerte. Comida afrodisíaca. Beth manifestó que le entusiasmaban las ostras, las cigalas, los langostinos, las gambas y las almejas. Decidí que sería mejor abordar el tema que me había llevado hasta allí antes de que se desnudara y se me echara al cuello, ávida de caricias.

No había mucho que contar, porque no quería hablarle del asesinato de las prostitutas, de manera que todo se resumía a mi necesidad de hablar con Joan Reig y de la imposibilidad de hacerlo pidiendo una cita previa. En realidad, tenía que formular con perfecta precisión, tenía que enredarla en palabras, simpatía y transcendencia, hasta que terminara comprendiendo que tenía que darme aquella invitación que le permitiría asistir al pase de ropa interior masculina en que participaría su futbolista preferido.

Se le apagó la sonrisa y se le llenaron los ojos de tristeza.

—¿Qué?

Si yo hubiera sido otro, se habría cerrado en banda, con aquella firmeza que yo le conocía de sobra. Me habría enviado al cuerno, a freír espárragos, me habría cerrado la puerta en las narices. Quizá incluso me habría tirado la servilleta a la cara, se habría levantado y me habría dejado solo, expuesto a las sonrisas de perversa satisfacción de todos los que me miraban con un ápice de envidia en los ojos. Pero a mí no me lo podía hacer. No me lo podía negar. Y estaba pensando que yo no podía hacerle aquella mala pasada, no tenía ningún derecho, porque yo sabía perfectamente que ella no se podría negar.

—¿... Pero por qué no se lo pides a Amelia? —fue la única resistencia que se le ocurrió—. A mí me has dicho que me llevarías a verlo...

—Porque ella es una administrativa y no podría entenderlo nunca. Tú, en cambio, eres detectiva, y conoces las exigencias de la profesión. Y también conoces a Amelia y tienes recursos para conseguir que ella te dé su invitación.

Quería recuperar el sonrisa, pero no lo conseguía. Se aplicó al consumo de marisco tan intensamente que me recordó a Esteban y sus cigalas.

—¿Te has enfadado? —pregunté, al cabo de un rato.

—No —mintió.

—Me alegro, porque aún tengo que pedirte otro favor.

Me clavó una mirada que equivalía a un «¿Vale que esta noche te voy a enviar a la mierda?» y la mantuvo como añadiendo: «¿A que no te atreves?».

—Es mi hija, Mónica. Estoy muy preocupado y creo que sólo tú puedes ayudarme. Tenéis la misma edad...

Apartó la vista, vencida contra su voluntad. Otro campo en el que no me podría negar nada. Aquello ya era un abuso. Aquello era indignante. No permití que dijera nada. Le conté, esta vez sí con pelos y señales, cómo había conocido a Esteban, el experto en theremin...

—¿Qué?

—El theremin, un instrumento electrónico... El único que no se toca con las manos, aparte de la voz humana...

—¿Pues con qué se toca? —Parecía que me invitaba a una respuesta procaz.

Conduje el relato hacia mi desconfianza del supuesto genio de la música. Me habían pedido dinero, y me temía que aquel sujeto fuera un aprendiz de estafador que estaba practicando con mi hija, aprovechándose de su buena fe.

Golpeó levemente con los cubiertos sobre la mesa. «Lo que me faltaba por oír.»

—¿Tú te crees que, si no fuera un músico auténtico, tu hija no se habría dado cuenta? —protestó.

—Bueno... Mónica puede estar obnubilada. Cuando se enamora, pierde de vista el mundo.

Resopló, incrédula. Pero ella no conocía personalmente a Mónica, y yo sí, de manera que no nos íbamos a poner a discutir.

—¿Y qué se supone que tengo que hacer? —me desafió.

Yo me mostraba desolado y confuso.

—Te estoy pidiendo tu opinión.

—No, no me estás pidiendo mi opinión. Me estás pidiendo que me acerque a ese chico, que le investigue, que te tranquilice diciéndote que es un pedazo de pan.

—... O que me avises —le apunté—, en caso de que sea un jeta.

Sacudió la cabeza.

—No.

—No tengo derecho a insistir —desvié mi atención hacia la comida—. Perdona.

Silencio. Los dos comiendo aquel derroche de substancias nitrogenadas, proteínas, hierro, calcio, fósforo, yodo y colesterol, aumentando alegremente nuestro nivel de ácido úrico.

—... Porque, además —dijo ella, inesperadamente—, ¿cómo se supone que iba a encontrarle? ¿Y cómo iba a reconocerle? No me dirás que has traído una foto del tío con sus datos al dorso...

—¡No, no, claro! —En el tono de «¡Por quién me has tomado!» mientras pensaba «Es que no tenía ninguna foto».

—¿Entonces...? —Como quien dice: «No digas tonterías».

Otro silencio, y yo, con la sensación de estar haciendo el ridículo:

—Me dijo que se habían conocido en una ferretería. Él trabajaba en una ferretería del barrio donde vive Mónica, en la izquierda del Ensanche, Casanova esquina Aragón, donde hay una gasolinera. No debe de ser difícil encontrar la ferretería. Pero ahora le han despedido porque discutió con el dueño, un caso de acoso sexual. Al menos, eso es lo que él cuenta. Supongo que no se habrán olvidado de él. Se llama Esteban.

—Esteban, Esteban —dijo Beth—. Hay montones de Estébanes.

—No he dicho nada.

Ya no había manera de remontar la noche. Ella recordó de repente que llevaba la invitación en el bolso, y la sacó, y la dejó sobre la mesa.

—Ah, mira, ten —dijo.

Y yo:

—Te lo agradezco mucho, Beth. No sabes cómo te lo agradezco.

Y ella:

—Ostras, Esquius. Es una putada.

—Lo sé.

—Es un sacrificio de tres pares de narices, ¿eh, Esquius?

—Ya lo sé, ya lo sé. Te lo compensaré. Te conseguiré una entrevista personal con Joan Reig. —No añadí: «... Aunque a lo mejor tendrás que esperar a que acabe de cumplir condena por el asesinato de dos prostitutas».

No se lo creyó ni se hizo ilusiones. Cuando nos despedíamos, en la calle («¿Quieres que te acompañe a casa?», «No, gracias»), me dijo, con inquina:

—Si yo me enterase de que mi padre detective investigaba a mi novio, le retiraría la palabra para siempre jamás.

Repliqué, humilde y humillado:

—Sí, sí, claro.

Y nos separamos sin darnos un beso.

CUATRO

1
....

Sábado, 13

Al día siguiente, sábado, al despertarme, permanecí mirando el techo durante un buen rato.

Aparte de asistir a la acostumbrada comida familiar de cada sábado con mis hijos y nietos, no tenía nada más que hacer.

El domingo, tenía que ir al campo de fútbol, para encontrarme con Tete Gijón para que me contara cosas de Reig y hasta el lunes no se me presentaría la oportunidad de hablar con el futbolista en la discoteca Sniff-Snuff, de manera que, entretanto...

No podía dejar de pensar en Mónica y Esteban.

Aquel mediodía, cuando nos encontráramos en casa de Ori, seguro que me preguntaría si ya le había hecho la transferencia de los doce mil euros, o querría saber si había estado pensando en ello y a qué conclusión había llegado, y yo aún no sabía qué decirle.

Retrasé al máximo la salida de casa. Hice mis ejercicios de gimnasia, me duché sin prisas, elegí la ropa como si tuviera que asistir a una cita en la que se jugara mi futuro, me preparé un desayuno reparador a base de licuar toda la fruta que tenía en el frigorífico y, después de echar una ojeada a mi colección de películas policíacas y admitir que no eran horas de plantarse delante del televisor, me encontré al volante del Golf por la Gran Vía hasta Casanova y subiendo hasta Aragón. Había un aparcamiento subterráneo allí mismo, delante de la gasolinera.

Me preocupaba la posibilidad de tropezarme con Mónica, pero siempre podría decirle que, si estaba por el barrio, era para hablar con ella. No se extrañaría. Teníamos un tema de conversación pendiente. El theremin.

También me preocupaba que me estuvieran siguiendo, y, más concretamente de encontrarme cara a cara con el tal Cañas en una situación en la que yo no pudiera pedir refuerzos. Aunque los hubiera despistado el día anterior, si tenían recursos, podían haber llegado a mi dirección a través de la matrícula del coche. Pero ningún vehículo sospechoso entró en el aparcamiento detrás de mí, nadie me esperaba en la calle, nadie venía pisándome los talones, ni de cerca ni de lejos.

Una señora mayor que paseaba a un perro me indicó dónde podía encontrar la ferretería más próxima. Subiendo por allí, a la izquierda.

Estaba justo donde me había dicho. Ferretería Iso. No muy grande. Al entrar resultaba oscura e inhóspita, y flotaba en ella un olor punzante y ácido, como si todo el hierro que contenía estuviera oxidado.

Clavos, tornillos, perforadoras, bisagras, herrajes, cerrojos y llaves, cajas fuertes, escaleras, herramientas para fontaneros, electricistas, carpinteros y jardineros, material de limpieza, lubricantes, aceites, pinturas. Todo oxidado y un poco desordenado, y hacían copias de llaves al momento.

Detrás del mostrador, cerca de la entrada, había una mujer alta, esbelta, con la piel del mismo color que el óxido que la rodeaba y los ojos grandes, misteriosos y un poco húmedos. Tenía un libro en las manos, una novela romántica titulada *Aquel frío verano*, pero al abrirse la puerta se le escapó la mirada hacia el exterior, como con ganas de salir de aquel agujero y divertirse un poco. La segunda mirada me la dedicó a mí, como si yo fuera un viajero que tuviera que traerle noticias de un mundo colorido y dinámico del que ella estaba desterrada. Un personaje como los de sus libros, tal vez. Vestía una bata gris y, no sé por qué, se me ocurrió que debajo no llevaba ninguna otra prenda de ropa.

Me recibió un hombre no mucho más alto ni más limpio que una rata, con ojos estrábicos de rata, hocico de rata, bigotes de rata, vestido con una bata gris color de rata y aburrido como una rata de laboratorio que lleva años perdida en el mismo laberinto. No me pareció una persona impetuosa, de las que se dejan arrastrar por sus instintos y sus pasiones. Más bien me pareció que carecía por completo de pasiones. Si se habían producido agresiones sexuales en aquel establecimiento, posiblemente no era él el culpable.

—Usted dirá.

Empecé diciéndole la verdad:

—Me llamo Ángel Esquius, soy investigador privado —y se lo demostré recurriendo a mi documentación auténtica. A partir de aquel momento, liberé la imaginación—: Estamos —así, en plural, como si me refiriese a la Interpol—: estamos siguiendo el rastro de un delincuente común, con antecedentes y una orden de busca y captura, que nos han dicho que trabajó aquí. —Me pareció que mi discurso le aburría profundamente. Estaba pensando en otra cosa, el hombre. A punto de dormirse—. Un tal Esteban.

—¿Esteban? —El nombre le traía recuerdos confusos—. ¿Esteban qué más?

—Esteban García, pero...

Se sumergió de nuevo en la modorra.

—Ah, no... No me suena.

—... Pero suele utilizar nombres y documentación falsos.

—Aquí trabajó uno que se llamaba Esteban Merlet.

—Puede ser él. ¿Cómo era?

Era pedirle demasiado. Seguramente, para aquel roedor múrido todos los humanos éramos iguales. Demócrata de toda la vida, neutral, apolítico, amigo de todo el mundo, incoloro, inodoro e insípido. Entretanto, la mujer de la caja, la presunta víctima de la agresión sexual, se había evadido de nuevo en la lectura de su novela. El argumento debía de consistir en un cúmulo de desgracias, y acaso eso explicara la humedad de su mirada.

—¿Tuvo algún problema con ese Esteban Merlet? —cambié el enfoque.

—Ah, sí... —«Ahora que lo menciona...»—. Lo echamos a la calle.

—¿Por qué motivo?

—Me pegó una hostia.

—Ah. —Y nada más. Sin rencores, sin historias sin histerias. Como si cada día le pegaran hostias, pobre hombre—. ¿Y lo denunció a la policía?

—No.

—¿Por qué le pegó la hostia?

Dios mío, el hombre-rata puso cara de no recordar el motivo. Si fingía, lo hacía bien y era de justicia reconocerle facultades para la interpretación dramática. Se rascó la caspa de la cabeza y se dirigió a la mujer de la caja.

—¿Por qué me pegó la hostia Esteban, Viqui?

La cajera levantó la cabeza y frunció el ceño, rebuscando en su memoria.

—¿Porque estaba de mala leche porque tenía que venir a trabajar los sábados? —Sin la menor convicción, como si jugara al Trivial y tratara de ganarse un quesito de chiripa.

—Sí que recordo una discusión de este estilo —admitió el hombre—. ¿Pero fue el día de la bofetada?

—Ah no, claro —rectificó la mujer—. A Esteban tampoco le gustaba trabajar los sábados, pero, en realidad, la discusión sobre este tema la tuviste con aquel otro, el de las patillas y el hierro en la boca... y aquel no te atacó, sólo te escupió. Sí, hombre, aquél, el... el... ¿cómo se llamaba?

—¿Ramón? —sugirió el hombre-rata, después de un esfuerzo de concentración.

—No, no... Ramón, no.... Un nombre parecido...

—¡Román, se llamaba Román! —certificó el hombre-rata. Su rostro adquirió una cierta expresión, feliz de poder proporcionarme un dato útil. Y la mujer afirmaba con la cabeza, igualmente satisfecha.

Aborté una frase que empezaba con un «Pero...». No valía la pena. Si las partículas de metales que se desprendían de sus artículos de ferretería les habían afectado el cerebro y los habían vuelto amnésicos, no había nada que hacer; y si realmente allí tuvo lugar un acoso sexual y la misma víctima se hacía la despistada para conservar el trabajo, menos aún. Mejor concentrarse en aspectos prácticos.

—¿Tiene los datos de ese Esteban Merlet? Su número de teléfono, su dirección...

—Espere, que se lo miro.

Se desplazó, obediente como un muñeco de cuerda, hacia una puerta con cortina que comunicaba con la trastienda.

La lectora de novelas románticas y yo nos miramos como si nos conociéramos desde hacía mucho tiempo y un secreto horrible impidiera que habláramos en privado.

La ratita de cuerda reapareció trayendo un papel arrugado en la mano. Era imposible que se le hubiera arrugado en el trayecto desde la trastienda hasta allí. Quizá lo había rescatado de la papelera. Era un albarán y había escrito un nombre, una dirección y un número de teléfono al dorso.

—Supongo que todos los datos deben de ser falsos pero, como mínimo, sí que contestaba al teléfono si le llamabas.

Agarré el papel. La casa de Esteban Merlet no estaba lejos de allí.

—Gracias. Efectuaremos las investigaciones oportunas.

Dediqué una leve reverencia a la mujer misteriosa del rincón. Ni siquiera me vio porque ya había vuelto a su novela. Posiblemente, el hecho de tener que convivir con el hombre-rata la empujaba hacia mundos edulcorados de ficción.

Salí al mundo real y caminé dos travesías por aquel barrio de calles cuadriculadas, todas iguales, a mitad de camino entre el modernismo, la modernidad y el populismo de las tiendas de ultramarinos sobrevivientes y las mercerías dirigidas por viejecitas decrépitas, con furgonetas mal aparcadas en los chaflanes y señoras con carritos de la compra hablando con los quiosqueros sobre el frío que hacía y la posibilidad de que este año tuviéramos unas Navidades blancas.

El portal donde vivía el llamado Esteban Merlet estaba entre un taller de coches donde se realizaba la ITV y un supermercado. Era una puerta de madera alta y estropeada, que aún no se había favorecido de las ventajas del Barcelona ponte guapa. Pulsé uno de los timbres del portero automático, al azar, y dije a quien me respondió:

—Revisión del ascensor.

Me abrieron sin replicar.

Accedí a un zaguán pequeño y oscuro de donde arrancaba una escalera estrecha y empinada. No supe encontrar el interruptor de la luz, de manera que, una vez cerrada la puerta, inmerso en la oscuridad más absoluta, recurrí a mi linterna lápiz que siempre llevo junto al bolígrafo. Localicé la hilera de buzones y, en seguida, el correspondiente a Eugenia Rius Oltra y Esteban Merlet Rius. Esta clase de buzones se abren sin ofrecer la menor resistencia. En el interior, había una carta de un banco. La cogí. La violación de correspondencia es un delito, lo sé. Por eso me llevé un cierto susto cuando, de pronto, a mi espalda se abrió la puerta de la calle y sobre mí cayó la luz del día, sólo velada a medias por la presencia de la persona que llegaba. Seguro que le sorprendió encontrarse con un hombre en la oscuridad.

—Oh, gracias —dije, humilmente—. No encontraba el interruptor.

A contraluz, vi a una chica de una veintena de años con un carro de la compra lleno a rebosar que apenas pasaba por la puerta y una bolsa de farmacia en la otra mano.

—¿Esta carta es para los Merlet? —preguntó, con un tono que significaba «Te acabo de pillar a punto de leer la correspondencia ajena»—. Segundo primera.

—Ah, sí. Estaba en el suelo...

Devolví el sobre a la buzón y lo cerré de golpe. Al mismo tiempo, se encendió la luz de la escalera y descubrí que la chica no era tan chica. Quizá estaba alrededor de los treinta. Pero tenía la figura, la forma juvenil de vestir y la voz de una muchacha.

—¿Qué es usted? —me dijo, burlona ante mi confusión—. ¿Cobrador de un banco? Me extraña que no vaya vestido con frac, o de escocés, o de Pantera Rosa... Aquí, los hemos visto de todas clases. ¿Qué busca?

Llevaba el cabello corto, cara de luna, pecosa, de mirada clara, descarada y alegre, con dos arrugas que le enmarcaban una boca grande, enorme, de mejilla a mejilla y acostumbrada a reír. Una chaqueta azul, cruzada; un jersey con escote en V; unos pantalones vaqueros.

—Estamos haciendo una investigación —dije.

—¿De los Merlet? —Miraba directamente a los ojos y entrecerró ligeramente los suyos, achinados y oscuros, para aventurar una suposición. Aquella expresión, y las arrugas que provocó, aumentaron su edad un lustro más pero también aumentaron su atractivo—. Una investigación bancaria. ¿Una investigación de solvencia? —Parecía confusa. Paseó la vista por el zaguán, como si lamentara lo que había dicho—. Entonces, he metido la pata, ¿verdad? Oiga, no quería decir que el cobrador del frac y todo eso vinieran por los Merlet. Bueno, será mejor que no quiera arreglarlo, porque será peor. ¿Quiere decir que por fin Esteban se ha decidido a pedir el crédito? ¿Sí? Oiga, eso de los acreedores era broma. ¿Podemos hablar un poco? Me gustaría que me permitiera sacar la pata de donde la he metido.

Me gustaba.

—¿Usted es...?

—Cristina Pueyo, la vecina del cuarto segunda. —Me ofreció la mano. Una mano pequeña, delicada y fría—. Colega y cómplice de Esteban, tengo que confesarlo. —Estreché aquella mano, y se me hizo extraño, como si pensara que lo normal era saludar a las mujeres con besitos en las mejillas, aquellas mejillas fruncidas por las comisuras de unos labios que no podían dejar de sonreír. Con su aspecto, si fuera actriz de cine, sólo le permitirían hacer comedias, sería la Goldie Hawn, la Meg Ryan con la boca ensanchada—. Me gustaría hablarle de ese chico, de verdad. ¿Puede aguantarme esto un momento? Me ha recordado que tengo que recoger mi correspondencia. A ver si encuentro la llave. —Me miró con picardía—. Claro que usted, a lo mejor, me lo podría abrir sin llave, se ve que tiene práctica en ello, ja, ja...

Aguanté la bolsa de la farmacia y mantuve mi expresión impertérrita mientras ella encontraba la llave y abría el buzón del cuarto segunda para sacar de él un puñado de cartas. Por los sobres, vi que dos o tres eran de propaganda de productos cosméticos. No me pareció que necesitara tantos.

—Y ahora... ¿Me permite que suba a dejar todo esto...? No tardaré. Me aseguro de que mi madre tenga la comida a punto y bajo, ¿de acuerdo?

—De acuerdo —acepté.

Pasó entre la escalera y la pared y me descubrió que el ascensor estaba encajado al fondo. Cuando se cerró la puerta del ascensor tras ella, se apagó la luz de la escalera. Salí afuera a esperarla, renunciando a continuar hurgando en el buzón de los Merlet, ahora que me sentía descubierto.

En la calle, consulté el reloj y me decidí a telefonear a casa de Ori. Contra todo pronóstico, se puso Mónica.

—Eh, Mónica, ¿qué haces ahí tan pronto?

—Ah, he venido a ayudar a Silvia, que hoy prepara canelones y me ha dicho que me enseñaría a hacerlos.

—Vaya, pues yo me los voy a perder.

—¿Ah, sí? ¿No vienes?

—No. Lo siento. Tengo una reunión que ya hace rato que tendría que haber empezado y que se alargará bastante. No sé cuándo terminaremos.

—Ah, bueno. Yo quería... Quiero decir que te esperaba para hablar contigo...

—Ya. Ya sé de qué querías hablar. Aún me lo estoy pensando. He roto la hucha y estoy contando las monedas, a ver si me llega el presupuesto...

—No, papá, de verdad...

—De verdad. Me lo estoy pensando.

—Bueno, bueno... ya lo entiendo. Ya nos dirás algo, ¿eh?

«Nos», dijo.

—Sí, ya te diré algo.

Colgamos el teléfono.

Con las manos en los bolsillos, cabizbajo y pensativo, tuve tiempo de dar unos doscientos treinta y tres pasos, arriba y abajo, antes de que reapareciera la mujer pecosa de los cabellos cortos, menuda y delgada como una adolescente. A la luz del sol, pude comprobar que su cabello era castaño con chispas rojas y que sus ojos eran verdes muy claros y que pasaba de los cuarenta.

—Hecho —dijo—. ¿Conoce el barrio?

—No.

—Le enseñaré un bar que no está mal.

2

Caminando por el Ensanche, un día frío de diciembre que invitaba a buscar las aceras donde tocaba el sol.

—¿Es detective privado?

—Sí.

—¿Lo que se dice detective privado? ¿Tipo Marlowe, Sam Spade, Poirot, Mágnum...?

—Me gusta más decir investigador privado. Yo investigo siempre, no detecto casi nunca.

Le enseñé mis credenciales. Ella dijo, riendo: «No, si no hace falta, no hace falta, ya le creo», pero cogió el carnet y lo estudió con interés, y me lo devolvió diciendo: «Ángel Esquius», como si mi nombre le hiciera mucha gracia.

—¿Qué le hace tanta gracia?

—Nunca había conocido a un detective privado.

—Es lo que dice todo el mundo. Pues mira que hay detectives, en Barcelona. En las páginas amarillas encontrará más de cien.

—Bueno, la verdad es que tampoco he conocido nunca a ningún militar de carrera, ni a ningún foniatra, ni sastre, ni cazador de cocodrilos, ni boxeador, ni enólogo, ni astronauta, ni director general de multinacionales... —Ya estábamos riendo. Recitaba la lista sin vacilar, como si se la hubiera aprendido de memoria, «personas que me falta por conocer»—. Y tengo años suficientes como para haber conocido un poco de todo.

—No tantos años —dije, porque supuse que era lo que se esperaba de mí.

—Más de los que te crees.

No insistí en el tema.

Llegamos a un bar donde habían conservado la decoración de principios del siglo veinte con un cuidadoso trabajo de restauración. Encima del gran espejo que había detrás del mostrador, se exhibía la bandera del arco iris y la escasa clientela presente estaba compuesta exclusivamente por hombres. No obstante, nadie se volvió para mirar a Cristina. No había problemas de exclusividad.

Elegimos una mesa en un rincón. Mármol y hierro forjado. Ella pidió vermut blanco dulce con mucho hielo y unas patatas chips. Yo me conformé con una cerveza.

—Hábleme de ese chico. Esteban.

—Como ya nos hemos reído juntos y tenemos edades similares, ¿por qué no nos tuteamos?

—Buena idea —dije—. Buena idea, Cristina.

—Buena idea, Ángel. ¿Qué quieres que te diga de Esteban? Es él quien ha pedido el crédito, ¿no? —Yo hice un gesto vago que podía pasar por un «sí». Ella se planteaba por dónde empezar—. Mira, en lo referente a lo que a ti te puede interesar, que es la solvencia económica, no hay problema. Sus padres pueden asumir los pagos mensuales del crédito. Su madre es agente comercial y se gana bien la vida. Bueno, supongo que el chico la habrá presentado como avaladora, ¿no? O, si no, su padre, que, desde que se divorciaron, vive en Girona y tiene una tienda que le va muy bien. En cualquier caso, los dos responderán por él, seguro. Y él... Eso es lo que te quería decir sobre todo, él lo necesita. Me dijo que necesitaba dinero para grabar una sinfonía que ha compuesto con un instrumento que inventó él mismo. Es un genio...

Sonó mi teléfono, con los compases de *La cumparsita*. Me disculpé con un gesto de contrariedad.

—¿Sí?

Era Octavio:

—¡Eh, Esquius! Que me ha dicho Beth que el lunes vas a hablar con Reig, ¿no? ¡Bueno, pues cuenta conmigo!

—¿Que cuente contigo? —¿Cómo podía decirle que no lo necesitaba para nada?

—Sí, sí, cuenta conmigo, entendido en fútbol, detective de primera, toda mi fuerza y mi coco a tu disposición, Esquius. ¡Y me debes una, que el otro día aquel mamarracho me partió la cara!

—Sí, de acuerdo —me rendí—. Te debo una. Pero, para entrar en la Feria se necesita invitación, y sólo tengo una...

—¡Yo tengo otra! —aulló triunfante—. ¡Le he birlado la suya a Amelia, tú! —Se reía como un sátiro—. La tenía en el cajón y ya no la tiene. Toda la mañana va de cráneo buscándola, tú, que dice que han entrado ladrones. —Se partía de risa—. Dice: «Seguro que me la has cogido tú», digo: «¿Yo? ¿Para ver tíos en calzoncillos? ¡A mí me dan asco los tíos en calzoncillos, aunque no todo el mundo puede decir lo mismo, en esta agencia!» y ahora sospecha del Fernando, tú, jajajá. —Una carcajada odiosa e interminable.

—Bueno, Octavio. Ya continuaremos hablando, ¿de acuerdo?

—Pero no te olvides de mí el lunes, ¿eh? ¡Tengo que conseguir un autógrafo de ese hijo de puta! ¡Le sacaré el autógrafo a hostias y le diré cuatro cosas a la cara sobre la manera como ha jugado los últimos partidos, especialmente el del domingo! ¡Ja, ja, ja!

¿Qué queréis? Los compañeros de trabajo son como los parientes políticos; no se eligen. Con un cabezazo, le transmití a Cristina que lamentaba la interrupción y me acodé en la mesa. Durante mi conversación, ella se había estado removiendo incómoda en la silla, mirando aquí y allá, como si se negase a escuchar mis secretos. Al volver a tener mi atención, clavó sus ojos en los míos para retenerla definitivamente.

—Mira: el problema de ese chico, de Esteban, es su madre. Yo lo sé porque lo conozco desde pequeño, siempre han vivido en esta escalera. Yo no tengo hijos y... Bueno, el chico sube con frecuencia a mi casa. Yo tengo piano y él puede practicar, porque en su casa no tiene, y lo invito a cerveza y hablamos, y me cuenta sus problemas... En su casa, finge que estudia arquitectura, y en mi casa es feliz haciendo lo que realmente quiere hacer. Su madre... es un desastre. Una mujer egoísta, que siempre va a la suya, que no lo cuidó cuando era pequeño, que no supo cuidar tampoco al marido, que la envió a escardar cebollinos hace unos años. Una tía que sólo mira por ella, que va a la suya, que pasa de todo. Una moderna como aquéllas del mayo del 68, ¿entiendes lo que quiero decir? Lo único que le interesa de su hijo es que estudie arquitectura. Claro que lo hace porque piensa que el chico tendrá un futuro mejor como arquitecto, pero no parece tener en cuenta que Esteban será un desgraciado si tiene que ganarse la vida lejos de la música... Porque es toda su vida. Es un apasionado de la música y sabe mucho, muchísimo, y no sé si triunfará, pero, en todo caso, no hay nada que le guste más.

Me contagió el entusiasmo con que se expresaba. Haciendo investigaciones de solvencia, con frecuencia te encuentras con vecinos resentidos o envidiosos que aprovechan la oportunidad para pintarte al investigado como una mierda con cuatro patas, con ánimo de perjudicarle. O con esos otros, amigos del alma del vecino investigado, que te hablan de ellos de tal manera que terminas preguntándote cómo es posible que el Vaticano todavía no haya iniciado el proceso de beatificación. Al final, esta clase de informaciones tendenciosas resultan inútiles. Por suerte, aquel no parecía ser el caso.

Cristina bebió un trago de vermut y acabó:

—... Y, en caso de que no triunfe, no te preocupes, que su madre, o su padre, pagarán los plazos del crédito. —Y, por fin—: Me gustaría haberte convencido.

—Bueno... —titubeé—. Ya sabes que no tienes que convencerme a mí. Yo no soy el que firma los papeles del crédito. —Y, de inmediato, porque ya hacía rato que pensaba que tenía que hacerlo antes de que fuera demasiado tarde, antes de que mis mentiras se convirtieran en una barrera insalvable entre los dos —: No. No estoy trabajando para el banco. En realidad, estoy investigando por mi cuenta. Soy el padre de Mónica. ¿Te ha hablado Esteban de Mónica?

—¡Pues claro! —Su sonrisa luminosa e infantil exclamó «¡Qué agradable sorpresa!»—. ¡Pues claro que me ha hablado de Mónica! ¿Tú eres su padre? ¿Y eres detective privado?

—Investigador.

Se reía, feliz.

—¡Oh, es fantástico! Esteban está enamoradísimo de Mónica. La tiene en un altar. No habla de otra cosa. Ahora se ha ido a vivir con ella, ¿no?

—Sí. Y el crédito me lo ha pedido a mí. Lo quiere para grabar ese concierto que ha compuesto.

—Ya me extrañaba que su madre lo hubiera avalado... O su padre, porque no lo ve nunca. ¿Y qué? ¿Les dejarás el dinero?

—La verdad es que no me sobran... —Se me ocurrió una idea insensata—. Tú debes de ser amiga de la madre. ¿No podrías convencerla de que les dejara ella el dinero?

—¡Qué dices! A mí la madre me tiene excomulgada, me tiene una tirria que me mataría... —Y añadió, venciendo una duda—: Nunca le ha gustado que su hijo pase horas en mi casa. Nos saludamos y basta, una especie de guerra fría. Mira, si te lo ha pedido a ti es porque no se lo ha querido pedir a ella, o porque ella se lo ha negado. O sea, que tú eres su última esperanza. Tienes que hacerlo. El chico lo vale, te lo aseguro. ¿Has escuchado el concierto?

—Es una clase de música que no...

—Bueno, es verdad, yo tampoco termino de entender la música que hace con ese aparato, pero es modernísima, es excepcional... Tendrías que hablar con Roberto Montaraz, ¿te ha hablado de Roberto Montaraz? Un genio de la música, profesor de acústica en la Universidad de Roma. Un genio. Precisamente ahora está por aquí, ha sido él quien le ha metido la idea de que su composición será un éxito. Le está ayudando mucho... Deberías conocerlo...

Me gustaba su apasionamiento, y el verde de sus ojos, y la facilidad con que sonreía, y sus manos, tan delgadas, pequeñas, moviéndose nerviosas por encima de la mesa. Le pregunté si conocía algún restaurante por allí cerca, y me dijo que sí, que había uno nuevo que tenía muchas ganas de probar y, naturalmente, terminamos comiendo juntos y descubriendo que compartíamos opiniones sobre temas generales, sociales, políticos, incluso televisivos.

—¿En qué trabajas ahora? —preguntó en los postres.

Cuando dices que eres detective privado, siempre acaban haciéndote esta pregunta. Supongo que esperan que les cuentes aventuras trepidantes, a la manera de las películas. Que estoy persiguiendo a un asesino en serie que mata prostitutas y les quema la lengua con un cigarrillo, por ejemplo, y que los principales sospechosos son el rey y un famoso jugador de fútbol. Cosas así. Hay que aclarar a la gente que la vida es más vulgar.

Le dije que estaba trabajando en unos grandes almacenes para aclarar una serie de robos sistemáticos, probablemente perpetrados por una banda organizada.

—¿Y cómo roban? — preguntó.

—Es lo que estamos tratando de averiguar. Sabemos que desaparecen artículos, pero no sabemos quién los hace desaparecer ni cómo.

—Yo conozco un sistema para robar en los grandes almacenes. ¿Quieres que te haga una demostración?

—No hace falta. No...

—¡Venga, hombre! ¡No me dirás que tiene miedo todo un detective como tú! —me desafió, muríendose de ganas de perpetrar la travesura. Parecía dispuesta a patalear como una niña si le decía que no. Se hacía difícil negarle nada, a aquella mujer.

Y, además, acceder a su capricho implicaba disfrutar un rato más de su compañía, antes de plantearnos qué hacíamos a continuación.

—Vamos allá.

No estábamos lejos del Servicio Estación de la calle Aragón, ese almacén que se anuncia como centro comercial «multiproducto», orientado al bricolaje, manualidades y bellas artes. Fuimos andando bajo el sol de invierno, hablando de esto y de aquello, explicándonos chistes malos y riendo, sobre todo riéndonos mucho. Un observador imparcial se preguntaría por qué demonios no nos cogíamos de la mano de una vez y por qué no nos decidíamos, de una vez, a pararnos para darnos un beso.

Ella me dijo que trabajaba en una productora de cine, como secretaria, y que vivía sola con su madre imposibilitada. Últimamente, había tenido que contratar a una enfermera para que la cuidara ocho horas al día. Un presupuesto.

En el Servicio Estación, Cristina compró un rollo de papel de estaño. Se negaba a explicarme su sistema de robo perfecto y a mí me gustaba su aire pícaro y misterioso que prometía sorpresas.

Volvimos al aparcamiento subterráneo de la calle Aragón donde había dejado mi coche y nos trasladamos hasta los almacenes TNolan de la Zona Franca. Por el camino, se hizo evidente cuál era el plan de Cristina. Vi cómo vaciaba su bolso y cómo lo forraba con varias capas supuespuestas de papel de estaño plateado. Una vez terminó de hacerlo, volvió a introducir todas sus cosas y me miró, muy satisfecha de sí misma.

—¿Qué te parece?

—¿Quieres decir que el forro de papel de estaño impide que el detector capte que te estás llevando un artículo...?

—Eso es lo que quiero decir. Y el pan de oro también sirve.

—¿Quieres decir que lo has probado?

—Quiero decir que tengo un amigo que me ha contado que él suele hacerlo.

—¿Ese amigo no será Esteban...?

Calló, arrepentida dehaber dicho lo que había dicho. Y yo también me arrepentí de haber dicho lo que había dicho, delatando mis recelos.

—No. No es Esteban —dijo. Y, después de pensar en ello—: Es un amante que tengo, ladrón profesional, que pertenece a una banda organizada especialista en saquear los almacenes TNolan.

Me miró con aquellos ojillos efervescentes y con aquella sonrisa de oreja a oreja, y no me quedó más remedio que sonreír.

Entramos en las dependencias TNolan caminando muy resueltos, como una pareja que sabe perfectamente lo que quiere y no está dispuesta a entretenerse ni un instante paseando y curioseando. Nos rodeó el calor de la Navidad, de los abetos de pega, de las bolas de colores que ya no eran de cristal, como en mi infancia, de las estrellas de Nazareth, de las guirnaldas plateadas y doradas, de los villancicos aunque fueran interpretados en inglés por Bing Crosby, Chicago o The Tempations. Me sentía como un protagonista de película de atracos poco antes de exhibir el Colt y gritar «¡Todo el mundo al suelo!».

Cristina se detuvo delante del mostrador donde se exhibían sacacorchos de todas las formas y colores, cada uno de ellos dentro de una caja con tapa de celofán y la tarjeta magnética protectora pegada detrás. Efectivamente, aquello no parecía fácil de despegar, si había que hacerlo de una manera rápida y furtiva. Retrocedí unos pasos y la dejé sola, asumiendo el papel de cómplice que cubre a sus compañeros, el encargado de gritar «¡Agua!» en cuanto se anuncia la proximidad de un uniforme. Me temblaban las piernas.

—Vamos —dijo ella.

Nos dirigimos hacia la salida reservada para los clientes que se iban sin comprar nada. Había arcos detectores por todas partes.

—Un momento, señorita. ¿Me permite su bolso, por favor?

Y guardias de seguridad. También había unos cuantos guardias. Y uno de ellos, sin duda candidato a Míster Universo, se había plantado frente a nosotros.

Cristina se puso tan colorada que yo, del guardia, la habría esposado sin molestarme en mirar el bolso.

—No se lo dés —intervine, autoritario como un sargento.

El guardia me miró maravillado, como si sospechara que, por fin, había conseguido detener a los ladrones de los almacenes. Nunca olvidaré su manaza tendida y abierta hacia nosotros, como un gran recipiente donde debía ir a parar nuestra libertad. Si fuera mendigo, con aquella mano, sólo necesitaría una limosna al día para alimentar a sus hijos. Saqué el móvil.

—El bolso —insistió. Después vendría: «O la vida», y hablaba en serio.

—Sólo será un momento —lo tranquilicé—. Quiero llamar a mi abogado. No sé si usted tiene derecho al registro indiscriminado de bolsos.

—El bolso —repitió, monotemático, con los dientes apretados, como haría un perro que ya hubiera mordido a su presa y no estuviera dispuesto a soltarla—. El bolso.

Quiso dar un paso adelante y la mano del Ángel Esquius más temerario que he conocido en mi vida se le plantó en mitad del pecho y lo detuvo.

—Paciencia. —Al teléfono, procurando que no se me notara la histeria—: ¿Beth? Soy Esquius. Estoy en los almacenes. Ven inmediatamente a la salida de la calle Terrades. Te necesito.

Corté la comunicación y dediqué una sonrisa tranquilizadora a la bestia.

—En seguida solucionaremos el problema.

—¡Le he dicho que me dé el bolso!

—Es que... Perdone... —intervino Cristina, con ese tono que me hacía troncharme de risa—. Es que lo llevo lleno de cosas que acabo de robar y, si usted las ve, es posible que se enfade.

Era su manera de decirlo. Diríamos que tenía vis cómica, la chica. El rostro pétreo del guardia se ablandó en una risita infantil. Me pareció que acababa de enamorarse de la presunta cleptómana y que, igual que yo, no quería que le ocurriera nada malo.

—Nooo —dijo, mimoso.

—Síiiiiii —dijo Cristina, mimosa—. He vaciado la sección de joyería.

—¡Si aquí no vendemos joyas! —feliz al pillarla en una contradicción que favorecía la tesis de su inocencia.

Quiso apoderarse de la bosa, sin mala intención, y ella, con coquetería, la ocultó a su espalda y lo esquivó. El hombretón de uniforme, casi sin querer, se encontró amorrado a ella, rodeándola juguetón con sus brazos y entrando en el campo de acción de su perfume. Cristina pegó un chillido, lo alejó con un empujón muy poco respetuoso y, entre risas, exclamó:

—Pero mira que eres burro, Miguel, ¿es que no me conoces?

Aquellas palabras tuvieron la virtud de dejar petrificado al guardia. Hizo un esfuerzo por reconocerla, porque se moría de ganas de conocerla, porque todo el mundo que se acercaba a Cristina experimenteba la necesidad de conocerla más a fondo.

—¡Me estás tomando el pelo! —descubrió, de repente, a punto de añadir: «¡Seré tonto!».

—¡Claro, hombre, Miguel! ¿Pero no te acuerdas de mí? ¡Soy Cristina, Cristina!

El hombretón tuvo un gesto avergonzado, de niño antes de recitar el verso de Navidad.

—¿Cristina? —El caso es que le sonaba el nombre pero no caía en la cuenta, no caía.

—¿Cuántas Cristinas conoces?

Por fin, después de un violento esfuerzo de meninges:

—¿La hermana de Alberto?

—¡La hermana de Alberto! —estalló ella en una carcajada que lo mismo podía significar «¡Claro!» como «¡Qué disparate!».

—Joder —continuó él, feliz—. La hermana de Alberto... Joder... Es que te has cortado el pelo, o no sé qué te has hecho, que no te conocía...

—¡Serás gilipollas!

—¡Cago'n tus muertos! ¡La hermana de Alberto! ¿Cómo está Alberto? ¡Hace siglos que no le veo!

Cristina se puso terriblemente seria. Lo que más le admiré, en aquel momento, fue que su capacidad de contener la risa:

—Ah, ¿no sabes lo que le pasó?

—¿Pasó? ¿Qué... qué dices? —inconscientemente, el guardia dio un paso atrás, como huyendo de las malas noticias.

—El accidente. Aquel camión que...

Cristina aprovechó la sacudida anímica y paralizadora del guardia de seguridad para cruzar un arco detector, que no detectó el botín que llevaba en el bolso. La llamé. En aquel momento, llegaba Beth de la Cabellera Verde, top negro y pantalones de lycra.

—Eh, Cristina. Ven aquí. Hola, Beth. —Le mostré mis credenciales de la agencia Biosca al guardia. Hablé de manera que me oyeran tanto él como mi joven colega—: Estábamos haciendo una comprobación, con mi amiga. Aplicábamos un sistema de robo y me parece que os puede interesar el resultado del experimento...

Cristina sacó a la luz tres sacacorchos con sus correspondientes tarjetas magnéticas.

—Me llevaba esto —dijo, con toda inocencia.

El guardia llamado Miguel (tal como anunciaba a los cuatro vientos la placa que llevaba pegada al pecho) se puso colorado como una amapola, tragó saliva y sus ojos refulgieron con ansias asesinas.

—¿Y no eres la hermana de Alberto? ¿Y Alberto no...? —preguntó, como si se encontrara delante de una aparición fantasmal.

—Y no soy la hermana de Alberto, lo siento. Perdona la broma del camión. Sólo era una visita de inspección.

—Y está muy bien —dijo Beth—, pero este truco ya lo conocemos. Últimamente, como te dije, me he vuelto una experta en las mil y una maneras de robar en grandes almacenes. Éste no es el procedimiento que utilizan para saquear este local.

—¿Cómo puedes estar tan segura? —la desafió Cristina, un poco ofendida.

—Este sistema sirve para robar CD's, o libros, o vídeos, incluso algunas prendas de ropa. Pero, ¿y un televisor...? ¿Una mesa de comedor? ¿Una cristalería entera? ¿Una lámpara de pie? Además, un bolso siempre es un bolso y salta a la vista, existe la posibilidad de que te pidan que lo abras, como os ha ocurrido a vosotros.

—Es verdad —concedí—. Sería más astuto forrarse de papel de estaño el bolsillo del pantalón. Claro que, entonces, los artículos que se podrían robar aún tendrían que ser más pequeños.

—Ostras —hizo Beth, hondamente impresionada por lo que yo acababa de decir—. Ostras, Ángel.

—¿Qué?

—Eso no lo has dicho porque sí, ¿verdad?

—Pues...

—¡No, no me lo digas! Ya me doy cuenta de que es una pista más que me ofreces, a que sí. Ostras, eres tremendo, Ángel. Déjame que piense en ello...

Me dio dos besos, uno en cada mejilla, y huyó antes de que le estropeara la diversión revelándole la solución de la supuesta adivinanza. Cuando ya estaba a una distancia segura se volvió para mirarnos, a mí y a Cristina, a los dos al mismo tiempo, como si acabara de recordar que tenía que votar en la elección de la mejor o la peor pareja del año. Pero estaba ya demasiado lejos como para que yo pudiera leer en sus ojos su intención de voto.

Me llevé a Cristina al aparcamiento, notando la mirada de Beth clavada en nuestras manos unidas.

Salimos con el Golf, rampa arriba, hacia el final del día.

Frené delante de su portal.

—Bueno, supongo que tienes que quedarte... —dije.

—¿Sí? —respondió ella.

—Tu madre te estará esperando. La enfermera ya debe de haberse puesto el abrigo y todo. Es tarde.

—Ah, sí, claro, tienes razón.

Pausa. De repente, empezó a hurgar en el bolso, el famoso bolso forrado de papel de estaño y, cuando yo ya creía que iba a sacar unos cuantos sacacorchos, o una colección de braguitas, o un paraguas plegable, se limitó a empuñar un bolígrafo y un pedazo de papel y a garabatear unos cuantos guarismos. El número de su teléfono móvil.

—Por si me quieres llamar —dijo.

—Quizá... —empecé.

—¿Qué haces mañana? —se adelantó.

—Tengo que ir al fútbol.

—¿Tienes que ir al fútbol? —Llena de felicidad—. ¿Te gusta el fútbol?

—Bueno, tengo que ir por cuestiones de trabajo.

—¡A mí me encanta el fútbol!

—¿Quieres venir?

—¿Me lo dices de verdad?

—Claro. A mí, me van a colar. Supongo que, si cuelan a uno, pueden colar dos.

—Hombre, pues sí, me haría mucha ilusión. El partido de mañana es fantástico, esencial, determinante. Jolín, eres como mágico, Ángel. Un Ángel guardián. No soy la primera que te lo dice, a que no. —Suspiró. Echaba ojeada hacia la acera como si no le apeteciera apearse del coche, como si le asaltara la tentación de dejar que su madre venerable y enferma se las apañara sola por una noche—. Bueno. Ha sido un placer.

Me dio un beso en la mejilla. Yo la despedí con un sonrisa.

Terminé el sábado en casa, mirando el techo de mi dormitorio, pensativo, sonriendo como un bobo. Convencido de que existe un noveno, o un décimo sentido que nos avisa cuando hemos encontrado nuestra alma gemela.

O, a lo mejor, lo único que ocurría era que necesitaba una mujer.

3

Domingo, 14

Dediqué buena parte de la mañana del domingo a pensar en Cristina. A continuación, el desayuno, ligero, las abluciones a fondo, y la elección de la ropa, siempre con Cristina en mi mente. ¿Le gustaría Cristina a Marta? Me las imaginaba, mirándose las dos, y me daba un poco de vergüenza que coincidieran en la misma casa y, sobre todo, en el mismo cuarto de baño, cuando yo salía desnudo de la ducha. Llamé a Tete Gijón para notificarle que, en lugar de uno, seríamos dos los que nos colaríamos en el campo aquella tarde. Protestó «Jodó, tío, ¡no me hagas eso!», pero sólo por alborotar, porque le gustaba ser muy ruidoso. Le dije que había ligado con una mujer muy aficionada al fútbol y quería quedar bien con ella, porque sabía que aquel argumento sería definitivo para el periodista. Celebró la buena nueva llamándome cabrón, hijo de puta y maricón y añadió que no habría ningún inconveniente, que sólo tenía que hacer una llamada y podía disponer de todo el campo. Al fin y al cabo, el de aquella tarde no era un partido importante y el equipo titular iba tan mal que incluso los seguidores más fanáticos empezaban a desertar. Se decía que la directiva se había lanzado a las calles para suplicar a los transeúntes que fueran a vitorear a los pobres jugadores. Habría lugar de sobra en el campo. Nos esperaría a las siete y media en la puerta número 5 del estadio.

Aparte de eso, sólo le hice otra pregunta, para tratar de aclarar una idea borrosa que me estaba rondando:

—¿Sabes dónde vive Joan Reig?

—De momento, en Sant Just. Pero se está haciendo una casa en Sitges. Seguro que no necesita pedir una hipoteca, después del contrato que acaba de firmar, jajá.

—Gracias.

Sant Just, lejos de Sant Cugat y de Les Planes. Difícilmente, la fiesta-orgía podía haberse celebrado en casa del jugador. Todo confirmaba que él y Mary se habían encontrado delante de El Corte Inglés, el de la avenida Diagonal, cerca del aparcamiento donde ella había dejado su coche. Desde allí, él la había llevado a donde se celebraba la fiesta.

Entretuve el resto de la mañana contemplando *El Beso de Judas*, por fin, con el secuestro de aquella especie de Bill Gates, y la persecución de coches donde, por una vez, los buenos tenían un accidente ridículo y acababa él con el pie roto y ella, Emma Thompson, con la nariz hecha una patata. Hasta que no pude aguantar más y llamé a Cristina. ¿Podía dejar a su madre con la enfermera y venir a comer conmigo? Cristina dijo que sí inmediatamente. Hija desnaturalizada. Me alegré de verla otra vez. Con aquella boca de Netol que no conocía la seriedad, la mirada descarada, cazadora de cuero y pantalón de cuadros escoceses.

La llevé a L'Escamarlá, en la playa del Bogatell, para invitarla a una paella de ciego. Las temperaturas habían subido un poco, parecía que el frío exagerado hacía fiesta, aquel domingo, y en lugares resguardados del viento se veía a un par o tres de almas temerarias en bañador.

Mientras comíamos la paella, le hablé de mí, de mi vida, de Marta, de los días oscuros que siguieron a su muerte, de Mónica, y de Ori, y de mis nietos, los gemelos Roger y Aina. Cristina me preguntó por casos especialmente emocionantes que hubiera resuelto y le hablé de la gente de la agencia, de la locura de Biosca, de la coquetería de Beth de los Cabellos Verdes, de la homosexualidad de Fernando, tan sosegado, equilibrado e introvertido. Las fantasmadas de Octavio nos dieron mucho juego y nos hicieron reír mucho.

Cuando yo le preguntaba por su vida, me pareció que ella se mantenía a la defensiva.

—¿Has estado casada?

—No me hagas hablar de mis fracasos.

—Eso quiere decir que te casaste y te separaste.

—O que nunca encontré a nadie que quisiera casarse conmigo.

—Imposible.

—No seas pelota. Venga, háblame de tus casos.

¿Mis casos? No me animaba a contarle ninguno de los casos complicados, que había muchos. Quizá por preservar la intimidad de nuestros clientes, quizá porque temía que Cristina creyera que me lo inventaba, quizá porque no quería que conociera mi faceta de canalla embrutecido a fuerza de limpiar la mierda ajena.

—¿El pelirrojo es natural?

—No seas grosero...

—¡Pero si me gusta!

—Es como si me preguntaras si mis pechos son tan bonitos como parecen o si son resultado de un generoso aporte de silicona.

Después, ya estábamos en la puerta número 5 y, desde el interior, venía hacia nosotros Tete Gijón, abriéndose paso a codazos y enarbolando un par de acreditaciones de prensa.

—Esquiusssss-mi, Esquiussssss-mi —gritaba, con voz aguda de payaso.

Alto y grueso, con los ojos de sapo desorbitados detrás de unas gafas de hipermétrope y montura de pasta negra, muy pasadas de moda. Cara llena y coloradota de bebedor. Había engordado desde la última vez que nos habíamos visto.

—¡Esquiusssss-mi!

Me trituró la mano derecha mientras descargaba su izquierda sobre mi hombro, ¡plas, pataplam!

—¡Cuánto tiempo sin verte, desleal, ruín y cruel y despiadado!

—Te presento a Cristina...

—¡Eh, Cristinita!

—¡Pero a ella no le hagas daño!

Como si la conociera de toda la vida, la agarró de los hombros y le clavó un beso en la frente.

—¡Muac! ¡Jodó, salao, que bien parido, el Esquiuss-mi! Siempre ha tenido suerte con las mujeres. ¡Pero vete con cuidado, que les acaba rompiendo el corazón!

Pensé, fugazmente, que no había tenido suerte con Marta, porque se había muerto. Y, además, había muerto de un ataque cardíaco. Aunque no era yo quien le había roto el corazón a Marta, supongo que técnicamente aquello se podía considerar una metedura de pata. Tete era especialista en meter la pata. Pero tenía la ventaja de que no era consciente de ello y no hacía nada por arreglarlo.

—O sea, que la nena también viene con nosotros, ¿eh? Jodó, salao, que bien parido es Esquius, qué vista, qué habilidad.

Ya estábamos dentro del recinto y avanzábamos rápidamente hacia el estadio con las acreditaciones colgadas del cuello.

—¿Qué más quieres saber de Reig? —preguntó el periodista situándose entre Cristina y yo y abarcándonos los hombros con sus largos brazos.

—Lo que sepas. Cómo está últimamente, qué hace, cómo juega, cómo se comporta...

—¿Para qué quieres saberlo?

—No puedo decírtelo.

—¿Para quién trabajas?

—No puedo decírtelo.

Llegamos a la puerta 16 de tribuna y allí pasamos el segundo control.

—¡Joder, Esquius! —exclamaba Tete—. ¡Jodius, Esquius! —Se dirigía a Cristina para demostrarle, con gesticulación histriónica, que yo era lo que no hay—. ¿Y qué le digo yo de Reig? Jodó, pues que está haciendo una temporada de puta pena.

—Pero es muy guapo —protestó Cristina.

—Pues que se meta a gigoló, ¿no? El año pasado todavía parecía que sabía lo que era un balón, pero esta temporada ha hecho tantas cagadas que incluso se dijo que no le iban a renovar el contrato...

—... Que todas las mujeres protestamos...

—... Pero es que ahora, desde que se lo han renovado, es aún peor.

—... Pero continúa estando igual de bueno...

Subíamos a la tercera gradería en ascensor.

—¿Cuándo se lo renovaron? —inquirí.

—Lo notificaron en la rueda de prensa del lunes pasado, día ocho. Y eso que el sábado seis hizo el peor partido de su vida.

Los asesinatos se habían cometido la noche del jueves cuatro al viernes cinco.

—Entonces, todavía no lo has visto jugar después de la renovación...

Salimos al pasillo de las cabinas de retransmisión de radio y televisión. Tete nos abrió una puerta y entramos en un recinto donde había una mesa de sonido, unos cuantos micrófonos, un televisor, cuatro sillas de tijera y un gran frontal de cristal desde donde se veía el campo perfectamente. Un lugar privilegiado.

—Lo he visto en los entrenamientos y no necesito más, y la cara que ponía a la rueda de prensa del lunes. Estaba hundido, pálido, como si fuera él quien tuviera que pagar todos esos millones al Club, y no al revés. Monmeló, en cambio, tan contento y tan alegre... —Se interrumpió para señalar a través del ventanal—: ¡Mira! ¡Monmeló! Hablando del rey de Roma.

En la tribuna, se estaba instalando el presidente del Club, Felip Monmeló, ese hombretón alto y grueso, con el cráneo afeitado, reluciente como una bombilla, y unas barbas blancas que le daban aspecto de gnomo gigantesco, la felicidad personificada, cigarro entre dientes, tan parecido al vejete que servía de emblema al Club. Saludaba al público en general con blandos movimientos de brazo que recordaban una bendición papal.

—Después, queríamos hacerle preguntas —reemprendió Tete Gijón el relato—, y no hubo forma. Que todo estaba dicho, que Reig estaba cansado, y se fue sin hablar con la prensa. —En confianza—: Eso le viene del viernes cinco, que tuvo una encontronazo con Danny Garnett. Durante los entrenamientos, el inglés le hizo una entrada muy bestia, que casi me lo lesiona. Y se ve que, luego, en los vestuarios, se las tuvieron. Que si juegas sucio, que si eres un guarro, en fin... ¿Qué más puedo decirte? Que no está por la labor... ¡Pero siéntese, siéntese usted, señorita!

Desplegó una silla y, en lugar de ofrecérsela a Cristina, la ocupó él a horcajadas.

—Coged sillas, venga, Esquius, siéntate tú también. ¿Qué más quieres que te cuente?

Yo no sabía cómo formular la pregunta.

—¿Tú crees que... desde las, digamos, altas esferas... se puede hacer callar a la prensa? Quiero decir: ¿hasta qué punto hay libertad de prensa en los periódicos? ¿Hasta qué punto, si al director del periódico le dicen que de eso no hay que hablar, tendrá que agachar la cabeza y callar?

Se abrió la puerta y entraron un chico muy joven con cara de niño y otro periodista más veterano que asistían a Tete Gijón en la retransmisión. Iban cargados con dos cajas de cartón muy pesadas. Tete hizo las presentaciones:

—... Mi amigo detective y su amiga que, como es su amiga y las amigas de mis amigos son mis amiguitas, pues también es mi amante. ¿Qué os parece?

—¡No te enrolles, Tetón!

—¿Habéis traído bebercio?

—Birras.

—¿Con calisay? —Se echó a reír—. Jodó, tú, salao, Esquius bebía birra con cointreau, tíos...

—Ya no, ya no —decía yo, bajo la mirada ceñuda de Cristina.

—... Para que después digan que los detectives son sibaritas, a base de whisky de malta y bourbon... ¡Birras con cointreau, se metía en vena, este desleal, ruín, cruel y despiadado, rediós!

Descargó la palma de su mano sobre mi nuca.

—Y ahora me pregunta... —les explicó lo que yo le pedía—: hasta qué punto los poderes fácticos nos pueden tocar los huevos, nos pueden amordazar, manipular, prostituir. ¿Quieres saber la respuesta, de verdad, Esquius que parece mentira que seas detective? Mira: el robo en casa de Garnett, por ejemplo... ¿Ah, no te enteraste de que un ladrón quiso entrar en casa de Danny Garnett? Bueno, pues eso, que en su jardín se montó un sarao de cal Dios. El perro de Garnett atacó al ladrón, y se puso a ladrar, y el otro a gritar, y se presentó la policía y todo. Sabemos que un vecino estuvo haciendo unas fotos del jardín de Garnett. Un vecino que vive en un cuarto piso y tiene una vista privilegiada de ese jardín y tiene siempre una cámara a punto porque piensa que, cuando menos lo espere, captará la exclusiva de su vida y la podrá vender a los periódicos. Bueno, pues, salao, ¿tú has visto las fotos que hizo aquella noche? Yo tampoco. Se ve que fue a visitarle un representante de la directiva del Club y le compró los derechos de publicación a tocateja. Es una manera de bloquear una información, ¿no te parece?

—Antes —intervino el asistente más veterano, que había conectado el televisor y bebía una cerveza con los ojos clavados en la pantalla—, antes te prohibían que dijeras nada porque sí. Y entonces los periódicos se resistían. Publicar lo que te prohibían era una forma de resistencia y autoafirmación. En cambio, ahora no te lo prohiben. Te demuestran que es mejor que no lo publiques. Para no crear alarma social, o cosa por el estilo...

—Joder, como en el caso de las putas —dijo el periodista con cara de niño, que manipulaba una minicámara digital.

Se me cerraron los puños en un acto reflejo.

—¿Las putas? —balbuceé.

—Dos putas que mataron en Barcelona la semana pasada —explicó el chico mientras Tete Gijón asentía, muy de acuerdo con él—. ¿No lo leíste? No, claro, nadie no lo leyó porque todo el mundo echó tierra encima.

—Que a una la encontró un autocar de chicas que iban a una despedida de soltera... —apuntó Tete.

—Pues eso lo han tapado —dijo el periodista de la minicámara—. El especialista en casos policiales y tribunales que tenemos en la emisora, Carlos Pires, estaba enfurecido. La policía no le decía nada, pero él hizo un trabajo de campo, una filigrana hablando con éste y con aquél, confidentes que tiene, y entonces va el director de la emisora y le dice no sé qué de la alarma social, y que tiene que dedicarse a otros temas, y el tema se murió. Y hasta ahora.

—Corre la voz —añadió Tete Gijón— de que alguien llamó desde algún estamento oficial y nos hizo callar.

—¿Quién llamó?

No lo sabían. Se encogían de hombros y se miraban intercambiando expresiones de escepticismo.

—Algún político muy bien situado e influyente.

Apuntó el periodista del televisor:

—... Seguramente no dijeron que no había que publicar lo de las putas, claro que no, seguro que fueron más sutiles: que si la alarma social, que si el efecto dominó...

Y Tete, alegremente:

—Nos hacen callar siempre que quieren. Noticias que tendrían que ir en primera plana acaban en un billete de mil espacios y noticias que no interesan a nadie van en las páginas preferentes. Es exactamente lo que ha ocurrido en el caso que comentábamos. ¿Quién habla de libertad de expresión? Aquí, el único que tiene libertad de expresión soy yo que, mientras retransmito el partido, puedo elegir si llamar al árbitro hijo de puta o cabrón.

4
....

Los equipos saltaron al terreno de juego. Aunque empezaba a caer en picado la temperatura, había unos cuantos que llevaban camiseta de manga corta, Garnett y Reig entre ellos, seguramente para exhibir su musculatura ante las mujeres asistentes, que eran muy numerosas.

Durante los prolegómenos del partido, los visitantes tuvimos que guardar silencio. Los tres periodistas, en cambio, ya a micrófono abierto, iniciaron una tertulia libérrima y alborotada. Recitaron para los oyentes la lista de los jugadores de ambos equipos, recordaron el lamentable estado de la clasificación, decidieron la táctica que había que emplear para doblegar al rival y explicaron unos cuantos cotilleos que para mí no tenían ningún interés, cuatro biografías, un montón de estadística y comenzó el partido.

Con el micro en la boca, Tete Gijón empezó a hablar muy de prisa:

—... pelota colgada hacia la izquierda de la zona de medios rechaza de cabeza Modiano Garnett desplaza el esférico punta de ataque zigzaguea deja sentado a Molinero.... ¡deja sentado a Molinero, señores míos! El Escorpión pasa entre dos defensas se va a la línea de fondo.... atención el Trueno Pescosolido está solo está solo está solo está solo pase milimétrico pase de la muerte de Garnett... empalmará, empalmará... ¡Oooooh! ¡La cuelga de la gradería, Pescosolido la ha colgado de la galería! ¡Y estaba libre de marca! ¡Qué desastre, señoras y señores!

Yo sólo me fijaba en Joan Reig, que llevaba el dorsal 3. A los cinco minutos de partido, llegué a la conclusión de que el futbolista más guapo del país no conocía las reglas del fútbol y no sabía reconocer una pelota cuando la veía. Corría, perdido, como un alma en pena, de un lado a otro del campo, siempre en dirección contraria al lugar donde se depositaba la atención de todo el mundo. Cuando el público bramaba por cualquier cosa, o cuando uno de su equipo le imprecaba, o cuando el árbitro pitaba, aunque no fuese a él, Joan Reig hacía señales que igual podían significar «¿Me estáis llamando a mí?» como «¿Se puede saber quién ha escondido el balón?». El delantero a quien se suponía que había de marcar incluso ponía cara de desamparado, y cada vez que recibía el esférico algún otro defensa del equipo local se veía obligado a perder la posición y, normalmente, a hacerle una entrada que acababa en falta. Cuando Reig conseguía ver el balón, normalmente éste pasaba muy lejos de su alcance, o muy alto, o por el otro lado del campo, pero él no dudaba en saltar cabeceando al aire o pegaba inútiles puntapiés, en un grotesco despilfarro de energías. Le vi correr a pasitos cortos mirando al cielo como si esperase la aparición de la Virgen de Fátima, le vi tropezar con sus propios pies, y girar sobre sí mismo como una bailarina, y excusarse con gesticulaciones ridículas cuando el público empezaba a tirarle objetos contundentes. Cuando el otro equipo marcó un gol, Reig no sé qué estaba haciendo en medio del campo, al lado de la banqueta rival y, al ver la alegría de los suplentes, también se puso a saltar y a dar volteretas, por puro mimetismo, antes de comprender que no era aquél el comportamiento que se esperaba de él y entonces quiso disfrazar su error fingiendo que se había caído y que le dolía una pierna. Reincorporado al juego, una vez que la pelota fue a parar a sus pies, por pura casualidad, se quedó mirándola con cara de susto, y entonces llegó un jugador contrario y le pegó un puntapié en la espinilla que lo derribó de verdad. Cinco minutos de revolcarse por el suelo esperando el agua milagrosa. Pocos minutos más tarde, volvió a tocar el balón, aquella vez con las manos y dentro del área. El árbitro pitó penalti y fue el segundo gol a favor de los visitantes.

Inmediatamente, el entrenador lo cambió por un suplente en edad de juvenil, sin esperar a que terminara la primera parte.

En el descanso, Tete Gijón me agarró del brazo y me dijo, con vez grave, de pésame:

—No hay nada que hacer. Cuando jugaba en el B, Reig era el mejor del equipo, pero últimamente la ve cuadrada. Y los otros, por un estilo. No pone alma. Ni siquiera Garnett, aunque juegue bien.

—¿Garnett? ¡Pero si ha hecho algunas jugadas estupendas!

—Pero le falta motivación. Fíjate que ya no se molesta ni en abroncar a sus compañeros cuando la cagan, parece que le dé igual, no da consignas, no actúa como líder como hacía antes. Juega solo, con el piloto automático.

No me había dado cuenta. A quien había visto preocupado, distraído por algo terrible, atormentado por obsesiones que le impedían concentrarse en lo que estaba haciendo, era a Reig.

El club local aún encajó un tercer gol del equipo visitante, que acababa de subir de segunda.

—... Danny Garnett centra en el espacio entra Modiano que se encara al portero.... oooooh.... qué lento qué lento que ha sido el portero ha salido y se le ha adelantado...

Después, todo eran excusas:

—Como Garnett ha centrado sin mirar, además de engañar a los defensores, ha engañado incluso a Modiano y cuando ha querido reaccionar.... Lástima, porque la jugada de Garnett merecía acabar en gol.... Lástima, porque necesitamos un gol para entrar en el partido...

Al ver que no ganaban, los periodistas se dedicaban a hablar de la quiniela, de las substituciones, del banquillo, de la empanada mental del entrenador, y de otros partidos más gloriosos o de otros deportes en que ganaba el equipo que ellos querían.

A la salida, los aficionados hacían aspavientos, rezongaban, escupían en el suelo, buscaban pelea y, algunos, rompían unos carnets que ya habían sido rotos y pegados con papel adhesivo muchas veces.

Cristina resultaba una imagen insultantemente feliz en medio de tanta amargura, cualquiera diría que era partidaria del equipo contrario, y yo quería creer que el único motivo de su satisfacción era el hecho de ir colgada de mi brazo.

De repente, se me hizo evidente que estaba buscando a alguien entre la multitud. Alargaba el cuello, torcía la cabeza hacia todas direcciones, se ponía de puntillas o daba saltitos para otear por encima de las cabezas de los ciudadanos que teníamos alrededor, o se detenía para mirar por segunda vez a alguien que le había parecido conocido. Por fin, encontró lo que buscaba.

—¡Ah, ahí está!

—¿Quién?

—¡Ven, quiero que le conozcas! —Me arrastró entre la confusión de personas y coches, hacia un hombre que nos saludaba con la mano—. Ya suponía que habría venido, es de los que no se pierde un partido... Él conoce muy bien a Mónica...

Era un hombre fornido, de mi edad, con el pelo muy largo recogido en una coleta, pendiente en la oreja derecha y vestido con una gabardina negra abrochada hasta el cuello, que le llegaba casi hasta los pies, como una sotana. Nos sonreía por compromiso y, cuando estuve cerca, tuve la sospecha de que llevaba alguna clase de cosmético en su rostro.

—¡Hola! Mira, éste es Ángel, el padre de Mónica, la novia de Esteban.

—¡Ah, sí! —hizo él, como si no lo supiera.

Me esquivaba la mirada. Me pareció que sólo me dedicaba un cincuenta por ciento de atención. El otro cincuenta por ciento lo monopolizaba Cristina. ¿Sería que estaba incómodo porque le gustaba Cristina y tenía celos de verla coqueteando con otro?

—Él es Roberto Montaraz, el hombre que ha enseñado a Esteban todo lo que sabe de música.

—Ah —exclamé—. El theremin.

—Sí —replicó él, complacido—. El theremin.

Parecía que ya no teníamos nada más que decirnos. Intervino Cristina:

—Le digo a Ángel que Esteban es un genio, que su composición de theremin es excelente, a que sí.

—Sí —concedió Roberto Montaraz, con acento argentino cuidadosamente cultivado, muy serio y un poco afectado—. Excelente, soberbia, valiente, sobre todo valiente, un hallazgo, todo un hallazgo. —Declamaba, como hacen algunos argentinos, con excesivo énfasis—. Sólo le falta una buena grabación para tener oro puro en la mano. Un estudio *comme il faut*, un digei que le haga las mezclas con criterio metamoderno. Su música tiene luz, una luz a la manera de Monteverdi, pero aún podemos alcanzar un estadio más, todavía necesitamos otro paso más para conseguir que deslumbre. —Su mano se posó encima de mi antebrazo como un pájaro inquieto. No era capaz de sonreír, aunque trataba de fingir amabilidad—. Apostar por Esteban es jugar sobre seguro. Oiremos hablar de ese pibe, se lo aseguro.

—Ya —dije, mirándole la mano.

—Enséñale una tarjeta —exigió Cristina, siempre pendiente de mis reacciones—. Dale la tarjeta, por si quisiera comunicarse contigo o, no sé, hacerte alguna pregunta...

Me dio una tarjeta donde ponía:

ROBERTO MONTARAZ
Catedrático Honorario de la Escuela de Ingeniería Electrónica
de Buenos Aires
Director del Laboratorio de Acústica y Electroacústica
de la Universidad de Rosario
Professore alla Facoltà di Scienze Esatte (Roma)

Había, además de su dirección, un teléfono y una dirección web.

Mientras yo la leía, el catedrático, director y *professore* iba diciendo, de un tirón, casi sin detenerse a respirar, como Tete Gijón cuando retransmitía el partido:

—El pibe ha enviado unas maquetas, con mi recomendación personal, a una serie de productores de cine y de teatro, a empresas de publicidad, e incluso al Liceu. No creo que nadie le conteste antes de Navidad pero yo le aseguro que el año que viene ese chico triunfará. Seguro. —Miraba a Cristina como si temiera que pudiera salir corriendo. Y, de pronto le habló con urgencia—: ¿Venís? ¿Te llevo en coche y continuamos hablando?

—Ah, sí —dijo ella.

Era evidente que la invitación me excluía. Experimenté una especie de pellizco en el corazón. Nada grave: sólo una pizca de celos.

—Yo... —dije—... Yo tengo el coche en el aparcamiento... No puedo ir con vosotros.

—No, no, claro.

Cristina me tomó de las manos, siempre mirando directamente a los ojos como un hipnotizador.

—¿Nos volveremos a ver?

—Sí, claro.

—Prométemelo.

—Te lo prometo.

—¿Me volverás a llamar?

—Que sí.

—¿Cuándo?

Ríos de gente pasaban por nuestro lado y Roberto Montaraz nos miraba y nos escuchaba descaradamente, y yo hubiera preferido tener un poco más de intimidad. Me hubiera gustado despedirme con un beso en la boca, aquella boca tan grande que me atraía como un imán.

—A lo mejor, mañana —dije finalmente—. ¿De acuerdo?

—Seguro, ¿eh? ¿Me lo prometes?

—Te lo prometo.

Se fueron. A mi alrededor, los aficionados blasfemaban, maldecían, abominaban del club de fútbol que más querían. Me pregunté qué opinión les merecería el club que más odiaban.

Me fui a casa solo.

Completamente solo.

Los atardeceres de domingo siempre me han parecido especialmente grises.

CINCO

1

La página personal de Roberto Montaraz en Internet no era gran cosa. Un poco chapuza en el diseño, exhibía una foto del hombre que acababa de conocer, un apartado en que desarrollaba la biografía profesional resumida en su tarjeta (y que yo me salté), un par o tres de archivos de conciertos de estilo alienígena para descargar y un artículo donde se mencionaba, entre un grupo selecto de músicos destinados a tomar el relevo de la antorcha del theremin el día que él faltase, a Esteban Merlet. Lo halagaba casi con las mismas palabras que había utilizado al hablar conmigo. Aquello de la luz que podía llegar a deslumbrar y blablablá. Visité, a través de los links, las páginas de las Universidades de Rosario y de Roma, y descubrí que lo citaban en lugares destacados de las listas de sus cuadros docentes, casi usándolo como reclamo para dar más prestigio a los departamentos correspondientes. Llegado a este punto, me di por satisfecho y apagué el ordenador. Si pensaba en Montaraz, pensaba también en Cristina, y estaba descubriendo que plantearme lo que (a lo peor) estarían haciendo juntos en aquel mismo momento me producía un modesto, pero inconfundible, malestar.

Me dormí sin poder quitármelo de la cabeza. El truco de pensar en otras cosas no funcionó. El caso de Mary Borromeo me recordaba que había un tipejo llamado Cañas que me buscaba para conseguir que meara sangre, y cuando quería solucionar el misterio de los robos en los grandes almacenes poniéndome en la piel de los ladrones para saber cómo actuaban, tal como yo mismo recomendaba a

Beth, se me imponía el recuerdo de la aventura del robo de sacacorchos y Cristina recuperaba su protagonismo. Es lo que decía Marta: «Necesitas una mujer». Y ahora resultaba que la que tenía a mano se había ido con Roberto Montaraz.

Al día siguiente por la mañana, a primera hora y con la intención de sacarla de la cama y, sobre todo y de paso, de despertar a Esteban, llamé a Mónica.

—¿Mónica...?

—¿Sí? Ah, hola, papá, ¿cómo estás...?

—Muy bien. Que ya te he hecho la transferencia, eh.

—¿De verdad? —Se despertó de golpe—. ¿Lo dices en serio? ¿De doce mil euros? —Se puso a llorar—. Oh, papá, eres un sol, no sabes cómo te lo agradezco...

—Vamos, vamos, espero que sea con fin de bien. Oye... Ayer, mirando eso del theremin por Internet, vi que hay un intérprete de ese instrumento por Barcelona, un tal Roberto Montaraz... ¿Lo conoce tu chico?

—¿Roberto Montaraz?

—No creo que haya muchos músicos de theremin por esos mundos...

—¡Oh, papá! ¡Si es un genio! ¡Es el maestro de Esteban! —El entusiasmo hacía que las palabras se le atascaran en la boca—. Papá. Es un genio, y el día que quieras te lo presentaremos. En los años 80, Montaraz ya estaba revolucionando la música moderna con Paralelepipédico Flash, un grupo de culto de la electrónica, adorado por los amantes del *underground*, pregúntale a cualquiera que entienda un poco y verás. Es profesor de acústica de una universidad italiana y apuesta por Esteban a ojos cerrados, papá, a ojos cerrados, él es la garantía. Cuando lo conozcas, fliparás, papá, te juro que fliparás.

Acabó de convencerme.

Inmediatamente después de la llamada, bajé al banco e hice la transferencia de doce mil euros a la cuenta corriente de Mónica. No quise efectuarla desde mi ordenador, como si recurriendo a una empleada del banco otorgara más solemnidad al ritual, o me proporcionara un testigo para mi estupidez.

A continuación, huí de casa y desconecté el móvil, para hacerme invisible a cualquiera que quisiera localizarme. No quería hablar con nadie, ni con la policía ni mucho menos con Biosca, porque estaba seguro de que tratarían de impedirme que continuara investigando. Y, por alguna razón, por romanticismo o por terquedad, me negaba a renunciar a descubrir al asesino de aquellas dos pobres mujeres.

Dediqué el día a trámites de esos que siempre dejamos para más tarde. Protestar a la compañía de aguas porque aquel mes me había cobrado más de la cuenta, hacer los trámites de renovación del carnet de conducir y comprarme un abrigo en una tienda de la Diagonal que anunciaba rebajas prenavideñas pero que resultó bastante cara.

El vendedor, un comercial copiado de los maniquís que tenían en el escaparate y con gafas, me dijo que el ahorro se haría evidente cuando pasara el tiempo y yo comprobase la duración y la vigencia de aquel modelo.

Al atardecer, pasé por casa un momento para tomar una ducha, ponerme el traje gris de alpaca, la corbata de rombos y el abrigo negro que acababa de comprarme, limpiarme un poco los zapatos y comer un poco de pan con tomate y lomo embutido. Cogí medio metro de hilo de pescar y le até a ambos extremos unos anzuelos, me lo embolsé y salí hacia la discoteca Sniff-Snuff del Poble Nou.

Habían instalado en la entrada focos móviles orientados hacia lo alto, como los reflectores que barrían el cielo de Londres buscando bombarderos alemanes. No había bombarderos, pero sí un zepelín que anunciaba el Congreso de Moda Interior que se celebraba en Barcelona en aquellas fechas, y del cual aquél era uno de los más celebrados eventos. A la puerta se apiñaba una multitud chillona compuesta por jovencitas y no tan jovencitas excitadas que esperaban la llegada de sus ídolos agitando en el aire las entradas compradas a precios abusivos. También se veía a miembros del sexo masculino, algunos tan alborotados como las chicas, y otros que procuraban mantenerse al margen del griterío, como queriendo demostrar que, si estaban allí, era por casualidad o para acompañar resignadamente a sus mujeres e hijas.

A uno de estos hombres se le iluminaron los ojos al verme y vino corriendo hacia mí, encantado de encontrarme al fin. Era Octavio.

—¡Eh, Esquius, aquí, aquí! —gritó, dando por supuesto que yo lo estaba buscando con ansia—. ¡Joder, has visto qué furor uterino? Daría cualquier cosa por estar en el lugar de los que hoy desfilarán. Estoy seguro de que esta noche mojan el chirro, ¿no te parece? ¡Y con más de una! ¡Uau! ¡Y a lo mejor nosotros también! Porque todos los tíos que andan por aquí son maricones, ¿sabes?

—Sí, supongo que tendremos que resignarnos a que también lo piensen de nosotros... —dije.

Octavio sufrió una especie de sacudida. Miró a su alrededor, dispuesto a romperse la cara con el primero que se atreviera a pensar algo parecido de él. Me reí.

—Venga, vamos, que ya se puede entrar.

Tuvimos que esperar a que la riada delirante inundase el local antes de pasar sin empujones entre dos vigilantes vestidos de rojo. El interior de la discoteca estaba en una penumbra de colorines, con focos rojos, azules y amarillos que, en los rincones, apuntaban hacia la pared. Las mujeres gritaban y parloteaban, y se empujaban y se peleaban para obtener las mejores sillas, muy cerca de la larga pasarela que atravesaba el local. Y se saludaban las unas a las otras, a la distancia; y se subían a los asientos, y emitían risitas histéricas, y gritos intemperantes e intempestivos, e iban y venían de los mostradores donde los camareros les servían brebajes que aún las estimulaban más. Y la algarabía aguda y ensordecedora se imponía a la música de blues, apropiada para el *strip-tease*, que surgía de los amplificadores a más decibelios de los aconsejados por la Organización Mundial de la Salud. Mientras nos desplazábamos hacia el fondo del local, reconocí una versión muy sensual del *Big Spender* del musical *Sweet Charity*.

Octavio no dejaba de hablar y hacer comentarios, supongo que dando su discutible opinión sobre las damas que nos rodeaban, y sus virtudes físicas y químicas, o tal vez hablaba de su desazón por conseguir un autógrafo de Reig y darle unos cuantos consejos sobre la manera como había de jugar. Afortunadamente, con todo aquel vocerío yo no podía oírle.

En seguida localizamos la puerta que daba acceso a la trastienda de aquel putiferio. *Backstage*, anunciaba un rótulo, porque era gente que estaba al día. Tal como yo había previsto, había un miembro del personal de seguridad, vestido de rojo para la ocasión, con los brazos cruzados, encargado de cerrar el paso de las más enloquecidas. Recurrí a los anzuelos y al sedal que llevaba en el bolsillo. A Octavio no le puse al corriente de nada: sólo un gesto reclamando confianza y obediencia.

De camino hacia la puerta y hacia el gorila, tocando espaldas de chicas para abrirme paso, no me resultó difícil enganchar un anzuelo en uno de los tirantes más precarios que encontré a mi paso y, otro anzuelo, en la tira de sujetador más evidente. Octavio y yo continuamos nuestra marcha, impertérritos, tan elegantes que nadie podía sospechar de nuestra solvencia.

El desaguisado fue un poco más estridente de lo que yo había previsto. No sé muy bien qué ocurrió pero me parece que, además de las dos pobres chicas enganchadas se implicó otra que llegaba con vasos llenos de bebidas y que quiso pasar entre las dos. Ella fue quien tiró del hilo de nailon y provocó que se partieran los dos tirantes, y que el escote de una de las damnificadas se abatiera como un puente levadizo poniendo al descubierto sus pechos al mismo tiempo que los pechos de la otra se descolgaban en rápida sucesión, *plop, plop* cuando cedía el sujetador. A la sorpresa y el susto, se añadió el contenido de aquellos vasos que, debido al tropezón, fue a parar sobre los vestidos maravillosos, acabados de estrenar, de un par de chicas que se estaban riendo un poco más allá. Y la suma de todas estas desgracias se convirtió en una pequeña revolución de llantos, alaridos, tirones de cabellos, puntapiés, sillas desparramándose alrededor. Exactamente lo que yo pretendía.

La atención del guardia rojo se desvió hacia allí. Nada lo retenía junto a la puerta porque, evidentmente, no podía sospechar de aquellos dos señores tan bien vestidos que miraban hacia otro lado, de manera que se desplazó hacia la reyerta para poner paz, como era su obligación.

Y Octavio y yo, como si nada, cruzamos la puerta hacia la zona prohibida.

Una de las primeras personas que vi fue Joan Reig. Y, un poco más allá, con un apósito muy aparatoso en la nariz y el rostro, visiblemente enojado, aquel hombre de tórax voluminoso y piernas de popotitos a quien Lady Sophie había llamado Cañas.

Por suerte, estaba distraído contemplando el escote de una modista y no me vió.

2

Estaba a punto de iniciarse el desfile. La mitad de los hombres que deambulaban por allí iban en calzoncillos, luciendo musculaturas modélicas. La otra mitad, vestían unas blusas coloridas y unos pantalones ajustados que contrastaban violentamente con la ropa sobria y distingida que usábamos Octavio y yo.

Nos desplazamos hacia un lado, donde unas cortinas y unas mamparas nos alejaban y nos ocultaban del campo visual de Cañas, y nos encontramos en la zona de maquillaje, donde todavía se evidenciaba que, de un momento a otro, habíamos de ser descubiertos como intrusos.

Junto a la sección cosmética, se abría un pasillo estrecho y prefabricado, como los de los probadores de los grandes almacenes, por donde entraban y salían apolos prácticamente desnudos y donde impartía órdenes un individuo con figura de torero y cabellera teñida de rubio metálico.

—Quítate los pantalones, de prisa —le dije a Octavio.

—¿Qué?

Comprobó que no me había oído mal: yo ya me estaba desabrochando el cinturón.

—¿Pero qué haces? ¿Estás loco?

—Aquí ésta es la única manera de no llamar la atención. Así, nos tomarán por modelos. Si no, nos descubrirán —susurré.

—¿Pero tú te has visto en un espejo?

—En muchos desfiles también presentan moda para gente mayor. Moda otoñal. Tú compórtate con naturalidad.

—¡Moda otoñal...! ¿Dónde habéis metido los calzoncillos de felpa?

Yo ya estaba dentro de uno de los probadores y dejaba en el colgador mi abrigo, mi americana y mi camisa. Colorado como un pimiento morrón, Octavio estaba a mi lado, temblando de nervios y de indignación.

El hombre de los cabellos rubios y fulgurantes apartó la cortina de un tirón y nos gritó con voz afilada:

—¿Qué hacéis los dos, aquí dentro? ¡Va, va, va! ¡Dejad las mariconadas para luego, que ahora es tarde!

Protesté:

—¡Es éste, que se cuela!

—¡Va, va, va! —gritó el hombre rubio a Octavio, sin prestarle demasiada atención, pensando en otra cosa—. Tú, desnúdate de una vez, ¿qué esperas?

Y desapareció, atraído por otras obligaciones.

Yo saqué de los bolsillos de mi ropa la cartera y las llaves de casa y salí al pasillo. Casi tropiezo con un conocido cantante que vestía un tanga insuficiente para el paquete que había de contener.

—¿A ti quién te ha traído? —le solté.

No entendió el porqué de la pregunta, pero era tan sencilla que resultaba grotesco hacérmela repetir, de manera que respondió:

—François. Yo he venido en la furgoneta de François.

Detrás de mí, Octavio se estaba desnudando a toda prisa.

—¡No te vayas! —suplicaba, muy nervioso—. ¡No me dejes!

—¿Vosotros quiénes sois? —protestó la voz afilada a mi lado.

—Nos ha traído el François —dije, con aplomo incontestable—. El toque exótico. Ah...

Como si alguien reclamara mi atención desde el otro extremo, me alejé, con naturalidad y premura, entre las urgencias que precedían al desfile. En calzoncillos y camiseta, yo era uno más entre todos los modelos. Bueno, quizá era el más viejo, con un cuerpo un poco más estropeado, desgastado por el tiempo, pero procuré mantener la dignidad, la mirada firme, como si estuviera muy orgulloso de mí mismo, confiando en el toque aristocrático de mis canas, y convertí mi arrogancia en una barrera difícil de romper. «Ángel Esquius les presenta la moda de caballero». Podía colar. Aquél no era un desfile de modelos profesionales, sino de famosos haciendo de modelos, y famosos hay de todas las edades. Detrás de mí, el hombre de los cabellos rubios y metálicos retenía a Octavio, tan peludo y tan tembloroso.

—Eh, eh, eh, ¿dónde vas tú? ¿Tú tienes que desfilar? ¿De verdad? —Lo tenía acorralado y hablaba solo, como si ya hubiera sacado sus propias conclusiones—. A ver... veremos si mejoras con un poco de maquillaje...

—¡No toque! —protestaba Octavio, azorado como una doncella la noche de bodas—. ¡Ángel, no te vayas! ¡Haga el favor de no tocar!

Desde la distancia le hice un gesto explícito, «Aguanta, aguanta unos momentos o el tío este vendrá a por mí». Y otro, trazando en el aire el movimiento de firmar un autógrafo, para que no se le olvidase la recompensa que le esperaba.

Yo ya había localizado mi objetivo y no podía entretenerme a mirar qué le sucedía a Octavio. Reig entregaba su ropa a una mujer muy atareada que hablaba por un micro pegado a su cuello. La mujer se fue con la ropa del futbolista y éste se quedó solo, en calzoncillos, mirando alrededor tan perdido como yo, o hasta más y todo.

—¿Joan Reig? —dije, acercándome y ofreciéndole mi mano—. Celebro saludarlo. Soy un admirador.

—Ah, sí, bueno, pero... —Quería quitárseme de encima, pero no sabía cómo hacerlo porque nuestra desnudez creaba un extraño vínculo entre los dos.

Accedió a estrechar mi mano y, entonces, lo sujeté con fuerza y lo atraje hacia mí. Le hablé de prisa y confidencialmente:

—Soy detective privado y estoy aquí para avisarte. Van a por ti. —Él decía, sorprendido: «¿Qué? ¿Eh? ¿Qué?» y buscaba ayuda alrededor. Tenía que inmovilizarlo con pocas palabras—. El asesinato de la puta. De momento, hoy te protegen porque vales unos cuantos millones pero se te acabará la fama antes que la vida y, cuando vuelvas a ser un don nadie, este caso volverá a salir a la superficie. Sólo eres mercancía. La poli y las mafias de la prostitución quieren un culpable y, de momento, sólo estás tú...

Lo había inmovilizado. Me miró, pálido como un enfermo y negando con la cabeza.

—No sé de qué me habla. No sé nada. —Aún lo tenía acoquinado. De un momento a otro, recuperaría sus funciones vitales y se daría cuenta de que era mucho más fuerte y estaba en mejor forma que yo.

—¿No conoces a Mary Borromeo?

—¡No! —reacción instintiva, mentira clamorosa, le salió la negación superpuesta a mis palabras.

—Pues ya me explicarás por qué sales en la foto.

—¿Qué?

—Recogiste a Mary en tu coche, cerca de El Corte Inglés, para llevarla a la fiesta. —Su expresión me decía que había acertado. Él vivía en Sant Just. Era plausible que se hubieran citado en aquel punto, si luego tenían que dirigirse a la carretera de Vallvidrera. Y Mary había dejado su coche en el aparcamiento de aquel centro comercial. Confirmada la suposición, me sentí legitimado a añadirle una invención—: Hay cámaras de seguridad enfocadas a la calle. Salís en la peli, tú, tu coche y ella, el día del crimen. Y yo tengo la grabación.

La mano se le aflojó y se le enfrió dentro de la mía. Reig estaba apabullado por el horror y la conmoción, como un paciente que acaba de recibir un diagnóstico catastrófico e inesperado de boca de su médico.

—¡Yo no la maté!

Un clamor monumental, que hacía pensar en multitudes enfervorecidas delante de Hitler o de los Beatles, nos indicó que ya había comenzado el desfile. Alguien debía de estar buscando a Reig, «¿dónde se ha metido Reig?», me quedaba poco tiempo para el interrogatorio, y él acababa de gritar «¡Yo no la maté!» con la pasión y la angustia del inocente acusado en falso. Le habían dicho que callara, pero él estaba deseando protestar su inocencia desde lo alto de la estatua de Colón.

—Pero tú la contrataste. La nena se fue de la fiesta contigo.

—No, no no... —Tartamudeaba, confuso—. Si precisamente era una cena de cambio de parejas...

Se apagó el vocerío de fuera, sustituido por los compases sensuales y varoniles del *You can leave your hat on,* en la versión que Joe Cocker hizo para *Nueve semanas y media,* y Reig se encontró hablando demasiado alto:

—¡... Una cena de cambio de parejas...! —Bajó la voz para continuar hablando presa, trabucándose—: Si llevé a la puta fue para que se fuera con quien le tocase. No quería llevar a mi novia, que aún no hace un mes que salimos, ni a nadie conocido, ¿te crees que me gustaría que otro se follara a mi chica? No me daba la gana... Yo no tenía ganas de ir a aquella cena, me obligaron, me cago en la mar, que yo cobro para jugar y no para que se follen a mis amigas... Y, si me tocó enrollarme con Enebro, fue porque me vi forzado...

—¿Enebro? —pregunté, como si me maravillara el nombre, sólo para asegurarme de que lo retenía correctamente.

—¡Sí, sí, Enebro, Enebro! ¡A mí me tocó con Enebro, ni más ni menos, la más salida! ¡Y ojalá que no hubiera ido nunca...! ¡Qué mujer, qué fiera, qué bestia...!

—¿Con quién fue tu puta?

—No lo sé. No puedo saberlo... Cuando llegamos a la casa, metimos en un sombrero de copa las llaves de los coches. Después de cenar, los hombres salimos primero y esperamos, cada uno en su coche. Las mujeres, en la casa, cogieron, al azar, la llave de un coche, sin mirar. Y fueron al coche que les había tocado... y allí se encontraron con su pareja para aquella noche. O sea, que yo sólo sé que Enebro se fue conmigo y yo me fui con Enebro. Y no tenía ni idea de lo que había pasado con Mary hasta que Sophie me llamó al día siguiente y me dijo «¿Qué le has hecho a mi nena?». «¿Que qué le he hecho a tu nena?», ¡y yo qué sabía lo que le había pasado a aquella tía!

—Y entonces, se lo comunicaste...

Reig me miró. Como si acabara de descubrir mi presencia, mi desnudez, como si se preguntara qué demonios estaba haciendo yo allí, qué sabía del asunto y qué quería exactamente de él...

Ya no había duda. Éramos el centro de muchas miradas. Demasiada curiosidad a nuestro alrededor. «¿Quién coño es ese que está con Joan Reig? ¿Qué hace, Reig, que no viene a desfilar?».

—Al presidente de tu club, al amigo Montmeló —me la jugué otra vez, basándome en aquel «Yo cobro por jugar, no para que se follen a mis amigas» que se le había escapado.

—Sí —dijo más con los labios que con las cuerdas vocales.

—O sea, que él también estaba en la fiesta —Lo di por supuesto y él no me lo negó—. ¿Quién más?

—No lo sé —se escabullía, consciente de que ya había hablado de más, volvía a buscar ayuda por los alrededores.

Le agarré del brazo para retener un poco más su atención.

—¡Óyeme, no sé si me has enténdido! Están pensando cómo endosarte el marrón sin que estalle el escándalo. Podría suministrarles la grabación de la videocámara para que la entregaran a la policía. ¡Podría enviarla a la policía yo mismo! ¡Tú vete haciendo el tonto y te encontrarás en la trena sin comerlo ni beberlo!

—¡No sé quién había! —protestó. Lo que en realidad no sabía era si decírmelo le beneficiaba o le perjudicaba. En la duda, eligió el camino del medio—: No los conocía y se me han olvidado sus nombres. Gente muy importante. Un político madrileño, joder, el marido de Enebro, un ministro o algo parecido...

De momento, pensé que un foco o una viga había caído sobre mi hombro, rompiéndome los huesos y clavándome en el suelo. Pero no: sólo era la manaza de Cañas que quería triturarme la articulación del brazo mientras gritaba, pletórico:

—¡Hostia, mira dónde nos volvemos a encontrar, tú y yo!

Y disparó hacia mi nariz un puño grande como un balón de fútbol.

3

Si hubiera golpeado antes de gritar, me habría dado de lleno, pero como no pudo evitar la proclamación de su venganza, tuve tiempo de apartar la cabeza y su puño apenas me rozó la mejilla sin causar estragos. Oportuno como nunca, Octavio apareció detrás de él y le golpeó en la oreja derecha al mismo tiempo que le ponía la zancadilla con la izquierda, con resultado de caída grotesca y aparatosa del gorila. Mi finta me puso en situación idónea para descubrir la presencia de un hombre de bigote grueso y ojos de seductor que desviaba su atención hacia el Octavio acabado de llegar. Estaba desconcertado. Cuando venía hacia mí, le había sorprendido la intervención de

Octavio y, cuando se disponía a ocuparse de Octavio, yo le estampé en el bigote el puño derecho, dentro del cual sujetaba las llaves. Se me clavaron las llaves en el interior de la mano y los dientes del adversario en los dedos. Una especie de vibración me recorrió todo el brazo y bizquearon los ojos de seductor. Octavio depositó un cuaderno y un bolígrafo en manos de Joan Reig con una breve onomatopeya que significaba «un autógrafo por favor» y se volvió, dispuesto a continuar la gresca con los dos hombres que ya se estaban levantando para satisfacer sus deseos. No obstante, en aquel momento vi el ejército que se nos venía encima y toqué retirada.

Eran cuatro o cinco tipos uniformados de rojo y proclives al asesinato, que estaban firmemente decididos a impedir que dos papanatas en calzoncillos les arruinaran el espectáculo.

—¡Vámonos!

Tiré del brazo de Octavio justo cuando él estaba enviando un puntapié contra la cara del Bigotes, tumbándolo de espaldas otra vez. Cañas se retorcía con las manos entre los muslos, de manera que supuse que, durante mi distracción, a él también le había tocado algo en el sorteo.

—¡Espera! —exclamó mi colega.

Arrebató el cuaderno y el boli de las manos del patidifuso Joan Reig, comprendió que no era el momento oportuno de exponerle sus teorías acerca de las estrategias de juego, y echó a correr a mi lado.

La manada de gorilas rojos ya estaba sólo a cinco zancadas de nosotros, a cuatro, a tres...

Octavio y yo hicimos un movimiento en falso. Buscábamos otra salida, hacia el lado derecho, pero por allí venía otra piara roja interesada en nosotros, de manera que tuvimos que variar la trayectoria en la única dirección posible, porque los más cercanos ya estaban sólo a dos zancadas, si alargaban la mano ya podrían atraparnos, de manera que nos lanzamos a ciegas.

Nos encaramamos por unas escaleras de madera que acababan en unas cortinas negras. Atravesamos las cortinas con la cabeza por delante. Si al otro lado hubiera habido una pared, nos habríamos dejado en ella el cerebro. Por suerte, no había ninguna pared.

Había una pasarela.

El público guardaba un silencio religioso en la penumbra de luces azules, rojas y amarillas, impresionado por la salud de aquellos cuerpos de excepción, la dureza de aquellos músculos firmes bajo la piel tersa y brillante, aquellos hombros anchos, cinturas estrechas, paquetes abultados —centro de atención magnético— piernas perdonablemente zambas, mandíbulas dignas de candidato a la presidencia de la Generalitat, aquellas miradas de castigador que tanto gustan a las mujeres, y venas gruesas como maromas de barco. Y, de repente, la experiencia mística se vió truncada por la aparición de nosotros dos, peludo como un oso Octavio, con tipo de camionero de mudanzas amigo de las fabadas y enemigo de los gimnasios, y aquella cara de delincuente especializado en decir marranadas a las mujeres por la calle; y yo, con mi pelo blanco y las carnes blandas de «abuelo, que ya no estás para estos trotes».

Quisimos frenar en seco cuando ya era demasiado tarde, y resbalamos por encima de la pasarela como surfistas californianos sobre las olas. Nos salvaron las risas del público, bruscamente distendido después de tanta excitación sexual. ¡Habían llegado los payasos! ¡Ya teníamos el espectáculo completo!

Nuestros perseguidores se habían detenido frente a la cortina negra. No tenían que ser muy listos para darse cuenta de que, si venían por nosotros, ellos serían quienes arruinarían el espectáculo.

Yo le pegué un capón a Octavio y pegué un saltito con movimientos ridículos que fueron recompensados con la hilaridad de todas las mujeres presentes.

—¿Pero qué haces? —protestó Octavio sin entender por qué le pegaba.

—¡Te estoy asustando una mosca! —grité para que todos me oyeran.

Aumentó el volumen de las carcajadas.

Continuamos corriendo hasta el final de la pasarela, yo propinando pescozones a mi compañero y gritando «¡La mosca, la mosca!», y él esquivándolos, «¿Pero qué haces, pero qué haces?», hasta que llegamos al final del camino, como los piratas llegaban al final del tablón bajo el que esperaban los tiburones con la boca abierta.

Era el momento en que todo el mundo debía de esperar que nos detuviéramos y volviéramos atrás. Las espectadoras de primera fila no tenían previsto que saltáramos sobre ellas.

Hubo un chillido unánime cuando los payasos se atrevieron a hacer lo que aquel público femenino estaba deseando que hicieran los otros participantes del desfile. Se levantaron alborotadas, huyeron de nosotros, retozonas, pidiendo la persecución, lanzando sillas en todas direcciones, propiciando nuestra fuga mientras se partían de risa. Y nosotros no nos entretuvimos ni un segundo porque teníamos prisa, mucha prisa. Teníamos que llegar a la puerta de la discoteca antes de que lo hiciera el ejército de esbirros rojos que querían nuestra piel.

Aún no habíamos llegado a la salida cuando explotó una ovación clamorosa, éxito apoteósico de crítica y público en mi primera aparición sobre una pasarela, fueron el acontecimiento de la noche, despertamos más entusiasmo en aquel público Octavio y yo que cualquiera de los adonis de actitud arrogante y presuntuosa.

Para los miles de admiradoras que nos habían aplaudido, allí terminó el número, pero no para nosotros que, tres segundos después, éramos los dos locos que corrían por las calles de Poble Nou sin otra cobertura que los calzoncillos. Vi a maridos que tapaban los ojos de sus mujeres, y viejecitas que se ponían las gafas para asegurarse de que el Alzheimer o la demencia senil no les estaba gastando una mala pasada, y bandas de *skins* que se prometían no volver a probar pastillas de ningún tipo. Correr, en aquel momento, nos proporcionaba un cúmulo de ventajas: huir de hipotéticos perseguidores, pasar menos vergüenza y también combatir el frío que hacía. Y, entretanto, Octavio, indignado, me contaba que había caído en manos de un pervertido que le quería violar. El hombre de cabellos rubios y metálicos se había puesto a sobarlo mientras le decía: «Supongo que has entrado aquí a mirar, ¿verdad? Pues yo dejo que hagas si tú me dejas que haga». Lo que más irritaba a Octavio lo resumió en pocas palabras cuando ya estábamos llegando al lugar donde habíamos dejado el coche:

—¡... Se me estaba poniendo morcillona!

También lo irritaba haber perdido la oportunidad de su vida:

—¡Esas tías iban quemadas, Esquius! ¡El suelo resbalaba, no te has dado cuenta? —Y otras barbaridades.

Por suerte, conservaba la cartera y las llaves. Eso me permitió montar en el coche, ponerlo en marcha y regresar tranquilamente a nuestros respectivos hogares.

Por el camino, Octavio emitió un gemido agónico:

—¡Será hijo de puta! ¡Reig no me ha firmado el autógrafo! ¡Ese cabrón se ha quedado embobado mirando cómo nos pegábamos y no me ha firmado el autógrafo!

Protegido dentro del vehículo y por la oscuridad de la noche, yo ya podía concentrarme en otros temas. Lo que le había sacado a Reig.

—Oye, a ti que te interesa el fútbol, ¿qué sabes de Felip Montmeló?

—Que es el presidente, un ricachón, y que ha fichado a un entrenador que no tiene ni idea.

—¿Dónde vive?

—Tiene un chalet que te cagas por los alrededores de Barcelona. Joder, Esquius, ¿no lees los periódicos deportivos o qué?

Reducí la velocidad sin darme cuenta.

—¿En San Cugat?

—Sí, cerca de allí.

Dejé el coche en el aparcamiento subterráneo de casa de Octavio con los intermitentes puestos (él se había guardado las llaves y la cartera y el mando a distancia en los calzoncillos, «para ofrecer una imagen más atractiva», según sus palabras), tuvimos la suerte de no tropezarnos con ningún vecino en el ascensor y subimos a su casa. No sé qué clase de vida y de trato debían de tener él y su resignada esposa; el caso es que su mujer no se inmutó ni preguntó nada al vernos entrar a los dos en calzoncillos. Unos minutos después salía del piso de mi compañero vestido con un chándal que me prestó y que me venía como cinco tallas grande. Al menos, iba vestido y pude llegar a casa sin más sustos.

Al cerrar tras de mí la puerta del piso, respiré tranquilo.

Después, para despedirme de mi abrigo, del traje de alpaca gris y mi corbata preferida, la de rombos, me cagué a gritos en todo lo que se me ocurrió y pegué unos cuantos puñetazos a los muebles.

Y, cuando ya me había metido en la cama, una risa convulsa e interminable me impedió dormir durante un buen rato.

4

Al día siguiente, cuando lo miré, encontré catorce llamadas en el contestador.

Una era de doña Maruja, otra del comisario Palop, una tercera del inspector Soriano y once pertenecían a la voz crispada de Biosca.

En la primera llamada ya se notaba que Biosca estaba en uno de sus momentos más delirantes porque, por primera vez en su vida, me tuteaba. Empezaba en tono mesurado: «Escucha bien, Ángel Esquius, escúchame con detenimiento, incluso con devoción: espero que hayas abandonado la investigación imprudente y suicida que emprendiste...». En la última llamada, se acercaba peligrosamente a la frontera de la locura «¡... Quedas despedido, ya no tienes nada que ver conmigo ni con mi agencia! ¡Eres un desconocido, no me acuerdo ni de tu nombre, Antonio, o Andrés, o Anselmo, o como te llames! ¡No pienso invitarte a comer nunca más, nunca pisarás mi casa nueva, y ahora mismo voy a llamar a la policía para que te consideren sospechoso de cualquier cosa, porque tú te lo has buscado!». El resto de sus monólogos era un crescendo consecuente entre la primera llamada y la última.

Palop se mostraba mucho más breve y sosegado:

—Todavía continúas interesado en el caso que me dijiste? —decía—: Pues vete con cuidado, porque Soriano te puede dar un disgusto. Está empezando a actuar por su cuenta.

Para confirmar su noticia, Soriano intervenía a continuación:

—¡Tráigame inmediatamente el expediente de las putas que se llevó, porque tengo que estudiarlo! —Con aquello el jefe de Homicidios del GEPJ me estaba diciendo que, antes, ni siquiera se había molestado en repasar los informes de las autopsias y de la Policía Científica o bien que no recordaba que lo que yo tenía sólo eran fotocopias que me había hecho él mismo. Majadero.

Y doña Maruja me decía:

—Su compañero Fernando me ha dado su número de teléfono para que le pregunte cómo va todo, si hay posibilidades de cobrar mi pensión. Me han traído los efectos personales de mi hija. ¿Quiere verlos?

El informe policial hablaba de las pertenencias halladas en el bolso de Mary Borromeo y no creía que pudieran revelarme nada nuevo pero, sin pensarlo dos veces, busqué la dirección de doña Maruja en el atestado policial y fui a visitarla.

Vivía en unas casas adosadas construidas poco después de 1992 cerca del Velódromo de Horta. Eran cuatro calles con una cincuentena de viviendas, todas iguales, con un pequeño jardín donde cabía un árbol y poco más, garaje y dos pisos. A pesar de su modestia, hacía pensar que el trabajo de Mary era bastante rentable. El árbol que les había correspondido era un pequeño abeto negro, de hoja espesa, en el que habían puesto guirnaldas, bolas de plástico y una estrella de oropel. Me imaginé a doña Maruja decorando el árbol con su nieta mientras, en algún lugar de la ciudad, el cuerpo de su hija era diseccionado en una sala de autopsias. Y me estremecí.

Entré en el jardincillo y lo crucé procurando no tropezar con un camión y una hormigonera de plástico y una pala y un rastrillo, armamento utilizado por unas manos infantiles para destrozar el césped casposo. Estaba claro que hacía días que nadie regaba unas flores raquíticas, medio ahogadas por malas hierbas.

Abrió la puerta doña Maruja, con su máscara de culo de vaso, y una bata de flores desgarbada sobre un jersey deshilachado, los calcetines caídos y unas zapatillas de felpa que parecían haber pasado por una trituradora.

—Perdone que me presente sin avisar.

Me reconoció en seguida.

—Oh, no importa, no se preocupe, pase, pase —dijo alegremente.

En cuanto atravesé el umbral, me bastó con analizar el hedor contra el que topé para adivinar que todas las ventanas de la casa estaban cerradas desde hacía semanas, que la puerta del váter estaba abierta y que hacía tiempo que nadie hacía correr el agua de la cisterna, y que en la cocina se acumulaba la basura sin que a nadie le importara, y que en algun rincón había alguna cosa orgánica en putrefacción, y que doña Maruja bebía vino barato y tenía problemas de halitosis y aerofagia. A medida que avanzábamos hacia el interior, noté que las suelas de los zapatos se me pegaban al suelo, en cuyos rincones la suciedad formaba manchas negras.

En la sala comedor, todavía estaba puesta la mesa, desde hacía muchos días, y había una botella de vino casi vacía, y un vaso enorme casi lleno de vino, y platos con restos sobre los cuales revoloteaba un enjambre de moscas. Aquí y allí, podían verse paños de cocina y una sartén olvidada y cajas de cartón que habían contenido pizzas, y hamburguesas, y pollo empanado.

En el sofá, de tapicería arrugada, medio cubierto de cojines desordenados y mezclados con un burujo de sábanas, como si alguien durmiera en él habitualmente, vi a una niña de cinco años, preciosa como su madre, con los ojos fijos en el televisor y una sonrisa beatífica fosilizándole la boca. Estaban poniendo un programa matutino en que el presentador y un médico debatían con entusiasmo los síntomas y las consecuencias del cólico nefrítico agudo. Decididamente, no era un programa que justificara aquella sonrisa en una niña de cinco años. Estaba hipnotizada, ausente, y mantenía el rictus empeñada en vivir en un mundo feliz y ajeno, porque si en lugar de mirar la pantalla de colorines miraba a su alrededor, podía caer en el fondo de un pozo demasiado negro y demasiado oscuro. De repente, como el personaje de una película de terror que sale de la catatonía, se volvió hacia mí y preguntó:

—¿Y la mama?

Me estremecí.

—¡Ya vendrá, la mama, carajo! —gritó detrás de mí doña Maruja—. ¡Que siempre estás con la mama, cojones! ¿No ves que tiene que trabajar, la mama? ¡Mira la tele y calla, hostia! —La niña, sin olvidar su sonrisa, devolvió la atención a la pantalla, y la abuela, en tono empalagoso, se dirigió a mí—: Pase, pase por aquí.

—Esta niña tendría que estar en el colegio —dije mientras avanzábamos por un pasillo estrecho.

—¡Pero si no quiere ir al colegio! Mire usted: ¡Míriam! ¿Quieres ir al colegio?

—¡No! —respondió la niña desde la sala—. ¡Hasta que no vuelva la mama, no!

—¿Lo ve?

Con espantosa indiferencia, tal vez enturbiada por el vino, la mujer abrió una puerta y me mostró el interior de una habitación.

Era otro mundo.

En aquella estancia, el hedor del resto de la casa se diluía en un perfume caro mezclado con ambientador barato que era como un bálsamo para la pituitaria.

Las paredes estaban empapeladas en rosa con florecitas azul cielo, muebles lacados en rosa y en la cama había una colcha de seda con volantes, como sólo se ven en las películas americanas más cursis y ridículas. Y ositos de peluche, que no podían faltar, y una colección de Barbies con vestidos largos y pretenciosos, y en un marco un poema de Restrepo sobre la amistad (*La amistad no se conquista, / no se impone, / se cultiva como una flor; / se abuena con pequeños detalles de cortesía, / de ternura y de lealtad... ¡LA AMISTAD!*), y una foto donde Britney Spears estaba menos sexy que nunca, foto de adolescente captada en toda su ingenuidad, y una imagen de yeso de la Virgen niña a la manera de Ferradis. Ni una referencia directa a ídolos masculinos. Sólo una bufanda con los colores del club de fútbol local, colgada de la cabecera de la cama, que explicaba su entusiasmo al encontrarse con que su cliente era Reig. Pero pensé que Mary no habría ido a la discoteca Sniff-Snuff a ver desfilar hombres desnudos. Tenía hombres de sobra en su vida. Se me ocurrió que debió de tener a su hija a los diecisiete años.

Sobre la colcha rosa de seda reluciente, estaba el vestido rojo que yo le había visto en las fotografías del Gabinete Científico de la Policía. Manchado de barro y los zapatos de tacón de aguja, desentonando en aquel ambiente infantil, zapatos de mujer, zapatos de puta. Zapatos sucios de barro. También estaba el bolso, a juego, y una bolsa de plástico transparente con las pertenencias de la difunta.

Pensé que la habitación había sido convertida en capilla funeraria sin que doña Maruja lo supiera. Me invadió una melancolía insoportable. No me atrevía a tocar nada. Yo ya sabía lo que había en aquella bolsa. Lo decía el informe policial. Un billetero, un llavero, un paquete de preservativos, un paquete de toallitas húmedas, un espejo, un estuche de maquillaje y un aerosol defensivo.

—Qué vestido tan bonito, ¿verdad? —dijo la buena mujer, con helada frivolidad—. Estaba tan guapa, y mire, mire, tenía más.

Abrió las puertas del armario para mostrarme una colección de vestidos digna de una modelo de alta costura. Pero yo no miraba los vestidos. La miraba a ella.

—Mire, mire qué bien vestida la tenía. Todo, todo, de primera calidad. Desde las bragas a los zapatos, las medias, las camisetitas, los sujetadores, las blusas...

Era un androide sin alma. Y había perdido el alma mucho antes de perder a su hija. Hacía muchos años que aquella mujer estaba definitivamente desanimada. Pero se me ocurrió que no era una desalmada. Eso no. Muy al contrario.

—Le conseguiré esa pensión que me pide —dije, con la boca demasiado seca. Me pasé la lengua por los labios, deglutí para provocar la salivación. Tosí—. Le conseguiré la pensión que me pide —repetí—, pero sólo cuando sepa que la niña va al colegio.

Me miró horrorizada. Yo no podía saber a qué situación abominable quería empujarla. Pero se tragó todo comentario. Devolvió su atención a los vestidos del armario.

—... y los abrigos, y los pantalones, y las faldas, y... y... —Siempre mirando al armario, de espaldas a mí y al tocador—: y los perfumes, que también se los compraba yo. —Muy quieta, encongida—. Chanel número cinco, el del anuncio de Caperucita y los lobos, era el que a ella más le gustaba, y era el que usaba Marilyn, ¿lo sabía? —Allí, obstinadamente clavada.

Yo había desviado la vista, con un nudo en la garganta, y volvía a contemplar el vestido rojo, los zapatos, el bolso rojo y la bolsa transparente que permitía ver las llaves en primer término. Llaves de casa y llaves de coche. Un llavero con el emblema de la marca Ford.

—¿Le han devuelto el coche?

—¿Qué?

Ahora sí, la mujer se volvió hacia mí, sobreponiéndose, agradecida porque le proporcionaba un nuevo tema de conversación.

—El coche. Ella se fue en coche y la policía lo recuperó en el aparcamiento del El Corte Inglés.

—Ah, sí. No, aún no me lo han devuelto.

—¿No ha recordado nada más, de lo que le dijo aquella noche, antes de irse?

—Nada. Un cliente y un servicio y basta.

—¿No conocía al cliente?

—¡No! ¿Cómo se iba a imaginar que era el rey? A veces, sí que conocía al cliente, y entonces me lo comentaba. «Mama, que tengo que ir con ese cerdo que se viste de colegiala...». De vez en cuando me contaba cosas de éstas y me hacía reír.

Hablaba de un pasado perdido para siempre. Ahora, se hacía difícil imaginarla riendo con alegría. Quizá sí riendo histérica, o loca, o borracha.

Me decidí a coger la bosa transparente. Dije «Con su permiso» y la abrí y vacié su contenido mientras hablaba:

—¿Le habló de algún cliente que viviera en la zona de San Cugat o Les Planes?

—No recuerdo.

—¿Le suena el nombre de Felip Montmeló?

—Sí que me suena.

—¿De qué?

—De la tele, ¿no? Es un señor que sale por la tele.

—¿Nada más? ¿No le habló de él, nunca, su hija?

Negó con la cabeza.

—¿Su hija tenía una agenda?

—No lo sé.

En el bolso no había ninguna agenda.

Una vez revisado el resto de los efectos personales de Mary, sin resultado alguno, señalé a doña Maruja con el índice y le repetí:

—Sólo le conseguiré su compensación económica si mañana mismo la niña va al colegio.

—Dígaselo usted. A mí no me hace caso.

Salí de la habitación, volví a la sala comedor envuelto en olores ofensivos, y me debatí un momento entre la necesidad de hablar con aquella niña y las ganas de largarme. ¿Qué iba a decirle a Míriam?

¿Que tenía que volver al colegio? ¿Que su madre no iba a regresar nunca más? ¿Me correspondía a mí, decíselo? Y, si no se lo decía yo, ¿quién se lo iba a decir? Su abuela?

Fui cobarde. Me dirigí a la puerta, salí a la calle sin mirar atrás y caminé muy de prisa, muy de prisa, hasta mi coche, como si tuviera miedo de que alguien saliera en mi persecución.

De camino al centro, llamé al 010 para preguntar dónde podía encontrar una asistente social para una anciana y su nieta de cinco años.

Me detuve en una esquina para anotar el número de teléfono de uno de los cuatro centros de Servicios Sociales que hay en el barrio de Horta-Guinardó. En el centro me prometieron que enviarían a una asistente social a ver a Maruja y Míriam tan pronto como pudieran.

Ahora, sólo me quedaba resolver el tema de la compensación económica. Una buena cantidad que garantizara el futuro de la pequeña Míriam.

5

Hacia mediodía, sentado en la terraza del bar Zúrich de la plaza de Cataluña, consciente de que rehuía la protección de mi piso y del despacho, llamé a Palop.

—¿Qué pasa con Soriano? —le pregunté.

A pesar de que lucía el sol en un cielo sin nubes, hacía frío en la terraza del Zúrich. Soplaba tramontana y el fondo del aire era helado. Me preguntaba qué estaba haciendo, yo, allí, tomándome una cerveza fría.

—Soriano se picó contigo. No tenía la menor intención de investigar este caso, había recibido el mensaje: «Si el juez dice párate, yo me paro», pero, al ver que tú te metías en el asunto, no ha querido ser menos. Ya sabes lo que piensa de los investigadores privados. No quiere que le vuelvas a pasar la mano por la cara. De manera que ha puesto manos a la obra con todas sus fuerzas y con ganas de darte una lección. Ya sabes cómo es.

A pesar del biruji, en la mesa de al lado, había dos turistas con camisetas de tirantes, como si estuviéramos en pleno verano, tan contentas. Debían proceder de algún país del Norte de Europa, donde todavía hay adoradores del Dios Sol, a pesar de las advertencias de los dermatólogos.

—¿Y ha averiguado algo, de momento?

—Fue a hacer una nueva inspección ocular a fondo. Y, en los alrededores del lugar del crimen, encontró más colillas parecidas a las que las víctimas tenían en la boca. De la marca Gran Celtas, con boquilla. Para él, éste es un indicio claro de que el asesino ya había estado por la zona antes de cometer el crimen. ¿O tal vez viva en las cercanías? Las recogió con todas las precauciones y esta mañana las ha llevado a Monzón, de la Científica, y las ha hecho analizar. Ha elaborado su propia teoría. Ha estado leyendo muchos libros sobre asesinos en serie y dice que todo encaja.

—Está bien —dije.

—¿Y tú? ¿Has averiguado algo?

—Muy poco.

—¿Qué has averiguado?

—Casi nada.

—Esquius: yo confié en ti —convencido de que le engañaba.

—No te escondo nada, Palop. No tengo más que conjeturas y no me gusta divulgar suposiciones sin tener pruebas o estar seguro. Oye... —Desviando su atención—: Ah, y otra cosa.

—Di.

—Hay un gorila, el esbirro de Lady Sophie, que me la tiene jurada. Me ha cogido manía y viene a por mí. ¿No podrías hacer alguno?

—Ya te lo miraré. ¿Por qué te tiene manía?

—Considera que hizo el ridículo por mi culpa. Y no le gusta. O a lo mejor es que no le sentó bien que le rompiera la nariz y le abriera una ceja, para resumírtelo de alguna manera.

El comisario Palop soltó una risa complaciente y, a continuación, en un tono que yo no le conocía:

—Esquius... ¿No te parece que este caso te va un poco grande? ¿No crees que te estás metiendo en un jaleo del que no podrás salir?

—Ya te lo diré cuando haya salido.

Corté la comunicación, pedí otra cerveza con aceitunas rellenas y, mientras me las traían, marqué otro número. Hacía frío para estar en aquella terraza, joder, pero si podían soportarlo las dos nórdicas de las camisetas de tirantes, yo también. Me crucé de brazos, hundí el cuello entre las solapas del anorak y hablé.

—¿Sisteró? Soy Esquius.

—Hombre, mi detective favorito. El rey fuma habanos, pero sólo en la intimidad. Está prohibido hacerle fotos cuando tiene un puro o una copa en la mano, y me debes una cena en Cal Tito de Cadaqués.

—Un momento, un momento, aún no, no corras tanto. Ya no necesito para nada saber si el rey fuma o no...

—No jodas. Me pediste y te lo he averiguado poniendo en peligro mi vida.

—Pues sólo has resuelto la mitad del problema. Ahora, la cuestión es otra. Dos cuestiones. ¿Sabes si Enebro es un nombre? Segunda: ¿conoces a alguien que se llame así?

—Enebro. ¡Pues claro! ¿Pero tú no lees la prensa del corazón o qué? La Virgen del Enebro. Uno de esos nombres que han proliferado últimamente por Andalucía, o Extremadura, o La Mancha, recuperando tradiciones. Valle, Camino, Laguna, Monte, la Virgen del Valle, la Virgen del Camino, la Virgen de la Laguna, la del Pino, la del Cerezo, la del Enebro, ¡qué sé yo! Santa Enebro Luarca, virgen y mártir, ja, ja, ja.

—¿Enebro Luarca?

—Es la única Enebro que conozco y que conocen miles de españoles, la Enebro por antonomasia. Es la mujer de Evaristo Costanilla, el que dicen que será futuro ministro de Educación y Deportes en la próxima remodelación del Gobierno.

—Explícate.

—¿Tampoco lees las páginas de política de los periódicos?

—Me lo ha prohibido el médico. Vamos, vamos, gánate esa comida en Cadaqués como Dios manda.

—Nunca tan fácil. Será el próximo escándalo que tratará de explotar la oposición. Un escándalo inútil porque ya se ha visto que este Gobierno es inmune a los escándalos. Pero oiremos hablar del tema, eso sí.

—¿Quién será la fuente de escándalo? ¿Enebro o su marido?

—El escándalo lo provocará Costanilla, pero su mujer hará que lo divulguen las revistas del corazón y se comente en las peluquerías de señoras. Porque Enebro va de gran dama, exquisita entre les exquisitas, destacando entre la gente guapa de Madrid. No está mal, la tía, y luce unos escotes de aquí te espero. Siempre se fotografía con artistas, actores de cine y gente así, y enseña su casa de La Moraleja, y organiza fiestas en Mallorca, con toda la *jet-set*, y hace declaraciones a todo el que se las pide, convencida de que su marido será el próximo presidente del Gobierno...

—¿El próximo presidente del Gobierno?

Se acercaban las elecciones y el presidente del partido en el Gobierno ya había designado a su sucesor públicamente y estaban seguros de que arrasarían. No podía creer que, de pronto, hubieran sustituido al candidato por Costanilla.

—No, hombre, no. Es una manera de hablar. Pero, si la vieras, dirías que se lo tiene bien creído, la tía.

—¿Y él?

—El único mérito que ha hecho en su vida para destacar, aparte de ser millonario per vía paterna y materna, ha sido el hecho de presidir la Federación de Árbitros de Fútbol de España. Y, agárrate, su nombre suena como futuro ministro de Educación y Deportes. No suena el nombre de un insigne filósofo, ni el de un eminente científico, ni el de un destacado catedrático, ni el de un famoso académico, no, no... ¡El presidente de la Federación de Árbitros de Fútbol de España! Eso demostraría una vez más el interés que tiene el actual Gobierno por la cultura y la educación. La oposición, ingenua, ya se está frotando las manos, pensando en el descrédito que eso creará, etcétera, ¿pero tú crees que, si Costanilla sale como ministro se tambaleará la estabilidad política del país, o del partido del Gobierno? ¡Ca! ¡Son incombustibles! ¡Como si nombran portavoz del Gobierno a mi suegra! ¡Tampoco pasaría nada!

—Me interesaría hablar con ese Costanilla y su mujer. ¿Cómo puedo hacerlo?

—Vete a Madrid y métete en cualquier fiesta de alta sociedad o sarao de gente guapa. Allí estará la Enebro, segurísimo, luciendo el palmito, y allí estará Costanilla haciendo campaña.

—¿Sabes si este matrimonio ha estado por Barcelona recientemente?

—Eso mismo me preguntaste del rey. ¿Hay alguna relación...?

—Ninguna. Olvídate del rey.

—No puedo. Es el único que nos puede salvar del cataclismo político que se nos viene encima.

—Vamos. Si han estado por aquí, seguro que se han hecho notar, por lo que dices.

—Sí, sí que estuvieron. La semana pasada. Se entrevistaron con Monmeló y con el presidente de la Generalitat.

El presidente de la Generalitat. Lo que me faltaba. El presidente de la Generalitat. Pero, por otra parte, Felip Montmeló empezaba a ser un cromo repetido. Reig me había dicho que había sido él quien le había obligado a ir a la fiesta y, además, tenía una casa en San Cugat.

—Bueno. Si sabes algo más, llámame.

Ya iba a colgar cuando el periodista me lo impidió:

—¡Eh, espera!

—Dime.

—*Quítame allá esas pajas.*

—¿Qué?

—El estreno de la película, mañana. Mañana, martes, diecisiete. En el cine Capitol de Gran Vía, 41. Un superestreno. Seguro que irán.

—Bueno, gracias.

—Me he ganado la comida en Can Tito?

—Casi.

—¿Qué quiere decir casi?

Colgué.

Me quedé pensativo. Seguro que me iría bien alejarme de Barcelona mientras el comisario Palop le paraba los pies al chulo que me perseguía. Ya me habían traído la cerveza. En realidad, no me apetecía aquella bebida tan helada. Tenía ganas de tomar un café con leche o un chocolate caliente.

Marqué otro número.

—¿Cristina?

—¡Eh, Ángel!

—¿Cómo estás?

—Bien, ¿y tú? ¿Cuándo nos vemos?

—Cuando quieras. Bueno, quizá no inmediatamente porque tengo que irme a Madrid por asuntos de trabajo.

—¿Ah, sí?

—Sí. Y, a propósito de eso, quería pedirte un favor. Me dijiste que trabajabas para una productora de cine, ¿no?

—Sí...

—Es que... Verás... Tengo que asistir al estreno de una película, en Madrid. El de *Quítame allá esas pajas.*

—Ah, sí.

—... y he pensado que a lo mejor a ti te sería fácil obtener una invitación... —Bien pensado, se me ocurrían dos o tres conocidos más para conseguir la invitación, pero los reflejos habían hecho que llamara a Cristina. Eso debía de significar algo.

—Ah. Pues... No sé. Déjame que mire... Probablemente, sí...

—Tengo que entrar a ver esa peli como sea.

—Ah, sí. Espérate un momento, que se lo pregunto al Jefe Supremo. —Se alejó del teléfono y me dejó un rato congelándome con el móvil en la oreja. Pero, cuando volvió, traía buenas noticias—: Dos. Puedo disponer de dos entradas.

—Sólo necesito una.

—No. Necesitas dos. Porque te las consigo con la condición de que me lleves a mí, también, a Madrid.

—¿Te interesa esa película?

—¡Pues claro! —soltó, con una carcajada—. ¿Tú crees que puedo negarme a la oportunidad de ver *Quítame allá esas pajas?*

—Bueno...

—¿Me llevas o no?

—Sí, sí, claro que sí.

—¿Te hace ilusión que vaya?

—Sí, sí, claro.

—No lo dices muy convencido. Porque, si no quieres, espero a que salga en DVD, ¿eh?

—¡Que sí quiero!

—Ja, ja, ja.

No me tomé la cerveza. Comí tres aceitunas rellenas y fui a comprarme otro traje de alpaca gris en la misma tienda de la otra vez. El vendedor con pinta de maniquí me recibió como si fuera cliente de la casa desde mi infancia.

El traje no era barato, pero tuve la grata sensación de comprobar, como siempre, que no había que hacerle ningún arreglo para que me quedara como hecho a medida. La admiración de los dependientes y las dependientas del *prêt-à-porter*. Ni retocar bajos, ni mangas, ni hombros. Hay un maniquí alto y delgado en todas las fábricas de ropa masculina que posee exactamente mis medidas. También me compré un par de camisas, una granate y la otra tostada, y estuve dudando entre una corbata lisa de color verde oscuro y una con dibujos de caballos, a falta de una de rombos como la que había perdido. Por fin, me compré las dos. Ah, y un abrigo negro y largo, idéntico al que se había quedado en un vestuario de la discoteca Sniff-Snuff y que casi no había podido estrenar.

—Ah, muy bien —el vendedor reprimió, muy profesional, la pregunta que tenía en la punta de la lengua. ¿Qué había pasado con el otro, el que tanto tenía que durar?

En algún momento de la tarde, me sorprendí silbando uno de los temas del musical *Cats,* que no sé de dónde había salido.

SEIS

1

Al día siguiente, sin prisas, hice la maleta con las nuevas adquisiciones, una muda de recambio y un jersey de lana porque ya se sabe que en Madrid siempre hace más frío.

Me llamó Cristina, telegráfica:

—¿Estás?

—Estoy.

—Pasa por casa.

Pasé por su casa. Ya me esperaba en la calle. De lejos, continuaba pareciendo una muchacha. Pantalones de corte militar con bolsillos a la altura de las rodillas, blusa ancha, trenca con capucha y botones de madera. De cerca, si la mirabas a los ojos y te dejabas cautivar por su transparencia y por aquella sonrisa que le dividía el rostro en dos, continuaba pareciendo una niña. Era todo entusiasmo. Incluso demasiado entusiasmo. Me gustó que llevara poco equipaje. Sólo un maletín de fin de semana de esos con ruedas.

—Así no tendré que facturar —declaró con firmeza de persona tan acostumbrada a viajar que ya ha adquirido costumbres irrenunciables—. Odio facturar. Después, pierdes muchísimo tiempo esperando que descarguen el equipaje. Y eso si no te lo pierden, que también puede suceder.

Dejamos el coche en el aparcamiento del aeropuerto, justo delante de la terminal del Puente Aéreo, y compramos dos billetes de ida y vuelta, cada cual el suyo, primero ella, después yo, en la máquina expendedora. Yo no podía quitarme de la cabeza los doce mil euros que había transferido a la cuenta de Mónica, sentía cómo menguaba mi capital y me parecía que cada gasto me ponía en peligro de números rojos.

Hablamos de Mónica y de Esteban, y de Roberto Montaraz y lo que mi hija me había contado acerca de los Paralelepipédico Flash. Una vez establecido que me fiaba de la parejita, como lo demostraba mi generosidad, me permití criticar la actitud del chico, demasiado reservado y rezongón para mi gusto.

—Todo es culpa de su madre —dijo Cristina—. Lo ha sobreprotegido y lo ha capado al mismo tiempo, ¿puedes entenderlo? Para ahorrarle problemas, y preocupaciones y equivocaciones y frustraciones, quiso encarrilarlo hacia un mundo ideal, el de la arquitectura, no sé qué manía le agarró a esa mujer con la arquitectura, a lo mejor ella quería ser arquitecta y no pudo y ahora lo paga el hijo, y la obsesión de ella topó con las aficiones de él y así están...

Más tarde, en el avión, mirando por la ventana, dijo, un poco melancólica y nostálgica:

—Esteban es el hijo que me habría gustado tener. Lástima de chico.

Era de esas personas que, después de un comentario depresivo como éste, experimentaba la necesidad de sacudir la cabeza para alejar las penas y buscar otro tema más animado y optimista. Entonces, empezó a reírse de sí misma hablándome de los maridos y amantes que había tenido (a veces simultáneamente).

—No he aprendido a querer —dijo en otro momento de reflexión—. Nadie me enseñó. ¿Quién sabe querer? ¿Tú? Yo me atribuyo todas las culpas de los fracasos pero probablemente soy injusta. Nadie sabe querer de verdad. Todos aprendemos por el sistema de ensayo y error. Odiar y putearnos, de eso sí que sabemos, nacemos enseñados, pero querer... ¿Cómo se hace? ¿Tú lo sabes?

Yo me encogía de hombros y pensaba en Marta mientras ella evocaba a un historiador que hacía el amor con calcetines o el marido que la abandonó porque ella se lo dejó olvidado un día en unos grandes almacenes. Me hacía reír con sus anécdotas, pero el fondo de su discurso era un poco triste. Empecé a preguntarme si, al llegar al hotel, teníamos que pedir dos habitaciones individuales o una doble.

—Un fracaso —dijo, para resumir su vida sentimental. Pero conservaba la sonrisa soñadora, como si aún no hubiera perdido las esperanzas.

Yo la miraba de reojo y me preguntaba qué edad debía de tener. Me desconcertaba, y eso la hacía sumamente atractiva. Me despertaba una pregunta tras otra. Era una mujer enigma.

Al bajar del avión y conectar el móvil, recibí el aviso de una llamada perdida. Era Tete Gijón, el periodista deportivo, que decía que tenía algo que me interesaría. Le devolví la llamada.

—¿De qué se trata? —le pregunté.

—De aquello que le pasó a Danny Garnett el otro día en su jardín. ¿Verdad que me dijiste que te interesaba?

Yo no recordaba haber manifestado ningún interés. Habíamos hablado de ello en la cabina desde donde retransmitía el partido, como ejemplo de noticia ocultada por el Club, pero no parecía que tuviera nada que ver con mi investigación. No obstante, en aquel momento me di cuenta de que el incidente había sucedido precisamente al día siguiente del asesinato de una puta contratada por otro jugador del mismo equipo, un jugador que precisamente había discutido con Garnett durante los entrenamientos, y se me ocurrió que a lo mejor era un hecho significativo.

—Puede interesarme. Di.

—Las fotos que hizo un vecino de la entrada de aquel ladrón en casa de Danny Garnett. ¿Recuerdas que te dije que el Club había pagado una morterada al vecino fisgón para que las fotos no se divulgaran? Bueno, pues no se podrán divulgar, pero yo he podido echarles una ojeada y he pensado que podrían interesarte, si estás investigando ese robo.

No saqué a Tete Gijón de su confusión. Los investigadores privados somos chismosos por naturaleza.

—Pues sí que me gustaría verlas —dije.

—¿Cuándo podemos vernos?

—Yo ahora estoy en Madrid. ¿Qué tal pasado mañana?

—¿El viernes? Bueno.

Tuve que detenerme para escribir la dirección que me dictó. El viernes, a la una del mediodía. De acuerdo.

Entre el aeropuerto del Prat y el de Barajas había una diferencia de cuatro o cinco grados centígrados en contra del segundo. Al salir de la terminal me levanté las solapas del abrigo y Cristina se me agarró del brazo, como ávida de calor animal.

Cristina conocía un pequeño hotel con encanto en el Madrid de los Austrias, y le dijo al taxista la dirección de memoria. Después de hacerlo, se volvió hacia mí y me clavó una mirada intensa, una ceja más alta que la otra, con aquellos ojos almendrados, tan grandes y por primera vez desprovistos de toda ironía. Ojos que parecían desafiarme: «Ahora te toca a ti, a ver qué eres capaz de hacer». Tragué saliva, sonreí y me angustié ante la evidencia de que no me apetecía compartir habitación con nadie. ¿Pediríamos una habitación o dos?

La fachada del hotel era estrecha, austera, anodina, casi minimalista. El nombre estaba en una placa de latón, a la derecha de la puerta, y necesitaba un poco de lustre. Encima, le habían colocado aquel rectángulo de color azul infecto, con una H y tres estrellas, que rompía la posible armonía que pudiera haber originalmente. La letra de palo y la decoración geométrica en el cristal de la puerta ya preparaba al viajero para lo que se encontraría en el interior. Un vestíbulo pequeño, duplicado gracias a un gran espejo que había en la pared de la derecha, en el más puro estilo *art decó*. Dos murales representaban a un grupo de jóvenes de los años veinte, un poco Penagos, las chicas con barbillas acabadas en punta, boquita de piñón, ojos de mirada lánguida ennegrecidos por un exceso de rímel, grandes escotes sobre pechos planos y minifaldas de bailar charlestón, cabellos planchados con brillantina, y ellos con bigotitos como moscas. Candelabros estilizados, tal vez copiados de obras de Erté, muebles de líneas y ángulos rectos, con cantos dorados e incrustaciones de nácar. Nada era auténtico, claro está, aquello era un decorado, reproducciones, teatro, pero aún así, y a pesar de que a mí el decó no me gusta mucho porque me parece frío, rígido y me recuerda a los nazis, agradecí que Cristina me hubiera llevado. No obstante, las intenciones del diseñador, habían sido estropeadas por la actual administración del hotel que, con absoluta falta de respeto, había añadido un crucifijo con un cristo demasiado atormentado, un par de carteles de toros, una reproducción de la *Lección de anatomía* de Rembrandt que parecía realizada con pintura plástica, dos máquinas expendedoras de refrescos y helados, tres sillas de formica y un cartel escrito por una mano prácticamente analfabeta donde ponía «Visita al Valle de los Caídos, los autobuses están en la esquina».

El recepcionista era un señor mayor, con chaleco y pajarita, que sonreía tristemente, como disculpándose por las molestias que nos pudiera causar su manera de ser.

—Dos habitaciones individuales —dijo Cristina.

Me sentí contrariado, a pesar de que hacía un momento que pensaba que ojalá ella quisiera habitaciones separadas. Estuve a punto de protestar. Pero no lo hice. Subí en el ascensor ignorando sus miradas furtivas y pensando que bueno, si no quería compartir conmigo aquella noche, no pasaba nada, al fin y al cabo yo no me había hecho ilusiones.

2

Nos encontramos en el vestíbulo. Yo, con mi flamante traje de alpaca gris, la corbata verde y el abrigo negro al brazo. Ella, al salir del ascensor, era una aparición. Vestido negro de escote en V, falda por debajo de las rodillas, confeccionada con esa clase de tela vaporosa que baila alrededor de quien la viste, enroscándose en sus piernas. Pensé que, en aquella figura hermosa sólo desentonaba el corte de pelo, que debería ser largo y ahuecado.

El hotel tenía un restaurante, para llegar al cual había que bajar cinco escalones, y decidimos cenar allí. Evidentmente, habían encargado la decoración a un diseñador distinto del responsable de la del vestíbulo y éste, provisto de ideas propias, había recreado el interior de un viejo mesón castellano. Las mesas y sillas, aparentemente construidas con madera sin desbastar, pesaban toneladas. Y había barriles de madera falsos en la pared, y un empapelado que representaba piedras ciclópeas a la vista y un menú a base de cocido, fabada, callos, cochinillo, pierna de cordero, estofado de rabo de buey y otros platos categóricos que habían provocado más de una lipotimia entre los jovencitos enfermizos de los murales del vestíbulo. Cristina y yo pedimos sendas ensaladas verdes y solomillos a la plancha. Poco hechos. Acordamos que, dado que después seguramente tendríamos la oportunidad de tomar alcohol, el mejor acompañamiento para aquella cena era el agua cristalina.

La ensalada verde, además del verde de la lechuga y las aceitunas, llevaba un arco iris de tomate, cebolla, espinacas, champiñones, zanahoria, chorizo y jamón. Y los solomillos, unas patatas al rescoldo deliciosas que nos obligaron a rectificar y pedir un rioja tinto, uno cualquiera, el de la casa.

Y estuvimos hablando de esto y de aquello, que en Madrid hace más frío que en Barcelona, pero es un frío más seco y por tanto más soportable, mientras que la humedad de Barcelona se te mete en los huesos, lugares comunes y quien esté libre de pecado ya sabe lo que le toca, hasta que yo me animé a introducir la pregunta, formulada como si aún estuviéramos hablando de temperaturas máximas y mínimas:

—¿Por qué dos habitaciones?

Parpadeó inocente y sonrió perversa.

—Ah, ¿ahora te despiertas? —Torcí la cabeza, interrogativo—. No me has dado ningna pista, ninguna insinuación, ninguna mirada equívoca, ninguna caricia. ¿Cómo esperabas que entendiera qué era lo que te apetecía?

—¿Y... si hubiera habido alguna insinuación, alguna pista...?

Hizo una mueca traviesa y dedicó toda su atención al solomillo.

—Dos habitaciones —dijo—. A mi edad, se valora mucho la intimidad, ¿sabes? Quizá no la intimidad del después, pero sí la intimidad del antes.

Yo continué comiendo. El corazón se me había acelerado un poco.

—¿Y cómo te gusta hacerlo? —preguntó.

—¿Qué? —dejé de masticar.

—Sí: ¿cómo te gusta hacerlo? ¿Eres clásico y austero... o imaginativo y arriesgado...? ¿Qué opinas de la secuencia natural de una película porno? —Sé que abrí la boca y miré a mi alrededor por si acaso alguien nos estaba escuchando—. Ya sabes qué quiero decir: empezamos con sexo oral hasta que tú te pones a tono...

—Sí, sí, ya sé a qué te refieres —quise cortarla.

—¿Y qué te parece? ¿Todo el lote? ¿Por delante, por detrás...? —con la naturalidad de quien habla del tiempo, o de fútbol.

A mí se me escapaba involuntariamente la mirada en todas direcciones: mi plato, el empapelado de las paredes, un camarero que servía una mesa alejada.

—Las películas... —dije—. Tú sabes mejor que nadie que, en el cine, todo es mentira. Efectos especiales.

—Bueno, pero eso no impide que lo intentemos, ¿no? ¿Cuánto tiempo hace que no lo haces?

Por fin, le sostuve la mirada. Sería cuestión de seguirle la corriente, y más valía que me espabilara en decir algo que causara efecto.

—Desde que contemplo la posibilidad de hacerlo contigo, tengo la sensación de no haberlo hecho nunca.

Se rió, halagada.

—¡Yo también hace siglos! —Se atragantaba, feliz—. ¡Estaba a punto de recurrir al fontanero!

—¿El fontanero?

—Sí. Cuando ya no puedo más, tengo que llamarlo. «Necesito que me revisen los bajos y me limpien las cañerías.» Entonces, me perfumo bien perfumada, dejo la puerta abierta y me echo en la cama, muy abierta de piernas. Llaman al timbre y digo «Pase, pase». Cuando entra en el dormitorio, finjo que me ha pillado por sorpresa y él ya sabe lo que tiene que hacer. Es una especie de lotería. Puede estar bueno o ser un viejo chocho, puede ser atrevido o un casto varón, puede ser un psicópata asesino, nunca se sabe. Es emocionante y estimulante. Una escena de película porno. ¿No te gustan las pelis porno?

Estaba perfectamente excitada y había conseguido excitarme a mí. Los latidos del corazón me exigían que la invitara a subir a la habitación, a la suya o a la mía, daba igual, antes de continuar el recorrido de la noche.

Pero ella me lo impidió consultando el reloj.

—Ostras, ¿qué hora es? ¿Y a qué hora era la película?

—No lo sé. Lo dirá en las invitaciones.

—Tenemos que irnos corriendo.

Nos fuimos corriendo.

El hotel quedaba cerca de la Gran Vía, donde estaba el cine Capitol. A pie, sólo tardaríamos unos minutos. Mientras caminábamos muy de prisa, Cristina hurgaba en el bolso con cierta desesperación.

—Ostras —decía—, ¡ostras, ostras, ostras!

—¿Qué pasa?

—¡Las invitaciones!

—¿Las invitaciones?

—¡Sí, ostras, lo siento! ¡Me parece que me las he dejado en Barcelona, en el otro bolso!

No me enfadé. Lo primero que pasó por mi cabeza fue «Mejor, olvidemos el cine y vayamos a la habitación del hotel». ¿Era eso lo que ella quería? ¿Se había excitado y no tenía espera? Decidí que no, que para llevarme inmediatamente a la cama, no necesitaba juegos de manos de ninguna clase. A continuación, se me ocurrió que igual me estaba poniendo a prueba, estudiando mis recursos para salirme de conflictos inesperados. Por fin, miré su figura, su desenvoltura, su boca risueña, sus ojos desconsolados, y me sentí en la necesidad de demostrarle quién era yo.

3

En plena Gran Vía madrileña, un atasco de tráfico tan espectacular como el estreno cinematográfico que lo provocaba. No sólo era culpa de la multitud de curiosos que se arracimaba en la acera y en la calzada, ni del camión del grupo electrógeno ni de las limusinas que hacían más estrecha la calle, sino también de la curiosidad de los conductores que frenaban al pasar por allí tratando de ver a alguno de los famosos asistentes. Había policías impacientes y vallas del ayuntamiento para mantener a raya a los chismosos y a sus carteristas, y había focos que convertían la fachada del cine en una especie de monumento glorioso coronado por la gran cartellera: ¡*Quítame allá esas pajas!*

Mis cabellos blancos y el abrigo negro, y la belleza de Cristina, y la arrogancia con que nos abrimos paso entre la gente, que nos miraba de arriba abajo preguntándose quiénes debíamos de ser, nos permitió llegar a la alfombra roja que formaba un camino hasta las escalinatas que subían hasta la antesala exterior del local.

Nos encontramos caminando detrás de una pareja famosa, me parece que él era Carmelo Gómez —o quizá Javier Bardem, que siempre los confundo—, y nos aprovechamos un poco de los aplausos y las expresiones de simpatía que les iban destinadas. Cualquier observador lejano no habría sabido decir si eran ellos o nosotros, los aclamados. Incluso saludé con la mano, a las masas anónimas, con ese gesto displicente de los actores americanos que entran en la ceremonia de entrega de los Óscar. Inmediatamente, nos vimos formando parte de una multitud de personajes elegantísimos y extremados que intercambiaban saludos efusivos. Allí, todos se conocían y nadie se odiaba, y había cámaras de fotos por todas partes, y cámaras de televisión, y flashes que no cesaban de deslumbrarnos, y micros de esos que parecen una alcachofa.

Cristina, entusiasmada, iba reconociendo famosos, los señalaba y me gritaba sus nombres al oído.

—¡Mira! ¡Mar Flores! ¡Y Cristina Higueras! ¡Y Elsa Pataki!

Yo alargaba el cuello para localizar a alguien susceptible de proveernos de invitaciones.

Había una pantalla muy iluminada, donde se reflejaba el cartel de la película y delante de la cual posaban los famosos para ser fotografiados. Maribel Verdú y Resines, Santiago Segura y Silke...

Allí fue donde leí el nombre de Felicia Fochs.

Hasta aquell momento, estaba contemplando la posibilidad de colarme con la actitud de Usted-no-sabe-con-quién-está-hablando o de ir a enredar al productor, que debía de ser el señor mayor que estaba junto a la puerta estrechando manos, recibiendo la enhorabuena de los amigos, conocidos y pelotas, como quien despide un duelo. Había visto cómo sacaba invitaciones del bolsillo para dárselas a alguien que se le había acercado. ¿Por qué no a mí? Sólo te-

nía que averiguar su nombre y pillarlo por sorpresa dándole un puñetazo en el hombro, «Eh, tú, Luis, coño, que se me ha olvidado la
entrada en casa, coño, qué cabeza la mía...». No me reconocería,
pero seguro que pensaría que era culpa suya. No tengo pinta de
gamberro de los que se cuelan donde no los llaman.

Pero Felicia me solucionó el problema. Sólo conozco a una actriz y ésta es precisamente Felicia Fochs y sé que me admira mucho.
Qué feliz casualidad.

—¡Felicia, querida! —Adopté las maneras de la gente del
cine—. Joder, qué suerte que te encuentro.

—¿Esquius? ¿Qué haces por aquí?

Fue muy fácil. Yo me había olvidado las invitaciones en casa,
«para una vez que me invitan a un estreno, fíjate tú, con la ilusión
que le hacía a Cristina, por cierto, Cristina, te presento a mi buena
amiga Felicia Fochs», y Felicia: «Ángel me salvó la vida, exactamente como te lo cuento, cambió mi vida, le dio la vuelta del revés
como si fuera un calcetín», y Cristina con los ojos que le hacían chi-
ribitas.

Felicia nos contó que la productora no había repartido entradas
numeradas porque, de esta manera, la gente no se entretiene tanto
en el vestíbulo del cine y entra corriendo para conseguir un buen sitio, y porque es muy complicado calcular a quién sientas al lado de
quién. Hay mucha gente que falla en los estrenos y, entonces, corres
el riesgo de que queden libres buenas localidades mientras que a
gente de compromiso le ha tocado detrás de una columna. Por eso
Felicia no dudó en regalarnos sus invitaciones y ella corrió a expli-
carle al productor que las había perdido. A una actriz que actuaba
en la película, aunque fuera en un papel pequeño, no podían dejar-
la en la calle.

—Felicia, por favor... Tú que estás metida en este mundillo...
¿Sabes si han venido Costanilla y su mujer, Enebro?

—¡Seguro que sí! —Felicia oteó el horizonte—. Pues claro. Mí-
ralos, allí están. Ésos no se pierden una.

Los vi. Él, de esmoquin, poca cosa y estrecho de pecho, calvo,
ceniciento y triste como un vampiro. Resignado a arrastrar a una
mujer exuberante, parlanchina y exhibicionista, que tenía los labios

muy gruesos y pintados de escarlata, y un vestido rojo con lentejuelas. Experimenté una especie de sacudida. Aquella mujer en seguida me cayó fatal. Su vestido era igual o muy parecido al que llevaba Mary Borromeo el día que la mataron.

Un grupo de azafatas muy guapas y cargadas de paciencia, iban insistiendo al personal para que entrara en la sala. No les hacían mucho caso porque, quien más quien menos, todos estaban tratando de seducir a alguien para asegurarse un papel en próximas películas pero, como ése no era nuestro caso, en seguida estuvimos dentro.

Me acerqué al matrimonio Costanilla, tirando de Cristina, que no entendía qué era lo que yo pretendía, pero me resultó imposible sentarme cerca de ellos. Tuve que conformarme con situarme tres filas más atrás.

Cristina estaba muy emocionada. Me agarraba fuerte del brazo y continuaba pasando lista: «¡Mira, aquél de las melenas despeinadas es Fernando León de Aranoa! ¡Y aquélla es Tina Sáinz, te acuerdas de la Tina Sáinz?».

Antes de la proyección, el director de la película nos dijo que era una película estupenda, que había sido un privilegio trabajar en un proyecto tan maravilloso con un equipo increíble, unos actores fabulosos y un productor tan generoso (risas) y acabó deseando que el público se lo pasara tan bien viéndola como ellos habían disfrutado rodándola. En realidad, parecía como si nos pidiera por favor, por caridad cristiana, que nos lo pasáramos bien.

La película era muy mala. Unas filas más adelante, cerca de los Costanilla, el productor volvía la cabeza y se movía incómodo en la butaca cada vez que había un gag mal resuelto y sólo se reían los que habían participado en la película, y lo hacían demasiado fuerte.

El único momento interesante fue cuando llegó la inevitable secuencia de sexo y Cristina me tomó de la mano y me habló al oído:

—Si yo ahora fuera una mujer desinhibida de verdad, como me gustaría ser, comprobaría si se te ha puesto dura y, si no se te hubiera puesto, te ayudaría a que se te pusiera.

A la salida, vi a varias personas que, seguramente poco dotadas para la hipocresía, se escabullían a toda prisa al ver que el director o el productor se les acercaban para pedirles su opinión. Pero la mayoría justificaban su habilidad como actores yendo al encuentro de los responsables de la película para manifiestarles su entusiasmo e incluso su asombro ante un trabajo tan bien hecho. «Con esta película, vais a dar el pelotazo», proclamaba uno.

Busqué de nuevo la proximidad de los Costanilla. Aquella vez me acerqué lo bastante como para dirigirles la palabra, pero ella, Enebro, no dejaba de hablar y de hablar en medio de un grupo de gente, muy castiza, «A mí el que me ha gustado de verdad es Guillermito, tú, Guillermito», refiriéndose a Guillermo Toledo como si lo hubiera parido. Tampoco era el lugar adecuado para hablar de un asesinato.

A continuación, todo el mundo debía trasladarse a una discoteca cercana llamada Casino. Casi nadie tomó coches ni taxis porque estaba muy cerca, a una manzana de distancia, y Cristina y yo caminamos, abrazados, confundidos entre los representantes de la gente guapa de Madrid.

—¡Mira, mira! ¡Ésa es Elvira Lindo, la de Manolito Gafotas...! ¿O es Candela Peña? ¡Y Luis Tosar, tú! ¿Te acuerdas de *Los Lunes al sol*? ¿O *Te doy mis ojos*?

La discoteca Casino era un antiguo palacete que había acogido, a principios del siglo XX, un club privado y aristocrático. Ahora, en la fachada habían colgado unes neones de colores y, en el interior, había tantas barras de bar y músicas diferentes como habitaciones. Donde hubo la biblioteca, sonaba música suave para hablar de manera relajada; en el antiguo salón de fumadores, ahora se podía bailar salsa; la sala de billares estaba dedicada al pop-rock, y en la sala de juego, en lugar de ruletas y mesas de bacará, había un escenario donde, ocasionalmente, debían de hacerse conciertos en directo para un público reducido. La gran sala de baile, con *disc-jockey* de renombre, estaba en el piso de arriba, donde se accedía por una escalinata de mármol digna de *Lo que el viento se llevó*.

Gran parte de los famosos se quedaron en el piso de abajo, donde había la posibilidad de hablar sin la interferencia atronadora de la música disco. Todo el mundo sujetaba un vaso a la altura del pecho, y llevaba puesta la sonrisa automática, de manera que Cristina y yo hicimos lo mismo para no desentonar.

Volvimos a intercambiar unas palabras con Felicia Fochs, antes de que ésta se fuera corriendo para saludar a alguien que le hacía muchísima ilusión. Después, nos abrimos paso entre actores como Pepe Sacristán o Miguel Rellán o Juan Echanove, o de directores como Fernando Colomo, Fernando Trueba o Giménez-Rico, o de actrices como Chus Lampreave, Paz Vega o Cristina Brondo, y localizamos a la pareja formada por el ministrable y gris Costanilla y la exuberante y roja Enebro.

Parecía imposible inmiscuirse en la conversación que el matrimonio mantenía con Aitana Sánchez-Gijón y Sergi López, y tuvo que intervenir Cristina. Se acercó a Sergi López y le pidió que le firmara un autógrafo a modo de tatuaje. Se abrió el escote y, cuando ya creíamos todos que le iba a ofrecer un pecho como depositario del recuerdo, lo que le mostró fue el hombro.

Aquello interrumpió la conversación y retuvo las miradas de los hombres el tiempo suficiente como para que yo agarrara a Enebro del brazo y le dijera al oído:

—¿Este vestido no es igual que el que llevaba la novia de Joan Reig cuando la mataron?

4

Tenía unos ojos grandes y verdes como el mar, y aquel mar amenazaba marejada y tempestad cuando me miraron desorbitados.

—Parece que se le atragantaron los langostinos de la cena, ¿verdad?

Giró el cuello a derecha e izquierda, se me colgó del brazo y me llevó a un rincón, buscando la intimidad que yo deseaba.

—¿Qué está diciendo? ¿Quién es usted?

Si no tuviera nada que ocultar, no se habría comportado de aquella manera. Me limité a esperar que dijera algo más coherente.

—¿Cómo sabe que comimos langostinos? —se decidió por fin, con el acento más madrileño del mundo.

—Comida afrodisíaca, el menú más indicado para una ocasión como aquélla —dije. Y en tono ligero—: Cambio de pareja.

La tenía desconcertada. No sabía si ponerse a gritar pidiendo auxilio o, muy al contrario, asegurarse de que nuestra conversación fuera estrictamente personal. La segunda opción debió de acabar pareciéndole más prudente.

—¿Qué quiere? ¿Dinero? ¿Qué es esto? ¿Un chantaje? —Disparó un discurso nervioso, frenético, pasando a la ofensiva convencida de que aquélla era la mejor defensa—: Mire, no pierda el tiempo, que no sabe con quién se la juega. A mí no me gusta esta clase de juegos, aquello fue una encerrona. Aquella gente sólo quería hacer negocios a costa de mi marido... La recalificación de unos terrenos militares, de unos cuarteles desafectados que el club quería comprar para hacer la gran ciudad deportiva y aprovechar una parte para especular, para copiar lo que hicimos aquí con el Real Madrid, un chanchullo, con el objetivo de sanear las cuentas de su club, que hace aguas. Y nos metieron en aquel jaleo y después resulta que la chica aquella aparece muerta. Mire, ya lo sé, ya lo entiendo, le envían para ver qué hemos hecho hasta ahora, ¿no? Pues les dice que tranquilos, que mi marido está haciendo lo que puede, que no achuchen. —Me señaló con el dedo—: Y quiero que conste una cosa: yo no me presté de ninguna manera a aquella marranada de juego, porque a mí no me gusta esa clase de juegos...

—Sobre todo —dije, pensando que Reig había llevado a una prostituta haciéndola pasar por su novia— cuando hay alguien que hace trampas.

Enebro movió con tanta vehemencia su brazo que el contenido de su vaso salpicó a un par de invitados que estaban a un metro de distancia.

—¡Yo no hice trampas! —Ya estaba horrorizada—. Yo no hice trampas y, si hice trampas, fue para que me tocara con mi marido. ¿Quién le ha dicho a usted que yo había hecho trampas? ¡Seguro que fue la puta cabrona de Plegamans, esa meapilas, santurrona, beata, ésa sí que iba salida como una perra...!

Si ella misma me iba dictando el guión, yo no podía dejar escapar la oportunidad:

—La señora Plegamans me dijo que usted se fue con Reig, el futbolista...

—¡Mentira, mentira! —levantaba la voz —. ¡Ella, la Plegamans, quería ir con Garnett, y se ofendió cuando vió que yo me iba con mi marido, cuando vió que yo era más honesta que ella...!

—Y que a su marido le tocó de pareja la puta que después apareció asesinada... —aventuré, un golpe a ciegas.

Una sombra nos cubrió como si un *tsunami* se nos viniera encima. Tanto Enebro como yo levantamos la vista, sorprendidos, y nos encontramos con la mirada severa del canijo Costanilla y la corpulencia de un guardia de seguridad uniformado. Es asombrosa la cantidad de guardia de seguridad privada que hay en nuestra sociedad hoy en día. Y cómo me miran todos de mal.

—¿Algún problema? —preguntó Costanilla.

Unas cuantas docenas de ojos famosos se habían vuelto hacia nosotros.

—No, no, gracias —dije—. Ya lo he solucionado. Muy amable. Con mucho gusto me tomaría una copa con usted, pero tengo que irme, lo siento, ya habrá otra ocasión.

Le di el vaso al guardia de seguridad con tanta firmeza que no me lo pudo rechazar, hice una señal perentoria a Cristina y me encaminé hacia la salida sin esperarla.

Oí que Costanilla, a mi espalda, decía «Eh, eh, eh, un momento», y la vocecita ahogada de Enebro: «¡No, no, no, déjalo!». Si después continuaron con el «¿Quién era?» y el «Ya te lo contaré en casa», ya no lo escuché.

Mientras recogíamos los abrigos del guardarropa, temí que nos atraparan, pero no lo hicieron. Cristina no dijo ni una palabra.

Cuando salimos al frío de la calle, me cogió de la mano.

Yo preferí pasar mi mano sobre sus hombros y fuimos hacia el hotel apretándonos el uno contra la otra.

—¿Me contarás qué ha pasado? —preguntó ella—. ¿O prefieres que hablemos de lo que haremos cuando lleguemos al hotel?

Le gustaba hablar de sexo.

—Mira: primero, cada uno a su habitación. Me concedes un cuarto de hora y, después, me vienes a ver. Llamas a la puerta...

5

Le gustaba hablar de sexo. Antes, durante y después de practicarlo. En realidad, no callaba. Que si mírame, que si déjame que te mire, que si ponte así, que si házmelo así, y ahora acaríciame aquí, y dónde te gusta que te toque, y cómo te gusta que te lo haga, y espera, espera, descansemos, aguanta un poco, ahora lámeme, ahora chúpame, hummmm qué bieeen, ahora sólo excítame, ahora déjame que te excite yo.

Con todas las precauciones iniciales de las habitaciones separadas y del cuarto de hora de ventaja para prepararse, me había temido una relación a oscuras, vergonzosa y furtiva, de manera que me sorprendió lo que me encontré cuando salí de mi habitación en mangas de camisa, pantalones y calcetines, sin zapatos, llevando un vaso de whisky sacado del minibar. Ella se había dejado puesta la ropa interior y se había cubierto con un quimono de seda negra con flores rojas. Cuando llamé, ella abrió primero la puerta y, acto seguido, el quimono y me preguntó:

—¿Me pones nota?

Le puse una nota alta.

Evidentemente, se había perfumado con alguna esencia deliciosa y embriagadora que desterró definitivamente el whisky, y se había limpiado el maquillaje, lo que me pareció un acto heróico. Se me ofrecía tal com era, sin máscaras ni disfraces de ninguna clase.

Defendía que había que reprimir la pasión al máximo. «La pasión provoca precipitaciones y las precipitaciones no traen nada bueno. Juguemos, juguemos suavemente y, como seguramente a mí me costará más llegar al objetivo, tendrás que dedicarme a mí más rato que yo a ti.»

Me dejé llevar. Que si mírame, que si déjame que te mire, que si házmelo así, y ahora acaríciame aquí, y ahora lámeme y ahora chupa, y me encontré a gusto, los dos desvergonzados, exhibicionistas, *voyeurs*, pornográficos, obsesionados por los genitales y zonas erógenas pero también atentos a cada pliegue de la piel, la barbilla, el ombligo, la parte interna de los muslos, mi cicatriz del apendicitis, su cicatriz de la cesárea, y ahora vuélvete, y por detrás las nalgas y la totalidad de la espalda como fuente de placer sublime, dedicados a toda clase de prospecciones de esfínteres, marranos a conciencia, transgresores.

Y, al final, risas y bromas.

—¿Qué te parece? ¿Soy un buen sustituto del fontanero?

—Eres un buen complemento del fontanero. ¿Por qué conformarme con uno si puedo tener dos? Sois completamente diferentes. Tú eres el investigador, el que busca y encuentra, el que deduce a partir de mis gemidos. El fontanero es más grosero, más primario. Con él, tengo que lubricar bien las cañerías para que no me haga daño, no sé si me entiendes. Y, aunque le diga cómo me gusta que me trate, nunca me hace caso. Tengo que ponerle carteles de «por aquí», con una flecha, para que se dé por aludido, y ni así. Pero también me gusta, ¿sabes? Me gusta que me desobedezca y vaya a la suya y me haga callar. Sois dos estilos diferentes.

¿Estaba hablando en serio?

Así era Cristina.

Se durmió agarrada a mi pene como se dormiría una niña agarrada a la pata de su osito de peluche.

Al día siguiente, a plena luz de sol, se empeñó en repetir, poniéndome a prueba. Le apetecía jugar. «Por favor, señor conde, no me haga nada, no me tiente, aléjese de mí, que quiero hacerme monja», «Ooooh, señor conde, la tiene usted como un cirio» y yo le seguí el juego, como un aristócrata crápula ejerciendo el derecho de pernada y pervirtiendo irremisiblemente una alma pura y casta, y la verdad es que ella se ponía tanto en el papel que resultó divertido y acabamos partiéndonos de risa.

Cristina me hacía reír y eso me atraía tanto como aquel cuerpo espléndido en su madurez. Yo ya no necesitaba pasiones volcánicas; me convenía más una mujer que me hiciera sentir cómodo, que me resultara sexualmente atractiva y que me alegrara la vida.

Me duché en su habitación, me puse provisionalmente los calzoncillos, la camiseta, la camisa, los pantalones y los calcetines de la noche anterior y me fui a mi habitación para cambiarme de ropa y hacer el equipaje. Iba silbando el tema de un anuncio navideño de cava y la melodía se me truncó de golpe al abrir la puerta.

Alguien había entrado en mi habitación durante la noche.

La chaqueta de alpaca gris, acabada de estrenar, tenía tres agujeros a la altura del corazón. Agujeros con los bordes chamuscados, como agujeros de bala. No podían serlo, claro, porque no había impactos por ninguna parte, y por tanto deduje que lo habían hecho con puntas de cigarrillo, pero lo parecían, se parecían demasiado a tres disparos en el corazón.

Y habían metido todo el resto de la ropa en el maletín, el abrigo negro incluido, y se habían meado dentro. Orina agria, de cabrón con problemas de uremia o cetona. Toda mi ropa empapada y apestando.

Y en la suela de los zapatos, razonablemente nuevas, habían hecho agujeros del tamaño de una moneda de dos euros.

Tuve que apoyarme en un mueble porque me temblaban las piernas.

Cristina se sorprendió al verme aparecer con la misma ropa de antes, y sin abrigo, con el frío que hacía, pero aceptó el «ya te lo contaré» lacónico que le ofrecí sin hacer preguntas.

En el taxi, camino de Barajas, le dije:

—Volverás tú sola, en avión.

—¿Qué? ¿Y tú qué harás? ¿Te quedas?

—Yo alquilaré un coche y volveré por carretera.

—¿Pero por qué?

—Porque el caso que tengo entre manos es mucho más serio de lo que yo creía. Me han localizado, me han amenazado... —Le conté lo que habían hecho con mi ropa. Se estremeció. Y no le ahorré temores, porque yo mismo no me los ahorraba—: ¿Cómo pueden haberme encontrado? ¿Alguien nos siguió, anoche?

—No hay otra explicación.

—Sí. Hay una que aún me preocupa más. Y es que ya supieran que es Ángel Esquius quien está conduciendo esta investigación, porque alguien de Barcelona se lo haya dicho, y tengan suficiente poder como para localizar en pocas horas en qué hotel me albergaba.

—Pero eso es un poco paranoico, ¿no?

No lo era en absoluto, pensé. El ministrable Costanilla estaba en contacto permanente con los invitados de Barcelona. Aquello era lo que me había venido a decir Enebro.

Dije:

—En mi profesión, la paranoia es salud. Pero lo que ahora importa es que, si me voy en el avión, pueden continuar controlándome. En cambio, no es probable que cuenten con que alquile un coche, y eso los despistará, sobre todo si tú sí que te vas en avión y no anulamos mi billete.

—Qué vida tan agitada tenéis los investigadores privados.

—No te lo puedes imaginar.

Al bajar del taxi, se me empezaron a meter piedrecitas y grava a través de las suelas de los zapatos agujereados. No me los había podido cambiar, porque sólo llevaba aquéllos. Una especie de recordatorio constante del peligro que corría.

SIETE

1
....

Desde el aeropuerto, llamé al comisario Palop. Me dijeron que no estaba en su despacho. Llamé a Monzón, mi amigo de la Policía Científica. Tampoco estaba. No me atrevía a hablar con nadie más: no podía quitarme de la cabeza que implicado en todo aquello estaba el juez Santamarta y un ministrable de Madrid, con autoridad sobre la policía. Llegaba a plantearme si Santamarta no habría formado parte, también, de la nómina de invitados a la orgía. De momento, tenía a diez participantes prácticamente confirmados: Reig, con Mary Borromeo, Felip Montmeló y señora (o pareja para la ocasión), el Escorpión Garnett (ídolo de masas) y señora (posiblemente), el matrimonio Plegamans y Enebro y Costanilla.

¿Alguien más?

En principio, cualquiera de los asistentes a la fiesta, sobre todo los hombres, podía ser el asesino de Mary.

Cristina salió en el puente aéreo de las 11.45.

Yo alquilé un Ford Escort y, a las 12, ya corría por la NII, entre Torrejón y Alcalá de Henares.

Iba pensando alternativamente en Cristina y en la amenaza de la noche anterior. En el lujo que representa encontrar a alguien que folla con ganas cuando tienes muchas ganas de follar y en lo que habría podido suceder si los amenazadores me hubieran encontrado en la habitación cuando entraron. Sentía que el miedo se me subía a la cabeza y me inducía a cuestionarme los motivos de mi implicación en aquel caso.

¿Me la estaba jugando porque me sentía comprometido con aquella pobre mujer que quería una pensión para su nieta? ¿O quizá porque me indignaba comprobar (como si no lo supiera) que el poder siempre tiene la última palabra? ¿Me la estaba jugando simplemente porque quería que se supiera la verdad? ¿Era que había leído demasiadas novelas, como El Quijote, y había perdido la razón lo bastante como para lanzarme de cabeza contra peligrosos gigantes creyendo que eran inofensivos molinos?

El viaje de Madrid a Barcelona por autopista es de unas cinco horas y da para mucho. Cerca de las dos, salí de la autopista y me detuve a comer en un restaurante de carretera, cerca de Calatayud. Había muchos camiones en el aparcamiento y, contra toda previsión, la comida era espantosa.

Para huir del miedo paralizador, dediqué un buen rato a pensar en Mónica y su novio tocador de theremin, y me pregunté, casi sin querer, cuál sería su reacción cuando le notificara que me casaba. Esta ocurrencia inesperada me provocó un nuevo ataque de pánico y disparó mis pensamientos en otra dirección. Cristina, el polvo con Cristina, el resto de mi vida con Cristina, el peligro en que había puesto a Cristina, la posibilidad de que pudiera pasarle algo malo por mi culpa.

También estuve escuchando la radio y cantando en voz alta.

Cuando entraba en la provincia de Barcelona, me paré en una área de servicio y llamé a Biosca. Le dije «Soy Esquius» y mantuvo casi medio minuto de silencio antes de decir:

—Me parece que se equivoca.

—Venga, Biosca, soy Esquius. No tenga miedo. El rey no tiene nada que ver con el caso que nos ocupa.

—¿Con quién quiere hablar, exactamente?

—Será mejor que me pase con Beth, o con Octavio...

—Aquí no hay ninguna Beth ni ningún Octavio.

—Claro: porque están en los grandes almacenes buscando ladrones. Por favor, Biosca, no me ponga más a prueba. Ya le he demostrado que soy Esquius, ¿no?

—Usted no me ha demostrado nada.

—Bueno, hagamos una cosa. Usted no diga nada. Así no se

comprometerá a nada en caso de que esta llamada sea una trampa, ¿de acuerdo? Limítese a escucharme.

Por una vez, me hizo caso. Pude proceder a contarle todo lo que había averiguado procurando ser esquemático y, sobre todo, dejando bien claro que no teníamos que preocuparnos en absoluto «por aquella persona que usted y yo sabemos», que estaba completamente descartada, que incluso tenía informaciones fidedignas de que el día de autos estaba de viaje privado y secreto en Noruega. Le pedí si podía conseguirme información sobre los invitados de la cena, sobre todo del matrimonio Plegamans, reclamé su ayuda contra las amenazas que se cernían sobre mí, sobre todo la de Cañas, y concluí la exposición repitiendo que no teníamos ningún rey, y sí un Reig.

—Fútbol —murmuró Biosca, en un susurro maravillado, atónito, de niño que acaba de conocer un secreto trascendental—. ¡Eso es mucho más peligroso e intocable que la monarquía...!

—No diga tonterías, Biosca.

—No son tonterías, Esquius. Usted me ha llamado par pedirme ayuda y refugio, ¿no es así? ¿Por qué a mí y no a su querido comisario Palop? Porque no se fía de nadie. Porque, en definitiva, tiene miedo, Esquius. No disimule, no mienta, confiese que, al fin y al cabo, es humano. Ahora, póngase en mis manos. Cuando llegue al peaje de Martorell, desvíese hacia la Nacional de Lleida, hacia Igualada. Bueno, y vaya a mi nueva casa —me dio las indicaciones precisas para llegar a ella—. Una vez allí, a la derecha de la verja electrificada, en el muro verá una piedra de color más claro que las otras. Apriétela y se abrirá una puerta secreta. Dentro, encontrará un teclado numerado. Pulse las teclas dos, cinco, ocho, tres, y la verja se abrirá. El mismo código le servirá para abrir la puerta de la casa. Allí estará seguro... Yo iré en seguida.

—Señor Biosca —dije, cambiando el tono de voz.

—Diga.

—No soy Esquius. Soy del Servicio Secreto de la Casa Real.

Un silencio largo. Y, después, un grito.

—¡Oh, Dios mío! ¡Oh, Dios mío!

Me reí para quitarle hierro al momento. Quizá me había pasado un poco.

—Que sí, que soy Esquius, Biosca...

—¡Oh, Dios mío!

—¡Que era una broma...!

—¡Oh, Dios mío! ¡Oh, Dios mío!

—Biosca, joder, que sólo era una broma...

—¡Oh, Dios mío!

—Pero no se ponga así...

—¡Oh, Dios mío! ¡Oh, Dios mío! ¡Oh, Dios mío! ¡Oh, Dios mío!

Colgó el teléfono como si me lo tirara por la cabeza. Me supo mal. La frágil estabilidad mental de Biosca no admitía aquella clase de bromas. Me estuve planteando si dirigirme a su casa, como me había ordenado, o si antes debía pasar por mi piso para recoger ropa limpia, o si prefería hacerle una visita a Cristina.

Decidí que lo primero era lo primero.

Pocos quilómetros antes del peaje de Martorell, la llamé. Eran las cinco y media. Cristina ya debía de estar en casa desde hacía rato, deshaciendo la maleta, reponiéndose del viaje, pensando con ojos soñadores en las horas maravillosas que habíamos pasado juntos.

Tenía el teléfono móvil desconectado. Suele suceder cuando alguien ha viajado en avión. Te obligan a desconectarlo («completamente», según puntualizan) antes del despegue y luego no te acuerdas de conectarlo de nuevo.

Llamé al número de información de Telefónica y pedí el número de Cristina Pueyo, domiciliada en tal dirección. Me lo dieron. Lo marqué en mi móvil.

—¿Sí?

—¿Cristina?

No entendí su respuesta. Problemas de cobertura. Tuve que gritar:

—¿Cristina Pueyo?

—¡Sí, soy yo, Cristina Pueyo al aparato!

Aquella conversación a gritos me inspiró:

—¡Soy el fontanero! —Traté de adoptar una voz ronca, metiéndome en el papel, como me había metido por la mañana en el de aristócrata crápula.

—¡Ah, el fontanero! —exclamó, encantada.

—Usted ha llamado al fontanero, ¿no? —Yo continuaba gritando, en parte por la euforia y la anticipación, en parte para superar las interferencias telefónicas.

—¡Pues claro que le he llamado, y le estoy esperando ansiosa!

—Pues ya estoy llegando, ya se puede preparar.

—¡Muy bien! No me moveré de casa.

—Por favor, prepárese bien, ¿eh?

—Sí, sí, me prepararé bien. Este grifo no deja de gotear.

Me reí, excitado como un adolescente. Aquello era un bálsamo para mis preocupaciones.

—Pues haga lo que le voy a decir. Prepáreme el terreno, ¿de acuerdo?

—Sí, sí.

—¡Échese en la cama, ábrase de piernas y lubrique muy bien las cañerías!

—¿Qué?

Yo ya me reía a carcajadas.

—O, si no, déjemelo a mí. ¡Ya le lubricaré yo los bajos con la lengua! ¡Y, luego, le pasaré el desatascador!

—¿Pero qué está diciendo?

—¡Lo que oye, señora, lo que oye!

—¡Pero usted es un guarro...!

—¡Sí, señora, sí, el fontanero guarro para guarrindongas impenitentes!

—¡Usted es un cabrón pervertido y asqueroso baboso!

Me pareció que se pasaba un poco, pero continué riendo.

—¡Sí, señora, sí!

—¡Y avisaré a la policía, vicioso de mierda! —En el momento en que dejaba atrás una zona de la autopista flanqueada por cables de alta tensión y antenas diversas, la comunicación se hizo nítida. Y, si prestaba atención, ahora que la oía bien, aquella voz no me parecía conocida. Continuaba chillando—: ¡Para que lo sepas, tu número ha quedado grabado en mi aparato, y te juro que te caerá un paquete que te arrepentirás para siempre de hacer llamadas marranas, mamarracho, payaso, depravado, crápula indecente!

Se me estranguló y adelgazó la voz cuando balbuceé, suplicante:

—¿Pero usted no es Cristina Pueyo?

—¡Sí, señor, Cristina Pueyo! ¡Y pronto sabré quién eres tú, pelele capado, nos encontraremos en los tribunales!

Cortó la comunicación.

Me quedé estupefacto durante un buena rato mientras corría a tumba abierta hacia el peaje de Martorell. El cerebro, primero en blanco, paralizado, en seguida se puso a trabajar a toda máquina.

¿Qué había sucedido? Era Cristina Pueyo, pero no era Cristina. No me había equivocado de número de teléfono. Era Cristina Pueyo que vivía en la misma dirección que Cristina Pueyo, por Dios, pero no era mi Cristina Pueyo.

Sólo tuve que hacer lo que no había hecho hasta entonces: plantearme si era posible que mi Cristina me hubiera mentido, para que la evidencia, las evidencias, muchas evidencias, cayeran sobre mí como un alud de rocas. Trabajaba en una productora cinematográfica pero no conocía a ninguna de las personas que asistían al estreno de Madrid; y se comportaba como si nunca hubiera estado cerca de un actor o de una actriz; y se había dejado las invitaciones porque posiblemente no las había tenido nunca y la cesárea, joder, la cesárea. ¿No me había dicho que no tenía hijos?

Al llegar al peaje de Martorell, me desvié hacia Igualada, hacia la casa de Biosca, y ya no buscaba únicamente refugio contra una amenaza que de repente, me parecía remota e inverosímil sino que sobre todo buscaba consuelo para mi corazón roto (si se me permite expresarme de esta manera).

Entonces, ¿quién era la Cristina que ya no debía de llamarse Cristina?

Una mujer que vivía en su misma escalera (vivía allí porque, cuando nos conocimos, entraba con el carrito de la compra y una bolsa de farmacia) y que quiso ocultarme su identidad.

¿Quién más podía ser, si no la madre de Esteban, el novio de mi hija, la señora Merlet en persona?

Volví a verla, aquel primer día, hablándome desde la puerta: «¿Esta carta es para los Merlet?». ¿Cómo había podido ver para quién era la carta desde tan lejos? Abrió el buzón de Cristina Pueyo, sí, pero yo mismo había podido comprobar que aquellos buzones se abrían sin ofrecer resistencia. Embobado por su conversación y sus risas, no sospeché nada al ver que ella se buscó una excusa cuando le pedí que hablara con la madre de Esteban. Ni después (los recuerdos estallaban como cohetes dentro de mi cabeza, y el castillo de fuegos artificiales dibujaba una palabra en el vacío de mi cerebro: Imbécil), cuando me dijo que Esteban se había inventado un instrumento musical, lo que no era exacto, ni siquiera yo me habría expresado de aquella manera. Una amiga y confidente de Esteban habría hablado del theremin. La única que habría dicho que Esteban había inventado el theremin, o un disparate parecido, tenía que ser su madre, la mujer que no se comunicaba con el chico, que no sabía muy bien a qué se dedicaba porque el chico siempre le había importado muy poco.

En aquel momento, podría haberme puesto a gritar «¡Oh, Dios mío! ¡Oh Dios mío! ¡Oh, Dios mío!» con más pasión que Biosca un rato antes.

Pedí su número de teléfono fijo a información con los datos del apellido Merlet y su dirección y, cuando lo tuve, la llamé en seguida, sin preparar ningún discurso, y me salió el contestador. Aquella voz que hacía pensar en la boca risueña informaba que no podía atender mi llamada y me proporcionaba el número del trabajo por si se trataba de un asunto profesional.

¿Trabajo? ¿En qué debía de trabajar?

No eran horas de oficina, pero de todas formas llamé a ese número. Otro contestador:

—Playa y Nieve. Deje su mensaje, por favor.

¿«Playa y Nieve»? ¿Qué coño era eso?

Inmediatamente, con el móvil que ya empezaba a calentarse, me puse en comunicación con Amelia, para pedirle que me lo buscara en Internet, y un cuarto de hora después recibía la respuesta sobre las actividades de aquella empresa:

—Venden apartamentos en régimen de multipropiedad —me informó alegremente la secretaria, inconsciente de que estaba clavando el clavo que terminaba de cerrar la tapa del ataúd—. Es uno de esos negocios en la frontera de la legalidad. De los que te envían una carta muy llamativa y llena de signos de exclamación diciéndote que te ha tocado un premio, y te convocan a una reunión para recogerlo y, entonces...

—Sí, sí... Ya sé qué es.

—Vendedores especializados en embaucar a inocentones, gente de pueblo, ancianos y gente indefensa en general —insistió ella, por si no había quedado suficientemente claro.

—Ah. Ah, sí. Gracias.

Corté la conversación con ganas de empotrarme contra un camión cisterna de Campsa.

La señora Merlet, la madre que la parió, la señora Merlet.

Entre ella y su hijo, me habían estafado doce mil euros.

2

A la derecha de la verja, había una piedra de color más claro que las otras. A pesar de que estaba al alcance de la mano de un conductor, tuve que apearme del coche para encontrarla porque ya había oscurecido. Ocultaba un pequeño teclado en que pulsé el dos, el cinco, el siete y el tres.

La verja se desplazó hacia la derecha, sobre raíles. Volví al coche.

Penetré en un patio alfombrado de grava sobre la cual los neumáticos del coche levantaron un ruido que me pareció ensordecedor. Había estado en el anterior domicilio de Biosca, y puedo asegurar que era digno de ser visto, pero aquél, ya a primer golpe de vista, prometía mucho más.

La mansión, de paredes blancas iluminadas por focos indirectos ocultos en los rincones, estaba formada por la intersección de tres cubos gigantescos colocados a diferentes niveles, como cajas amontonadas de cualquier manera y en precario equilibrio. Todo ángulos rectos y ventanas cuadradas tapiadas por persianas blancas, ninguna terraza aparte de aquel patio inhóspito en que aparqué el Golf. Ningún detalle verde, ni césped ni flores. Sólo una caricatura de árbol confeccionada con hierro y maderas, escultura tan fría e inexpresiva como el resto del decorado.

Yo sabía que una cámara estaba siguiendo y grabando mis pasos. Era la casa de un paranoico.

A un lado de la puerta, había un teclado igual al anterior, igualmente sensible a los números dos, cinco, siete y tres. La puerta se abrió y, automáticamente, se encendieron las luces del vestíbulo.

Como no me lo esperaba, me llevé un susto descomunal al encontrarme con el gran mural del ojo. En el vestíbulo cúbico y blanco no había nada más. Ningún mueble, ningún cuadro, ningún tapiz, ninguna alfombra. Sólo el ojo de dos metros de altura por tres de ancho, que te miraba fijamente. Parecía sacado de un anuncio de prensa de principios del siglo veinte. Es más, si no recuerdo mal, la famosa agencia de Detectives Pinkerton tenía un logotipo similar. No había forma de olvidar que me encontraba en el radio de acción de un paranoico.

Un estrecho pasillo con una puerta a cada lado (un cuarto de baño y un pequeño gabinete donde Biosca revelaba fotos y microfilmaba documentos) me condujo hasta un gran patio interior, sin techo, que se podía cubrir con una lona que había en lo alto, y al cual se abrían todas las habitaciones de los tres pisos de la casa. En medio había un pequeño estanque con surtidor, con peces de madera lastrados de tal manera que flotaban entre dos aguas. Debajo de un porche, vi una mesita de teca de tomar el té y un sillón de respaldo muy alto puesto de espaldas a mí. Había alguien sentado en él.

De repente, el sillón giró y me descubrió a un hombre de melena y bigote muy negros, con gafas negras y vestido de negro, que tenía una pistola negra en la mano y me encañonaba.

El sillón giratorio estaba muy bien engrasado. Demasiado. No se detuvo cuando aquel hombre tenía previsto. Continuó girando sin control, y dio una vuelta, dos vueltas, y tuve la sensación de que aquello era un muñeco montado en una atracción de feria, hasta que él mismo frenó el artefacto con las puntas de los pies.

Y continuaba encañonándome con la pistola. Es una sensación muy desagradable.

—¿Quién es usted? —exclamó. Y en seguida—: Ah, Esquius. Usted a mí no me conoce, pero yo a usted sí. ¡Es el famoso Esquius!

—Hablaba disfrazando la voz y parecía un mal actor en una representación navideña—. ¿Qué hace en casa de su jefe, cuando él no está? ¡No me lo diga! Seguro que ha venido cargado de turbias intenciones.

Yo estaba cansado, deprimido por la traición de Cristina, o señora Merlet, o como se llamara. Resoplé y miré para otro lado.

—Pues ya somos dos —continuaba el hombre de los cabellos tan negros—. Yo estaba esperando aquí al señor Biosca para matarlo, ¿sabe? Por el bien del país. Se ha metido donde no lo llamaban y ahora todos los servicios secretos españoles van a por él. ¿Usted también viene a cargárselo? Puede confiar en mí, podemos unir nuestras fuerzas. Los enemigos de mis enemigos son mis enemigos.

Dije:

—Biosca, por favor. Somos amigos, estamos en el mismo bando. No le estoy tendiendo ninguna trampa.

Bajó la pistola, se puso en pie y la depositó sobre la mesa pequeña. Se quitó la peluca, el bigote y las gafas oscuras.

—Con un superdotado, no hay manera. Me ha pillado, Esquius, felicidades, tan brillante com siempre. Es demasiado astuto para mí. ¡Tonet! ¡Fernando! ¡Ya podéis salir!

De detrás de una cortina negra que había en un rincón, salieron Tonet, cara de pared, y Fernando con una mueca cómplice, como excusándose en nombre de Biosca: «Ya sabes cómo es, no se lo tengas en cuenta».

—¿Quiere tomar una copa, Esquius? —dijo Biosca—. ¿Un chapuzón en la piscina? —Y, antes de que nadie pudiera pronunciarse—: ¡Vamos, sí, sí, de cabeza a la piscina!

—No joda, Biosca —protesté.

Él, como un niño, ya se estaba quitando los zapatos, y los calcetines, y el jersey negro ajustado al estilo Fantomas.

—¡Sí, sí, sí, a la piscina!

Fernando y yo intercambiamos miradas de resignación, como dos crucificados en el Gólgota. «Dios mío, qué cruz».

—¡Vamos, vamos, en pelotas! No me dirá que le da vergüenza desnudarse aquí delante de estos amigos, ¿verdad?

Biosca estaba frenético.

Evidentemente, quería verme desnudo para asegurarse de que no llevaba ningún micrófono enganchado al pecho o en la ingle. Y quería que me metiera en la piscina porque, si llevaba algún micrófono escondido en cualquier otro lugar, el agua lo estropearía.

Yo tenía dos opciones. Resistirme y estar discutiendo durante horas hasta que Tonet me desnudara destrozándome la ropa y me tirara a la piscina por la fuerza, o hacer lo mismo que hacían Biosca, y Tonet y Fernando y tomar un agradable baño nocturno. Elegí la segunda opción.

Tonet se desnudó manteniéndose bien lejos de Fernando y sin perderlo de vista, como si se temiera alguna clase de agresión sexual a traición. Yo, en cambio, no podía apartar los ojos de Tonet, fascinado por aquel fenómeno de la naturaleza. Era un espectáculo morboso contemplar aquel tórax y aquellos pechos y aquellos muslos inverosímiles, y los brazos cubiertos de tatuajes, pero no se presenta cada día la oportunidad de ver a un espécimen de aquella especie. Antes, la gente pagaba por ver Tonets en las ferias.

La piscina estaba al otro lado de la cortina negra. Era cubierta y el agua estaba templada. La verdad es que, una vez dentro, el remojón me pareció oportuno. Relajante.

Biosca también se relajó, en cuanto me vió dentro del agua. Para él, había pasado el peligro. Sonrió de una manera que me hizo pensar que, por fin, estaba volviendo a la fase eufórica:

—¿Qué le parece el agua? ¿Está a la temperatura correcta?

Nos instalamos cada uno en un rincón del rectángulo, con ese pudor crispado de hombres desnudos que comparten un espacio reducido y tratan de aparentar normalidad. Las mujeres tienen mucho más asumidas estas situaciones.

—Buen trabajo, Esquius —dijo Biosca cambiando de tono—. Y me gusta que tome tantas precauciones como yo. Ya me he dado cuenta de que, por teléfono, disfrazaba las cosas. ¡Futbolistas...! No ha estado nada mal. Nuestro enemigo, esta vez, es muy peligroso.

—No es tan peligroso como usted cree. Ya le he dicho que la monarquía no tiene nada que ver en todo esto.

—No crea que no he hecho comprobaciones sobre lo que me ha dicho por teléfono. Y bueno, puede ser, sólo puede ser, que ese señor que usa corona no esté implicado, y eso, Dios mío, eso es un peso que me consta que lo ha tenido asustado y trémulo, querido amigo Esquius, y que ahora puede quitarse de encima, pero, a ver, tenemos ministrables, personalidades políticas, deportistas y centenares de millones de euros en juego... ¿Cree que no pueden asesinarnos, por eso?

A veces, las extravagancias de Biosca sólo son disfraces que esconden una lógica elemental.

—No me cabe la menor duda.

—¡Ah, amigo! ¿Me está diciendo que quiere abandonar la investigación?

Pensé un instante antes de responder. ¿Quería abandonar la investigación? Lo cierto es que me sentía desanimado y sin fuerzas. Recordé los falsos agujeros de bala en la chaqueta de alpaca nueva. Pero soy terco, debo reconocerlo, y no me gusta que me amenacen y me fuercen a hacer lo que no quiero hacer. No puedo evitarlo, es superior a mis fuerzas, hasta el punto de que en aquel momento ya no podía determinar si era el amor propio o la necesidad de que se hiciera justicia lo que me movía. La justicia era importante, no se trataba de un concepto abstracto: sólo había que pensar en aquella pobre mujer y su pobre nieta, pudriéndose en una urbanización. Y la muerte de dos mujeres que quedaría sin castigo. Aunque me pareciera un poco estúpida y novelesca mi actitud, no podía evitarlo.

—No, no. Claro que quiero continuar investigando.

—Muy bien, Esquius. Eso nos evitará la desagradable posibilidad de que nuestra clienta venga a la agencia a tocarnos la pera, reclamando el dinero con la excusa de que no conseguimos resultados. He invertido mucho en esta casa, tengo muchos gastos, el día menos pensado le voy a pegar un sablazo, jajá. —No había duda: la fase eufórica se había impuesto—. Pero vamos al grano: Le gustará saber que he estado haciendo unas cuantas preguntas aquí y allí. En lo que respecta a la Ciudad Deportiva Catalana, tengo que decirle que he confirmado su información. La directiva de Felip Monmeló hace tiempo que va detrás de ese fabuloso negocio inmobiliario. Le tienen echado el ojo a unos cuarteles del ejército desafectados y han hecho una oferta millonaria para comprarlos con la intención de conseguir una recalificación de los terrenos y construir allí una Ciudad Deportiva con equipamientos comerciales alrededor y una zona residencial de propina, que es ahí donde está el gran negocio. Me hace gracia que tenga los pelos del pecho tan blancos como los de la cabeza. ¿No ha pensado nunca en depilárselos? Ahora está de moda entre los hombres. Incluso entre los heterosexuales. A mí me gustaría tener pelo en pecho para poder seguir la moda...

—Supongo —reconduje la conversación— que, para conseguir lo que quieren, trataron de comerle el tarro a Costanilla.

—Quieren hacer lo mismo que hizo el Real Madrid para salir de la bancarrota. Si el Real Madrid pudo hacerlo, ¿por qué ellos no? Pero la adquisición de terrenos militares y la recalificación y todo eso depende de altas esferas y las altas esferas dicen que nanay. Por lo que sé, el presidente de la Generalitat estuvo hablando de este tema con Costanilla hace unos días. Estaba en su agenda. Los periódicos no han dicho nada, nadie ha dicho nada, y eso significa que no se ha llegado a ninguna conclusión, ni positiva ni negativa. Es verosímil que Felip Monmeló haya querido comprarse a Costanilla por otro lado, utilizando métodos más... imaginativos. Sobre todo, conociendo a la señora Costanilla, la famosa Enebro.

—¿La conoce usted? —me sobresalté.

—No. Sólo recojo lo que dicen las malas lenguas. Una ninfómana, una pervertida, le encantan las camas redondas y los consoladores y el vicio en general. O sea: una mujer encantadora.

—¿Y el ministrable Costanilla?

—¡Al ministrable Costanilla no se le levanta! —Biosca soltó una carcajada cruel—. Eso dicen. Si hicieron cambio de parejas, pobre de la mujer que le tocó, ja, ja, ja. —Recuperó la seriedad haciendo un esfuerzo, y con la hilaridad bailando en sus ojos y en las comisuras de sus labios, buscó otro tema—: ¿No quiere tomar nada, Esquius? No, no, es mejor que no. No tenemos servicio que nos lo traiga y no nos apetece volver a verle el culo a Tonet, ¿verdad? —Volvió a reír de tal manera que se formaban olas en el agua de la piscina. Un auténtico temporal—: Esta noche queremos dormir tranquilos, ja, ja, ja. —Fernando y yo esperamos a que saliera de su delirio. Tonet estaba ensimismado, perdido en su mundo hermético—. Otro tema, otro tema, otro tema. Espere, Esquius, es que estoy tan contento de que no le hayan matado y de que no tengamos que enfrentarnos a la maquinaria implacable de la monarquía que no pararía de celebrarlo. Otro tema: los Plegamans. También los hemos investigado, ¿eh, Fernando? Son muy conocidos. Después tomaremos alguna cosa, Esquius, no se obsesione, he comprado comida preparada y la calentaremos en el microondas. Los Plegamans, formados por la pareja Jordi Plegamans y Eulalia Lali Castro, son los propietarios de Sesibon SA, donde se fabrican los Chanchi Piruli, los Pirulís Habaneros, Asukikis y tantas otras golosinas para niños que se venden a granel en tiendas especializadas. Seguro que los recordará: no paran de tener juicios por los vertidos tóxicos en el Llobregat. Recordará que un juez, no hace mucho, los declaró inocentes porque consideró que el río Llobregat ya estaba muerto y que, por tanto, no se les puede acusar de atentar contra la vida del río porque no se puede matar lo que ya está muerto.

—Me dijeron que eran muy religiosos.

—Pertenecen a una secta destructiva muy conocida, católica, apostólica, neoliberal, partidaria del cilicio y del Moët Chandon.

—¿Y estaban en una cena de cambio de parejas?

—Antes, si no me equivoco, le he hablado de centenares de millones de euros, Esquius. No me he equivocado ni era una exageración. Una vez sentado ese detalle, no entiendo la pregunta. Los Plegamans, católicos de misa diaria, estaban en una cena de cambio de parejas donde se estaba hablando de centenares de millones de euros. ¿Cuál es el elemento que no le encaja?

Sacudí la cabeza.

—¿Es fácil hablar con ellos?

—No mucho. Pero tendrá una buena oportunidad pasado mañana, el sábado. Tienen que ir a una boda, en una ermita del Maresme. ¿Le gustaría asistir, Esquius?

—Tendré que comprarme un nuevo traje de alpaca gris.

—Está bien. Disponga del día de mañana para ir de tiendas. Pero tendrá que espabilarse para colarse en la fiesta: no he podido conseguirle ninguna invitación. Si quiere que le dé un consejo, póngase bien elegante y hágase acompañar de una pareja espectacular y discreta al mismo tiempo, si entiende lo que quiero decir; así se confundirá más fácilmente con el resto de los invitados. No tengo ninguna duda de que un hombre de sus recursos y de su atractivo dispone de una agenda llena de teléfonos de mujeres de estas características.

Suspiré. Me vino a la cabeza la imagen de Cristina, la estafadora. Si la llevaba a la boda, era muy probable que se embolsara los cubiertos de plata.

—Me parece que iré solo —dije.

3

Viernes, 19

Pasé la noche en el búnquer de Biosca, con pijama de seda de su propiedad y en una habitación enorme con unos muebles que parecían escasos y demasiado pequeños.

Me costó mucho coger el sueño porque me acordaba de la señora Merlet (y de todos sus muertos) y me veía a mí mismo como un pobre imbécil que va de putas y paga dos millones por un par de polvos sin darse cuenta ni de la profesionalidad de la chica ni de su propia estupidez. La imaginaba riéndose y celebrando el éxito de su plan con Esteban y no quería ni plantearme si Mónica participaba en la celebración. Todavía no experimentaba el dolor de la separación pero me ofuscaba la indignación.

Al final, me dormí y lo hice profundamente y durante muchas horas.

Al día siguiente, me atendió una criada espectacular como una modelo de *Playboy* que, muy discreta, me llevó la prensa y el desayuno a la cama y me contó que Biosca, Tonet y Fernando habían ido a la agencia y que yo estaba dispensado de ir a trabajar durante unos cuantos días. Cuando me preguntó si deseaba algo más, tuve una idea y una proposición en la punta de la lengua, pero me la tragué.

El desayuno era tan espectacular como la criada. Salado y dulce, agua fría, zumo de naranja y café con leche, embutidos y quesos y pastas variadas, mermeladas y bombones de chocolate. Era absurdo proponerse hacer dieta cuando estábamos tan cerca de la Navidad y sus excesos.

Me habían lavado la totalidad de mi ropa para borrar los orines de mis perseguidores y pude ponerme una camisa y unos pantalones, pero confieso que lo hice con aprensión y con ganas de renovarme todo el vestuario. Luchando contra el malhumor, salí a un día luminoso y frío, monté en el Golf y me fui hacia la parte alta de la Diagonal, a mi tienda de ropa de cabecera, la de las rebajas anticipadas. El vendedor copiado de un maniquí me recibió exactamente con la misma familiaridad y la misma sonrisa con que me recibe el camarero del bar donde me tomo el cortado cada mañana. Esa sonrisa que significa «¿Lo mismo de siempre, señor?». Pues sí, lo mismo de siempre, más o menos. Me compré una bolsa de viaje con ruedas y provista de tirantes, que me permitían llevarla como mochila, un abrigo negro, un traje de alpaca gris, tres camisas, una corbata de rombos, ropa interior y dos pares de zapatos. Las Sebago de toda la vida y unas Clarks más deportivas y sumamente cómodas y sin agujeros en la suela.

—¿Pagará en efectivo, como siempre?

—No, hoy con tarjeta.

No sé qué debía de pensar de mí aquel hombre más allá de su mirada neutra. A lo mejor me imaginaba masoquista, haciéndome azotar con la ropa puesta hasta que quedaba destrozada y necesitaba reponerla inmediatamente. O algo parecido. La gente tiene una imaginación repugnante.

Le entregué la tarjeta de crédito y contemplé cómo entraba en la terminal de la tienda con el mismo horror que si viera a un recién nacido introducido a la fuerza en la boca de un tiburón hambriento. No podía dejar de pensar en el dinero. Me daba la sensación de que aquel vendedor se apoderaba del ordenador portátil que había proyectado comprarme antes de conocer a Esteban Merlet. En seguida rectifiqué; era el propio Esteban Merlet quien se llevaba el portátil entre grandes carcajadas, y la pantalla de plasma, para ver películas en formato grande, y los billetes de avión para pasar unos días en París y todos los demás proyectos para los que había estado ahorrando. Esteban Merlet y su señora madre.

A la una del mediodía fui más allá de la Cruz de Pedralbes, hacia unas casas que hacían equilibrio en unas calles de muchas curvas y muy empinadas.

Tete Gijón me esperaba apoyado en su moto, delante de un bloque de pisos. A partir de la esquina que tenía detrás, arrancaban los terrenos de una mansión rodeada de unos muros de dos metros con puntas afiladas en lo alto. Al otro lado de los muros, asomaban las copas de árboles centenarios.

Me recibió muy eufórico.

—¡Eh, Esquius! ¡Hola, Esquius! ¿Cómo estamos, salao? ¿Estás más delgado? ¿Estás más gordo? ¿Te has dado cuenta de que la gente siempre saluda diciendo lo mismo? Estoy tratando de inventarme una nueva manera de saludar. ¡Hau! Como los indios: ¡hau!

Me agarró del brazo y me condujo hacia la portería del edificio. Había bojes polvorientos a ambos lados de la entrada y un portero aburrido, repantigado en una silla detrás de un mostrador, parecía tomar consciencia de que pertenecía a una especie en vías de extinción. El vestíbulo, grande y con plantas, había sido decorado treinta años atrás con muchas pretensiones pero poco a poco se había ido degradando. La gente que se traslada a esa zona de la ciudad, pagando una millonada, no lo hace para embutirse en un piso. Aquel edificio estaba fuera de lugar.

El ascensor era viejo y hacía ruidos inquietantes y subía a sacudidas.

—¿Cómo has follado, Esquius? —me preguntó Tete, por el camino—. Ésta podría ser la nueva manera de saludar. ¿Cómo has jodido? ¿Has jodido bien? ¿Necesitas follar? ¿Qué te parece?

El fotógrafo nos esperaba en el rellano de la escalera.

Él tampoco había sido diseñado para vivir en aquel barrio. Era demasiado joven, iba demasiado despeinado y mal afeitado, se movía demasiado esparciendo alrededor un ligero efluvio de sudor, el sarcasmo y la mala leche le torcían la sonrisa, llevaba los faldones de la camisa fuera de los pantalones y andaba sin zapatos, sólo unos calcetines que se adivinaban bastante sucios. Tenía los ojos abrillantados por alguna sustancia estimulante. Si me hubieran dicho que era un infiltrado de Tete Gijón, puesto allí a propósito para espiar a Garnett y hacer de *paparazzo*, me lo habría creído. Pero no me lo dijo nadie.

El fotógrafo vivía solo, sin una mujer que pusiera un poco de orden en su vida. El estado de su piso me hizo pensar en el caos que reinaba en casa de doña Maruja, pero aquél quizá era más enfermizo y éste más natural, más de acuerdo con la personalidad del personaje. Pensé que el fotógrafo siempre había vivido en la anarquía, la confusión reflejaba exactamente el mundo que él comprendía y que le gustaba, que incluso le estimulaba. Supuse que, al entrar en una habitación de hotel, para sentirse a gusto, nuestro amigo tenía que tirar cosas al suelo y colocar los muebles fuera de lugar.

Las paredes estaban recubiertas de estanterías llenas de vídeos, DVD's y libros grandes, de regalo. Por todas partes, por el suelo y encima y debajo de los muebles, había montones de revistas y periódicos. Trabajaba en algo relacionado con la imagen porque había seis o siete pantallas encendidas alrededor de su mesa. Todas encendidas. Unas mostraban diferentes programas de televisión, sin voz, otras salvapantallas de Microsoft, y en una vi a una señorita muy atractiva quitándose la ropa.

Encima de una mesa, entre marcas de vasos de whisky y tazas con restos de café fosilizado y un cenicero rebosante de colillas malolientes, nos esperaban las fotos.

—Aquí las tenemos —dijo el propietario de la casa, como si me mostrara un tesoro de valor incalculable.

No eran muy claras. Tuve que recurrir a las gafas de la presbicia y tuve que acercarme a una ventana para disponer de más claridad.

—Están hechas con infrarrojos. Era de noche, de madrugada, las dos o las tres. Pero, si se fija bien, se ve toda la secuencia.

Las tres primeras sólo me situaban en un escenario concreto, plagado de sombras cambiantes que no significaban nada.

—Aquí era cuando ladraba el perro y un hombre gritaba pidiendo socorro. Me despertaron. Salté de la cama y corrí al balcón. Siempre estoy atento, ¿sabe? Porque nunca sabes cuándo te saldrá la exclusiva, y se encendieron las luces de esa ventana, ¿las ve?

Si te lo hacían notar, sí, se veía que en una foto no estaba iluminada la ventana y, en la otra, sí.

Con la foto en la mano, salí al balcón. Resultó sumamente agradable volver a respirar aire fresco. El fotógrafo tenía allí plantada una cámara enorme como un lanzamorteros, apuntada descaradamente al jardín de la mansión de al lado. Desde allí se disfrutaba de una vista perfecta del jardín que se escondía detrás de aquellos muros tan altos y coronados de puntas afiladas. Los árboles centenarios, un caminito de losas sobre el césped, enanos de jardín, de esos de piedra, un juguete de niño, cuatro escalones que subían hacia el porche de la puerta.

—De repente, sale el perro y se lanza sobre el hombre. Aquí se ve muy claro. Lo agarró muy bien.

Ahí estaban el hombre y el perro, dos sombras recortadas en la superficie lisa del césped. La bestia había clavado sus dientes en el antebrazo izquierdo que el hombre había interpuesto para protegerse.

En la siguiente foto, estaba el hombre pero ya no estaba el perro.

—Aquí, envió el perro a hacer puñetas. Hizo así con el brazo y el perro salió disparado hacia el otro extremo del jardín. Y aquí...

Me llamó la atención la forma extraña de la cabeza del ladrón y se lo hice notar.

—Lleva un sombrero —me indicó el fotógrafo—. Mira: aquí se ve más claro. Cuando alguien abre la puerta y se proyecta luz sobre el jardín.

A pesar de la claridad procedente del interior de la casa, el hombre continuaba siendo una sombra a contraluz, cuyas dimensiones resultaban difíciles de precisar porque estaba en movimiento. Un brazo adelantado, el otro echado hacia atrás, corriendo, pillado en pleno salto cuando buscaba el refugio de la casa. En la mano derecha, se podía ver el extraño bulto que antes le deformaba la cabeza. Se había quitado el sombrero.

—En las otras fotos, ya no se ve nada más —dijo el fotógrafo, lamentándolo de todo corazón—. Se metió dentro de la casa y allí fue donde se encontró con los Garnett. Y no tuve oportunidad de captarlo cuando huía, porque se ve que lo hizo por la puerta de atrás. Pillé, eso sí, la llegada de la policía, mire, con todas las luces y toda la movida, y los vecinos mirando aquí. Y aquí, por fin, mire, aquí están Garnett y su mujer, ¿lo ve?

Se les veía hablando con un agente uniformado de la Policía Nacional.

—Era un intento de robo pero no lo denunciaron, ¿verdad? —le pregunté a Sisteró.

—No, no. Total, por lo visto, el ladrón no pudo robar nada. Y supongo que el asunto se habría reflejado en la prensa, y aún les habría provocado más preocupaciones.

Me pareció lógico, pero no acababa de entender que el club se hubiera tomado la molestia de comprarle al fotógrafo los derechos de publicación para impedir que las fotos llegaran a los periódicos y así se lo manifesté a Tete Gijón.

—Las estrellas del fútbol son muy delicadas. Tienen que estar concentradas —me explicó el periodista—. Tú y yo, al día siguiente de que nos abandone la mujer y nos crezcan las almorranas, tenemos que trabajar y rendir igual, pero las grandes estrellas necesitan una paz de espíritu casi mística. Y, aparte de eso, hay que cuidar la inversión publicitaria. Aunque Garnett no tenga ninguna culpa, de que le quieran robar, no conviene mezclar su nombre en asuntos sórdidos como un robo.

Si a Tete Gijón le parecía sórdido un intento de robo, no sé qué habría opinado de una fiesta de intercambio de parejas con epílogo de puta asesinada.

—Bueno —dijo el fotógrafo, impaciente—. ¿Cuánto me darías por esto?

Arqueé las cejas mientras me guardaba las gafas.

—¿Cuánto te daría por qué?

—Por las fotos. ¿Cuánto me pagas?

Ya me extrañaba que me las mostraran por pura generosidad.

—Nada —dije desinteresándome automáticamente. Ya estaban vistas.

—¡Hostia, no jodas, espera! —protestó Tete Gijón, profundamente decepcionado.

—No están a la venta. Ya las habéis cobrado, ¿no?

—No están a la venta para la prensa —objetó el periodista—, pero un detective privado es otra cosa. Seguro que tú les sacas provecho. Tú sí que puedes comercializarlas en tu circuito...

¿De qué estaban hablando? ¿De chantaje?

—Lo siento pero a mí eso no me sirve de nada.

Me encaminé hacia la puerta. Tete Gijón se interpuso.

—¡Va, va, va, Esquius, enróllate, salao! ¡Seis mil euros, cinco mil, tres mil...! —La cotización caía en picado a medida que me acercaba a la puerta.

—¡Vamos a porcentaje! —añadió el fotógrafo, desesperado, cuando yo ya estaba a punto de salir.

—Mierda —dije.

Por un momento, tuve la sospecha de que me querían retener por la fuerza. Como mínimo, el fotógrafo. Parecía una de esas situaciones que muy fácilmente se escapan de las manos. De reojo vi cómo Tete hacía un gesto de impaciencia, «lo siento, chico, no hay nada que hacer», y noté que venía tras de mí galopando escaleras abajo.

—¡Te estás perdiendo tu gran oportunidad, Esquius!

Pues la perdí.

4

Después, fui a comer a un *self-service* de L'Illa Diagonal, y perdí el tiempo buscando DVD's en el FNAC. Me quedé dos joyas protagonizadas por el demonio: *Pactar con el diablo*, donde es Al Pacino quien interpreta al Príncipe de las Tinieblas, y *El corazón del Ángel,* donde lo interpreta Robert de Niro. Para quitarme de la cabeza a la falsa Cristina Pueyo, me concentré en aquella mujer espectacular que me había servido el desayuno en casa de Biosca. No sé por qué, me resistía a creer que fuera una criada. Fantaseaba que debía de ser una amante de Biosca, o quizá una prostituta que él había puesto a mi disposición por si la necesitaba. No conseguía aceptar que alguien con un cuerpo tan excepcional pudiera conformarse con el trabajo de criada. Como si el trabajo de puta fuera mejor.

De pronto, sonó el móvil y la pantalla me advirtió de que era Cristina quien llamaba. Se me arrugó el corazón. Ella aún no sabía que la había descubierto. Era el momento de decírselo, de abroncarla.... Lo hubiera hecho de haberla encontrado el día anterior, en caliente, pero en aquel momento no estaba de humor. Se me ocurrió

que una reprimenda equivaldría a una felicitación: «¡Hija de puta!»
querría decir «¡Felicidades! ¡Eres una estafadora de primera!». Si la
llamaba embustera, ella interpretaría «Me has engañado como a un
imbécil». Y, a pesar de que me negué a elaborar la idea y a preguntarme por qué se me ocurría, así, de pronto, una amonestación equivalía también a un rompimiento definitivo e irreparable. Desconecté el móvil y, a continuación, trastornado y poseído por la manía
persecutoria, desistí una vez más de ir a mi casa, por miedo a que me
estuvieran esperando los hombres que quemaban chaquetas con cigarrillos. Mi imaginación me pintaba al gorila de Lady Sophie, o al
motorista de las melenas, o aquel tío cuyos bigotes yo había aplasta-
do con el puño antes del pase de modelos, los tres haciendo turnos
en la Gran Vía, a punto para dar la voz de alarma

Me trasladé a casa de Biosca con la intención de ver los DVD's.
Se me ocurrió que a lo mejor podría verlos acompañado de aquella
chica tan atractiva.

Pero, por el camino, lo que realmente me atormentaba salió a la
superficie por un instante, y me encontré telefoneando a Beth.

Tenía miedo de que todavía le durase el enfado por haberla privado del espectáculo de Reig en calzoncillos, pero en cuanto me reconoció se mostró entusiasmada:

—¡Ángel! ¿Es verdad lo que me contó Octavio? ¿Que desfilas-
teis por la pasarela con Reig y Alejandro Sanz?

—Bueno, sí, más o menos...

—¿Y que tuvisteis que pelearos con los cuerpos de seguridad?

—Más o menos.

—¡Y yo me lo perdí! —se reía sin rencor.

—¿Y a ti cómo te va el caso de los grandes almacenes?

—Fantástico, Ángel... —dijo con voz seductora—. Tengo que
pedirte perdón por la manera como te traté cuando cenamos juntos.
A veces, soy muy infantil. No me daba cuenta de que me estabas
ofreciendo en bandeja la solución del caso. Ya he compredido lo
que me querías decir. —Yo no recordaba qué le había dicho exactamente—. Me estoy poniendo en la piel de los ladrones, estoy siguiendo tus indicaciones y me parece que ya me estoy acercando.

—Ah.

—La pista de la mochila forrada con papel de estaño y de la medida de los objetos que roban era retorcida, pero al mismo tiempo elemental. ¡Hay que ser burra para no caer en ello en seguida!

—Ah, sí —respondí, sin dejar de preguntarme de qué demonios estaba hablando—. Pero, bueno, quería hablarte de un problema, Beth. Tendrías que ayudarme.

—Encantada. Te debo una.

—Me han estafado, Beth.

—¿Qué dices? ¿A ti? ¡Imposible!

—Me han quitado doce mil euros.

—¡Imposible!

—Y me temo que lo han hecho con la complicidad de mi hija Mónica.

—¿Te refieres a ese novio del que me hablaste?

—Me temo que sí. El novio y su madre. Y mi hija.

—No, tu hija no puede ser. Ella no te lo haría.

—No lo sé, Beth.

Me desahogué contándole el proceso de la estafa. Cómo me pidieron el dinero, la excusa delirante de ese grotesco theremin, el fingimiento de Cristina (como se llamara, va) para terminar de convencerme, la maniobra envolvente de Madrid, la presencia en el campo de fútbol de aquel fantasma argentino con una actitud culpable que lo delataba de lejos. La página grosera de Internet del pretendido músico, sin duda montada a toda prisa para que yo viera asociados allí el nombre de Roberto Montaraz y la fotografía del impostor y cómplice de Cristina, que se habría apropiado del nombre y el prestigio del auténtico *professore*. Un trabajo minuciosamente elaborado por auténticos profesionales de la estafa para embaucar a un no menos auténtico incauto. ¿Cómo no me había dado cuenta?

—¿Pero Mónica...?

—Ha sido pieza clave de esta estafa. En el mejor de los casos, la habrán utilizado. A lo mejor, ella sí que está convencida de que Esteban puede triunfar con ese instrumento absurdo. Le han comido el coco, el amor nos ciega, y sé lo que me digo. Si ella no hubiera estado en medio, comprenderás que no me habrían pillado. Si supiera que Mónica ha sido engañada, incluso podría recurrir a la policía, pero tengo que estar seguro de ello, no quiero meterla en líos. En todo caso, lo resolveremos hablando en casa. —No quería ni imaginarme aquella conversación con mi hija—. Beth: tendrías que ayudarme a averiguar qué han hecho de mi dinero, y si tengo alguna manera de recuperarlo. Mónica no te conoce. Podrás acercarte a ellos, podrás interrogarlos...

—Bueno... Ahora estoy muy ocupada con esto de los grandes almacenes... —No era una negativa.

—Haz lo que puedas, ¿de acuerdo?

Le dicté el nombre de Esteban, y la dirección donde vivía con Mónica, y la dirección donde vivía su madre, la falsa Cristina. Y le pedí que me mantuviera informado. Me prometió que haría lo que pudiera, tan pronto como dispusiera de tiempo.

La mujer escultural había desaparecido del domicilio de Biosca. Sobre una mesita, colocada a propósito delante del ojo gigantesco del vestíbulo, encontré una nota de mi dueño y señor donde decía que «se habían ido», así, en plural, ¿hablaba de la criada estupenda?, «porque querían mantener una prudente distancia». Y una nota con la dirección exacta del lugar donde se celebraría, al día siguiente, la boda de los Clausell-Zarco, a la que estaba invitado el matrimonio Plegamans.

Cené pero no me quedé a dormir en casa de Biosca. Era demasiado grande, demasiado inhóspita, estaba seguro de que por todas partes había cámaras que seguían cada uno de mis movimientos.

No quería ir a mi piso porque aún me duraba la sensación de que me estarían esperando, de manera que me puse el traje de alpaca gris («Ángel Esquius, petronio de la elegancia, el hombre que no se pone dos veces un mismo traje»), una camisa blanca, la corbata de rombos y las Sebago refulgentes y llené la nueva bosa de viaje con el resto del vestuario que acababa de comprarme. Cuando estaba metiendo la ropa orinada en la maleta antigua, encontré, en un bolsillo lateral, las fotografías de Mary Borromeo. Viva y muerta. Al embolsármelas, experimenté la sensación de que aquel descubrimiento era un aviso desde el Otro Mundo. Como si un fantasma enfadado se empeñara en acompañarme y hacerme saber que no me perdía de vista. Decididamente, la casa de Biosca favorecía la paranoia.

Cargué la maleta y la bolsa de viaje en el coche y me fui hacia el Maresme, al hotel donde al día siguiente había de celebrarse la boda de los Clausell-Zarco.

Aunque sabía que no era probable que Biosca me aceptara la factura de aquella estancia en un hotel de lujo y que lo que realmente aconsejaba el estado de mis economías era una pensión de cero estrellas, en cuanto puse el Golf en marcha ya fui incapaz de detenerme hasta aquella masía hipertrofiada con buganvillas en las paredes y cinco estrellas junto a la puerta. Si ya estaba en el hotel, pensé, me resultaría más sencillo colarme en la fiesta. Después de todo, ya empezaba a tener práctica, en eso de colarme en los sitios.

Tiré la maleta con la ropa orinada en un contenedor que había en el aparcamiento y me dirigí a la recepción con la dignidad del hombre que ha tenido el inmenso honor de haber sido invitado al enlace de los Clausell-Zarco.

La habitación tenía vistas al Mediterráneo y un minibar con minúsculas botellas de whisky. Me bebí dos pero ni siquiera así me pude librar de la imagen de Cristina y todos los insultos que me inspiraba.

5

Al día siguiente, fui aquel cliente del hotel, larguirucho y delgado, de cabellos blancos, que paseaba su neura por la playa y el pinar cercanos. El que, luego, comía solo en un chiringuito, mirando al mar con el ademán melancólico propio de las viudas de pescadores desaparecidos en un temporal. Melancolía porque la necesidad más primaria me había hecho confiar en una mujer que me había estafado, melancolía porque aquella mujer podría haber enredado incluso a mi hija y melancolía porque me sentía viejo, acobardado y fugitivo. Fantaseando sobre bandas de malhechores agazapadas cerca de mi casa, esperando para aplicarme un terrible correctivo. Huyendo de tal manera que no me atrevía a llamar a mi hija para pedirle explicaciones, con la excusa de que estas cosas hay que hablarlas cara a cara, mirándose a los ojos, y no iba a buscar a Mónica porque (me justificaba) no quería que aquella gentuza (fuera quien fuera) me relacionara con ella.

No hice la siesta porque no me vino el sueño y porque pensaba en la manera de infiltrarme en la fiesta. Dándole vueltas, llegué a la conclusión de que colarse en el banquete resultaría complicado pero que, en cambio, asistir a la ceremonia no tenía por qué plantear ninguna dificultad. Era una boda de ricos, pero no se trataba de ricos famosos de esos que atraen la curiosidad de la gente y de la prensa del corazón. Se suponía que sólo asistían los parientes o amigos.

Eso sí, había que ofrecer un aspecto a la altura de las circunstancias. Me puse el traje gris de alpaca, con un camisa gris, la corbata de rombos, las Sebago y el abrigo negro y me gusté, en el espejo.

En el bolsillo me encontré las fotografías de Mary Borromeo viva y muerta.

La ceremonia religiosa se celebraría en una ermita que había en lo alto de un cerro, entre los pinos, a menos de un quilómetro de distancia. Decidí llegar hasta allí a pie, aunque se me empolvaran los zapatos, porque no quería que ninguno de los invitados me viera conduciendo mi modesto Golf y porque, además, la larga hilera de coches aparcados al borde del camino casi llegaba hasta el mismo hotel. No era el único. Conmigo, subían a pie otros invitados, en grupos o por parejas, algunos con esmoquin, algunas con vestido largo, la mayoría muy distinguidos, algunos muy estrafalarios.

Ningún problema a la entrada de la ermita, tal como había calculado. Hubiera sido de mal tono que el cura se pusiera a la puerta, flanqueado por dos tipos con tatuajes, recogiendo invitaciones como un portero de discoteca. «Tú no, que no me gustan tus calcetines.» Entré charlando animadamente sobre el tiempo previsto para el día siguiente con un perfecto desconocido que me había pedido fuego por el camino.

La ermita era tan románica y tan austera que parecía una ruina saqueada, a pesar de que la habían decorado con flores blancas y velas. El cura, mosén Gabriel, mayor y canoso, evidentemente conocía a los jóvenes esposos. Hablaba en un tono bonachón que denotaba desinterés y aburrimiento, como si ya hubiera casado a aquella misma pareja una docena de veces y diera por sabido todo lo que decía. Lo miré con interés, porque ya formaba parte del plan que me había trazado.

Me coloqué por los bancos del medio, ni muy adelante ni muy atrás. Pregunté a la pareja joven que me tocó al lado si venían por el novio o por la novia. Me dijeron que eran amigos de la novia y yo les contesté que estaba guapísima. A mi izquierda, se puso una mujer sola, relativamente joven, teñida de un platino que nunca pretendió ser natural. No muy alta, la sorprendí cuando me miraba de abajo arriba, en contrapicado, sin disimular su curiosidad.

—¿Vienes por el novio o por la novia? —le pregunté.

—Por la novia —dijo—. ¿Y tú?

Bueno. Había tenido suerte. Por aquella zona todos eran seguidores del equipo de la novia. De manera que yo pude decir, impunemente, que conocía al novio.

—¿Eres el famoso Alirón? —quiso saber la rubia platino.

Estuve a punto de decirle que sí.

Casi todo el mundo fue a comulgar. Yo también. Muy devoto y concentrado. Cuando me encontré delante del cura, al mismo tiempo que decía amén, le dediqué un gesto de reconocimiento, como si me hiciera mucha ilusión volver a verlo. Él tenía la sonrisa fácil. También se alegró mucho de verme.

Una vez pasados los minutos de recogimiento que exige una buena comunión, la mujer teñida de platino parecía más animada, como si se hubiera tomado alguna sustancia energética. Estaba muy interesada en conocer al llamado Alirón. El famoso Alirón.

Yo le pregunté por los Plegamans. ¿Los conocía? Pues claro. Eran aquellos de allí.

—Aquél que parece una pera —me dijo.

Mientras trataba de localizarlos, vi algunas caras conocidas. Teresa Gimpera, Felip Monmeló con su cráneo afeitado y su barba de gnomo, y un joven político, habitual de las tertulias de radio y televisión, cuyo nombre no recordaba. Me fijé en la esposa de Monmeló, una morena escuálida, larga y delgada como un alambre, quizá demasiado joven para el Abuelo, y me la imaginé formando parte del sorteo de la cena del juego de llaves. No me cupo la menor duda de que ella también estaba.

Mary Borromeo, de cabello y ojos claros, rostro sincero, demasiado joven para dedicarse a la prostitución y más joven todavía para haber muerto; Enebro Luarca, exuberante, parlanchina y exhibicionista; la esposa de Monmeló, esquelética y flexible... y allí estaba la señora Plegamans. «Esos dos.» «¿Esos?»

Eulalia Lali Castro de Plegamans llevaba el pelo rizado de color rojizo y había elegido para la ocasión un vestido casto y negro que sólo permitía adivinar unas formas con tendencia a la obesidad. Del cuello le colgaba un Santo Cristo crucificado de oro.

El hombre tenía el cráneo muy estrecho y muy anchas las mejillas y la papada, que se le desparramaban sobre el cuello de la camisa como cera fundida. Su cuerpo, estrecho de hombros y de pecho y muy voluminoso de vientre, piernicorto, también tenía forma de pera, de manera que en conjunto parecía una pera pequeña posada sobre una pera gigante. Un tipo extraño, que se hacía mirar dos veces. Poco atractivo, como Costanilla, un mal premio en el sorteo de parejas.

Hasta que llegó el *ite misa est*, estuve especulando acerca de la dinámica que debía de haberse desarrollado entre los asistentes a la cena del juego de llaves. Cómo debían de haberse mirado los unos a los otros, los hombres calibrando a las mujeres, las mujeres calibrando a los hombres, «a mí me gustaría montármelo con aquélla», «yo, con ése; ni borracha!», la emoción a la hora de coger una llave al azar, las mujeres estremeciéndose al comparar al futbolista apolíneo con sus maridos presentes, el Hombre-Pera, el alfeñique y gris (¿e impotente?) ministrable o el Abuelo Gnomo. Me las imaginaba con el corazón en un puño, temblorosas, excitadas, irritadas, violentas.

En seguida estuvimos en el exterior de la ermita. Se estaba poniendo el sol detrás de las montañas y entre los pinos se podía ver un mar color de plomo bajo un cielo cada vez más oscuro. El paisaje resultaba estimulante si mirabas hacia el oeste y ominoso y deprimente cuando te volvías hacia levante. Apiñados, sonrientes, alborotados como niños, echamos arroz y pétalos de flores sobre la parejita.

En algún momento, la mujer de los cabellos rubio platino se me colgó del brazo.

—¿Cómo te llamas? —preguntó sin prolegómenos.

Se lo dije. Ella me notificó que se llamaba Laura, que trabajaba en publicidad, que le acababan de decir que Alirón por fin no había podido venir y que se sentía tan sola y marginada como yo.

—¿Qué te hace pensar que yo me siento solo y marginado? —le repliqué, amable y distraído, con la atención puesta en la puerta del templo.

Ella me estaba contando en qué se me notaba la marginación pero no entendí sus palabras porque acababa de aparecer el cura, mosén Gabriel. Me excusé con cierta desconsideración y, dejando a Laura con la palabra en la boca, me abrí paso entre gente que se daba besos y abrazos, en un derroche de felicidad provocada por la felicidad de los novios.

Abordé al mosén y le estreché la mano con firmeza antes de que tuviera tiempo de reaccionar.

—Me llamo Ángel Esquius. Ha sido una ceremonia excelente, ecuánime y mesurada, sensata pero al mismo tiempo muy imaginativa.

—Gracias —como una despedida, porque tenía más gente a la que saludar y, después de todo, a mí no me reconocía.

Yo no podía permitir que se fuese. Necesitaba que los Plegamans me vieran charlar un rato con él, como si fuéramos amigos de toda la vida. Un amigo de un cura tiene que ser persona de confianza, para unos católicos fundamentalistas.

—Quería hacerle una consulta acerca de un retablo del siglo XVI de tema religioso —le solté cuando ya me daba la espalda dispuesto a abandonarme.

—¿Cómo?

—Mi padre falleció hace unos meses y, aunque no está escrito en el testamento, antes de morir me manifestó su voluntad de que donásemos el retablo a la Iglesia. Y hoy, viendo esta ermita, me ha parecido el marco ideal para esa magnífica obra de arte de valor incalculable...

Se le iluminaron los ojos como reflejando una repentina luz cenital y se le dibujó una sonrisa como si hubiera empezado a escuchar los cánticos de un orfeón de arcángeles. Entretanto, yo ya había localizado a los Plegamans entre el gentío. Ahora se estaban haciendo la foto de rigor con los novios, y se reían, y los felicitaban.

—¿Un retablo? ¿De valor incalculable?

—Siglo XVI —brindé mi sonrisa al público—. Habrá que tomar fuertes medidas de seguridad si finalmente lo trasladamos a su parroquia...

El cura se estremecía de placer.

—Y, dígame, ¿cómo es que su familia tenía esa pieza de museo?

—Toda la vida la he visto en mi casa. Es un tesoro.

Ya estaba. Los Plegamans ya nos habían visto. Ya debían de estarse preguntando quién era aquel hombre tan distinguido y tan amigo de mosén Gabriel.

—Y... —bajando la voz—: ¿No es posible que lo robara alguien, tal vez, de una iglesia?

¿Estaba tildando a mi familia de ladrona y sacrílega? Yo, muy hombre de mundo, me reía como si nada. Tomé discretamente al mosén del codo y le hice caminar, casi sin que se percatara, entre la gente mientras bajaba el tono de voz. Que todo el mundo viera que éramos como hermanos, que incluso compartíamos confidencias y secretos.

—Siempre he oído decir que lo rescató mi bisabuelo de una iglesia que quemaron los anarquistas durante la Semana Trágica. Después, durante la guerra, lo escondieron en una buhardilla, porque tenían miedo de que, si los rojos lo encontraban, los fusilarían a todos y, lo que es peor, destruirían el retablo. Y allí se quedó, durante un par o tres de generaciones. Mi padre, que era muy devoto, quería devolverlo, pero tenía miedo de que, si lo hacía, acusaran a nuestros antepasados de ladrones. Ahora, para mí, su última voluntad es sagrada... Mis hermanos se resistían, decían que, como no estaba en el testamento, no valía, pero finalmente me he impuesto...

—Ha hecho una buena obra al convencer a sus hermanos —dijo en seguida el mosén, como temiendo que yo pudiera echarme atrás—. Sería un sacrilegio ir contra la última voluntad de su padre y también contra la voluntad del Señor, porque a Dios hay que dar lo que es de Dios...

—Mis hermanos son buena gente. Ha sido la perfidia de mis cuñadas lo que ha sembrado la duda entre ellos... La codicia, según mi opinión, es la peor de las debilidades humanas...

Así, con el cura asintiendo fervientemente con la cabeza a todo lo que yo decía, avanzamos hacia el matrimonio Plegamans, que se iba poniendo nervioso, improvisando rictus de alegría, dispuestos a saludarnos. Pasamos junto a la mujer de los cabellos platino llamada Laura. Estaba agarrando por los codos a aquel político asiduo de tertulias mediáticas y le decía que tenía que ser fuerte, que no debía abandonarse...

—Lo superarás —escuché—. De peores has salido.

El político, joven, enfurruñado y atractivo, era uno de los pocos invitados que no vestía de gris o negro sino de marrón, con camisa amarilla y corbata tabaco rubio. Observé que tenía la señal de un golpe en el pómulo izquierdo.

—¿Y cómo es? ¿Cómo es el retablo? —me preguntaba mosén Gabriel.

—Ahora hablaremos de ello con calma, durante el banquete. Y le enseñaré unas fotografías que tengo en el coche.

Me detuve de pronto para dirigirme a mi objetivo.

—Los señores Plegamans, ¿verdad?

Los dos alzaron las cejas. Eulalia, Lali, tenía una mirada embobada que no se correspondía exactamente con lo que expresaba la boca. Me pareció un poco ida, como si tuviera que realizar grandes esfuerzos par comprender lo que sucedía a su alrededor y con frecuencia renunciara a hacerlos.

Los saludé efusivamente, como si fueran mis ídolos. Un viril apretón de manos a Jordi Caradepera y dos besitos en las mejillas de Eulalia. Entretanto el cura les informaba de mi intención de regalar un retablo del siglo XVI, de valor incalculable, a la parroquia. Con eso los hice míos.

Poco después, íbamos bajando, con todos los invitados, por el camino de tierra, hacia el hotel. Alguien quiso hablar con el cura, que se quedó atrás, y yo me quedé pegado a los Plegamans, hablando del acierto de la decisión de haber celebrado la ceremonia en aquel marco incomparable, de la sutileza y el rigor cristiano que había demostrado mosén Gabriel en la homilía, y de la suerte que habíamos tenido con el día, que parecía que se nos iba a estropear pero aún se aguantaba, a pesar de que ciertamente empezaba a refrescar.

De repente, Laura apareció a mi lado y se me agarró del brazo y me dijo, muy contenta y satisfecha:

—No sé en qué mesa estás, pero como no ha venido Alirón y lo habían puesto en la mía, puedes ocupar su sitio. —Dando por supuesto que aquél sería también mi anhelo. Y, en seguida, dirigiéndose tanto a mí como a los Plegamans—: Pobre Luis, Luis Ardaruig, ¿saben? El político. ¿Qué es? ¿*Conseller*? ¿O concejal? Se acaba de separar de su mujer. Acabaron a bofetadas. ¿Habéis visto el golpe que tiene en la cara? Se lo hizo ella, con un cucharón. Está hecho polvo, el pobre. —Llegábamos a la terraza del hotel, al porche, entrábamos en una lujosa sala de columnas que parecía que nunca se podría iluminar del todo, por muchas lámparas que pusieran—. ¡Oh, qué bien! ¡Dan cava!

Laura cogió dos copas y me entregó una mirándome a los ojos con agresiva determinación.

6

Para el aperitivo, habían sacrificado un par de cerdos de Trevélez cuyos jamones nos ofrecían ahora, cortados a mano con generosidad por camareros elegidos en un riguroso *casting*. Había también canapés de elaboración complicadísima, probablemente diseñados por un licenciado en Bellas Artes, con abundancia de caviar, cangrejo, marisco y diversos ahumados entre los pocos ingredientes que pude identificar. Nada de croquetas, dátiles con beicon, buñuelos, patatas chips y demás especialidades típicas de los bodijos de quienes tenemos que calcular el presupuesto y limitar el número de invitados. Champán francés, vermut italiano, cerveza checa, tequila mexicano, cocacola directamente importada de Illinois. Y aquello sólo era el aperitivo. Hasta hacía poco, hubiera soñado una boda así para Mónica. Ahora, teniendo en cuenta que su novio era Esteban Merlet y su suegra la falsaria señora Pueyo, todo lo que les ofrecería sería agua procedente de algún vertido tóxico y patatas crudas. Tampoco me quedaba presupuesto para mucho más.

Laura me estaba contando que ocupaba un puesto ejecutivo en la misma agencia de publicidad donde trabajaba la joven novia, Etel, de Etelvina, Zarco, y que había sido la única compañera a la que habían invitado. Entonces se me presentó la oportunidad. Los Plegamans ya no estaban juntos. Él hablaba con aire conspiratorio con Felip Monmeló, y ella se abalanzaba sobre los platos de canapés, muy concentrada en la tarea. Una vez más, dejé plantada a Laura.

—Perdóname un momento. —Me acerqué a Eulalia entre el público hambriento que parecía dispuesto a morir por una viruta de jamón—. Hola, Lali, ah, quería hablar contigo.

Me miró con aquella expresión distraída y obtusa.

—¿Has probado éstos de color blanco? Son de setas envueltas en membrana de leche. —Me ofreció uno.

—Gracias. Está buenísimo. Mmmh —Y, en el mismo tono—: Querría hablar con usted de aquella cena orgiástica que hicieron en casa de Felip Monmeló...

Estaba sujetando un canapé entre el pulgar y el índice, muy delicada, con el meñique en alto, y la impresión hizo que lo chafara y lo desmigajara.

—¿Qué sabe usted de eso? ¿Qué sabe usted de eso? ¿Qué sabe usted de eso?

Tenía ojos y nariz de cerdita. Bizqueaba y quería alejarse de mí como si yo fuera el Príncipe de las Tinieblas, con cuernos y patas de cabrón, y me dispusiera a sodomizarla por la fuerza y en público. Con un chillido atascado en la garganta, a punto de salir disparado por la boca como una arma aniquiladora.

—Por favor, no grite. No debe saberlo nadie.

La agarré del codo y la conduje hacia detrás de una columna, alejándola de su marido y poniéndola fuera de su campo visual. Noté que temblaba. Iba repitiendo:

— No debe saberlo nadie. No debe saberlo nadie. No debe saberlo nadie.

En eso estábamos de acuerdo, pero pronto tendría que soltarle una bofetada.

—Sería muy peligroso que se supiera —acepté.

—*Confíteor Deo omnipoténti* —exclamó ella, inesperadamente, de un tirón, sin respirar—, *beátae Maríae semper Vírgini, beáto Michaéli Archángelo...*

—Un momento, un momento... —quise intervenir. Cualquiera que la oyera.

—*... Béato Ioánni Baptístae, santis apóstolis Petro et Paulo, ómnibus Santis, et vobis, fratres...*

—Pero, señora... Basta. Amén, señora.

—*... Quía peccávi nimis cogitatióne, verbo et ópere.* —Empezó a golpearse el pecho con el puño—: *Mea culpa, mea culpa, mea máxima culpa...*

La sujeté.

—¡Señora, por favor! —Levanté la voz—. ¡Ya debe de haberse confesado, eso ya es agua pasada...!

—¡No me he confesado! —saltó, furibunda, y sus ojos ya eran de tiburón—. ¡Cómo quiere que me haya confesado! ¿Se cree que quiero hundir la carrera de mi marido? ¡Además, yo no tengo que confesarme de nada! ¡Yo no pequé!

Por gestos, le suplicaba que hablara más bajo, y la acorralaba contra la columna, interponiendo mi cuerpo entre ella y el resto de invitados.

—Ah, ¿no pecó?

—No, no pequé. A mí me tocó el Felip, que es un caballero, y amigo de toda la vida, no me tocó, no pecamos, ¡quien pecó fue el cabrón de mi marido! —Ya no sabía lo que decía—. Jordi pecó con la mujer de Felip, ese esqueleto-todo-huesos, y se lo hicieron, que me lo confesó al día siguiente, porque dice que el juego es el juego...!

—Me han dicho que Enebro hizo trampa par irse con su propio marido...

—¿Quién le ha dicho eso? ¡Enebro! ¡Eso sólo puede habérselo dicho la bruja de Enebro! ¡Ella quería pecar con el futbolista, con Reig, porque ya venía con esa intención, porque fue ella, depravada y diabólica, la que impuso el juego, que ya vino de Madrid con esta intención, que lo había visto en una película y quería hacerlo como fuera! Que, cuando me lo dijo Jordi, no me lo podía creer. «Que dice que si queremos tirar adelante el negocio, tenemos que hacer un juego sexual, muy divertido.» ¿Muy divertido? Que la pela es la pela, que son muchos millones en juego, nena, y después siempre nos podemos confesar, y además, lo hacemos obligados, no es una decisión voluntaria, no es tan pecado como si saliera de nosotros... y yo, ¿qué quería que hiciera? Lo que quería aquella marrana era montárselo con Reig, que ya venía de Madrid con esa idea, estaba obsesionada, y su marido, aquel alfeñique, se lo consentía, que no sé cómo podía mirarnos a la cara. Y después de cenar, cuando los hombres ya habían salido y nosotras íbamos por el sombrero de copa, para coger las llaves, ella dijo «Yo cojo primera», y se puso a revolver las llaves buscando las del Audi de Reig. Y todas protestamos, claro, «Ah, no, nena, que el juego es el juego», porque además se creía que buscaba las llaves del otro futbolista, el inglés...

—¿Futbolista? ¿Inglés? ¿Danny Garnett?

—Sí, que su mujer, pobre mujer, se mosqueó al ver que todas queríamos, que todas querían ir con él. Sobre todo, la mujer de Ardaruig...

Con un gesto de la mano, le indiqué a mosén Gabriel, que se acercaba, inoportuno y con sonrisa aduladora en la cara, que no había prisa, que ya hablaríamos dentro de un rato. Simultáneamente, le preguntaba a Eulalia Plegamans:

—¿Ardaruig también estaba? —Con él y su mujer, ya eran doce. Seis parejas.

—Ardaruig, el más caliente. No me extraña que se haya separado de su mujer. Dios lo ha castigado y me alegro. Los ha castigado, que ella también iba salida como una perra. Él iba borracho durante toda la cena, tocando el culo a todas, haciendo bromas de mal gusto, «¿quién me va a tocar, quién me va a tocar?», que tenías que reírte sin querer y a su mujer no le hacía ninguna gracia la broma. Y ella también decía «¿Quién me tocará?». Y, claro, le dijimos a Enebro que no valía hacer trampa. Que, si ella hacía trampa, yo también quería para que me tocara mi marido, que las cosas como son, que se dieran cuenta de que no era una bestia como ellas. Pero al final Enebro, como una diablesa, que es una diablesa, nos hizo callar de muy mala manera, en plan de «si queréis que mi marido os haga favores, aquí mando yo». Dice: «¿Vosotras qué queréis? ¿Que mi marido os ayude a ganar pasta? Pues si yo follo, con perdón de la palabra, follo con Reig, haréis negocio, y si no, pues no». Y allí nos cuadró. Cogió la llave del coche de Reig y salió tan contenta. Por suerte, a mi me tocó con Felip... Somos amigos de toda la vida y me respetó, eh, te lo juro que me respetó porque es un caballero...

—¿Y la novia de Reig?

—Ah, aquella chica tan calladita, tan joven... No sé. Se la veía perdida, como un pulpo en un garaje. Parecía que a ella todo le daba igual.

No sabía que la chica calladita había sido asesinada.

—¿Y las otras parejas?

Se estaba sosegando, como si el desahogo le hubiera sentado bien. Ya respiraba mejor, y tenía colores en la cara y en sus ojos brillaba una pizca de inteligencia:

—¿Usted no lo sabe?

—Claro que sí. Sólo quiero saber cómo se combinaron. Me ha dicho que su marido fue con la mujer de Felip Monmeló, ¿no?

—No, no se lo puedo decir...

—¿Sabe que se cometió un asesinato aquella noche?

Se puso pálida otra vez y le temblaron las manos.

—No. ¿Qué? No. ¿Qué dice? No, no, no.

Lali Plegamans sólo debía de leer la hoja parroquial, y los otros no le habían dicho nada del crimen. No me extrañó que no se fiaran de ella. Saqué del bolsillo las fotos de Mary Borromeo. Fui brutal. Primero, le mostré aquélla en que se exhibía en biquini. Después, las fotos tomadas en el lugar de los hechos. Indiscutiblemente muerta.

—La novia de Reig murió asesinada aquella misma noche. Era ésta, ¿verdad?

No había sido una buena idea. La mujer se desquició del todo. Parecía apabullada por oleadas sucesivas de frío polar y calor tropical. Agarró a dos manos el colgante del Santo Cristo crucificado como si viera aproximarse a ejércitos enteros de vampiros.

—¡Oh, Virgen Santa, querida, sin pecado concebida!

—Por favor, señora, tranquila... ¿Con quién se fue esta chica?

—¡No lo sé, no lo sé, no lo sé, ni quiero saberlo! ¡Ni siquiera se bajó los pantalones! —¿Qué estaba diciendo? Deliraba.

—¡Es muy importante que me lo diga!

—No lo sé. ¡Yo cogí la llave, bragas abajo, y salí después de Enebro, putas hacia el Olimpo, y allí se quedaron los otros, que si lo hacemos por detrás yo no lo veo y no será pecado!

El escándalo empezaba a desbordarse. Yo ya estaba más atento a lo que sucedía alrededor (miradas de reojo, risitas ahogadas) que a las palabras de la pobre mujer. Ya había dado un paso atrás cuando noté un movimiento precipitado al otro lado de la columna. Di dos más, quedando fuera del campo visual de Jordi Plegamans que había llegado de repente.

—¿Lali? ¿Qué te pasa?

—¡No, no, no! —oí que decía ella mientras yo me batía en retirada—. ¡Déjame! ¡Estábamos hablando de los follados del Señor!

—¿Qué?

—Sólo son unas palabras, no son hechos, si te joden por detrás no son ni hechos... ¿Acaso es pecado una lavativa? A que no.

—¡Lali!

Me abrí paso entre todos aquellos devoradores de canapés y de bebedores de champán, buscando una cabellera rubio platino que me refugiara. Tropecé con la mirada serena y triste de Ardaruig y desvié la mía justo en el momento en que me parecía, pero sólo me lo pareció, que Jordi Plegamans se le aproximaba muy indignado. Llegué hasta Laura sin volverme para confirmar aquel espejismo. Me estremecía de paranoia.

—Hola.

Laura se volvió hacia mí, encantada de la vida. Estaba hablando con dos personas a las que olvidó automáticamente.

—¿Dónde te habías metido?

No sé qué respondí.

—Oh, estaba por ahí —Algo así. No tenía ninguna excusa preparada de manera que me llené la boca con una espiral de hojaldre rellena de algún ingrediente de sabor excesivamente dulce.

—¿Tú a qué te dedicas? —preguntó ella, francamente intrigada.

—Soy fontanero —improvisé. Pero me corregí en seguida, al darme cuenta de que aquél no era el ambiente adecuado para un simple fontanero—. Tengo una cadena de fontanerías y ferreterías. Vendo bombillas, cajas fuertes, herramientas, clavos de todo tipo, chatarra en general... Oye, antes he visto que conocías a Ardaruig. ¿Podrías hacerme un favor? Me interesaría hablar con él...

Me interrumpió la melodía del móvil. *La cumparsita.* Me disculpé con un gesto y respondí sin imaginar quién podía ser.

—¿Sí?

—¿Esquius? Soy Soriano. —«Oh, no.»—. Ya se puede ir a casa, se acabó la jornada laboral, haga caja y tire la persiana. Se ha cerrado el caso de las putas, ¿me oye?

—Sí, Soriano. Le oigo. Y ahora, perdóneme que tengo trabajo.

—¡Yo también tengo trabajo! ¿Sabe qué trabajo? ¡Tengo que ir a detener al asesino de las putas! Ya lo tengo localizado, ya sé quién es, ¡esta misma noche ya dormirá en la trena! ¿Quiere venir conmigo, Esquius?

OCHO

1

—No, no quiero ir —repuse, después de una larga pausa durante la cual me asaltaron toda clase de presentimientos nefastos.

—Pues usted se lo pierde. Estoy hablando en serio, Esquius. Tengo una orden de detención firmada por el juez, existen pruebas, el ADN de los cigarrillos. Deje ya de molestar a gente inocente, Esquius. Está revolviendo mierda desde hace demasiado tiempo, está buscando un escándalo, está fastidiando a mucha gente sólo por el gusto de hacer daño, porque se está equivocando. Ahora, ya he convencido a Palop y al juez de que tenemos al asesino a punto de caramelo. No continúe jodiedo a gente inocente. Basta ya de hacer el ridículo.

Corté la comunicación.

Miré a la rubia platino y tardé unos segundos en percatarme de que ella también me estaba mirando con gran curiosidad. Yo no era consciente del funcionamiento vertiginoso de mi cerebro, incluso si me hubieran preguntado habría asegurado que tenía la mente en blanco, pero funcionaba, ya lo creo que funcionaba. Pensaba: «¿Juez? ¿Qué juez ha firmado esa orden de detención?» ¿Qué otro juez podía ser, si no Santamarta? ¿Y qué coño de autoridad tenía en aquel caso ese juez que, en algún momento, incluso sospeché que podía haber participado en la fiesta de las llaves?

Hasta aquel momento, había considerado que Soriano era un policía honrado. Engreído, camorrista y un poco idiota, pero honrado. No se me había ocurrido que estaba a las órdenes de un individuo más que discutible, el juez Santamarta, y que podían utilizarlo para echar tierra al asunto. Un cabeza de turco. Él sería el encargado de buscar a un cabeza de turco que terminara de una vez con mis indiscreciones. ¿Queríamos un asesino de putas? Pues lo tendríamos, con su ADN y todo, a la manera del mejor episodio de CSI. «Y así Esquius dejará de tocarnos los cojones.»

Continuaba mirando a Laura y ella me sonreía intrigada.

—¿Qué te han dicho? —murmuró—. ¿Buenas noticias o malas noticias?

Al otro lado de la sala, por entre las columnas, se advertía un cierto revuelo. Todo se conjuraba para hacerme salir corriendo. Y salí, si no corriendo, para no llamar la atención, sí con lo que podríamos considerar paso vivo.

—Espera un momento —fue lo último que le dije a la Laura de los cabellos rubio platino, que nunca quisieron pasar por auténticos.

Llegué al guardarropa, donde recogí mi abrigo. En recepción, pedí que me prepararan la cuenta y subí a la habitación. Metí en la mochila la poca ropa que había en el armario.

Estaba de nuevo ante el mostrador de recepción, abonando la cuenta con la tarjeta de crédito, con la sensación de que me arrancaban un pedazo de corazón, cuando el vestíbulo se llenó de enemigos.

Felip Monmeló, Jordi Plegamans y Luis Ardaruig.

—¿Usted es el señor Esquius? —preguntó el presidente del Club de Fútbol.

—Queremos hablar con usted —dijo el político, joven, relajado y atractivo.

—Imposible —dije, mientras recogía la tarjeta, la factura y la maleta—. Tengo que irme. Y será mejor que no inicien una reyerta porque resultará un escándalo imperdonable y de mal gusto y llevarían las de perder. —Señalé al joven Ardaruig—. Ni siquiera usted tiene nada que hacer conmigo.

En el salón de al lado, los invitados ya pasaban al comedor, donde se sentarían en mesas redondas y comerían tres platos y postre hasta reventar, Laura junto a la silla vacía del famoso Alirón.

Salí del aparcamiento, me puse al volante del Golf y, tres minutos después, ya entraba en la autopista que tenía que devolverme a

Barcelona. Cuatro minutos después, ya estaba marcando un número en el móvil. Ya sé que no hay que hablar por teléfono mientras se conduce.

—¿Soriano? —dije—. Soy Esquius. ¡No haga tonterías, Soriano! ¡Se está equivocando! ¡El hombre de los cigarrillos es inocente!

—No joda, Esquius. Se lo come la envidia.

—No se me come nada, Soriano. Sólo quiero saber qué coño está buscando.

—Busco justicia. Mire, huelebraguetas de mierda, yo ya sé de sobra que alguien contrató a la putilla la noche en que la mataron, pero eso no significa que la matara el cliente. Está completamente equivocado si se cree que fue Felip Monmeló —¿Se le escapó?— quien la mató. El hombre que contrató a Mary Borromeo, sea quien sea, alejó a la chica de su casa —imaginé que se refería a la residencia de Monmeló en Sant Cugat— y la abandonó en plena carretera, cerca de la Colonia Sant Ponç. La chica, entonces, caminó hacia las casas de la colonia, hacia la civilización, a lo mejor pensando que por allí llegaría a la autopista, o que encontraría un taxi. Y allí se encontró con el asesino.

—¿Pero usted ha hablado con el que contrató a la puta?

—No hace falta, Esquius, no hace falta. A mí no me gusta comprometer a gente inocente.

—¡Óigame...!

No me dejaba hablar. No quería oírme.

—¿Qué sabe usted de asesinos en serie, Esquius? Ya le diré yo lo que sabe: ¡no sabe nada! Sólo sabe lo que ha visto en las películas. Y eso y mierda es lo mismo. Mierda. Usted, de asesinos en serie, sólo sabe mierda. —Me estaba contagiando su mala leche—. ¿Usted sabe, por ejemplo, en qué se diferencia el primer crimen de un asesino en serie de los otros crímenes? —Sí que lo sabía, o al menos sabía lo que él me iba a decir, pero callé—. No, Esquius. Ni se lo imagina. El primer asesinato siempre se comete en un lugar muy conocido por el asesino, porque es un acto improvisado, irreflexivo, instintivo, con un esbozo muy primitivo de ritual. Lo comete en un lugar próximo a donde vive o donde trabaja porque no lo ha premeditado, no tenía la intención cuando se ha encontrado con ello.

Después, los crímenes siguientes se irán haciendo más sofisticados, ya saldrá de casa previendo lo que piensa hacer, llevará el equipo de violador o de asesino en una bolsa, el esparadrapo para amordazar, los guantes, el mandil para no mancharse, perfilará mejor y perfeccionará y complicará su ritual. Se alejará por prudencia de lugares donde le conozcan. Pero el primer crimen, Esquius, el primer crimen es la clave de todo.

—¿Ah, sí? —murmuré para demostrarle que aún estaba pegado al auricular.

—Regresé a la primera escena del crimen, Esquius. Y la estudié escrupulosamente, como hay que hacer en estos casos. ¿Y sabe qué encontré?

Me lo había dicho Palop:

Más colillas de cigarrillos.

—Más colillas de cigarrillos del asesino, efectivamente. De la misma marca. Gran Celtas con boquilla. Hay poca gente que fume Gran Celtas con boquilla. Entonces confirmé mis sospechas. Alguien se había pasado muchas horas allí, fumando y rumiando escondido en las sombras. El lugar era solitario, oscuro, alejado del centro de la ciudad, en un barrio solitario, junto a un edificio medieval en ruinas, cerca de un vertedero... ¿Quién se pasaría horas en aquella oscuridad, fumando, sino un asesino agazapado, al acecho de la víctima propicia...? No son especulaciones ficticias: lo comprobé. Recogí aquellas colillas y las hice analizar. ¿Y sabe qué encontré?

—Que la saliva del filtro tenía el mismo ADN que las colillas encontradas en las bocas de las víctimas.

—Sí, Esquius. Lo has adivinado. Me gusta escuchar el tono sarcástico del perdedor.

—¿Quién es el asesino, Soriano?

Había pocos coches en la autopista y yo corría tanto como me permitía el Golf, muy por encima de la velocidad autorizada. Estaba llegando a Barcelona. Nudo de la Trinitat. Ronda de Dalt.

—¿Quién es el asesino, Soriano?

No quería decírmelo. Se estaba divirtiendo mucho.

—¿Y sabe qué hice, después, cuando supe que el asesino en serie solía estar por allí? Volví otra noche y monté guardia, entre unos árboles cercanos. Y lo vi. Vi a un hombre que salía a fumar en la oscuridad. Sólo era una silueta en la penumbra, iluminada de vez en cuando por el centelleo de la brasa. Pero no me precipité. No quise estropear una operación tan sencilla. Esperé a que se terminara el cigarrillo y, cuando lo lanzó y se fue, recogí la colilla y pedí un análisis de urgencia. Yo había visto aquella colilla saliendo de la mano de aquel hombre, ¿me entiende? Una colilla de Gran Celtas emboquillado. Esta mañana, por fin, he obtenido los resultados del análisis y el ADN coincide con el de las colillas encontradas en los cadáveres de Mary Borromeo y de Leonor García. No sé si me sigue, Esquius, pero ya no hay duda, ¿se da cuenta? El ADN no miente. Usted se ha estado dejando llevar por fantasías y yo me he limitado a los hechos objetivos. Y si piensa decirme que el ADN sólo significa que su propietario estuvo allí y no que mató a la chica, explíqueme la coincidencia del mismo ADN y las mismas colillas en dos lugares tan alejados de la ciudad, precisamente dentro de la boca de dos putas asesinadas.

—Muy bien, bravo. Ahora escúcheme usted, Soriano. Puede ser que le estén utilizando.

—¡A mí...! —quiso intervenir.

—¡Escúcheme, joder! Hay gente a la que puede interesar encontrar a un asesino, a un cabeza de turco, cualquier asesino y cuanto antes, para cerrar el caso de una vez...

—¡A mí no me utiliza ni la madre que me parió! —berreó el policía—. ¿Me ha oído, Esquius? ¡A mí no me manipula ni la santa madre que me parió!

Y cortó la comunicación.

Traté de hablar con Palop. Fue en vano. No estaba en casa y tenía desconectado el móvil.

Y me encontré conduciendo por la Ronda de Dalt sin intención definida alguna. Cuando se me ocurrió una respuesta para la cuestión principal, se me escapó una sonrisa sarcástica.

«Cómo eres, Esquius... Cómo eres.»

Si corría al encuentro de Soriano, evidentemente, sólo podía ser para salvarlo del ridículo.

Como si me importara mucho el ridículo que aquel memo hiciera o dejase de hacer.

2

Tal vez podría haber atajado por otro camino, pero no se me había ocurrido estudiar el trayecto a seguir. Por la Ronda de Dalt, a más de cien, seguramente fotografiado por todas las cámaras de control de velocidad, llegué hasta los túneles de Vallvidrera. Entonces, me di cuenta de que no encontraría la antigua carretera de Les Planes yendo por aquel camino y me enfurecí conmigo mismo. No sabía cómo llegar a la Colonia Sant Ponç si no era por la carretera de Vallvidrera que lleva a los merenderos de Les Planes. Me pareció que me perdería y que llegaría demasiado tarde, cuando Soriano ya hubiera metido la pata hasta la ingle.

No obstante, al salir de los túneles, distinguí el rótulo indicador de la salida que conducía a la avenida del Rectoret, al CMEE Vil·la Joana y a la Colonia Sant Ponç. Abandoné la autopista en aquel punto.

Llegué en seguida, en menos de cinco minutos, por una carretera asfaltada, bastante bien iluminada (aunque la mayoría de las farolas estuvieran fundidas), que no se parecía en absoluto al camino irregular, fangoso y pedregoso que yo había visto en las fotos de la escena del crimen. Aquélla era la ruta natural para llegar a la colonia. Cuando circulaba entre casitas bajas, de construcción modesta, y vi enfrente la fachada de la iglesia como único foco de luz de la población, comprendí que estaba accediendo a mi destino por un camino diametralmente opuesto al que habría tomado si hubiera podido elegir.

A la altura de la plaza de la iglesia, decidido a situarme en la parte posterior del templo, torcí a la derecha, dejé atrás las casitas y rodeé un par de almacenes. Se terminó el asfalto, empecé a saltar sobre un terreno plagado de baches, pasé entre unas huertas y, por fin, me encontré ante un denso pinar.

Supe que había llegado a mi destino porque había allí otro coche. Un K, tan desvencijado como suelen ser todos los K.

En cuanto me apeé del Golf, de la penumbra surgió Soriano empuñando su pistola.

—Hostia, qué susto —dije.

—Tendría que haber supuesto que vendría, Esquius...

—¿A quién quiere arrestar?

—¿Cómo ha sabido que estaría aquí?

—Aquí estaban las colillas, aquí es donde se supone que vive o trabaja el sospechoso, era aquí donde había que venir. ¿Quién es el asesino, Soriano?

—Me gusta que haya venido —sí que se le veía cara de satisfacción—. Me guata tener público para mis éxitos. Espero que aplauda.

Se aproximó a mí con esa postura de fanfarrón que popularizaron Bush y Aznar, el cuerpo echado atrás como para dar preferencia a los genitales, que siempre tienen que ir por delante.

—Se está equivocando, Soriano. Ha hecho demasiado caso a esos cigarrillos. En realidad...

Me interrumpió tocándome debajo del esternón con los dedos índice y medio de la mano derecha.

—Un momento, listo, que tú eres muy listo... —dijo, más odioso que nunca.

—No toques, Soriano.

—Ahora asistirás a la detención más sensacional de los últimos tiempos, Esquius. Y, después aplaudirás.

Le aparté de un manotazo los dos dedos impertinentes. Ha habido reyertas mortales que han empezado así.

—No toques, joder. Quién es.

—El padre Fabricio. Así le llaman.

—¿Un cura, el asesino de las prostitutas?

—¿Te hace gracia? —Estaba tentado de volver a tocarme la barriga y yo estaba dispuesto a romperle los dedos si lo repetía. «Como me vuelvas a tocar, te vas a joder»—. Es el único que compra Gran Celtas en el estanco de la Colonia. Uno de esos «curas obreros» de los años sesenta o setenta, que vivían en barrios pobres. Te puede parecer inverosímil, pero no lo es tanto. Este hombre, a medida que se ha ido haciendo mayor, también se ha ido volviendo raro. Dicen que siempre está encerrado en la parroquia, que echó a la mayordoma cuando lo destinaron a la Colonia, como si le estorbara la compañía, como emperrado en vivir solo. Es huraño, poco hablador y tiene estallidos de intemperancia.

—Y mata prostitutas —dije en tono neutro para no provocarlo demasiado.

—Te podría hablar de perfiles muy parecidos de asesinos históricos, casos estudiados por criminólogos y *profilers* americanos, pero ya entiendo que sería perder el tiempo.

—Soriano...

No me hacía caso. Acababa de echar una ojeada al reloj, había llegado la hora. Y me tocó.

Tuvo los soberanos cojones de volver a clavarme los dedos bajo el esternón.

—Ahora cállate, Esquius. —Y yo me callé, apretando los dientes, y pensé «Te jodes, Soriano. Bailaré sobre tu tumba. Quiero ver cómo te cubres de mierda arrestando a un pobre cura inocente, y quiero ver la cara que se pondrá cuando Palop te pegue una bronca que se te van a caer los pantalones»—. Calla y ven conmigo.

Me agarró de la corbata y tiró de mí hacia el interior del bosquecillo. Mis Sebago resbalaban sobre la pinaza. Íbamos sin linternas, la noche era oscura y teníamos que avanzar a tientas, orientados únicamente por una farola que había más allá de los árboles, en el lugar adonde nos dirigíamos.

Cuando ya llegábamos al límite de la arboleda, Soriano se detuvo y choqué con él. Me agarró de la manga y tiró de ella hacia abajo, haciendo que me agachara. Lo hice con mucho cuidado, procurando no arrastrar los faldones de mi abrigo negro acabado de estrenar. Como el policía se interponía entre mí y la farola del fondo, podía ver los movimientos de su mano, a contraluz. Ahora me exigía silencio, y que me estuviera quieto, ahora me indicaba «Espere». Parecía más pendiente de mí que de la persona a quien espiaba. De vez en cuando se relajaba y yo sólo podía escuchar su respiración pausada.

Delante de nosotros, reconocí el muro con aquellas pintadas multicolores, «Folla Feliz», y el Chupete Negro, y los grandes bloques de piedra unidos con parches de argamasa, que eran la parte posterior de la iglesia. La escena del crimen que había visto en las fotos del informe. Me imaginé a Mary Borromeo allí tendida, bajo la luz amarillenta de aquella farola. Sin ella, el decorado me parecía incompeto.

De pronto, procedente de nuestra derecha, me llegó un ruido muy tenue, casi imperceptible, pero que delataba una presencia humana. Había alguien más allí escondido, en el bosque, con nosotros. Presioné mis dedos sobre el hombro de Soriano. Soriano puso su mano sobre la mía y también me la apretó.

El ruido se repitió.

Se lo hice notar con una nueva presión de dedos. Sus dedos me indicaron que también lo había oído. Pero no se movía, no reaccionaba. Se me hacía extraño estar en la oscuridad, tan cerca y tan cómplice de Soriano, haciendo manitas, compartiendo en silencio aquellos momentos de tensión. Me sentí un poco despiadado allí, tan quieto y callado, esperando asistir al fracaso de aquel imbécil. Quizá era el momento de hablarle con franqueza, «Soriano, ¿pero no ves que te estás equivocando?», pero la presencia de alguien que también se escondía en la oscuridad, hacia la derecha, en el mismo bosque donde estábamos nosotros, dotaba a aquella situación de nuevos significados. Quizá debería revisar mis teorías y certezas. O, en todo caso, debería encontrar nuevas respuestas para las nuevas preguntas.

Estaba empezando a hacer elucubraciones, planteándome quién podía estar esperando al mismo hombre que nosotros, tan equivocado como nosotros, inquietándome más y más al sospechar que a lo mejor no estaban esperando a la misma persona, cuando la mano de Soriano me dio un golpecito y se apartó de mí.

En la escena del crimen había movimiento. Fuera del círculo de luz de la farola, contra las paredes viejas de la iglesia, se movía una sombra. Una persona. La llama de un encendedor nos la mostró un instante y, luego, apagada la llama, la punta roja de un cigarrillo, probablemente Gran Celtas emboquillado, quedó flotando, como un referente, en la oscuridad.

—Quédate aquí, Esquius —dijo Soriano.

Se levantó. Escuché el roce de la pistola en la funda y el chasquido metálico cuando la montó. Yo también me erguí, pero me quedé atrás, y no porque él me lo hubiera ordenado. Estuve a punto de gritar «¡Déjelo, Soriano!», o «No salgas, Soriano», pero se me ocurrió que él también había oído el ruido y no había hecho nada por averiguar de qué se trataba ni le había hecho cambiar de opinión. Él ya contaba con que hubiera alguien más en aquel bosque. ¿Otros policías, quizá?

Se alejó de mí, fue una sombra móvil entre las sombras estática de los árboles y salió a la luz de la farola gritando:

—¡Quieto! ¡Policía! ¡Queda detenido!

A mi derecha, pero mucho más cerca del policía, también echó a correr lo que de momento me pareció un numeroso grupo de personas. Tuve el «¡Cuidado, Soriano!» en la punta de la lengua, pero tuve que tragármelo cuando una luz blanca se encendió e hizo día de la noche. De pronto, pudimos ver perfectamente el solar, cada detalle de la tapia cubierta de pintadas, cada piedra de la iglesia antigua, cada hoyo, piedra y basura del suelo y, en medio, como actores en el escenario, Soriano y un hombre vestido de negro y con alzacuello. O sea, un cura. El padre Fabricio.

—¡Queda detenido! —proclamaba el policía, con histrionismo aprendido en teleseries de tiros—. ¡Queda detenido por los asesinatos de María Borromeo y Leonor García!

A su lado, el padre Fabricio se encogía, levantaba las manos para hacerse sombra en los ojos, deslumbrado. El policía hacía que se volviera de espaldas, brutalmente le esposaba las manos.

Mientras hacia ellos trotaba excitada la prensa.

Un hombre con una cámara y un potente foco halógeno y una chica con un micrófono, los dos corriendo hacia la grotesca imagen del policía y su detenido.

—¡Estamos asistiendo en directo a la detención de un asesino en serie...!

El imbécil de Soriano había llevado consigo a la prensa para triunfar en las pantallas de todos los telediarios. Exclamé «¡Oh, no!» y me dirigí hacia ellos, enfurecido.

—¡No, Soriano, por el amor de Dios...! —iba diciendo.

Salí a la luz.

—¡Por favor, Soriano! ¡Suéltalo!

—¡No te metas, Esquius! ¡Tú calla y mira!

—¿Estás completamente seguro de la culpabilidad de este hombre? ¿Qué pruebas tienes? ¿No le recitas sus derechos?

—¡La prueba del ADN! —exclamaba Soriano, heróico.

El cura gimoteaba. Es propio de algunos asesinos eso de gimotear cuando los detienen. Pero también lo hacen muchos inocentes cuando se encuentran en la misma situación.

Entonces, detrás de mí, en el centro del pinar, se escuchó un grito infrahumano, dos gritos. Más tarde, pensé que habían dicho «¡Míralo, si es él, el hijoputa!», y otra voz, «¡No, quieto!». Pero en aquel momento sólo fueron dos gritos animales que precedieron a la traca. El susto real me zarandeó cuando me pareció que alguien, muy cerca de mí, golpeaba con una piedra el tronco que tenía al lado. Un golpe muy fuerte y seco. Soriano, el cura detenido y los periodistas se quedaron paralizados y mudos durante tres, seis, nueve segundos, antes de que todos nos percatáramos de los impactos contundentes contra las paredes de la iglesia y de los silbidos agudos que nos herían los timpanos, y nos aterrorizaran los chillidos, incoherentes con lo que estaba pasando, salidos de la oscuridad desde donde nos disparaban, chillidos de alguien que repetía la palabra «no» en un tono cada vez más alto y más espantado.

—¡Al suelo, al suelo! —chilló Soriano, el primero en reaccionar—. ¡Apagad la luz, joder, que nos están disparando!

Yo me dejé caer de bruces sin pensar ni en el abrigo ni en el traje de alpaca.

3

Soriano disparó dos veces contra la oscuridad.

—Policía —gritó—. ¡Policía! ¡Tirad las armas!

En los instantes de silencio que siguieron, yo oliendo la pinaza y jadeando como si acabara de correr la maratón; Soriano y el detenido confundiéndose con las sombras de la iglesia, y los dos periodistas gimiendo y arrastrándose bajo la luz de la farola, oí voces en algún lugar del bosque. Voces histéricas, recriminatorias, y el tit-tit-tit de un dedo que tecleaba en un teléfono móvil. Más voces agitadas. Entendí «hijo de puta» y «estás loco». Era la misma persona que antes entonaba el «no» en todos los registros del pentagrama.

—¡Están allí! —gritó Soriano, que también lo había oído—. ¡Dirigid hacia allí el foco! ¡Están allí! ¡Iluminadlos, joder!

De entre los árboles salió otro tiro, ¡pac!, y yo pensé en la muerte. Qué tontería si tenía que acabar allí, en un lugar tan inhóspito, si mañana Mónica tenía que ir a reconocer mi cadáver al Instituto Anatómico Forense. Yo no tendría que haber ido allí, no se me había perdido nada, sólo venía a reírme de las patochadas de Soriano. Me incorporé de golpe, desasosegado, como si saltara fuera de una pesadilla. No podía quedarme allí, tumbado, esperando la muerte.

—¡La luz, coño, la luz! —repetía Soriano.

Los dos periodistas, muy sensatos, conscientes de que, si prendían el foco, serían la diana de los tiros enemigos, ya reptaban rápidamente, como comandos veteranos y experimentados, alejándose de la zona de claridad y renunciando a la exclusiva de sus vidas, un tiroteo con todas las de la ley. Vi cómo se levantaban al llegar al camino de tierra que conducía a la carretera de Vallvidrera a Sant Cugat, hacia los merenderos de Les Planes. Los vi echar a correr, despavoridos, la cámara al hombro, los cables colgando y persiguiéndolos como serpientes enloquecidas.

De repente, Soriano salió de su escondite, empujando al detenido hacia donde yo me encontraba, buscando la protección de los árboles. Corrieron los dos, agachados, y yo pensé que ofrecían un blanco perfecto, y temí verlos caer abatidos de un momento al otro. Pero no hubo intercambio de tiros. ¿Estarían recargando las pistolas, los agresores?

—¡Policía! —iba gritando Soriano—. ¡Tirad las armas! ¡Salid a la luz y tirad las armas!

Y el cura, pobrecillo, a su lado, aturdido y tembloroso:

—¡Yo no he hecho nada, por favor, no he hecho nada, esto es una equivocación!

Yo también estaba muy asustado.

Soriano, seco y profesional, me ladró:

—¡Vamos, vamos, vamos, al coche, al coche!

Tiraba al detenido del brazo, hacia el centro de la espesura.

—No se preocupe —le dije al llamado padre Fabricio, con voz ahogada, incoherente—. No se preocupe... —Quería decirle que ya sabía que él no era el asesino de las putas, pero no me salía nada más y mi recomendación resultaba grotesca dadas las circunstancias. ¿Cómo no se iba a preocupar?

—Quieren salvar al *serial killer* —resoplaba Soriano, seguramente enloquecido por el miedo, y a media voz, improvisando una explicación para aquel imprevisto—. Seguramente, este hombre ha creado una secta y esos son miembros de la secta que nos quieren matar para salvar a su líder y gurú.

Detrás de él, el cura gimoteaba frases ininteligibles, que tanto podían ser una confesión como una protesta de inocencia.

Avanzábamos por el bosque a tientas, chocando con los árboles y hundiendo los pies en agujeros traidores. Soriano tropezó con el tocón de un árbol o algo parecido y, como lo llevaba agarrado de la mano, arrastró al cura en su caída. Se levantó el policía con un estallido de blasfemias que por fuerza debieron hacer que se estremeciera el sacerdote, incluso en el caso de que fuera un asesino en serie, lo levantó de un tirón y reemprendieron la carrera, que ahora lideraba yo. Como ahora la luz de la farola quedaba a nuestra espalda, no teníamos ningún punto de referencia. Yo ya no sabía si avanzábamos hacia el coche o si nos habíamos perdido, y aquello me irritaba profundamente. Tanto aquello como las majaderías de Soriano.

—¡... O son parientes de las víctimas que se quieren tomar la justicia por su mano!

—¡Deja ya de decir chorradas! —estallé—. ¡El asesino encontró aquel montón de colillas en el suelo, que estaban allí porque este pobre hombre siempre sale allí, a fumarse el cigarrillo, recogió unas cuantas y metió una en la boca de Mary Borromeo y otra en la boca de Leonor, joder! Para que cualquier poli imbécil pensara en un asesino en serie y cayera en la trampa del ADN...

—¡Pero les apagaba los cigarrillos en la lengua! —objetó Soriano, con la fe de quien expone un argumento irrefutable.

—¡Eso es lo que decían los periódicos! En el informe del forense no constaba ninguna quemadura en la lengua de las víctimas. ¡Y

eso deberías saberlo tú, coño, si no fueras sobrado y te hubieras tomado la molestia de leer con atención el informe de la autopsia!

De repente, vivimos el Apocalipsis, el fin del mundo, la llegada
de los ángeles con las trompetas y los carros de fuego, cayó sobre
nosotros un estallido de luz, soltamos tres gritos, uno por cabeza, y
sonaron tres explosiones ensordecedoras detrás de mí, pac, pac,
pac, y dos, sólo conté dos impactos en los árboles que nos rodeaban,
y el gemido de Soriano, herido de muerte, «¡Hostia!», y se me arrugó el corazón como si hubieran matado a mi mejor amigo, el amigo
del bueno que siempre muere al final. No me detuve para atenderlo
o escuchar sus últimas palabras, el cuerpo no me lo permitía, el cerebro me ordenaba alejarme de los que disparaban sin tener en
cuenta ninguna otra consideración.

Y, pasados unos instantes, me estremecí más aún al darme cuenta de que huía solo. ¿Dónde estaba el cura? ¿Se había quedado junto a Soriano para darle la extremaunción? ¿Se había perdido en otra
dirección? Eso debía de ser, yo había contado tres impactos y dos
estampidos entre los árboles; el que faltaba le había dado a Soriano.
Los pasos que corrían tras de mí eran firmes, pesados, inconfundi-
blemente los de mis perseguidores. La luz de la linterna que llevaban me pisaba los talones, proyectando violentamente mi sombra
hacia adelante, indicándome el camino a seguir, y sonó otro tiro,
¡pac!, y la bala impactó en el suelo, y noté el contacto de esquirlas
saliendo disparadas contra mis tobillos, y entonces me volví, rabio-
so, harto ya y suicida, porque se me ocurrió que a mí no querían matarme y, si querían matarme, de todas formas no podría impedirlo, y
más valía morir plantando cara que huyendo y demostrando el miedo. Y de esta manera me vi enfrentado a la luz cegadora de la linterna, y con la voz ensordecedora y horrorizada, «¡no, Cañas, basta
ya, joder, que lo quieren vivo, que lo quieren vivo!», y el círculo de
luz vino disparado contra mi rostro, como un tren que me embistie-
ra, y me pareció que los huesos de la cara se me partían en mil pedazos y perdí la verticalidad.

La muerte. Cañas está loco, ciego de rabia, no tendrá piedad.

—¡Hijo de puta, hijo de puta!

—¡No, Cañas, no! —decía el otro.

Recibí por sorpresa dos golpes en la cabeza, en el occipucio, que me hicieron castañetear de dientes, y en algún lugar de mi cráneo, entre la nariz y los ojos, sentí que se rompía algo liberando mocos y lágrimas y babas, y una terrible migraña, mientras me encogía y me protegía la nuca con las manos, y los puntapiés me buscaban las costillas, y la cara, con una fiereza de cataclismo natural, el agresor tratando de ponerse ante mí, yo pataleando como un maníaco, girando por el suelo para dar la espalda al castigo, tartamudeando que me mataban, que me mataban, que ya era mayor, que mi cuerpo no estaba para aquellos trotes, por favor, por favor.

—¡Cañas, joder! ¡Déjalo ya, vámonos de aquí!

«Sí, sí, sí, fuera de aquí...»

—¡Es que aún se mueve, coño, es que aún se mueve!

Más golpes, en los riñones, en las costillas, en la cabeza, joder, ¡otro golpe en la cabeza, no! «¡Largaos!»

No se largaron. Me agarraron de los brazos y me arrastraron, las rodillas del pantalón de alpaca barriendo la pinaza, y tropezando con piedras, los faldones del abrigo negro recogiendo todo el polvo y el barro del bosque. No quería ni pensar la cara que pondría mi vendedor preferido cuando fuera a comprarle otro traje, otro abrigo, otra corbata de rombos. Si es que podía volver a ir de tiendas alguna vez. Me arrastraron a toda velocidad mientras hablaban muy excitados.

—¡Joder, Cañas, la has cagado, ahora sí que la has cagado! —en un tono próximo al llanto—. ¡Te los has cargado, Cañas, te los has cargado, y uno era policía!

—¡Calla ya, joder!

—¡Te los has cargado y uno era policía! ¿Tú crees que ahora nos van a cubrir?

—¡Claro que sí! ¡Si no nos cubren, lo canto todo!

Me proyectaron contra la plancha de un coche. Me di un golpe en la frente con la manija de la puerta. A lo mejor otro habría agarrado la manija, habría abierto de un tirón, se habría metido en el coche, lo habría puesto en marcha y habría huido de allí antes de que aquellas dos bestias pudieran reaccionar, dejándolos boquiabiertos, pero yo no fui capaz. Se me doblaban las piernas y tenía miedo de morir. Mi vida acabando aquí, en esta oscuridad espantosa, en este mareo indigno, tan enfermo, angustiado, reprimiendo el llanto para no darles el gusto. Los golpes volvieron de pronto, como explosiones internas, como si me reventaran los huesos y los órganos internos. Cañas volvía a la carga, ensañándose en mi nuca, en mi espalda, mis riñones, hostia, qué daño en los riñones, caí hacia atrás, a pesar de que me agarré fuerte a la manija del coche, porque no quería volver al suelo, porque en el suelo me pegarían más puntapiés y no podría soportar ni una más. Pero ya estaba en el suelo, y ya estaba a punto de escupir el llanto denigrante y los gemidos y las súplicas de compasión, cuando llegó muy oportunamente aquel trompazo en la cara, y me morí.

Calma absoluta.

Flotando en la oscuridad infinita.

4

Domingo, 21

No estaba muerto.

Si te duele, no estás muerto, y a mí me dolía mucho la cabeza, una especie de jaqueca asfixiante, la peor resaca de mi vida, como si se me estuviera licuando el cerebro, y me dolía la órbita del ojo derecho, dolor de hueso roto, de herida abierta y sangrante. Y todo el cuerpo. Me dolían los pulmones, no podía respirar bien, y tuve que abrir la boca como pez fuera del agua.

Una voz dijo:

—Ya se despierta.

Otra voz:

—No.

La primera:

—Se ha movido.

La cabeza me daba vueltas y los riñones proyectaban un dolor penetrante, como una lanza que me pinchara desde el interior y me perforase las vísceras con la intención de salir por la boca. Cañas cumplía sus promesas: yo no tenía la menor duda de que, cuando meara, mearía sangre.

—Ah, sí.

—Venga, vete a buscar a ese tío.

«Ese tio.» ¿No sabían cómo se llamaba?

—¿Por qué no vas tú?

—Porque, si te dejo solo con él, lo matas.

Un resoplido de contrariedad, y pasos que se alejaban. Quise abrir los ojos y no se me abrían. ¿Me habría vuelto ciego? Podía mover la mano derecha. Sorpresa. Me di cuenta de que respiraba con tal agitación que se me movía la cabeza. No eran inspiraciones y exhalaciones, eran latidos pulmonares, temblores o algo parecido. Sí que veía. Con el ojo izquierdo, aunque sólo podía abrirlo a medias. Estaba en una habitación excesivamente iluminada con luz de día, con un póster publicitario donde se veía a un payaso comiendo un Chanchi Piruli, «¡Mmmmmmmmh! ¡Es... quisito! y Chanchi Piruli es un producto Sesibon SA!». Al lado, apoyado en la pared y con los brazos cruzados, estaba el tipo aquel de la melena lacia y larga, y de brazos simiescos, el motorista que me había seguido el primer día. Me estaba mirando con mucha tristeza y preocupación, más angustiado por lo que le podía pasar a él que por lo que me había pasado a mí, y desvió la vista en cuanto se dio cuenta de que yo le estaba viendo. Estaba cagándose en todo. Por lo que respectaba a mi otro ojo, mi mano derecha se había levantado hasta él, como si fuera la mano de otra persona, mano ortopédica, y había encontrado un apósito abultado y blando que me cubría desde la mitad de la frente hasta media mejilla. Me habían destrozado. Pero, al menos, me habían curado. Desinfección y protección, quizá incluso inyección del tétanos. Tenía los pantalones rotos y estaba en mangas de camisa. Me pregunté qué habría sido de mi abrigo negro y de la chaqueta de alpaca gris.

Se abrió la puerta, ya veía la puerta, y entró Luis Ardaruig, joven, atractivo, dinámico, sanote, inteligente e incluso brillante en las tertulias, defensor del neoliberalismo como única filosofía capaz de salvar el mundo. Aún llevaba puesto el traje marrón, con camisa amarilla y corbata tabaco rubio, que le había visto en la boda de los

Clausell-Zarco. Con él, entró un olor empalagoso a chicle de fresa, azúcar perfumado, gominolas y caramelos pegajosos.

Yo estaba sentado en una especie de sillón sin brazos, repantigado de manera que la cabeza reposara sobre el respaldo, muy incómodo. Había otro sillón parecido a mi lado, escay negro, un ángulo recto acolchado sobre estructura metálica cromada. Luis Ardaruig lo ocupó mientras me miraba con lástima.

—Esquius. ¿Esquius? ¿Me oye? —Moví la cabeza afirmativamente. Suspiró. Estaba pasando un mal rato, estaba tan afectado que podía echarse a llorar de un momento a otro—. Esquius, ostras, tío, en qué lío nos hemos metido. Tenemos un problema.

—¿Usted también? —dije. Me sorprendió comprobar que la voz y la boca eran mías—. Usted no sabe lo que es tener problemas.

—Sí, sí, Esquius, sí, ya lo creo que sí —era el psicólogo comprensivo, el confesor benévolo, el médico protector y tranquilizador—. No se crea que se le han complicado las cosas a usted solo. Nosotros también estamos con el agua al cuello por culpa de un imbécil desgraciado que tenía una pistola y se puso a disparar y mató a un cura e hirió a un policía.

Por un instante, el susto paralizó mis constantes vitales y no sentí dolor alguno, como si acabaran de administrarme un chute de morfina.

—¿El cura está muerto?

Ardaruig movió la cabeza con expresión de estar dándome el pésame y de dárselo también a sí mismo.

—La misma bala. El cura debía de ir detrás. —Efectivamente, recordé que cuando sonaron los tiros, Soriano arrastraba al párroco tirándole del brazo—. La bala le atravesó el cuello y luego hirió al policía.

—No joda —murmuré.

—Las cosas se nos han escapado de las manos.

—No joda, hostia, no joda.

Se me ocurrió que, si yo hubiera sabido detener a Soriano y su estúpida exhibición, el padre Fabricio aún estaría vivo. Se me ocurrió que aquella pandilla se había salido con la suya. Ya tenían un cabeza de turco. Y muerto, además, que no se podía defender, que podían endosarle todos los asesinatos que quisieran. El de Mary Borromeo, el de Leonor García y el de John Fitzgerald Kennedy, si les apetecía. Pobre padre Fabricio.

—¿Y Soriano?

—En la UCI, pero fuera de peligro. Saldrá de ésta. Dios mío, no se imagina cómo puede complicar las cosas un imbécil como ése.

—Sí que me lo imagino. ¿Estamos hablando de Cañas?

—Cañamás, sí. Se la tiene jurada, Esquius...

—¿Todavía? ¿Aún no ha tenido bastante?

—¡No! —reprimió un golpe de risa, «este Esquius es lo que no hay»—. Usted le rompió la nariz delante de Lady Sophie, y ésa es la peor humillación que ese animal ha sufrido jamás. Y, después, dice que le pegó una patada en los huevos. —No se la había pegado yo, sino Octavio, pero agradecí que la bestia me atribuyera a mí el mérito—. Dice que nunca nadie le había hecho nada parecido. Va por las calles aullando como un lobo... —Se detuvo. No era momento para bromas—. Llevaba días sin hacer nada más que buscarlo. Cuando lo vió allí, Esquius, se le subió la sangre a la cabeza, sacó la pistola y empezó a disparar antes de que nadie se lo pudiera impedir... Él quería matarle a usted, pero en lugar de eso mató al detenido e hirió al policía. ¡Hay que estar majara!

—Sí, ya lo veo. Matar o herir a un investigador privado no tendría ninguna importancia.

Ardaruig prefirió pasar a otros temas que le parecían más urgentes.

—¿Qué vamos a hacer, Esquius?

—¿Tengo que considerarme su prisionero?

—¡No! —casi se escandalizó. «¡Qué disparate!»

—¿Entonces, me puedo ir?

—Antes, me gustaría hablar un poco con usted. Pedirle excusas...

—No, no hace falta.

—... En nombre de ese loco.

—A ese loco, me gustaría verlo colgado de los huevos. ¿Por qué no me hace feliz, antes de irse?

Hice gesto de levantarme. No lo conseguí a la primera, y Ardaruig me puso la mano en el brazo.

—Un momento. ¿Qué piensa hacer? Quiero decir: ¿saldrá de aquí y qué hará?

—Me iré a mi casa y les agradeceré que me dejen en paz. —¿Qué iba a decir, dadas las circunstancias?

—¿Y nada más? —Ahora ya movía la mano derecha con facilidad. Me limpié las lágrimas del ojo izquierdo y le vi con absoluta nitidez. Él le hizo un gesto al Greñas para que nos dejara solos, y el sicario obedeció inmediatamente, como si ya llevara rato deseando salir de allí—. Quiero decir, Esquius: ¿nada más? Si le llavamos a su casa, o a un hospital...

—No diga «si lo llevamos», diga «cuando lo llevemos».

—¿... Qué explicación dará de lo que ha pasado?

Me habría echado a reír.

—En mi situación, sólo puedo decir que callaré como una tumba. No diré nada a nadie.

—¿Tengo que creérmelo?

—¿Qué puedo hacer para convencerle?

—¿Qué sabe usted de todo este caso, Esquius?

—Nada, nada de nada —habló el cobarde. Pero pudo más el amor propio. Era demasiada claudicación. Estaba en sus manos, no tenía salvación; si le decía que no sabía nada, no se lo iba a creer, de manera que, ¿por qué iba a pasar por imbécil? Rectifiqué—: Creo que ahora ya lo sé todo.

—¿Qué es todo, Esquius? —preguntaba como un confesor. Yo dudaba. ¿Se lo decía o no se lo decía?—. Podemos negociar, Esquius. Por nuestra parte, por parte de los que estábamos en la fiesta y a los que yo represento en este momento, queremos y podemos negociar. Las cosas han ido como han ido y se nos han escapado de las manos, pero no somos asesinos, Esquius. No queremos hacer daño a nadie.

—Bastante daño le hicisteis ya a Mary Borromeo, ¿no?

—¿A quién? —dudó unos segundos. ¿Estaba fingiendo?—. Ah, la pobre chica que murió. —Ahora, parecía que no era ése el tema que más le preocupaba—. Bueno, nosotros no tuvimos nada que ver con lo que le pasó a esa chica. Ahora, el asesino ha muerto, pero las pruebas contra él están bien claras y eso desvanece toda duda que incluso nosotros pudiéramos tener. Lo único que hicimos, sin saberlo, fue llevar a la pobre chica al lugar donde tenía que encontrarse con su asesino.

«Hicimos.» Todos. Fuenteovejuna. Como si todos los participantes en aquella santa cena hubieran acompañado a la chica a su cita con la muerte.

—Entonces, no deberían tener ningún miedo. ¿Por qué no se presentaron a la policía, para declarar que sabían dónde y con quién había pasado la chica las últimas horas?

—Vamos, Esquius, que ya somos mayorcitos. El problema es que la investigación de ese crimen podía sacar a la luz cuestiones privadas, muy privadas, de gente que no tenía nada que ver con él. Y eso terminaría con carreras y reputaciones. Y sería injusto. Quizá nos reunimos para cometer una locura, no se lo niego, pero todos éramos personas adultas actuando libremente y sin ánimo de perjudicar a nadie. Supongo que no tiene nada contra la libertad sexual, ¿verdad? Ahora, aquello ya es agua pasada. Ya sabemos quién mató a Mary y a la otra, pero la muerte del padre Fabricio complica las cosas. La policía hará preguntas. Le hará preguntas a usted. Y yo, lo que quiero que me diga, es lo que sabe usted de aquella noche y lo que estaría dispuesto a contar a la policía. O, mejor dicho, lo que estaría dispuesto a callar ante la policía.

¿Quería que se lo dijera? Bueno, pues se lo diría. Tal vez después me mataría pero, al menos, no mataría a un Esquius cobarde e imbécil.

—¿Lo que sé? Pues que el jueves, día cuatro, organizaron una cena de cambio de parejas en la mansión que Felip Monmeló tiene en Sant Cugat. La montó Monmeló para comerle el tarro al ministrable Costanilla, para que le ayudase a adquirir y recalificar no sé qué terrenos de Barcelona ocupados por no sé qué cuarteles. Un negocio de muchos millones. Dicen que fue la Enebro quien lió las cosas. Se le metió en la cabeza que quería follar con Joan Reig. Y su marido, impotente y mamarracho, consentía.

—Enebro es que es la hostia —intervino Ardaruig, excitado—. Tiene la idea de que la gente de Cataluña es libertina. Se cree que aquí todos somos unos depravados y unos descreídos, y, aficionada a los juegos sexuales como es, pidió al presidente la oportunidad de hacérselo con Reig. Fue ella quien propuso el juego de las llaves.

—Lo había visto en una película —apunté.

—El presidente pensó que, si la complacía, obtendríamos los favores que queríamos, de manera que nos prestamos al juego. Y convenció a su mujer y, entre los dos, convencimos a los Plegamans, que tienen mucha pasta para invertir. Y los Plegamans se mostraron dispuestos a cualquier clase de sacrificio con tal de entrar en el negocio.

—Incluido el sacrificio de sus almas —intervine—. Aunque sólo fuera durante un tiempo, hasta la próxima confesión. Y asistieron también Joan Reig y Danny Garnett.

— Claro: imprescindibles para el exprimento. Los futbolistas son empleados, y cobran mucho y, por tanto, tienen que hacer lo que se les mande.

—Y usted y su mujer.

Ardaruig bajó la cabeza, arrepentido.

—Primero nos mostramos reticentes —confesó—, pero luego pensamos que un día es un día y que podría ser divertido. —Hablaba el separado deprimido, culpable y dispuesto a purgar sus pecados como fuera. Se estaba desahogando—: Sobre todo, fue divertido ver la confusión de los Plegamans... Después, todo se complicó. Mi mujer y yo decíamos que no queríamos hacerlo pero, a la hora de la verdad, ¿sabe qué pasó? Que el azar nos reunió. Conchita metió la mano en aquel maldito sombrero y sacó las llaves de nuestro coche. Vino a mi encuentro, yo estaba esperando a ver quién me había tocado y... y los dos descubrimos que nos habíamos frustrado. Nos sentó fatal... y discutimos. Una bronca de campeonato. Desde entonces no hacemos más que discutir... y ahora estamos en trámites de divorcio... Una catástrofe.

Se me escapó un golpe de risa. Si no estallé en carcajadas fue porque me dolía todo el cuerpo.

—No fue la catástrofe más importante de la noche —dije.

Él se retorcía los labios.

—¿A quién le tocó ir con Mary Borromeo? —pregunté.

—No lo sé, yo estaba esperando en el coche —Me sostuvo la mirada con obstinación de jugador de póker con una mierda de juego en las manos, confiando poco en que le creyera—. Pero, sea quien sea, la dejó en la carretera. Y ella se fue andando hacia la Colonia Sant Ponç, donde encontró a su asesino...

—No —dije yo, en un tono casi insultante—. Olvídese del cura. No. Mary no caminó desde la carretera hasta el lugar donde murió. Llevaba unos zapatos de tacón exagerado. Era imposible caminar con ellos por aquel terreno pedregoso. Habría tenido que quitárselos por necesidad y, entonces, si hubiera andado descalza por aquel sendero, tendría las plantas de los pies sucias, negras. Y he tenido acceso a las fotografías forenses y debo decir que las tenía impolutas. Y las medias sin una carrera.

—¿Entonces...?

Luis Ardaruig se quedó mirándome tenso, como Edipo debía de mirar al Oráculo de Delfos justo antes de enterarse de la verdad de la vida.

—¿Entonces...? —dijo, muy despacio, horrorizado—. Según usted, ¿quién la mató?

Tardé unos segundos en contestar.

—Danny Garnett —dije.

—¿Qué?

Yo pensaba: «Fotografías. Claro: Danny Garnett y sus putas fotografías».

—Danny Garnett —repetí.

Me miraba fijamente, pálido, incrédulo, tenso. No por la sorpresa, sino porque no se esperaba que yo supiera tanto.

—¡No diga tonterías! —exclamó, mucho menos seguro de lo que le gustaría aparentar.

—Déjeme continuar, por favor —pedí. Acababa de agarrar la punta del hilo que había de conducirme fuera del laberinto—. Déjeme continuar. Por lo que yo sé, Joan Reig se fue con Enebro, y Jordi Plegamans fue con la esposa de Monmeló, y Felip Monmeló se fue con Lali Plegamans. Ahora me acaba de decir que a usted le tocó ir con su propia esposa... Sólo quedan por aparejar cuatro personas y una de ellas es la pobre María Borromeo. ¿Con quién se fue María? ¿Con el ministrable Costanilla? ¿O con Garnett? —Luis Ardaruig me miraba sin parpadear. Continué—: La lógica se impone: a

María la mataron de un tortazo. Una simple bofetada. Según consta en el informe del forense, el asesino borró sus huellas dactilares limpiando la mejilla izquierda del cadáver. Un tortazo y una mala caída: eso mató a Mary. Costanilla es un alfeñique, pequeño y delgado: no tendría la fuerza suficiente para pegar un tortazo así. O sea, que estamos hablando de Garnett. Un futbolista. Un atleta al que se le fue la mano.

—¡No sabe lo que dice! —me cortó Ardaruig, muy nervioso.

—Claro que sé lo que digo. Y usted también lo sabe. —Yo pensaba: «Las fotografías, que no se te olviden las fotografías. Tu prueba son las fotografías. Así, todo encaja»—. Antes, ha dicho: «No sé con quién se fue Garnett» —lo parodié a mala idea—. ¿Por qué tendría que mentir si yo no tuviera razón?

—Es que no lo sé, de verdad...

—¡No joda! Al día siguiente, Lady Sophie debió de llamar a Joan Reig para reclamar qué había pasado con su nena, y Reig seguro que llamó a Monmeló y a usted y a Costanilla y, por eliminación, debieron deducir a quién le había tocado Mary. Hubo una reunión de emergencia, ¿no? —La expresión de Ardaruig era una afirmación a regañadientes—. Y, en aquella reunión, debieron llegar a la conclusión de que Mary se fue con Garnett.

—Pero él no la mató —claudicó el joven político.

—¿Ah, no?

—Sí, Garnett admitió que se había llevado a la chica en su coche, y que se detuvieron en la cuneta de la carretera y que follaron allí. Pero entonces la chica dijo que era una profesional, y que quería cobrar, porque Reig no había pagado por adelantado o no le había pagado lo suficiente o no sé qué, y Garnett se cabreó, se negó a pagar, y discutieron...

—Y él le pegó una hostia.

—¡No! —Un grito excesivo. «¡Ni pensarlo!»—. Dice Garnett que la hizo bajar del coche a empujones y arrancó y se fue. La abandonó junto a la carretera.

Una pausa. Los dos mirándonos sin parpadear. Continué:

—Entonces tiene sentido que Garnett se pusiera furioso y le hiciera aquella entrada a Reig en los entrenamientos, porque lo consideraba culpable de todo por haber llevado una puta a la fiesta. Y después, en los vestuarios, le dijo que había hecho trampa, que había jugado sucio, que era un guarro. No estaba hablando de fútbol. Estaba cabreado porque, de todas les mujeres disponibles aquella noche, a él le había tocado la puta. Y, lo que aún es peor, la situación había terminado en desastre.

5

Ardaruig era una máscara de cartón. Pasta masticada, ensalivada y pintada encima con colores elementales y falsos. Me miraba con ojos sin vida.

—Comprenderá que no puedo permitir que vaya divulgando esa locura...

Yo me divertía. Un poco de placer para la momia patitiesa por el dolor. Quizá me habían suministrado algún medicamento euforizante.

—Menudo escándalo, ¿verdad? Imagínese el conflicto mediático que se nos prepara. El principal futbolista del club mezclado en un asesinato. ¿Una inversión de cuántos millones...?

Ardaruig se puso en pie, exasperado.

—¡Qué coño de escándalo! ¡Es mentira! ¡Lo hizo el padre Fabricio! ¡Tenemos las pruebas, el ADN, las colillas, todo...!

—Y un cadáver que no puede negar su culpabilidad. —Iba como loco, a tumba abierta—. Allí estaban Cañas y el otro, tan oportunos, para hacer precisamente lo que hicieron: matarlo, para que pasara por cabeza de turco. ¿Qué más se puede pedir? Un policía que acusa delante de la tele, unas pruebas de ADN y un asesino muerto que, por no poder, no puede ni protestar.

—¡Por el amor de Dios! —protestó Ardaruig—. ¡Matar a un sospechoso y pegarle un tiro a un policía! ¿Le parece una buena manera de desviar la atención hacia un cabeza de turco? ¿Le parece que la policía se va a conformar con cualquier cosa, cuando tiene a un inspector en la UCI? ¿No le parece que investigará a fondo? ¿No le parece que descubrirían la inocencia de ese cura, si usted tuviera razón, y que estarían más rabiosos que nunca al comprobar que todo había sido una patraña? ¿Le parece un plan muy inteligente? ¡No me ofenda! —Estaba indignado y cargado de razón—. No. Yo le diré lo que ha ocurrido. El inspector Soriano fue a ver al juez Santamarta para pedir una orden de detención para ayer por la noche. El juez llamó a alguien, a Monmeló o a alguien —no quería decírmelo: seguramente el juez le había llamado a él—, y le dijo «¿Ya sabéis que la policía se dispone a detener al asesino de las putas?». Alguien le dijo al imbécil de Cañamás que fuese al lugar de los hechos para comprobar si era verdad, y ver qué pasaba. Y todo se habría desarrollado estupendamente si no hubiera aparecido usted. Cañamás tenía orden de no intervenir para nada. Pero, al verle a usted, le dio la locura y se puso a disparar. El otro chico, Eusebio, nos llamó en seguida —era verdad: yo había oído el tit-tit-tit del móvil—: «¡Eh, que aquí tenemos a Esquius y éste se ha vuelto loco!». Sólo pudimos decir: «No le hagáis daño, no le hagáis nada, queremos hablar con él...». Pero Cañamás se pasó... Fue porque le vió a usted —parecía dispuesto a echarme las culpas de todo lo sucedido, si hacía falta.

Se volvió a sentar, puso los codos sobre las rodillas y acercó mucho su rostro al mío, los dedos cruzados como en oración, implorándome que le creyera:

—Óigame: en un primer momento, nosotros también teníamos nuestras dudas, no se lo voy a negar. Era lógico pensar que, si la chica se había ido con Garnett y él era el último que la había visto viva, él fuera el máximo sospechoso. En aquella reunión, a la mañana siguiente, le dijimos que debería entregarse a la policía. Pero en seguida nos enteramos de la muerte de la otra prostituta y de aquello de los cigarrillos en la boca, y eso ya no era obra de Garnett, seguro, de manera que preferimos ser prudentes. Ya sé que, de todas formas, Garnett debería haberse presentado ante la policía, ya lo sé, pero queríamos evitar el escándalo. Y, poco después, cuando conocimos los resultados de las pruebas del ADN de aquellos cigarrillos, ya nos fiamos de su palabra. Fue mala suerte, Esquius. Una putada que ese cura, ese padre Fabricio, eligiera aquel momento y aquel lugar para asesinar a su primera víctima.

Yo continuaba pensando «las fotografías».

—Escúcheme un momento —dije—. Garnett y Mary discutieron, en eso estamos de acuerdo. A Garnett, cabreado, se le escapó la mano. Le pegó un tortazo a la chica, y ella cayó de espaldas, se dio un mal golpe, y murió.

—No. En eso no estamos de acuerdo.

—Ya lo sé, pero escúcheme un momento. Garnett se asusta, la toma en brazos, la lleva lejos de la carretera, hasta aquel solar, a cien o doscientos metros, y le pone la piedra fatal cerca de la cabeza. Pero está horrorizado, piensa que los demás asistentes a la fiesta hablarán y que la policía averiguará que él se fue con la chica y que eso será el final. Su única oportunidad sería decir que, cuando la chica bajó de su coche, estaba viva. Pero, en ese caso, ¿quién la mató? Entonces, escúcheme bien, entonces ve un montón de colillas en el suelo y se le ocurre una idea muy sencilla: inventarse un asesino en serie, con su ritual de película.

Ardaruig movía la cabeza en una negación incontestable.

—... Y le mete a Mary una colilla en la boca. Pero un asesino en serie no es nada con una sola víctima. Necesita más. Y la noche siguiente, sale a buscar la segunda víctima.

—¡Sí, hombre, y qué más...!

—Elige una cualquiera. La mata.

—Basta ya, Esquius, basta ya —decía, sin énfasis.

—Le cuesta más que la primera, porque la primera fue un puro accidente. La segunda se resiste. Pero al final la elimina. Y le mete en la boca uno de aquellos cigarrillos que encontró en la primera escena del crimen. Debía de sentirse muy astuto. Y más astuto aún con la coartada que se inventó aquella noche, mientras mataba a la segunda prostituta...

Ahora, tocaba hablar de las fotografías.

—Basta, Esquius. Está loco. Nadie se va a creer esta paparrucha.

—Si salgo vivo de aquí, es lo que contaré a la policía. ¿No le interesa saber cómo termina mi teoría?

Me miraba a los ojos tratando de llegar al centro de mi cerebro, y yo adivinaba sus pensamientos. No me iba a matar, no era un gángster de película, y no sabía qué hacer conmigo.

—Tengo pruebas —dije.

—¿Tiene pruebas?

—La noche siguiente a la muerte de Mary Borromeo, la noche en que murió Leonor García, un ladrón entró en casa de los Garnett. ¿Ha oído hablar de eso? —Ardaruig frunció el ceño—. Hay fotografías. —Ardaruig torció la cabeza, intrigado—. Desde el primer momento, me pregunté cómo se las había apañado aquel ladrón para entrar en el jardín de los Garnett, con esa muralla inmensa que tienen, coronada de puntas afiladas. No parecía posible que la hubiera escalado. Y, después, vi fotos que mostraban que el ladrón llevaba sombrero, y que había sido atacado por el perro. Se formó un gran alboroto, tanto que algunos vecinos llamaron a la policía y la policía se presentó y todo. El ladrón, cuando se encendió la luz y se abrió la puerta de la casa, se quitó el sombrero y buscó refugio precisamente en el interior de la casa. Fíjese bien en esto, Ardaruig: buscó refugio precisamente en el interior de la casa. Era absurdo. Y, una vez dentro de la casa, con Garnett y su mujer, ¿cómo se las había apañado el ladrón para escapar? No me parecía posible.

Ardaruig me escuchaba con gran atención.

—Imagínese que Garnett tiene que salir, el viernes, para matar a la segunda prostituta. Se ha inventado un asesino en serie y él mismo se está convirtiendo en asesino en serie. ¿Qué le dirá a su mujer? Supongo que no le dice nada. Por ejemplo, le endiña un válium, para que no se percate de su ausencia.

—Pero todo esto son suposiciones...

—Sí que lo son. Pero imagínelo... Duerme a su esposa y... —Yo improvisaba—: Además, Garnett es famoso, no puede exponerse a que lo reconozcan. Se pone un sombrero...

Ardaruig volvía a negar con la cabeza.

—No, hombre —dijo.

—Sí. Y quizá unas gafas de sol, y a lo mejor barba postiza...
—«Que no, que no», hacía el político—. Lo que sea, y sale a cometer el segundo crimen de su vida. Recoge a una prostituta cualquiera, la mata, le deja la colilla en la boca y, luego, vuelve a casa para meterse en el lecho conyugal. Pero, al llegar a casa, el perro, su propio perro, no lo reconoce...

—¿No lo reconoce? —Había un cierto sarcasmo en la expresión de mi interlocutor.

Yo mismo me daba cuenta de que la teoría empezaba a ser un tanto peregrina.

—No lo reconoce debido al disfraz. Se pone a ladrar y le ataca.

—Quizá ayer recibió golpes demasiado fuertes, Esquius. deberían hacerle un TAC...

—El alboroto despierta a los vecinos, que llaman a la policía... Y con todo el jaleo se despierta su mujer... Sale al jardín y se encuentra con un tipo extravagante con sombrero...

—... Y barba postiza, y gafas de sol en plena noche...

—... Que rápidamente se descubre, se quita el sombrero, el disfraz, y corre hacia la casa para buscar refugio. Corre hacia la casa para buscar refugio. Después, naturalmente, cuando se presenta la policía, dicen que había un ladrón en la casa, pero que ha huido.

¿Qué era lo que no cuadraba, en aquella exposición? Había algún detalle erróneo, aunque no conseguía distinguir cuál era.

Luis Ardaruig no replicó. Sólo me miraba. Imagino cómo me veía, vendado, roto, paralizado por el dolor. Con el único ojo visible fijo en la nariz roja del payaso que comía Chanchipirulis.

—¿Eso es lo que piensa explicar cuando acuda a la policía, Esquius? —Abrí la mano en un gesto que significaba «¿Qué otra cosa puedo hacer?»—. Daría risa si no fuera tan peligroso. ¿Está dispuesto a salpicar de mierda a Garnett, a Reig, a Monmeló, a los Plegamans, a los Costanilla, basándose en esta... esta... —No encontraba palabras lo bastante fuertes— ... payasada que se le ha ocurrido?

—Hay pruebas. Hay fotografías. —Pero, al mirarle, pensé «No hay pruebas. Felip Monmeló ha comprado esas fotografías». Y, además, yo mismo era consciente de que había algo que no encajaba en todo aquello.

—Mire usted, Esquius... —Solemne—: Lo voy a soltar. Le he prometido que lo soltaría y lo soltaré...

—Qué remedio —ironicé—. O me suelta o me mata.

Ardaruig hizo una pausa para perdonarme el despropósito. Y recuperó el hilo del discurso.

—... Pero tengo que convencerlo de que sea discreto. Que deje el caso en nuestras manos. El asesino del padre Fabricio será entregado a la policía, no tenga miedo. Cañamás todavía no lo sabe, pero lo tiene crudo.

—Él también dirá que ha estado en contacto con ustedes, que poco antes de matar al cura, habló con uno de ustedes a través del móvil...

—Usted no se preocupe por eso. Nosotros nos encargamos de él. Cañamás irá a parar a manos de la justicia y pagará por su crimen, se lo garantizo. De lo que ahora estamos hablando aquí es de hacer bien las cosas. De hacerlas lo bastante bien como para que la irresponsabilidad no destruya un proyecto político, una estabilidad social, el imaginario colectivo de todo un pueblo. Si piensa un poco en todo lo que me ha contado, se dará cuenta de que no tiene pies ni cabeza, Esquius. No puede acudir a la policía o a la prensa acusando a un personaje público de asesinato basándose en conjeturas sobre gente disfrazada con barba y bigote postizos y sin ninguna clase de prueba, ni una puta prueba, Esquius. Si es verdad que tiene alguna prueba contra Garnett, le ruego que nos la traiga, no, mejor: que se la lleve al juez o, si no se fía del juez, llévesela a la policía. Se lo digo con la seguridad de que esa prueba no existe, Esquius. El asesino de las dos prostitutas fue el padre Fabricio, un personaje extraño y solitario, siempre recluido en su parroquia y señalado por las pruebas de ADN. Y, por favor, no me diga que un cura no es capaz de hacer algo así porque me meo de risa. Él mató a Mary Borromeo en la carretera, donde la dejó Danny Garnett, y después la llevó en brazos por el camino de tierra hasta el lugar donde la encontramos, y por eso no estaban sucias las plantas de los pies de la muchacha.

—¿Por qué tenía que acercar el cadáver a su parroquia? —Me resistí—. Cuanto más lejos, mejor, ¿no?

Ardaruig resopló. Suspiró. Me contemplaba cargado de paciencia. ¿Qué esperaba de mí?

Yo también pensaba. Había algo que no encajaba en mi teoría improvisada sobre la marcha. No sabía qué era, pero me venía a la mente, como un reclamo, aquel partido de fútbol al que había asistido, en el que Joan Reig no veía el balón, y aquellos jugadores atléticos desafiando al frío.

—Bueno —dije—. Me ha pedido que le contara qué es lo que pienso, y esto es lo que pienso. ¿Y ahora?

—Ya se lo he dicho. Le sugiero que nos ceda la iniciativa, Esquius. Que permanezca al margen de todo esto y deje a Garnett en paz. Es un tema delicado y no podemos permitirnos el lujo de entrar en él como bomberos, hacha en mano.

—Cañamás...

—Cañamás será detenido, juzgado y condenado por el asesinato del padre Fabricio, se lo garantizo.

Silencio. Largo silencio y el payaso del póster continuaba comiendo Chanchipirulis. Y mis neuronas a toda máquina. Futbolistas atléticos desafiando al frío. Ése era el punto flaco de mi argumentación. Si no fuera por eso, podría mantener mi posición con firmeza, pero...

—Callaré —dije.

Se detuvo el tiempo.

—Callaré.

El tiempo continuaba parado.

—Con dos condiciones.

Estaba dispuesto a escucharme.

—Diga. Si son razonables, puede contar con ellas.

—La madre de Mary Borromeo debe recibir mañana mismo una compensación económica.

—Ya ha recibido una. Le dimos unos dineros a Lady Sophie para que se los diera...

—No basta.

—¿Qué?

—Que no basta. Si una Lady Sophie podía darle cincuenta mil euros, supongo que todos los demás reunidos le podrán conseguir doscientos mil euros, por ejemplo.

Ardaruig me miró unos cuantos segundos seguidos, intentando poner cara de mala leche, pero, en el fondo, encantado de escuchar mi solicitud. No hay nadie más manejable que la persona que pide dinero. Es el corrupto en estado puro, el primer escalón que se pisa en la escalera hacia la infamia.

—Si es por dinero, no hay problema —dijo, tratando de disimular el exceso de salivación—. Eso está hecho. Hablaré con Monmeló y con Plegamans y, si hace falta, con Costanilla. Sólo como muestra de buena voluntad.

—Doscientos cincuenta mil —dije, en parte porque me apetecía tocarle los huevos, en parte porque acababa de recordar que Biosca se había quedado los cincuenta mil de la clienta y no se los iba a devolver.

Ardaruig torció un poco la cabeza, como si tuviera la impresión de que no me había oído bien. Pero en seguida se recuperó.

—Doscientos cincuenta mil y basta —aceptó—. No se le ocurra pedir más. Le daremos el dinero a usted y usted mismo se lo podrá entregar a la señora...

—No: yo les proporcionaré un número de cuenta y ustedes lo ingresarán allí mañana mismo. Lo comprobaré. Si le ha llegado el dinero a Maruja Fernández, seré su aliado. Pero yo, ese dinero, no quiero ni verlo.

—¿Y cómo sabré que puedo fiarme de usted?

—Tendrá que hacer un acto de fe.

Ardaruig sonrió una vez más, como quien recuerda un chiste privado e intransferible.

—Bueno. ¿Y qué más? ¿Cuál es la segunda condición que me pone?

—Me gustaría hablar con Cañamás.

—¿Con Cañamás? ¿Qué quiere decirle?

—Eso es cosa mía. Usted preocúpese solamente de que no me ponga la mano encima.

—No sé qué pretende.

—No tiene por qué saberlo. Es más fácil esta condición que la otra, ¿no?

—Bueno...

Se conformó. Fue hacia la puerta.

Yo me levanté del sillón haciendo un esfuerzo titánico. Ahora sé cómo se sienten los viejos más decrépitos pocos días antes de morir. Al inclinarme hacia adelante, alguien me clavó unos cuantos cuchillos en la espalda y, una vez clavados, se dedicó a hurgar un poco moviéndolos a derecha e izquierda. El ataque fue a traición, por delante no les había dado oportunidad de hacerme mucho daño. Agarrotado como un muñeco de latón, tardé meses en ponerme en pie. Me rodó la cabeza y tuve que apoyarme en la pared. Como si una borrachera incipiente se mezclara con una resaca infernal.

—¡Cañas! Ven un momento, por favor.

Tambaleándome, pero no tanto como me temía, me acerqué a la puerta. Ardaruig se quería apartar prudentemente. Se lo impedí agarrándolo del brazo izquierdo y reteniéndolo a mi lado. Necesitaría un punto de apoyo.

—No, espere, quédese aquí...

Se abrió la puerta y ante nosotros apareció Cañas. En aquel momento me di cuenta de que no lo había visto mientras me pegaba la paliza en la oscuridad del bosque. Tenía el rostre satisfactoriamente destrozado, en un estado similar al mío, según pude comprobar después. Era evidente que, en el desfile de moda, le había roto la nariz y ese apéndice, hinchado y torcido, era el centro desde donde irradiaba una espantosa sinfonía de colores azules, rojos, morados, amarillos, verdes y violetas. En los ojos, bizcos, el rojo de la telaraña de capilares predominaba sobre el blanco de la esclerótica. Era un monstruo de película, una abominable alternativa a Drácula, Frankenstein, el Hombre Lobo y Freddy Krüger. Y, como uno de esos monstruos cuando se dispone a atacar, me dirigió una mueca mezcla de amenaza y desdén, como si estuviera a punto de eructar o de proyectar un escupitajo al suelo.

La venganza, pues, llegó así, fríamente, como dicen que deben llegar las venganzas.

No se esperaba aquello de mí. No tocaba. Era él quien mandaba, yo era el prisionero aporreado, yo allí no tenía ni voz ni voto ni bote ni bota. Esperaba que yo diera el primer paso.

Lo di.

Me agarré al antebrazo izquierdo de Ardaruig para no perder el equilibrio, y di un paso atrás, un paso rápido, casi un saltito, mientras balanceaba con elegancia mi pie derecho atrás y adelante, en un pepinazo majestuoso, pepinazo de penalti, de cañonazo asesino, un puntapié aplicado con la fe gloriosa del inquisidor interrogador, con la alegría devastadora del chico que hace méritos delante de la más guapa de la peña. Cañas sólo tuvo tiempo de levantar las cejas, un poco sorprendido. Un segundo después, noté cómo la punta de mi Sebago penetraba entre sus ingles, y me consta que Cañas también lo notó. A pesar del grosor del cuero de mi zapato, percibí, al tacto, cómo salían proyectadas las dos bolas, vientre arriba, y rebotaban en el estómago, y ascendían esófago arriba, hasta la garganta, y tocaban la campanilla, pling, primero una, y se le encendía un ojo rojo de sangre, y pling, la otra, y se le iluminaba el otro ojo, líquido, objetivo alcanzado, y de aquella boca halitósica salió el eructo que antes no salía, acompañado de un ruido extraño, uuuuiiiiiiiii, de máquina hidráulica capaz de levantar objetos de gran tonelaje, y las piernecillas delgadas y zambas dieron un paso de charlestón, y el hombretón se arrugó como un kleenex usado y cayó hecho una pelota deshinchada.

Ardaruig también se arrugó, y también hizo una mueca, y soltó un grito, uuuyyyy, como si a él le hubiera salpicado un poco de daño.

Yo, en cambio, me sentí saludable, satisfecho y cruel.

El cuerpo no me dolía tanto después de aquello.

NUEVE

1

Me llevaron al Hospital de Valle Hebrón y allí me hicieron un TAC del cráneo y radiografías del resto del cuerpo, y tuve que andar con los ojos cerrados, y adivinar cuántos dedos me enseñaban, y me dieron diez puntos en la herida del pómulo, y me envolvieron el tórax con una venda adhesiva porque tenía un par de costillas «tocadas», según la terminología médica que usaron. Aquella noche me retuvieron para mantenerme en observación

¿Que cómo me lo había hecho? Unos cabezas rapadas me habían atacado por la calle. El Greñas que me acompañaba, con los muslos bien prietos por si las moscas, era un buen samaritano que me había recogido del suelo y me había curado un poco en su casa.

Desde la cama, utilicé el móvil para llamar a Ori, mi hijo.

—No te asustes, no ha sido nada, estoy en el hospital del Valle Hebrón...

Se asustó, claro.

—¿Qué ha pasado, papá, por el amor de Dios, qué ha pasado?

—No ha pasado nada.

—Si no hubiera pasado nada, no estarías en el hospital.

También llamé a Mónica, pero no la encontré. Era domingo, debía de estar divirtiéndose con Esteban, gastándose alegremente los doce mil euros que me habían pulido. Eso si no los había utilizado Cristina (o como se llamara) para irse a Brasil. No faltaba mucho para los Carnavales.

Depresión.

Para ahuyentar penas y angustias, llamé a Biosca.

—¿Está en el hospital? —exclamó, horrorizado—. ¡Salga de ahí inmediatamente, o es hombre muerto! ¡Está perdido, Esquius! ¡Y yo no puedo hacer nada para salvarte! Los hospitales se construyen sobre depósitos de cadáveres. ¡No permita que le pongan ninguna inyección, no deje que le entuben, no coma nada de lo que le den! ¡Está rodeado de gente con permiso para matar!

—Gracias, Biosca. —Le prometí que me cuidaría y huiría de allí descolgándome por una ventana en cuanto tuviera ocasión. Después, le informé de que el caso de Mary Borromeo ya estaba cerrado. Nos habíamos comprometido a obtenerle una compensación económica y ésta había quedado fijada en doscientos cincuenta mil euros. Ahora, Biosca tenía que encargarse de conseguir que la señora Maruja Fernández y su nieta recibieran la cantidad. Mediante el correo electrónico, teníamos que proporcionar a Ardaruig el número de cuenta corriente de nuestra clienta y al día siguiente a mediodía, a través de Internet, ya tendría que haberse efectuado la transferencia.

—¡Buen trabajo, Esquius! —celebró Biosca, ahogado por una carcajada enloquecida.

Sabía que Biosca cerraría perfectamente el caso. En cuestiones de dinero, Biosca era implacable.

Entonces, llegaron Ori, Silvia y los gemelos, Roger y Aina, que no habían podido dejar con ningún canguro.

—¡Joder, papá, por favor, qué te ha pasado? —exclamó Ori, poniéndose tan pálido como si estuviera a punto de desmayarse.

—¡Virgen Santa! —chilló Silvia, estremecida.

—¡Yo quiero que me pinten como al Tati! —pidió Aina, partiéndose de risa.

Roger quería llamar a sus amigos de P3 para que vinieran corriendo a ver aquel espectáculo tan interesante.

Conté la versión de los cabezas rapadas. Violencia gratuita que yo había pagado cara. Ya no se puede pasear tranquilamente por esta ciudad.

Ori me dedicó un discurso muy sentido que podría haberse titulado «De las ventajas de la jubilación anticipada». Le habría partido la boca.

Por suerte, en seguida vino la enfermera y los echó porque era hora de descansar.

En cuanto me quedé solo con ella, la enfermera me contempló con tanta compasión como si estuviera viendo el cadáver de un niño pero, curtida por años y años de experiencias traumáticas, reprimió todo comentario. Se fue meneando la cabeza lastimosamente.

No había para tanto. Me planté delante del espejo del baño y procuré mirarme con buenos ojos.

Lo más escandaloso era la parte alta del pómulo derecho, en la órbita del ojo, donde había hecho impacto la punta del calzado de Cañas. Un centímetro más adelante y me habría reventado el globo ocular, y un centímetro más atrás y habría dado de lleno en la sien, golpe mortal de necesidad. Pero había tenido suerte y con diez puntos lo habíamos solucionado. Ahora, sólo quedaba, como rastro de lo sucedido, un hematoma inmenso que me daba aspecto de hombre-elefante y el intenso color azul-negro que me rodeaba y me cerraba el ojo. Dios mío, era horrible. Yo nunca había visto por la calle una persona con un aspecto similar. Me acordaría. Me imagino que lo habría soñado más de una vez. Supongo que la pobre gente que luce hematomas como estos o está muerta o se esconde en su casa disfrazada con *burkas* esperando que baje la hinchazón. No hay nadie capaz de exhibirse en público con esos colorines alrededor del ojo. Si me pasaba la mano por el cráneo, con mucho cuidado, bajo las canas podía encontrar una orografía sumamente accidentada. En la frente, sobre la ceja izquierda, se veía el corte producido por la manija del coche, que no había necesitado puntos pero que me decoraba con una costra repugnante. Bien mirado, el mío era un rostro abominable.

Me dolía, incluso, el pie derecho, con el que le había pegado el puntapié a Cañas. Al mirármelo, pensé en los zapatos.

Los zapatos. ¿Dónde estaban los zapatos de Leonor García?

En lo referente a mi ropa, ya podía despedirme de los pantalones y la chaqueta de alpaca, y el abrigo negro. Estaban para tirar.

Me dieron una cena inodora, incolora e insípida y me inyectaron algo que me hizo dormir apaciblemente toda la noche. Antes de dormirme, pensaba en lo que había hablado con Ardaruig y me obsesionaba una sola palabra. «Pruebas». Pruebas, pruebas. Si conseguía pruebas, me sentiría liberado del trato.

Al día siguiente, lunes de la lotería, con una radio propagando el sonsonete del Gordo desde la madriguera de las enfermeras, recibí, primero, la visita de una médico residente de expresión aterrorizada que me dijo que no podría irme hasta que pasara el jefe de servicio y, a continuación, después del desayuno, entraron Octavio vestido de Papá Noel y Beth con su espectacular peinado verde loro.

—¡Ángel, por favor, por favor, por favor! —dijo ella—. ¿Qué te han hecho?

Y Octavio, con el tacto que le caracteriza:

—¡Cago'n diez, Esquius! ¡Te han destrozado! ¿Seguro que saldrás normal, después de ésta? —Y, manifestando sus propias prioridades vitales—: Bueno, no te preocupes, hay muchas tías retorcidas a las que les gusta esta especie de morbo, lisiados, jorobados, cosas así... Quizá no con tanta frecuencia, pero mojarás, hombre. Y si no, siempre te puedes ir de putas...

Me contaron que aún no habían resuelto el caso de los grandes almacenes pero Beth estaba muy optimista. Insistía en que, gracias a mis indicaciones, pronto atraparían a los ladrones.

—Pero, antes —les dije—, necesito que me ayudéis en el caso de Joan Reig. —Con un gesto, les pedí que se acercaran y adopté un aire conspirador—. Octavio: tendrías que ir ahora, inmediatamente, a buscar una juguetería y comprarme una muñeca Barbie, ¿sabes cuál te digo?

—Sí, sí...

—Una vestida de novia. La necesito en seguida, antes de que me den el alta. No te puedo decir para qué la necesito, pero es de vital importancia.

—¿Para el caso de Joan Reig? —Estaba dispuesto a vender su alma por aquel caso—. De acuerdo... Pero, ¿dónde encuentro ahora una juguetería...?

—No lo sé. Espabila. Me fío de ti, ¿de acuerdo? Con un poco de suerte, podrás hacer el regalo tú, personalmente.

—¿Pero a quién?

—No puedo decirte más.

—¿Me prometes el autógrafo de Reig?

—¡Naturalmente!

Salió disparado. Entonces, me volví hacia Beth.

—Y tú, por favor... Localiza el número de teléfono de la mujer de Danny Garnett. Que te ayude Amelia...

—¿Danny Garnett? ¿El futbolista?

—Sí. Llama a su mujer...

—¿Que la llame?

—Sí. Le dices que la llamas por aquello que pasó el jueves, día cuatro, y le pides que mire si al día siguiente alguien cavó en su jardín, a ver si encuentra algo especial enterrado allí. Unos zapatos de mujer. Si encuentra unos zapatos de mujer, que no diga nada a su marido y que te avise inmediatamente.

—¿Unos zapatos de mujer?

—Sí. Es muy importante. ¿De acuerdo?

—Bueno. —Intrigada, ya se le notaba la prisa por salir corriendo a hacer el encargo. Pero aún había algo más—: Ah... Esquius... Estuve investigando a tu hija y su novio.

—¿Ah, sí? —dije, inquieto.

Puso mala cara.

—Ayer por la noche, los seguí hasta un restaurante de la parte alta. Nada económico. Yo diría que claramente fuera de sus posibilidades. Iban ellos dos con un argentino que llevaba cola de caballo. Estuvieron brindando con cava, se les veía muy contentos.

No insistió. Era evidente que el tema me afectaba.

—Me engañaron como a un chino. Que no lo sepa nadie, Beth.

—Los superdotados también sois humanos, Ángel —dijo ella, como para consolarme.

Me estaba mirando, muy afligida, con alguna frase inspirada en la punta de la lengua, cuando se abrió la puerta y entró Palop.

—Jodó, Esquius, menuda carnicería —comentó desde la puerta—. Te querían matar.

Miró a Beth de arriba abajo, desde la melena verde hasta los pies de botas camperas, recorriendo su espléndida figura juvenil.

—Ya se iba —dije.

—Ya me iba —aceptó ella—. Pero, antes, una pregunta... —La miramos interesados—. ¿La muñeca Barbie...?

Sonreí. Me gustan las personas curiosas.

—Sólo quería que Octavio nos dejara solos.

—Ja, ja. Bueno... Que te mejores.

Salió y yo me quedé mirando a la puerta, embobado, como siempre que Beth se va.

Palop tiró el periódico sobre la bandeja del desayuno. Estaba abierto por la página que mostraba una fotografía tomada de una pantalla de televisión donde se veía a un sacerdote esposado y tieso de miedo y un Soriano pistola en mano gritando como un dictador suramericano en el momento de tomar el poder por la fuerza. El titular decía: «El cura asesino de prostitutas muerto a tiros minutos después de ser detenido». Y el subtítulo: «Espectacular y confusa acción policial ante las cámaras de televisión». En las páginas interiores también había fotografías de la policía y de unos camilleros llevándose el cadáver del padre Fabricio.

Palop me miraba muy serio.

—¿Qué pasó, Esquius?

Me dolía la cabeza.

—¿Cómo está Soriano? —pregunté.

—Cabreado. ¿Qué pasó anteanoche?

—Que te lo cuente él.

—Quiero que me lo cuentes tú. La información del periódico es de ayer. Hoy han cambiado las cosas.

Lo miré interrogativamente. Por el tono de su voz, deduje que las cosas no habían cambiado para bien. Se le veía exasperado, enfurecido, a punto de gritar y golpear puertas y paredes.

—Ayer teníamos a un cura asesino muerto y, al mismo tiempo, sale en la tele ese reportaje de Soriano haciendo el payaso. ¿Sabes quién era el cura? ¿Has oído hablar alguna vez del padre Fabricio, «toda una vida dedicada a los pobres»?

—Esta vez —dije, después de aclararme la garganta—, Soriano tenía razón. La actitud del cura era muy sospechosa, allí, en la oscuridad, agazapado como un delincuente. Y, además, todo aquello de las pruebas del ADN. Había que detenerlo. Como mínimo, para interrogarlo. Esta vez, Soriano me convenció. Por eso lo acompañé.

Palop ya llevaba rato negando con la cabeza.

—Nosotros también estábamos convencidos. Haciendo el ridículo y permitiendo que mataran a un detenido, de acuerdo, pero, al menos, Soriano había acertado, como lo demostraban las pruebas de ADN. Pero tan pronto como se ha publicado la historia, ¿sabes lo que ha sucedido? Pues que empezamos a recibir llamadas espontáneas de ciudadanos. Treinta, como mínimo. Todos indignados porque se acusa a un inocente.

—¿Sí? —Me parece que ésa fue la primera vez que conseguí abrir un poco el ojo derecho. Sólo unos milímetros, pero algo es algo.

—Sí. Resulta que el jueves, día cuatro, el padre Fabricio, que normalmente salía poco de su iglesia, hizo una excepción en su vida de anacoreta para ir a Tortosa a oficiar la ceremonia de las bodas de oro de un par de familiares. Una cosa de compromiso, no se podía negar. Llegó a Tortosa a las seis de la tarde, ofició la ceremonia a las ocho y, después de compartir el banquete con unas cien personas hasta las dos de la madrugada, se quedó a dormir en la rectoría de Figueres con el párroco de allí. Hay testigos a montones.

—Joder —dije. Casi pude ver el castillo de naipes de Ardaruig hundiéndose catastróficamente. Tan claro como lo tenía. Garnett volvía a estar entre la espada y la pared.

—O sea, que Soriano la cagó, después de todo. Y ahora volvemos a estar donde estábamos, con el añadido de que nos han herido a un agente y de que los caricaturistas de los periódicos nos deben de estar tomando por el pito del sereno en estos mismos momentos.

Calló un momento para elaborar su cabreo en silencio. Después, preguntó:

—¿Quién cojones llevó a la prensa allí?

—No lo sé. Pregúntaselo al juez Santamarta. Él era el único que sabía que íbamos a detener al padre Fabricio. Se lo dijo el mismo Soriano cuando recogió la orden de detención.

—Esos periodistas dicen que los avisó el mismo Soriano —dijo, como si fuera una pregunta. Y yo sabía que de la respuesta a esa pregunta dependía el futuro de Soriano.

—¿Unos periodistas revelando su fuente de información? Me extraña. En todo caso, si es verdad que te lo han dicho, seguro que se lo inventan. ¿Quién se atrevería a acusar a un juez? Pregúntaselo y verás.

Palop parecía cada vez más incómodo. Sin mirarme a la cara, sacó un papel del bolsillo y me lo entregó.

—Pregúntaselo tú mismo. Quiere verte.

El papel era una citación oficial.

—¿Y a ti quién te ha puesto la cara así?

Primero mentí:

—No lo sé.

Pero después dije la verdad:

—Estaba muy oscuro. En medio de un bosque. Fueron los mismos que hirieron a Soriano.

—O sea, el gorila de Lady Sophie.

—¿No lo habéis detenido?

—Lo estamos buscando. No sabemos dónde se esconde. —Ardaruig me había prometido que lo entregarían a la justicia. Me imaginé que pronto alguien encontraría el cuerpo de Cañas en una zanja, con un tiro en la cabeza y una nota dirigida al señor juez pidiendo que no se culpara a nadie de su muerte. La madre que los parió. Preguntó Palop—: Me dijiste que te estaba buscando para arrancarte la piel a tiras, ¿no?

Le miré con el único ojo hábil.

—No podría declarar contra él, ni identificarlo. Estábamos en un bosque, en la más absoluta oscuridad. No lo vi, de verdad. ¿Puedes alcanzarme el móvil, por favor? Creo que está ahí, en el armario, entre mi ropa.

Palop frunció el ceño. Buscó el móvil, lo encontró, me lo entregó y permaneció atento a mi actividad. Sin decirle nada, marqué un número, le indiqué que aguardara. Contestó la voz de Tete Gijón.

—Soy Esquius —le dije—. Dile a tu amigo que le compro las fotos.

—Demasiado tarde, salao. —Cerré los ojos y enseñé los dientes como perro a la defensiva—. Como vio que no le interesaban a nadie, las destruyó.

—Hijo de puta —rezongué. Corté la comunicación y miré a Palop. No dijo «¿Qué demonios me estás ocultando, Esquius?», pero lo pensaba, lo pensaba intensamente. Me justifiqué—: Lo siento. No puedo hacer nada.

Palop renunció a comprender.

—Después de hablar con el juez, ven a verme. Que te mejores.

—Si no encontráis a ese Cañas —dije, antes de que cerrara la puerta—, os ayudaré a buscarlo. Por lo que sé, estos días no puede correr mucho, seguro que cojea.

El policía me dedicó una última ojeada de desconfianza y se fue. Desanimado, con ganas de tirar la toalla y largarse bien lejos para disfrutar de su jubilación.

Puse la tele para ver qué decían las noticias, pero ya habían terminado el informativo y daban la información metereológica. El hombre del tiempo parecía entusiasmado y reseguía isobaras y frentes activos con la punta del dedo y anunciaba que quizá tendríamos unas Navidades blancas. Qué ilusión.

La última visita que recibí aquella mañana, antes de que el doctor me declarase apto para volver a la vida cotidiana, fue la de Mónica y Esteban.

—Papá, por favor, por favor, papá, te lo ruego, por lo que más quieras, papá, por favor, ¿pero qué has hecho? ¿Qué has hecho?

—Mónica se distinguía por ser la única persona que me atribuía la responsabilidad de lo que había pasado: «¿Qué has hecho?» en lugar de «¿Qué te han hecho?».

Esteban no me podía ni mirar. Se retorcía de angustia, se tapaba los ojos y la boca, miraba hacia la ventana, resoplaba y se desperezaba para normalizar la respiración y esquivar el vómito.

—Perdone —decía—. Perdone, pero es que... Perdone pero...

—no paraba de pedirme perdón, como si fuera él quien me hubiera dado la somanta, o como si fuera consciente de que estafar doce mil euros al suegro era un acto imperdonable.

Yo no sabía qué decir. Quizá sí que debería tomarle la palabra literalmente y decir a aquel sinvergüenza que no lo perdonaba, que se fuera a la mierda y que no olvidara nunca que, si no los denunciaba, a él y a su puta madre, era porque habían involucrado a mi hija en sus tejemanejes. Y a Mónica, ¿qué le iba a decir? ¿Que la desheredaba? Demasiado tarde: ya no había herencia que heredar, ni para ella ni para Ori.

—Oh, papá, papá...

Yo me mantenía callado y huraño. No la miraba. Ella, probablemente, lo atribuía a mi dolor físico, secuelas del accidente.

—Dice Ori que te lo hicieron unos rapados...

—Los rapados son todos unos cabrones —decía Esteban dirigiéndose a un sillón vacío.

Me pregunté si Mónica saltaría en defensa de los cabezas rapadas porque algunos de sus amores si no militaban en esa tribu, al menos se aproximaban en cuanto a estética general, pero, en lugar de eso, mi hija continuaba diciendo:

—Oh, papá, papá... —Y, de pronto, se arrancó—: Nosotros que te traíamos una noticia tan buena. Venga, te la diré, a ver si así te animo un poco...

La miré, sorprendido y expectante. ¿Una buena noticia? ¿Era posible? ¿Cuánto hacía que nadie me daba una buena noticia?

—¡La Fura dels Baus, papá!

—¿La Fura dels Baus?

—Sí, sí. ¿Sabes qué es la Fura dels Baus?

—Sí, un grupo de teatro muy moderno, que hace cosas insólitas, que triunfa en todo el mundo...

—Pues preparan un montaje que se llama *Ese-Efe-Serie-B*...

—¿Ah...?

—... y Esteban les había enviado la maqueta de su concierto para theremin...

—¿Ah...? —Me pareció que aquellas palabras tan sencillas actuaban como un ensalmo sobre mis heridas. El viejo Esquius renacía de sus cenizas y rejuvenecía como un Dorian Grey. Me pareció que se me iba el color de la cara, quiero decir que se me iba el color azul marino dejando paso a un color de salud espléndida.

—... y le han comprado los derechos para utilizarlo para el espectáculo... —Yo, sin palabras—. Le han pagado un adelanto. Ya no necesitamos tu dinero, papá. Sabemos que te costó mucho esfuerzo dejárnoslo y, por eso, ya te los hemos devuelto, por Internet, esta misma mañana.

—¿Qué? —hice, como un bobo.

Miré a Esteban con otros ojos. Claro que aquello no lo solucionaba ni lo explicaba todo, pero sí lo más importante. Esteban tenía realmente talento (para quien supiera entenderlo, eso sí) y Mónica no me había engañado. Sobre todo eso: Mónica había actuado de buena fe. Quedaba en el aire la cuestión de la señora Merlet y sus enredos, por mucho que fueran con fin de bien y sin la intención de quedarse y repartirse mi dinero con su hijo (como lo demostraban los hechos), pero, de todas maneras, aquello tomaba el aspecto de uno de los finales felices más azucarados de mi vida.

Para que no faltara ningún detalle característico de comedia de situación, en aquel momento se abrió la puerta y entró Octavio, vestido de Papá Noel, armado con una muñeca Barbie vestida de novia y preguntando:

—¿Era ésta la que necesitabas?

Expresiones de estupor.

—Bueno —dije—, me parece que estos golpes me han afectado más de lo que pensaba. Creéis que debería visitar a un neurólogo?

Risas descoloridas y descafeinadas interrumpidas por el doctor, que venía a poner orden.

2

Mónica y Esteban insistieron en acompañarme a casa con su coche, y yo no fui capaz de decirles que no quería ir, que tenía miedo de que estuvieran esperándome bandas de gángsteres dispuestos a ennegrecer el otra lado de mi cara. Me daba vergüenza que mi hija y su maromo pudieran encontrarse con la figura grotesca y temible de Cañas armado con la pistola y con aquella mala leche de capado involuntario. Pero por el camino hice de tripas corazón y me dije que un hombre no puede estar corriendo toda la vida.

—¿Dónde vais? —pregunté, al ver que aparcaban el coche.

—Te prepararé un poco de cena —comunicó Mónica, siempre sobreprotectora—. Y, si quieres, nos quedamos a dormir para hacerte compañía...

—¡No, no, no! ¡Ni hablar!

Me resistí con todas mis fuerzas. No estaba dispuesto a que me considerasen un inválido decrépito por dos cachetes de nada que me habían dado. Los empujé dentro del coche, les cerré la puerta en las narices, esperé por si tenía que alejarlos empujando el vehículo y, al ver que arrancaban sin problema, subí solo a mi casa.

No había ningún Cañas en el zaguán, ni en el ascensor, ni en el rellano de mi piso. El interior estaba tal como yo lo había dejado, nadie se había cagado, ni meado, ni habían destrozado los muebles ni habían registrado los cajones. Bueno, parecía que habíamos entrado en una época favorable.

El traje de alpaca gris fue a parar a la basura. El abrigo negro aún se podría aprovechar, si pasaba por una tintorería, pero nunca volvería a estar a la altura de una boda como la de los Clausell-Zarco. Mientras me vestía una camisa y unos vaqueros, y corbata de lana, recordé que mi coche debía de continuar en la Colonia Sant Ponç, cerca de la escena del crimen, y me dio pereza ir a buscarlo.

A pesar de que el médico me había dicho que más valía no cubrir el hematoma y la herida de la cara, que «convenía que respirasen», no me animé a pasear aquella estampa por las calles de la ciudad, y me enmascaré con un apósito como el que piadosamente me habían proporcionado mis enemigos, un pegote blanco que me ocultaba todo el lado derecho del rostro, y un esparadrapo sobre el corte de la frente para esconder la costra repugnante. Fui incapaz de determinar si el remedio era o no era peor que la enfermedad. Recordé la película *La Momia*, o *El Hombre Invisible* cuando iba vendado, y sentí compasión de mí mismo. Me puse el anorak que utilizo cuando vamos a esquiar, bien abrigado; ensayé un poco, delante del espejo, para evitar movimientos de viejo caduco, y terminé arrastrando los pies hacia la puerta, y hacia el ascensor, y hacia la calle a través del vestíbulo. Estaba cansado, muy cansado, y dolorido, muy dolorido, pero no podía aplazar la visita para más tarde.

En la calle, me pareció que el frío traspasaba la tela del anorak y se me metía en la médula de los huesos. La humedad de Barcelona, ya se sabe. O que las temperaturas bajaban en picado para celebrar la Navidad. O a lo mejor era yo, que tenía fiebre, que estaba enfermo, que me habían sacado del hospital prematuramente.

Después de que tres taxistas que ya se iban a detener respondiendo a mis señales acelerasen despavoridos al ver de cerca mi aspecto, el cuarto se apiadó de mí y me recogió.

Le pedí que me llevara a una dirección del Ensanche.

Durante el trayecto, pensé en Cristina, aquella noche, en Madrid, aquella sonrisa descarada que le partía el rostro en dos, aquellas mejillas de netol, los ojos verdes que miraban directamente, tan embusteros, y la manera como hablaba de sexo tan desvergonzada y marrana, y las instrucciones que nos dábamos en la cama, «y ahora date la vuelta, y ahora más, y ahora aquí, y ahora allí», sin cortarnos, y la risotada complacida y perezosa con que se dejó caer por el orgasmo como si fuera un tobogán.

La estafadora que me había engañado.

Entré en la portería aprovechando que salía una familia de prole muy ruidosa.

—... Cristina es insoportable —comentaba una mujer de aspecto insoportable—. ¿Te has fijado en que nunca escucha?

Solo, en el vestíbulo, mientras miraba los buzones con las gafas de vista cansadísima, me latía el corazón con fuerza en el momento en que comprobaba que Esteban Merlet vivía en el segundo primera con una desconocida llamada Eugenia Rius. A pesar de que, en realidad, la desconocida era aquella Cristina Pueyo del cuarto segunda. «Una mujer insoportable.»

Subí en aquel ascensor estrecho que había debajo de la escalera estrecha, y salí a un rellano estrecho, y me temblaban las manos cuando pulsé el timbre de la segunda puerta del cuarto piso.

Abrió ella. Despeinada, acabada de salir de la ducha y aún sin peinarse, con una bata de toalla, los ojos brillantes, la sonrisa a punto.

En el primer segundo, no me reconoció. Estaba dispuesta a ser amable, pero no me reconoció. Parpadeó. Y, de pronto:

—¡Ángel! —Encantada de verme, aunque fuera en aquellas condiciones—. ¡Eh, ¿qué te ha pasado? ¿La clásica puerta? ¿O por fin encontraste al gorila que buscabas? —Como si tuviera mucha gracia—. ¿El gorila? —Se resistía a rendir la sonrisa—. Bueno, gajes del oficio, supongo. Ya debes de estar acostumbrado. Espero que el enemigo haya quedado en peores condiciones. Y, si no, yo te ayudaré a eliminarlos. Ja, ja. Que parezca un accidente.

Ya no podía demorar la situación durante más tiempo. Ella no tenía que vivir en aquel piso. Y, si vivía, no podía llamarse Cristina.

—¿Como te llaman? —fue lo primero que se me ocurrió. No llevaba nada preparado—. Seguro que no te llaman Eugenia.

—Ginni —respondió, disculpándose con una mirada triste y resignada. A continuación, clavó la vista en el suelo y se apartó para cederme el paso. Dijo, como en broma—: No te líes nunca con un detective. Tarde o temprano descubrirá que le mientes.

Di un paso hacia el interior de la casa, pero sólo uno, y me planté en mitad de un recibidor pequeño, decorado con un sillón de anea y una máscara, en la pared, que para mí lo mismo podría haber sido africana que indonesia. Percibí el olor del jabón aromático, acaso champú. Olor a limpio.

—¿Siempre mientes? —pregunté.

—Sólo digo la verdad cuando hablo de fontaneros. —Cerré los ojos con ganas de irme de allí, y ella lo percibió. Se interpuso entre mi cuerpo y la puerta, y suplicó. Nunca habría imaginado que sus ojos risueños pudieran expresar tanta tristeza—. ¡Ángel! Estaba hablando de mí. No te engañé tanto como crees. Te estaba hablando de mí. ¿Qué querías que hiciese?

Yo pensaba: «Estoy haciendo el ridículo. ¿Qué estoy haciendo aquí, plantado como un dontancredo? ¡Lárgate! O le dices que no ha pasado nada y que la perdonas, o vete de aquí.»

—Te estaba hablando de mí —insistía ella—. Te estaba hablando de mí. ¿Cómo te dije que era la madre de Esteban? ¿Egoísta? ¡Seguro! Una tarambana que sólo piensa en sí misma, en divertirse y realizarse, que no lo cuidó como debía de pequeño, que no ha sabido retener nunca a nadie a su lado. Ni a mi marido, ni al amante que me alejó de mi marido, ni al amante que me distrajo del amante. Soy un desastre. —Pero, a juzgar por su expresión, cualquiera diría que le parecía divertido ser un desastre—, y me he dado cuenta de ello demasiado tarde. Cuando Esteban se fue de casa, entonces me di cuenta, ¿qué te parece? Ostras, se ha ido. Me hundí. No me había pasado con ninguna de mis parejas. Se va Esteban y me quedo desorientada, ¿cómo se ha atrevido? No lo sé, debe de ser el Edipo o algún trauma parecido. La culpa, quizá, por haberlo protegido demasiado. Me dio la manía de que estudiara arquitectura, y me oponía a que estudiara música, sólo porque yo había querido ser arquitecta de joven y no lo había conseguido... Y entonces, de repente, cuando Esteban se fue, me arrepentí de todo, de no haber permitido que ejerciera como músico, con aquel instrumento grotesco que hace ruido de gato; por haberme empeñado en hacerle estudiar arquitectura... —Un suspiro inesperado frenó su discurso. Un suspiro tembloroso, como un sollozo. Y forzó un poco más aquella sonrisa contradictoria, crispada, patética—. Pero ya era demasiado tarde, ¿entiendes? Esteban ya se había ido, «vete a la mierda, mamá». Con toda la razón. Y entonces, apareciste tú. Fisgando en nuestra correspondencia privada.

—¿Me reconociste a primera vista?

—Había visto una foto tuya. Una foto en que estás con Mónica. Mónica te adora. Me la enseñó el día que Esteban nos presentó, hace tiempo...

—Y, cuando me reconociste, reaccionaste automáticamente.

—Es una de mis virtudes. La rapidez de reflejos. Una de mis pocas virtudes.

—Empezaste a mentir con toda naturalidad.

—Es otra de mis virtudes. Además, la ocasión era demasiado tentadora. Había salido a comprar para la auténtica Cristina Pueyo, que se había roto una pierna, y ella me había dado la llave de su buzón, para que le subiera la correspondencia. Te vi enredando en los buzones, en seguida me di cuenta de que tenía todas las cartas en las manos y no pude resistirme a empezar la partida. En parte por necesidad, porque no sabía exactamente qué querías ni qué buscabas, en parte por indignación al ver a un padre investigando al novio de su hija y en parte por la tentación de hacer una gamberrada.

Sacudí la cabeza. ¿Cómo era posible que hubiera pasado por alto que, desde donde estaba, junto al portal, ella no podía saber que la carta que tenía en las manos era para los Merlet?

—¿Qué querías que hiciera? Si te decía que yo era la madre de Esteban, me habrías enviado al cuerno. Suponía que te habrían hablado de mí. ¿Qué te dijeron? Que era una mala madre, informal, tontaina, la tarambana que le impedía que se realizara como músico. Decidí que tenía que cambiar en aquel mismo momento, que era mi oportunidad. Para poderte hablar de mi hijo, para ayudarlo, tenía que convertirme en otra persona, en una voz autorizada.

—La vecina —dije.

—Cualquier voz era más autorizada que la mía. Si te mentí, Ángel, fue para conseguir que ayudaras a mi hijo. Me enteré por ti de que Esteban necesitaba dinero para un proyecto importante y te juro que de haber podido, te habría confesado quién era yo en aquel momento y se los habría dado dado yo misma, pero es que yo no tengo nunca ni cinco, tengo la mano agujereada.

—Y a partir de ahí lo montaste todo para conseguir que el dinero se lo dejara yo. —Estaba decidido a no pasarle nada por alto—. No te falta experiencia, teniendo en cuenta tu actividad profesional.

—Ah, ¿me has investigado? —Se ponía a la defensiva—. Vendo humo, sí, y consigo que me lo compren. La que trabaja como secretaria en una productora de cine es la Cristina Pueyo de verdad. Yo hago lo que puedo para sobrevivir, pero eso no tiene nada que ver con lo que estamos hablando.

—Aquel tío del fútbol, el argentino de la cola de caballo... Era un actor, ¿no?

—¡Aquél es Montaraz, de verdad! —protestó—. Un genio, el maestro de Esteban, el hombre que lo ha iniciado en eso del theremín. Si quería que le hicieras el préstamo a Esteban, tenía que conseguir que creyeras en él, que te convencieras de que realmente es un gran músico. Tú lo dudabas. Por esa razón, llamé a Montaraz, le pedí que fuera al campo, al partido, lo convencí de que estaba tratando de ayudar a Esteban, de que era absolutamente necesario que tú apoyaras la vocación del chico... Él, Roberto, no se fiaba de mí, sé que me odia, pero lo persuadí. Se extrañó mucho cuando le advertí de que tenía que llamarme Cristina y que Esteban no debía saber nada de todo aquello...

Entendí la expresión suspicaz y sospechosa de Montaraz cuando pidió a Cristina (Eugenia, Ginni, como se llamara): «¿Vienes? ¿Te llevo en coche y continuamos hablando?». No hay nada más sospe-

choso que una persona que sospecha. Me lo imagino exigiendo explicaciones en cuanto me alejé: «¿A qué viene esta comedia...?»
Suspiré.

—Bueno, pues ahora se explica todo.

—Va, pasa y tómate algo —dijo ella, inesperadamente frívola. «Aquí no ha pasado nada.»

—No me gusta que me mientan, ¿sabes? —repliqué, resentido.

Aquello la paralizó y privó de expresión a su rostro. Por un instante la vi estupefacta, envejecida, con más años de los que tenía, muy diferente a la mujer vital que conocía. Quiso bromear:

—Pues conmigo te equivocaste de persona.

—Cuando me engañan, me siento idiota. Siento que ya no me podré fiar nunca de ti. Nunca sabré si me dices verdad o mentira, porque sabes mentir muy bien. Durante todo este tiempo, he estado pensando que vendría a verte sólo para enviarte a la mierda.

Asintió resignada. No sabía dónde mirar ni a quién hacer reír. Yo leía sus pensamientos: «Pues, venga, adelante, no será la primera vez que paso por esta experiencia...».

—... Pero no te enviaré a la mierda. No me sale. A cambio, te daré una buena noticia.

Me miró de reojo. En aquel momento, era ella la que no se fiaba de mí.

—La Fura dels Baus, ¿sabes quiénes son? —Sí que lo sabía—. Le han comprado a Esteban los derechos del concierto de theremin. Le han pagado un buen pellizco, me ha devuelto el dinero que le presté, su música ilustrará el próximo espectáculo de la Fura.

—¿El chico? —chilló—. ¿Esteban? ¿De verdad? ¿Me lo juras?

La mujer más feliz del mundo, y por tanto, también la más hermosa.

Quiso abrazarme, pero mis costillas no estaban preparadas para la embestida. La mantuve a distancia. Ella podría haber interpretado el gesto como de rechazo, pero no se desanimó. No era tan fácil desanimarla. Estaba contenta por la noticia que acababa de darle, y estaba contenta de verme y de considerar la posibilidad de reconciliarnos, y estaba contenta, incluso y como siempre, de ser como era, de manera que me agarró de la manga y tiró de mí hacia el interior de la casa.

—Va, que no me gusta verte enfadado. Pasa. Permíteme que me haga perdonar.

«Permíteme que me haga perdonar.»

Fue su manera de mirarme. Aquel largo parpadeo. Aquella boca tan grande.

—Está bien —cedí—. Un whisky. El médico no me lo ha prohibido.

—Un whisky y ponte cómodo. ¿Sabes lo que significa ponerse cómodo?

Habíamos llegado a una sala pequeña ocupada por un tresillo de mimbre, con cojines de colores chillones, y tapices suramericanos también muy coloridos, y pilas y pilas de libros, libros metidos en estanterías torcidas, libros sobre cada mueble, libros en el suelo. Y un equipo de música y CD's desparramados por aquí y por allí. Y una estufa de butano calentando el ambiente. De pronto, me di cuenta de que allí hacía mucho calor.

—¿Ponerme cómodo —me hice el inocente— quiere decir sentarse en ese sofá?

—Quiere decir sentarse en ese sofá y quitarte ese anorak, que debes de estar ahogándote. Y los zapatos, si quieres, y todo lo que te moleste. Los calcetines, la corbata, los pantalones...

—¿Los pantalones?

—¿Por qué no? ...

Se abrió el albornoz mostrándome su desnudez.

—... En esta casa, somos muy desinhibidos...

Me había gustado la primera vez que la vi desnuda, cuando me tenía encandilado. Ahora, con mala leche, me encontré obviando sus virtudes y concentrándome en sus defectos. Que los tenía, claro. Como todo el mundo.

Volvió a taparse, visto y no visto. Se reía, haciendo equilibrios en la cuerda floja del ridículo. Sólo dependía de mí que aquella situación no se convirtiera en un apuro. Era una manera de poner su dignidad en mis manos. Nunca había notado que una mujer se me entregara tan totalmente, tan hasta las últimas consecuencias. Podría haberle dicho «¿No te sientes un poco puta?», y la habría hundido. Puta como Mary Borromeo, puta como Leonor García. La habría hundido.

—No estoy en condiciones de hacer ningún esfuerzo... —objeté, tímido y humilde, moviéndome como un viejo caduco mientras me quitaba el anorak a tirones. Lo dejé encima de uno de los sillones.

—No tendrás que hacer ningún esfuerzo... —dijo—. No te preocupes.

La contemplé cuando corría hacia un mueble sobre el que, rodeadas de libros, había unas cuantas botellas. Una era de whisky. Del armario de debajo, sacó un vaso. Se movía muy deprisa, muy deprisa, muy nerviosa, con miedo de que se nos pasara el momento mágico. La botella tintineó contra el vaso.

Entretanto, yo me senté en el sofá como si fuera un peso muerto y procedí a quitarme cada zapato con la punta del otro pie. Me aflojé la corbata.

No me gustaba que me hubiera mentido. Me veía en el avión, hacia Madrid, tan engañado, ella charlando y yo tragándomelo todo como un bobo, no sé qué comentarios podría haber hecho, y ella debía de sentirse sumamente inteligente a mi lado. Aquella noche, en el hotel decó, ella dirigiendo jugada y yo, como un títere, a sus órdenes, ella siempre veinte o treinta quilómetros por delante de mí. Cada una de sus palabras tenía doble sentido, cada una de las mías debía de hacer que se riera internamente, pobre tío, pobre infeliz. Esquius ingenuo, imbécil, llamándola por el móvil, «¿necesitas un fontanero?». Sólo me faltaría contarle aquel incidente y ver cómo se retorcía en un ataque de hilaridad. Será que no tengo sentido del humor. A veces me pasa. Si me engañan, me siento humillado y, si me siento humillado, me cabreo. Y, si me cabreo, un cuerpo de cuarenta y tantos, para mí, es peor que un cuerpo de cuarenta y tantos, ya nunca podrá ser oportunidad de ilusiones, sino trampa para ilusos.

—Déjame a mí la iniciativa... —estaba diciendo ella.

Cuando se volvió con el vaso de whisky en la mano, yo ya estaba de acuerdo con ella en el «¿Por qué no?» y, dejándome llevar por una cierta fatiga, un cierto desaliento, ya estaba saltando sobre una pierna, haciendo esas maniobras tan grotescas como necesarias para desprenderme del pantalón.

Al sentirme observado, me senté, y ella me miró a los ojos con expresión de quien se dispone a dar una mala noticia. Me entregó el vaso de whisky y, con toda naturalidad, se quitó el albornoz. Cartucheras. Tenía cartucheras. Y el pecho caído. Como en Madrid, pero ahora estaba dispuesto a tenérselo en cuenta a la hora de puntuarla. «El profesor Esquius le comunica que su comportamiento le ha hecho bajar la nota.» Y la sonrisa, patética, suplicaba «Quiéreme, por favor, haré lo que sea para que me quieras».

Hablaba:

—... Sólo te quiero compensar por el disgusto. Otro día, tú tendrás que compensarme por todos los insultos que me has dedicado mentalmente durante estos días...

Se arrodilló entre mis piernas. Y yo lo aceptaba, duro y cabrón, como una forma de castigarla, como una penitencia, una purga.

—¿Y qué les diremos a nuestros hijos?

Levantó la vista hacia mí.

—¿Qué tienen que ver ellos en esto? Que ellos practiquen el sexo como más les guste, y nosotros lo haremos a nuestra manera.

Y continuó. Yo, antipático, decidido a no brindarle ni un ápice de mi humanidad, le acariciaba la cabeza con tristeza. Inhumano como un putero de toda la vida. Hacía tiempo que no me sentía tan cabreado y tan cruel. Había creído todo lo que me decía. En un momento de suprema estupidez, incluso me había planteado cómo le diría a Mónica que estaba pensando en casarme. ¡Casarme! ¿Con aquella mujer de la que ni siquiera conocía el nombre?

Pero me gustaba lo que me hacía.

«No tengo que quedarme a dormir aquí», pensaba.

Sonó el móvil.

Suerte tuve del móvil. De no ser por él, igual se me habría hecho de día en aquel piso. Ya llevaba en él unas cuantas horas, tumbado en aquel incómodo sofá de mimbre y, al abrir los ojos, diez o doce modalidades de dolor diferentes atenazaron mi cuerpo. Gemí y no me levanté de un salto porque tenía todas las articulaciones oxidadas y chirriantes. Sé que blasfemé. Sólo estaba encendida la luz de la cocina, a lo lejos, y la llama de la estufa, a mi lado, y Ginni (no Cristina:

Eugenia, Ginni) dormía en el suelo, al pie del sofá, desnuda. Y estaba sonando el móvil. *La cumparsita.*

Qué difícil resultó encontrarlo, los dos rezongando y gateando, buscando la ropa, los bolsillos, tropezando el uno con el otro, y los compases de *La cumparsita* riéndose de nosotros.

—¡Aquí!

—¡Sí!

Era Beth.

—Perdona, Ángel. ¿Te he despertado?

—¡No, no!

—¿Te pillo en mal momento?

—¡No, no!

—Bueno, ya veo que sí, lo siento, pero perdona, es urgente... Me parece que te interesará...

¿Qué hora era? Cerca de las doce de la noche. Oscuridad absoluta, aparte de la luz de la cocina. Los cristales, helados por el frío que hacía en el exterior. A ver si el hombre del tiempo iba a tener razón y nevaba.

—Sí, sí, dime.

—Acaba de llamarme Olivia Garnett, la mujer de Danny Garnett. La he localizado esta tarde, me ha costado pero la he pillado hará unas dos horas, hacia las diez. ¿Me oyes? ¿Estás despierto?

—¡Sí, sí!

Ginni se desperezaba, desnuda y descarada como una gata, en el suelo, delante de mí. Me sonreía. Una tentación.

—Me ha parecido que estaba muy angustiada, asustada, hecha polvo. Se pone y dice: «¡Danny no está!», sin preguntar ni quién era, ni qué quería, no sé qué le pasaba. No sé si se creía que llamaba alguien que preguntaba por su marido, o si estaba sufriendo por la ausencia de Danny y tenía que contárselo a alguien, a quien fuera, al primero que llamase. Dice: «¡Danny no está!». Le he dicho: «Mire, señora Garnett, no se asuste, la llamo por lo que pasó el jueves cuatro», como tú me habías dicho. Todo lo que me dijiste: que mirase si alguien había enterrado algo en su jardín. Nada más. Se ha puesto a llorar, pidiendo explicaciones, y sólo le he dicho que eso formaba parte de una investigación oficial. Que, sobre todo, no le dijera nada a su marido. Que yo volvería a llamar.

Ginni estaba excitada y me incitaba a iniciar algún juego sexual. Aparté la mirada, huí de sus manos, empecé a pasear por la sala, sin pantalones ni calzoncillos ni calcetines, muy inquieto. Esquius puede ser muy desagradable, cuando se pone.

Continuaba Beth:

—La he vuelto a llamar hacia las once. Y no contestaba. Y he insistido, e insistido, hasta que se ha puesto, por fin, hace un momento. Estaba llorando, destrozada. Digo: «¿Ha encontrado algo en el jardín?». Dice: «Sí». Digo: «¿Qué ha encontrado?». Dice: «Unos zapatos», fíjate que yo no le había dicho nada de zapatos. Dice: «Unos zapatos de mujer». Le digo: «¿Lo sabe su marido?». Y se ha puesto a gritar: «¡Mi marido no está! ¡Mi marido no está!». Y entonces, no he sabido qué hacer. Le he dicho: «No haga nada, ahora volveré a llamarla».

—Muy bien. Lo has hecho muy bien... —Ginni, desde suelo, se retorcía y decía «¿Sí? ¿Lo he hecho muy bien?»—. Ahora, hazme un favor: primero, avisa a Olivia Garnett de que iremos a verla. Y llama a Biosca y dile que ya tenemos al asesino de las prostitutas, que vaya a casa de Garnett ahora mismo. Yo también voy...

Ginni, con cara de decepción: «¿Ahora mismo?».

—¿Puedo ir yo también? —preguntó Beth.

No podía decirle que no.

Colgué el teléfono. Recogí los calzoncillos y me los puse procurando mantenerme fuera del alcance de Ginni, que rodaba por el suelo persiguiéndome. Tuve que forcejear con ella para obtener los pantalones y, mientras me los ponía, noté que ella se enfadaba. Yo no quería ni verla. A la mierda. A hacer puñetas. Mientras me acababa de vestir, Ginni estaba sentada en un rincón de la habitación, abrazada a sus piernas plegadas, las rodillas cerca de la barbilla, muy seria, casi hostil.

—Pasas de mí, ¿verdad? —decía—. ¿No podrás perdonarme nunca? —Cosas así.

Y yo tenía ganas de decirle que sí, que pasaba de ella, que no la perdonaría nunca. Sobre todo porque tenía la cabeza en otra parte y no podía concentrarme en ella.

Estaba llamando a Palop.

—... Soy Esquius. ¿Te he despertado?

—¿Y a ti qué coño te importa? —me soltó. Quería decir que sí.

—Tengo al asesino de las dos putas. ¿Te interesa? Si quieres saber quién le pegó el tiro a Soriano, pasa del juez Santamarta y ven inmediatamente.

Gruñó, tosió, carraspeó, suspiró y se puso a mis órdenes. Le cité en casa de Garnett, en Pedralbes.

—¿Garnett? —exclamó—. ¿Danny Garnett? ¿Me estás hablando del futbolista?

—Sí, tío, pero si estás pensando en pedirle un autógrafo, olvídate porque me parece que no lo encontraremos en casa. Hablaremos con su mujer.

Corté la comunicación para ahorrarme más explicaciones, porque he leído muchas novelas policíacas y me gustan las explicaciones delante de público, ver las caras de sorpresa y sentirme inteligente, sagaz y protagonista.

Me volví hacia Ginni y le dije:

—Tengo que irme.

Y ella enfurruñada:

—Me da igual. Tengo la agenda llena de números de teléfono de fontaneros. Vete a la mierda.

Era broma, sí, me esforcé en pensar que era broma, pero no me hizo gracia, porque me pareció que de Ginni se desprendía una atmósfera cargada de mala leche, como de un rencor demasiado agrio para tolerar bromas. En aquel momento, intuí por qué no le duraban los maridos ni los amantes, y no tuve ganas de hablar del tema. Al contrario, me entraron unas ganas incontenibles de echar a correr. Como debe de pasarles cada noche de luna llena a las mujeres que se han casado con Hombres Lobo.

3

Un taxista malcarado y lacónico me hizo el favor de detenerse veinte metros más allá de donde yo le había hecho señales, y me esperó, y arrancó bruscamente en cuanto cerré la puerta, antes de que le dijera dónde quería ir. Fuimos a buscar la Diagonal y subimos, de semáforo en semáforo, por la abotargada noche barcelonesa, hasta que doblamos a la derecha de repente, y fuimos a buscar la Cruz de Pedralbes y, un poco más arriba, yo dije «Aquí mismo» y clavó el coche de manera que fui a parar de narices contra el respaldo de su asiento. Taxistas nocturnos en la gran ciudad: si no demuestran lo que valen, son hombres muertos.

—Si no le gusta su trabajo —le dije, mientras le entregaba una de las tarjetas falsas que siempre llevo encima—, y alguna vez ha pensado de ejercer como asesino a sueldo, llámeme.

La tarjeta decía Pedro X. Lobo, Centro de Operaciones Clandestinas, Ministerio de Defensa, Amador de los Ríos, 7, Madrid, y el número de teléfono de un conocido Instituto Psiquiátrico. Le proporcioné materia de preocupaciones durante un rato. Era una noche llena de pequeñas venganzas.

Abrumado por el frío, pasé por delante del edificio donde vivía el fotógrafo furtivo, amigo de Tete Gijón, y bordeé el muro inmenso de la mansión de los Garnett hasta una verja majestuosa. Había un portero electrónico con un solo botón. Cuando lo pulsabas, se encendía un foco deslumbrador, te sentías espiado por la cámara indiscreta, te contestaba una voz y se desencadenaban los ladridos de un perro que, a juzgar por su voz de tenor, debía de ser de dimensiones espectaculares.

—¿Quién es?

Una voz femenina y seca como la cazalla.

Un coche me hizo luces. Me volví justo cuando la verja se abría con un clac. El coche era un Volvo enorme, más que familiar, cuadrado, sólido, blindado, como un tanque. Salió de él Palop, con las solapas del abrigo subidas para protegerse las orejas, y se me acercó con paso pesado. Los dos íbamos agarrotados, las manos en los bolsillos, aturdidos por la baja temperatura.

—¿De qué se trata, Esquius?

—Ya te lo he dicho.

Nubes de vaho delante de las bocas. Me sujetó. El perro continuaba ladrando, escondido en las sombras.

—No. No voy de pelele. Dime de qué vas. Esta mañana, en el hospital, no sabías nada de nada. Ahora, todo arreglado. No me manipules, Esquius.

—No te manipulo, Palop. ¿Cuándo te he manipulado yo?

—Siempre.

En el portero electrónico, con el foco encendido aún como un ojo asustado, la voz femenina se impacientaba:

—¿Quién es?

Le cedí la palabra a Palop. Consideré que era la voz más autorizada.

—Comisario Palop, de la policía judicial. Me están esperando.

—Pase —dijo la voz, desmayada.

Un zumbido y otro clac indicaron que la verja continuaba abierta, es decir, que nada sólido se interponía entre nosotros y aquel perro que no se cansaba de ladrar derrochando decibelios. Habría ganado un campeonato de resistencia.

En aquel momento, dos automóviles aparecieron en el fondo de la calle, con faros deslumbrantes y estruendo de carrera de fórmula, y nos embistieron como *kamikazes*, y bruscamente frenaron con estrépito escalofriante. Eran un Jaguar XK 180 descapotable y biplaza, y un Audi A6 aparatoso y rojo, abollado y cubierto de polvo, propiedad de Octavio, que siempre y en todo apuntaba por encima de sus posibilidades.

Biosca conducía el Jaguar y bajó de él airoso, atlético y elegante como un *gentleman* de la *City*. Para él, a pesar de su edad, parecía que el frío no existía. Del Audi salió Beth, con un abrigo de piel de conejo, y medias negras, y botas, y cabellera verde, y un Octavio inoportuno y consciente de su inoportunidad. Señalaba a la joven Beth excusándose por el método de acusar:

—Ella me ha dicho que la trajera.

—¿Pero qué os pasa? —protesté—. ¿Os creéis que esto es un circo?

Los ladridos nos obligaban a hablar levantando la voz. Fingíamos que no nos importaba la presencia de aquel animal custodio de la casa.

—No se presenta cada día la oportunidad de acusar a Danny Garnett de asesinato —dijo Beth, con un entusiasmo desaforado.

—Es un error, una confusión —protestó Octavio, indignado—. Garnett no puede ser un asesino. ¡Lo necesitamos, Esquius! Si ha matado a alguien, carguémosle el muerto a otro y aquí no ha pasado nada. ¡Sin él, iremos a parar a segunda!

—... A mí, además, me lo debes porque, por tu culpa, no pude ver a Joan Reig en calzoncillos —decía Beth al mismo tiempo.

El perro invisible había conseguido imprimir un ritmo fastidioso a sus berridos enloquecidos. Biosca me puso una mano en el hombro, paternal:

—Permita que entren los chicos, Esquius, no acapare toda la gloria para usted solo. Ellos aprenderán y la gente de ahí dentro nos estará tan agradecida por los problemas que les vamos a solucionar que no podrá ningún inconveniente en invitarnos a chocolate con churros para tonificarnos en esta noche tan fría. Por cierto, ¿cuál es el problema que les venimos a solucionar, exactamente?

Antes de que pudiera responderle, una voz nueva, que chirriaba en un castellano teñido de inglés, surgió, aguda y estentórea, del portero electrónico:

—¿Quieren hacer el favor de entrar de una vez? ¿Se puede saber qué quieren? ¿Es una broma? ¿O es que me quieren volver loca?

Los cinco visitantes pegamos un brinco sincronizado y nos encontramos dentro del jardín.

Entonces, el chucho se calló y su presencia y su amenaza crecieron en la tiniebla. Me había habituado hasta tal punto a su voz que ya casi podía leerle el pensamiento. «Pasad, pasad, que os estoy esperando...» Pero ninguno de nosotros estaba dispuesto a reconocer que tenía miedo. ¿Dónde se ha visto que una pandilla de policías e investigadores privados se eche atrás ante un vulgar animal doméstico?

Mientras cruzábamos el jardín, reconocí el decorado que había visto días atrás desde el balcón vecino del *paparazzo*, a través del objetivo de su cámara. Los árboles centenarios, el camino de losas sobre el césped blanqueado por la escarcha, los enanos de jardín. Me sentí vigilado, fotografiado, inmortalizado, carne de revista sensacionalista. «A altas horas de la noche, la mansión de los Garnett recibió la visita de cinco sospechosos, uno de los cuales era el comisario Palop de la policía judicial, y a otro le habían partido la cara; también había una chica de cabellos verdes, un gorilazo y un hombre que probablemente dirige unas cuantas empresas multinacionales. Los cinco murieron despedazados por una bestia de enormes proporciones...» Pasamos por el lugar donde el perro había mordido al intruso aquel viernes día 5, poco después de que asesinaran a Leonor García. En un punto determinado, cerca de allí, se veía la tierra revuelta.

De pronto, de la oscuridad del último rincón del jardín surgió el rottweiler, tan monstruoso como habíamos imaginado. Ojos de fuego y dientes blancos y antropófagos. Mentiría si dijera que no nos asustamos.

Pero, cuando la bestia ya se nos acercaba, sus ojos diabólicos se fijaron en mi rostro y la expresión del animal cambió radicalmente. Debía de ser el apósito que me cubría media cara, o quizá el color azul amarillento que iba conquistando mi cutis, el caso es que el perro clavó las patas de delante, emitió una especie de gemido que evidenciaba su pánico y huyó a su rincón con el rabo entre las piernas.

Subimos los cuatro escalones hasta la puerta cubierta por el porche.

Salió a recibirnos una chica morena, joven y hermosa, de cabellos rizados y negros, con una especie de jersey de cuello alto de seda negra y brillante, collar de perlas y pantalones beige, anchos y de raya afilada. Demasiado joven para ser tan elegante, o demasiado elegante para ser tan joven. En todo caso, una presencia impropia de aquellas horas de la noche.

—¿Qué quieren? —dijo de mal humor.

No podía apartar la vista del apósito que me enmascaraba y también debía de pensar que mi presencia era impropia.

Del interior de la casa, nos llegaban los sollozos de una mujer desesperada.

—Policía —Palop mostró la placa.

—Olivia Garnett quiere vernos —aseguré.

Beth intervenía:

—¡He hablado con ella! Le he dicho que vendríamos y me ha dicho que sí, que de acuerdo.

—¿Está el señor Garnett? —se hacía oír Octavio.

Biosca se abrió paso, se colocó en lugar preferente y tomó la palabra como portavoz de todos nosotros.

—Querida señora o señorita: no disimule. Su presencia aquí es tan sospechosa o más que nuestra. No le veo ojos de sueño, lo que significa que hace rato que está en pie o que esta noche quizá ni siquiera se ha metido en la cama. Y esta ropa, cara y de marca, hace suponer o bien que se ha vestido con prendas de su señora, y me gustaría saber por qué, o bien que se dispone a salir de viaje, porque las criadas sólo se ponen ropa cara cuando tienen que salir de viaje...

—¡No soy la criada de nadie! —dijo la mujer morena con un desprecio impactante.

—Ésa es otra posibilidad —replicó Biosca sin inmutarse—. Que no sea la criada y se encuentre de visita. ¿A estas horas? Como nosotros, por otra parte. ¿Y dónde está la criada, entonces? ¿Podemos pasar?

—¡Que pasen! —chilló la inglesa castellanoparlante—. ¡Que pasen de una *fucking* vez o empezaré a romper cosas!

Accedimos a una sala descomunal, con un ventanal enfrente que daba a un jardín todavía más grande e iluminado con luces indirectas, que ofrecía un generoso panorama de verde parecido a una selva oscura. Del ventanal para acá, era un decorado en blanco, beige y gris impoluto, como preparado para conceder una exclusiva a una revista del corazón, y una temperatura demasiado cálida para mi anorak, y los abrigos de Palop y de Beth. Empezamos a desabrocharnos desesperadamente.

En medio de tanta pulcritud, había dos detalles discordantes que creaban una perturbadora sensación de anarquía. El primer detalle eran dos zapatos sucios de barro que emporcaban el sofá, y el segundo detalle era una mujer rubia y bonita, estereotipo Barbie norteamericana, anoréxica y tetuda. Llevaba puesto lo que igual podía ser un vestido ligero de verano como una provocadora camisa de dormir de escote muy explícito que dejaba al descubierto unas piernas largas y espléndidas. No quería mirarnos:

—¡Ahá! —exclamó Biosca, dispuesto a soltar otra de sus retahílas deductivas sherlockianas.

—Si me permite, Biosca —me adelanté—, es tarde y todos estamos cansados. A lo mejor, si me cede a mí la iniciativa, como sé a qué hemos venido, acabaremos antes.

Cerró la boca y me cedió la palabra con una mirada recriminatoria y desafiante, como advirtiendo que más valía que compensara mi insolencia con una actuación bien brillante.

La mujer morena del collar de perlas se acercó a un mueble que había a la derecha de la puerta y cogió un vaso de whisky con la mano izquierda. Bebió un trago bien largo, con avidez.

—¿Estos zapatos estaban enterrados en su jardín? —pregunté. La Barbie asintió con la cabeza enérgicamente—. ¿Y quién supone que los enterró?

—¡No lo sé! —respondió, manteniéndose de espaldas y apretano los dientes. Y, de pronto, ahogada por un llanto que no acababa de salir—: Danny, supongo, *my god,* Danny...

Octavio se le acercó con la intención de abrazarla y consolarla tanto como hiciera falta, pero la morena del collar de perlas le salió al paso.

—¡Por favor! —indignada, decidida a poner orden —. ¿Se puede saber qué quieren? ¿Qué hace aquí la policía? ¿Qué han venido a hace a estas horas?

Palop me dirigió una mirada que pedía auxilio. Él era el policía y no sabía qué responder.

—Estas preguntas hágaselas a ella —dije—. ¿Qué significan para ella estos zapatos? ¿Por qué ha permitido que viniéramos? ¿Por qué le ha dicho a usted que nos abriera la puerta, a estas horas? ¿Qué quiere contarnos la señora Garnett?

—¡No quiere contar nada! —dijo la morena elegante.

—¡*Yes!* —chilló Olivia Garnett de tal manera que todos retrocedimos un par de centímetros. Se volvió hacia nosotros y, al ver mi aspecto, añadió un alarido de terror. A continuación, hizo un esfuerzo por centrarse y volver a mirarnos con los ojos refulgentes de lágrimas y furia—: ¡*I'll tell you all!* ¿Saben quién enterró esos zapatos? ¡Danny, mi marido!

—Un momento, señora... —quise interrumpirla.

—Olivia, ve con cuidado —quería advertirle la morena.

Pero ella continuaba sin escucharnos:

—¿Y sabéis para qué? Para acusarme a mí del asesinato, oh, *my goodnes,* las enterró para acusarme a mí de los asesinatos... —Di un paso adelante, y ella me amenazó con el dedo, como si fuera una pistola o una espada. Hablaba deprisa, deprisa, en un castellano grotesco que en otro momento nos habría causado mucha risa—. ¡Déjeme hablar mi mente! —Traducía literalmente del inglés frases hechas, *speak my mind*, dar mi punto de vista—. ¡Para eso les he hecho venir, para que me escuchen, para decirles que soy inocente! ¡Fue Danny, Danny y el presidente de su *fucking* Club, que me prostituyeron a cambio de miles de millones de este *business* que quieren hacer, me vendieron como esclava. Porque Danny ha vendido su alma al Club, a cambio de un contrato millonario, no se puede negar a los caprichos o a las conveniencias del presidente... Me vendió como esclava, tuve que sacar una *fucking key* de aquel sombrero y salí de la casa y tuve que meterme en el coche de aquel *kinky* Costanilla, el marido de la *bitch* Enebro... Y aquel hombre, lo que aquel hombre me hizo... —Se estremecía de horror al recordarlo, y yo quería intervenir para truncar su confesión, pero no me lo permitía—. Lo que aquel hombre me hizo no me lo había hecho nunca nadie, *never, never, never*, ah... —Abrió la boca en un tumultuoso suspiro, sollozo, llanto, que la sacudió tan violentamente que pareció que se iba a caer a suelo.

—Olivia... —dije.

—¡Cállese! ¡Usted no ha venido a hablar, ha venido a escuchar! Danny había ido con aquella chica *in red*. Se fue con mucho gusto, muy contento, se fue, andando sobre el aire, *walking on air* como decimos en mi país, y permitió que yo me fuese con aquel asqueroso. Y al día siguiente todo era pedirme perdón, que a él tampoco le había gustado que lo obligaran a jugar a aquel juego, no le hacía gracia que alguien *fuck* con su mujer, y pasó mucha angustia por si le tocaba pasar la noche con la mujer de Monmeló, que es insoportable... pero estaba *horny* como un animal y jodió con la mujer del vestido rojo. ¡Dice que iba borracho...! Y al día siguiente ¿sabe por qué me pidió perdón? ¿Saben por qué me pedía perdón? —Confesión pública—: ¡Porque la chica del vestido rojo era una puta! Si no hubiera estado una puta, no habría pasado nada, ¡pero era una puta! Eso sí que le hizo enfadar. ¡Reig había hecho trampas! ¡Ah! Por su culpa Garnett había jodido con una puta... Algún hombre se estaba jodiendo su mujer mientras él, infeliz, jodía con una simple puta. Una puta que, después de haber jodido, ¡le pidió dinero! ¡Ah, aquello sí que fue desagradable, para mi querido *son of a bitch* Danny Garnett! ¡Aquello sí que le dolió! ¿Olivia jodiendo gratis con un hombre respetable y él tenía que pagar a una puta? ¡Aquello sí que era espantoso! Dice que la echó del coche. Para demostrarme el amor que siente por mí, dice que la dejó abandonada en medio de la carretera y que no le dio ni un céntimo. ¡Ah, sí! Mirad cómo me quiere mi marido. ¡Puede joder con otras mujeres, pero no les pagará ni un céntimo, no les pagará ni un céntimo de tanto como me quiere! —La pena ganó a la amargura, y el sarcasmo, de pronto, se rompió como un cristal. Se dejó caer sentada en el sofá y soltó el llanto, toda ella convulsa. Yo me acerqué. Me arrodillé a su lado.

—Olivia —dije, en voz baja.

—Y le dije que la mataría, sí, le dije que la mataría. Le dije que mataría a la puta... —El llanto no la dejaba hablar—. Y la puta murió, murió aquella noche y eso habla volumen...

—¿Cómo ha dicho? —hicieron Beth y Octavio al mismo tiempo, atónitos.

Nadie contestó. Ya se entendía el sentido.

—Tú no la mataste, Olivia... En aquel momento no lo sabías, pero la puta ya estaba muerta...

Sacudió la cabeza.

—Destrozaron nuestras vidas... —susurraba, entre la compasión y el asco. Señaló vagamente a la mujer del collar—: La mía y la suya...

Miré por encima del hombro.

—¿La suya?

La mujer tenía unos ojos negros, grandes y expresivos que se clavaron en mí desorbitados. «¿La mía?»

—Olivia acaba de decir que destrozaron vuestras vidas, la suya y la tuya. ¿Tú también estabas en aquella cena?

—¡Claro que estaba, *sure*! —exclamó Olivia—. ¡A ella le han arruinado el matrimonio! ¡Ella se ha separado de su marido después de lo que pasó aquella noche!

La mujer de los cabellos negros y rizados y el collar de perlas abrió la boca, aturdida. Yo me puse en pie y me enfrenté a ella.

—¿La señora Ardaruig? —pregunté.

Ella se quedó unos instantes en tensión, como conteniendo la respiración, unos breves instantes durante los cuales tal vez ponderó la posibilidad de mentirme. En seguida soltó aire y, con actitud de naturalidad, de «claro, ¿no es evidente?», afirmó con la cabeza y la caída de ojos. Acto seguido, con la mano izquierda se llevó el vaso a los labios. Echó atrás la cabeza, apuró el líquido y los cubitos la besaron. Ese gesto me inspiró la siguiente pregunta:

—¿Es verdad que se disgustaron, aquella noche, al ver que el azar los había reunido? —Se le incendió la mirada—. Tanto usted como su marido se habían hecho ilusiones de disfrutar de otra persona, como si fuera un juego divertido, y, cuando se encontraron el uno con la otra, se enfadaron, discutieron... ¡Se han separado!

La señora Ardaruig se estaba enfadando. Sujetaba el vaso con las dos manos y se me ocurrió que podía rompérsele y herirle los dedos.

—¿Y cuándo fue que le pegó la bofetada a su marido? ¿Aquella misma noche?

—Aquella misma noche —dijo, bajito, como un rumor amenazador.

—Embustera —dije con mueca ofensiva de desprecio.

Disparó la mano. La mano izquierda. En una bofetada que neutralicé a tiempo porque la estaba esperando, porque la había provocado. Zum, saltó la mano, y clac, le agarré la muñeca como quien para un objeto lanzado por los aires.

—Usted no le pegó aquella bofetada —dije— porque usted es zurda y su marido tenía aquel golpe en la mejilla izquierda. A su marido le abofeteó una persona diestra.

Los ojazos negros y expresivos me preguntaron: «¿Lo sabe?».

El ojo que no tenía cerrado le contestó: «Lo sé».

—¿Puedo preguntarle qué hace aquí?

Quería negarse. Se sentía acorralada, asustada.

—Me ha llamado —dijo, insegura, como si no se hubiera aprendido aquella parte del guión y temiera meter la pata—. Me ha llamado cuando ha encontrado los zapatos. —Ahora era ella quien sufría, pero se sabía mucho más fuerte que Olivia y no tenía la menor intención de llorar.

—¿Por qué?

—Porque...

No tenía preparada la respuesta. Sus pupilas, inquietas, me esquivaron y buscaron a Olivia.

—¡Porque hace *hours* —chilló Olivia Garnett, remarcando la palabra «horas» con un agudo penetrante—, *a lot of hours*, que su marido ha llamado al mío! Y Danny ha salido corriendo, sin excusas, y aún no ha vuelto, ¡por el amor de Dios, aún no ha vuelto! Y no puedo preguntarle por qué demonios enterró los zapatos de la puta en el jardín!

Pegué un salto. De pronto, me entraron todas las prisas.

—¿Saben dónde han ido? —Nadie entendía la pregunta ni se daba por aludido—. ¿Dónde se han citado? ¿No saben dónde están esos dos?

El tono de voz, perentorio y espantado, movilizó al personal. Se miraban, efectuaban movimientos convulsos e inútiles. Tuve que repetir, levantando la voz:

—¿No saben dónde están?

—*You know it,* Conchita —dijo Olivia, contagiada de mi ansiedad—. *You told me.* ¡Que debían de haber ido a la casa de Camallada! ¡Que era donde se ha instalado Luis!

—¿Camallada? —dije—. ¿Dónde está Camallada? ¿Qué es Camallada? ¡Hay que ir a Camallada!

Parecía que nadie sabía dónde estaba Camallada. Aparte de Conchita Ardaruig, claro. La agarré de los brazos y la sacudí:

—¡Llévenos a Camallada inmediatamente!

—No, no, no...

Se impuso la voz autoritaria de Palop:

—Llévenos a Camallada inmediatamente. Vamos.

Palop sujetó a Conchita del codo, como se sujeta a los detenidos, y la arrastró hacia la puerta.

—¡Eh, un momento! —Beth fue la única que pensó en la desnudez de Olivia Garnett. Corrió hacia un armario, sacó el primer abrigo de pieles que encontró y se lo puso encima de los hombros.

—¡Si no hace tanto frío! —protestó Octavio. Y, aprovechando que había tomado la palabra—: ¿Seguro que Garnett está ahí, donde vamos? Porque quiero pedirle un autógrafo...

Nos detuvimos ante la puerta para abrocharnos la ropa de abrigo, preparándonos para salir a la helada noche exterior.

—¿Podemos acompañaros? —preguntaba Beth con ingenuidad.

Salimos al jardín, atropelladamente, aunque yo era el único que sabía por qué corríamos. Dejamos atrás los agudos gañidos que aún emitía el rottweiler, acobardado por mi aspecto. Llegamos a la verja, salimos a la calle.

—¡Usaremos mi coche! —anunció Palop, dirigiéndonos hacia el Volvo blindado.

—Yo iré con vosotros —se añadió Biosca—. Quiero escuchar cómo cuenta Esquius de qué va todo esto. Beth: tú síguenos con mi Jaguar.

—¿Lo dice en serio? —Se emocionó la chica de los cabellos verdes.

Palop se puso al volante, Biosca a su lado; yo, Olivia y Conchita nos encajamos en los asientos de atrás. Beth y Octavio se metieron en el Jaguar XK 180 descapotable. Un instante después, Palop arrancaba el Volvo y el Jaguar nos seguía. Conchita, repentinamente sumisa, nos guiaba. Hacia la Ronda de Dalt, hacia la autopista de Sabadell y Manresa.

Estaba amaneciendo.

Y, entonces, atrapado entre las dos mujeres en el asiento trasero del Volvo en marcha, del que nadie podía huir, dije:

—¿Quieren saber qué pasó la noche de la cena de las llaves y quién mató a María Borromeo?

DIEZ

1

Lo único que vimos del pueblo de Camallada, al llegar, fueron un par de edificios, pajares, almacenes o garajes, algo así, con paredes sin encalar cubiertas de pintadas independentistas y techos de fibrocemento y con un tractor oxidado esperando el desguace en la cuneta. Bajo el rótulo «Camallada», medio caído, otro indicador señalaba un camino asfaltado que se desviaba hacia la izquierda. «Can Bordaire», decía. No especificaba si se trataba de un restaurante, de una masía o de una urbanización. Conchita Ardaruig exclamó, cuando casi era demasiado tarde: «¡Por aquí, a Can Bordaire!». Palop pegó un golpe de volante y yo abrí los ojos.

Hacía rato que no hablábamos. Ya estaba todo dicho. Después de mi exposición y de la confesión de Conchita, todos nos habíamos quedado mudos, abandonados a una especie de letargo, encarados con la memoria de una muerte un poco más absurda que todas las muertes. Junto con la tristeza, a mí me había asaltado el dolor y el cansancio, y había dejado caer la cabeza hacia atrás y si no me dormí, poco faltó.

El grito de Conchita, «¡Por aquí, a Can Bordaire!», inesperadamente vivo y despierto, me volvió a la vida, y la vi a mi lado, tan animada, tan atenta al camino, al lugar donde nos conducía, hacia el futuro, que no pude evitar pensar en la crueldad de la muerte. La muerte de María Borromeo quedaba atrás en una vertiginosa carrera hacia el olvido, mientras nosotros aún teníamos tantas cosas que hacer. Quizá eso sea sinónimo de vida. Tener muchas cosas que hacer.

Ya clareaba y podíamos ver la carretera más allá del alcance de los faros del Volvo. Una carretera estrecha y sinuosa por la que circulaba con prudencia el Jaguar de Biosca, delante de nosotros. Nos estábamos encaramando por un bosque denso, oscuro y húmedo, por un paisaje abrupto que, al cabo de un par de quilómetros, se abrió a nuestra izquierda en un abismo repentino al fondo del cual, entre los árboles, se podían ver las casitas de belén de Camallada. Humo en las chimeneas, tejados de tejas rojas, luces de Navidad apagadas y una niebla baja que se empezaba a notar también en la carretera y que convertía la realidad en recuerdo.

—¿No podemos ir un poco más deprisa? —protestó Biosca, impaciente.

—La carretera está helada —se explicó Palop, nervioso y de mal humor—. Estamos haciendo patinaje artístico, ¿no lo nota?

—La casa está al final de la carretera —dijo Conchita.

Y me miró. Nos miramos, conscientes de que estábamos llegando al final.

No hacía mucho que nos habíamos mirado con la misma intensidad. Cuando estábamos saliendo de Barcelona y yo había dicho:

—¿Quieren saber qué pasó la noche de la cena de las llaves y quién mató a María Borromeo?

Se había producido un silencio provocado por la sorpresa, que yo interpreté como respuesta afirmativa a mi pregunta. Continué:

—Conchita y Luis Ardaruig iban cabreados, en su coche, por la carretera de Vallvidrera. Frustrados y de mala leche, como te pone el alcohol cuando las cosas se tuercen. Resignados pero no conformados a regresar a casa sin cumplir ninguna de las expectativas que se habían hecho. Y, de repente, cerca de los merenderos de Les Planes, vieron el coche de Danny Garnett. Vieron cómo echaba a la chica del vestido rojo, que se llamaba María Borromeo. Vieron cómo arrancaba y se alejaba y la dejaba allí en medio, sola, abandonada en la noche.

—No —decía Conchita, moviendo la cabeza porque no quería oírme—. No es verdad.

—Luis detuvo el coche para ayudarla...

—No. Se equivoca. —Sólo el «no» persistente y terco de los que no tienen versiones alternativas que ofrecer—. No.

—Y entonces se le ocurre que él sí que podrá follar con otra mujer, aquella noche. La novia de Reig, abandonada por Garnett. Va borracho, y excitado, y frustrado, y ha discutido con su mujer. Y dice: «Mira; si Garnett no quiere a la chica del vestido rojo, yo la puedo aprovechar». Y para el coche...

—¿De dónde saca todo eso? ¿Quién se lo ha dicho?

—Simples suposiciones —reconocí.

—¡Entonces, cállese de una vez! ¡No diga más tonterías!

—¿Quiere decir que no fue así? ¿Quiere decir que no vio cómo Luis bajaba del coche y hablaba con ella? ¿No fue entonces cuando Mary Borromeo le pegó un golpe con el bolso a su marido? ¡Pam! Un trompazo con la mano derecha que le dejó una señal en el pómulo izquierdo. ¡Pam! Y él se cabreó, quiso devolverle el golpe y le pegó una fuerte bofetada, un señor trompazo, un viaje que hizo que Mary Borromeo cayera al suelo. ¿Me está diciendo que no fue así la cosa?

—No puede saberlo —repetía Conchita convencida—. No puede estar seguro.

—Usted lo vió. No pudo ser de otra forma.

Conchita dijo en voz muy baja, muy consciente de que, a pesar de que no decían ni palabra, Biosca, Olivia y, sobre todo, el comisario Palop, escuchaban atentamente nuestra discusión:

—Se fue con Danny Garnett y eso quiere decir que la mató Danny Garnett.

—No, Conchita.

—Sí. Yo lo vi. La mató Garnett.

—¿Sabe por qué no pudo ser Garnett? Porque el domingo pasado salió a jugar al fútbol y llevaba manga corta y no se le veía ningún vendaje, ni tenía ninguna herida en el brazo izquierdo.

2

Pero esta conversación se había iniciado hacía más de una hora, saliendo de Barcelona. Ahora, de golpe, nos sobresaltó a todos un grito de alarma de Biosca:

—¡Eh, mirad ahí!

Conchita y yo separamos nuestras miradas para dirigirlas hacia delante, para descubrir a través del parabrisas que estábamos subiendo por una recta muy pendiente que acababa en la cima del cerro, donde se veía una vieja masía con una torre adosada. Más allá del Jaguar que nos precedía, venía un coche de cara. Un BMW azul. Olivia lo reconoció.

—¡Es Danny! —dijo.

—¿Se va?

—¡Viene hacia aquí!

— ¡Hacedle señales! ¡Hazle ráfagas!

Palop hizo ráfagas y los demás soltamos un grito.

La carretera era estrecha y el BMW de Garnett circulaba casi por el medio, con oscilaciones caprichosas a un lado y a otro, y esperábamos que hiciera una maniobra hacia la derecha, para dejarnos pasar, pero no la hizo. Más bien al contrario, de pronto pareció que embestía al Jaguar. Imposible determinar si lo hacía a propósito o si resbaló sobre el hielo. Beth reaccionó tarde, con un golpe de volante que llevó el descapotable hacia la cuneta, y vimos cómo salía de la carretera por el lado en que había montaña y se clavaba contra un árbol. Biosca exclamó «¡Eh, mi Jaguar, ¿qué hacéis?!» y no nos pudimos entretener contemplando la situación porque el coche de Garnett ya se dirigía frontalmente contra nosotros.

No se le veía la cara, pero sólo por la manera como se agarraba al volante, com si fuera un elemento para sujetarse y no para conducir el vehículo, se adivinaba que le ocurría algo y que, definitivamente, no nos iba a esquivar.

Lógico. Más o menos, lo que me esperaba. Por eso no había sido posible aplazar aquel viaje.

Todos nos alborotamos.

—¡Cuidado!

—¡Atención!

—¡Está loco!

Una hora antes, también se habían alborotado todos al oír mi afirmación: «¿Sabe por qué no pudo ser Garnett? Porque el domingo pasado salió a jugar al fútbol y llevaba manga corta y no se le veía ningún vendaje, ni tenía ninguna herida en el brazo izquierdo.»

—¿Cómo ha dicho, cómo ha dicho? —preguntaba Palop.

—¿Qué ha dicho de una herida? —se interesaba Biosca mientras se volvía hacia mí—. ¿No era en la cara, la herida?

Olivia y Conchita, que viajaban conmigo detrás, una a cada lado, se limitaban a mirarme, como desafiantes. A ver qué me atrevía a decir.

—El hombre que mató a Mary Borromeo —había dicho yo, tratando de ser muy didáctico, poniendo orden en la información— tuvo una idea loca. Para desviar la atención de los investigadores, decidió inventarse un asesino en serie. Un psicótico que mataba prostitutas y les metía un cigarrillo en la boca, con una muestra de su ADN. Pero, para hacerlo creíble, tenía que matar a más de una, claro, y cuanto antes, y por eso a la noche siguiente salió de caza, localizó a una segunda víctima al azar y la mató, y le puso un cigarrillo en la boca, con el mismo ADN del de la noche anterior. Pero este asesino tan astuto, además, aún quiso cubrirse mejor la espalda. Aquella mañana, había asistido a una reunión de urgencia, cuando Joan Reig, increpado por Lady Sophie, había pedido socorro al presidente Monmeló, y en la reunión seguramente se había dado por supuesto que el culpable del asesinato era Garnett, la persona que se había ido con la chica del vestido rojo. De manera que al asesino se le ocurrió fundamentar aún más la culpabilidad del futbolista inglés. Y, cuando mató a la segunda mujer, le quitó los zapatos. decidió sumar este truco al otro del cigarrillo, en apartente contradicción. En realidad, supongo que pensó «Más valen dos maniobras de distracción que una». Es probable que no fuera desencaminado: si alguno de los que habían ido a la fiesta se iba de la lengua, por mucho cigarrillo con ADN que hubiera, la atención de la policía se centraría necesariamente en los participantes. Y si la policía decidía investigar a Garnett, se convencería de su culpabilidad al encontrar los zapatos de la segunda víctima enterrados en su jardín. Los asesinos en serie ya hacen cosas así; se llevan objetos de las víctimas como recuerdo. El problema fue que, mientras los estaba enterrando, le atacó el perro de la casa. Y yo vi una foto en que el perro le mordía el brazo izquierdo. Muy claramente. En un principio, supuse que había sido el mismo Garnett quien había enterrado los zapatos y que el perro podía haberle atacado porque iba disfrazado, pero Garnett, como he dicho, el domingo salió a jugar con manga corta y no había rastro alguno de mordeduras caninas en su brazo. En cambio, ayer mismo tuve la oportunidad de agarrar bien fuerte el brazo de Luis Ardaruig, su antebrazo izquierdo para ser más exactos. Mientras pegaba un puntapié a los testículos de mi peor enemigo, aproveché para presionar aquel antebrazo... y debo decir que noté el bulto de las vendas bajo la manga y que Ardaruig se encogió de dolor a la presión de mis dedos.

Silencio.

Silencio mientras veíamos que, al volante del BMW que nos embestía, iba Garnett. Y, súbitamente, daba un cabezazo y caía sobre el volante, como desmayado.

Palop reaccionó accionando el volante. El Volvo giró como una peonza, como en un torbellino, y le ofreció el lado derecho al coche que se nos venía encima. Olivia y Conchita gritaron. Yo supongo que también. Biosca se limitó a sujetarse a la agarradera que había encima de la puerta. Fue un topetazo fuerte y ruidoso, pero no tan catastrófico como nos temíamos. La angustia llegó cuando, después de la colisión, los dos vehículos no se quedaron clavados en su sitio, sino que continuaban corriendo, deslizándose carretera abajo, nuestro Volvo empujado por el BMW con el conductor inconsciente, el abismo a menos de dos metres de distancia.

—¡El suelo está helado! ¡Estamos patinando!

Fuimos conscientes de las curvas y el abismo que habíamos dejado atrás y del peligro al que nos abocábamos inevitablemente. De un momento a otro, llegaríamos al límite del asfalto y nos precipitaríamos. Aquel era el destino que había previsto para Garnett el que lo había emborrachado, o drogado, y lo había metido dentro del BMW y lo había lanzado por la carretera en pendiente para que diera el gran salto. Garnett era el principal sospechoso de los crímenes. Si moría, ya tendríamos a alguien a quien endosarle la culpabilidad y el asesino podría irse a dormir tranquilo. Bastaría con que alguien echara una ojeada a su jardín y encontrase los zapatos enterrados, y podrían cerrar el caso. Lo malo era que Danny Garnett estaba a punto de arrastrarnos a todos hacia su propio final.

No sé cómo se las arregló Palop, pero su destreza nos salvó. Vi cómo cambiaba de marcha y maniobraba con el volante, y el Volvo emitió un rugido de rebeldía y, de pronto, giramos un poco más y empujamos al BMW fuera de la carretera, por el lado de la montaña. El BMW, dando saltos, pasó por encima de unas rocas y fue a dar contra los árboles con una trompazo seco que lo dejó clavado. Nuestro Volvo, en cambio, rebotado, resbalaba imparablemente hacia el vacío, Biosca ya tenía la mano en la manija de la puerta para saltar, yo no podía hacer nada porque estaba entre las dos mujeres. Palop, después, me contó que pudo vencer la tentación de tocar el freno hasta llegar a la estrecha cinta de arena y grava, de apenas un metro, que delimitaba la cuneta, antes del abismo. Cuando las ruedas de la derecha del coche tomaron contacto con aquella superficie más seca, lo clavó. El aullido del freno se impuso al griterío general de terror y todos, instintivamente, nos apiñamos hacia la izquierda, Biosca encima de Palop, yo en un sándwich entre la tetuda señora Garnett y Conchita Ardaruig, por si el coche quedaba colgando y había que hacer contrapeso. El vehículo se desplazó todavía un palmo o dos, muy lentamente, como queriendo favorecer el suspense, y, por fin, se quedó parado, de tal manera y a tan poca distancia del vacío, que si a Biosca se le hubiera ocurrido saltar en aquel momento por su puerta, se habría precipitado inevitablemente sobre el pueblo de Camallada como un meteorito en caída libre.

Estábamos parados. De repente, todo había terminado.

Respiraciones pesadas.

—¡Ardaruig está en la masía! —gritó Palop.

Su reacción me dio a entender que ya no dudaba de nada de lo que yo les había contado. Ardaruig había citado a Garnett para tenderle una trampa. Ardaruig, cuando el jueves día cuatro recogió las colillas pensó que nunca encontrarían a su propietario, porque las posibilidades de que fuera alguien fichado y con el ADN registrado eran mínimas. Y, una vez identificado gracias a Soriano el cura fumador de Gran Celtas y una vez asesinado ese cura de carambola, con una bala que Cañas me dedicaba a mí, pensó «problema resuelto, éste no podrá defenderse» y, en cambio, no se le ocurrió (como tampoco se me ocurrió a mí, lo acepto) que aquel sacerdote huraño y solitario que no salía nunca de su parroquia pudiera tener una coartada de hierro precisamente para la noche del primer crimen, una coartada que sus amigos y familiares proclamaban a los cuatro vientos después de su muerte. De repente, cuando lo veía todo solucionado, cuando la campana había sonado a tiempo para salvarlo, le llegó esta noticia. Y, entonces, ya sólo le quedaba Garnett, suerte que había previsto un plan B, qué oportuno haber enterrado los zapatos de Leonor García en su jardín como medida de precaución suplementaria. Debía de sentirse muy feliz cuando habló conmigo y constató que consideraba que Garnett era el asesino. Cuando me soltó, debía de pensar que mi testimonio jugaría a su favor si todo se hundía. Pero no podía ni quería arriesgarse a que Garnett se defendiera, no quería correr el riesgo de que la policía acabara interrogándolo a él ni, sobre todo, a su mujer. Y, si se había sentido tranquilo después de la muerte del padre Fabricio, cuando pensaba que aquello cerraba el caso, ahora, la única manera de volver a sentirse seguro era matando a Garnett. No debió de costarle mucho atraerlo. «¡Sospechan de ti, hay pruebas, la policía se dispone a acusarte!» Había dispuesto de toda una noche para emborracharlo hasta aturdirlo. Y había pretendido que se matara en un infortunado accidente de coche. Un borracho conduciendo un coche por una carretera helada y de madrugada tiene todos los números para matarse.

Palop saltó del Volvo esgrimiendo la Star reglamentaria. Biosca también le siguió. Los dos empezaron a avanzar carretera arriba, hacia la masía, braceando y tambaleándose, tan de prisa como podían sobre las placas de hielo. No nos entretuvimos en preguntarnos si estábamos bien, si nos habíamos hecho daño. Estaban enfurecidos, como yo, y aún tenían fuerzas suficientes como para levantar una protesta en toda la regla.

Olivia fue la tercera en salir del Volvo, gritando «¡Danny! ¡Danny, darling!», y yo pensé que tenía que seguirla para cuidar del futbolista o, en el peor de los casos, para consolarla, pero era incapaz de moverme. Conchita Ardaruig también abandonó el vehículo pasando por encima de mí y dejándose la puerta abierta, y en el coche entró una oleada de aire gélido.

Tendría que haberlo interpretado como un mal presagio, pero no pensaba. Estaba derrotado. Biosca era mayor que yo, ya había cumplido los sesenta, y Palop tampoco era ningún jovenzuelo. Y allá iban, a perseguir asesinos, mientras yo, dolorido y angustiado, me quedaba en el interior del coche como un anciano, jadeando, vencido, con los ojos cerrados y un monstruoso dolor de cabeza.

3

Al final, todo se había confirmado. Lo que momentos antes eran suposiciones ahora eran verdades incontestables.

—Déjame que adivine —le había dicho a Olivia Garnett, prosiguiendo con la relación de los hechos—. La noche del viernes cinco Luis Ardaruig fue a visitaros, ¿verdad? A altas horas de la noche. —Ella callaba y otorgaba—. Y a lo mejor llevaba un disfraz grotesco. Llevaba sombrero...

—... y una barba postiza —añadió Olivia.

—Supongo que justificó el disfraz aduciendo que no quería que os vieran juntos... Fue a veros con cualquier excusa...

—Éramos amigos, desde que llegamos a Barcelona. Teníamos relación, la *fucking* fiesta aquella no era la primera vez que salíamos a cenar juntos, las dos parejas. Estuvo mucho rato hablando a solas con Danny, *kowing what I know* supongo que debía de decirle que venía a darle soporte, después de la reunión de la mañana en el club, sólo Dios lo sabe. A mí, *later,* me vino con la historia de que se sentía solo porque lo acababa de dejar Conchita. Decía que le caíamos muy bien... Pero, en realidad, es verdad que no tenía nada que decirnos...

—No: lo que quería hacer debía hacerlo al salir, cuando terminó la visita. Me lo imagino diciendo «tranquilos, que ya me conozco el camino, cerrad la puerta, que hace frío». —Olivia hacía que sí, que sí, con la cabeza, como si estuviera reviviendo el momento y Conchita Ardarauig callaba con los ojos tan empañados como los cristales del Volvo—. Y, cuando cerrasteis la puerta, se puso a cavar en el jardín, y enterró los zapatos bajo las begonias. Entonces, es cuando sale el perro y le ataca.

—Es verdad —dijo Olivia Garnett en una especie de suspiro—. Al oír el ruido, salimos lo encontramos allí, tan ridículo, quitándose el disfraz a tirones, gritando...

—Se quitó el sombrero y la barba y huyó hacia la casa, que es precisamente lo que nunca habría hecho un ladrón.

—... Se metió en casa, lo curamos... Y, entonces, llegó la policía, avisada por algún vecino. —«Quizá por el *paparazzo*», pensé, de repente, «ávido de acontecimientos fotografiables»—. Él dijo «Que no me encuentren aquí, no conviene que nos vean juntos, que nos relacionen». Lo escondimos en el dormitorio de arriba. La policía se conformó con lo que le dijimos: que el ladrón había escapado por la puerta de atrás y aceptó que no pusiéramos denuncia. Como no nos habían robado nada y como Danny Garnett es Danny Garnett, se quedaron *very pleased*, le pidieron unos autógrafos y no hicieron preguntas ni comprobaciones. Se conformaron y se fueron.

Inesperadamente, surgió un sollozo de la garganta de Conchita, a mi lado. Fue el prólogo de su confesión:

—... Luis me dijo «Tú haz lo que quieras. Yo me lo hago con ésta». Me puse al volante y arranqué el coche, decidida a dejarlo en medio de la carretera, y llegar cuanto antes a casa para hacer las maletas y olvidarlo en seguida. Pero no pude. Me detuve unos metros más allá, y los vi por el retrovisor. Discutían. Ella le golpeó con el bolso. Y él le devolvió el golpe. Nunca le había visto pegar a nadie. A mí nunca me ha puesto la mano encima. Se le escapó, sé que se le escapó. Iba muy borracho. No lo sé. Y, por el retrovisor, vi cómo se caía la chica, y cómo se quedaba quieta en el suelo, inmóvil, y cómo se agachaba Luis, y la zarandeaba y se volvió hacia el coche, y me miró, me miró a través del retrovisor, con aquella mirada de niño, desamparado, perdido. —Conchita cerró los ojos—. Puse marcha atrás, llegué a su lado. Le ayudé. Teníamos que alejar a la chica de la carretera, que tardaran un poco en encontrarla, necesitábamos un margen de tiempo. Él la tomó en brazos, yo recogí el bolso, los zapatos y el chal que se le habían caído. Y la piedra. Aquella piedra manchada de sangre. Penetramos por aquel camino de tierra arriba hasta llegar a aquella especie de vertedero, detrás de la iglesia de la Colonia Sant Ponç, y la dejamos allí. Borramos las huellas dactilares de todas partes, incluso de la mejilla donde él la abofeteó y de la piedra ensangrentada. Luis utilizó su chaqueta para borrar nuestras pisadas. Y, mientras lo estaba haciendo, vió aquel montón de cigarrillos. Se le ocurrió la idea. Meter uno en la boca de la chica. «Que se crean que esto lo ha hecho un loco. Que es un crimen al azar.» Después, regresamos a la carretera y montamos en el coche y nos fuimos, despavoridos. No dijimos nada hasta llegar a casa. Entonces, le dije que me iba. Y él, llorando, destrozado, me dijo que no, que ya se iba él, que no quería echarme a mí, que se iría unos días a la casa de Camallada...

Después de la confesión, no había nada más que decir. Siguieron unos larguísimos quilómetros de silencio, y la aparición del BMW de Garnett, y el choque del Jaguar, y el encontronazo con el Volvo. Y Biosca y Palop se fueron corriendo en dirección a la masía, suponiendo que allí encontrarían a Luis Ardaruig.

Y entonces oí que Conchita gritaba, sorprendida, «¡Luis!», y un gruñido furioso, y una presencia sudorosa y jadeante llenó el coche. Y, en el instante necesario para abrir los ojos, se me ocurrió que, desde la masía, Luis debía de habernos visto, y que habría iniciado la desbandada, probablemente atajando por el bosque, oculto entre los árboles, para llegar a los coches y tratar de huir mientras la policía registraba la finca. Y, ya con los ojos abiertos, me encontré con Luis Ardaruig dentro del coche, tan joven, tan atractivo, tan infantil, enfurruñado y desesperado.

—¡Fuera de aquí! ¡Sal del coche, joder! ¡Fuera!

Me agarraba de la ropa, tiraba de mí hacia el exterior. Tenía una pistola en la mano y tuve más miedo de que me golpeara que no de que la disparase.

—¡Deprisa, deprisa! —insistía.

Me encontré fuera, sobre el asfalto, y él pasó de mí. No me consideraba peligroso. Lo único que quería era un coche para largarse y en seguida oí cómo forcejeaba con el interruptor de arranque, obteniendo del motor un estertor enfermizo, arriesgándose a salir literalmente volando si el coche se desplazaba unos centímetros hacia la derecha.

Y de entre la niebla, como correspondía a un personaje de sus características, surgió el Hombre Obús, el Hombre Bala, Hombre Lechuza. Cañamás, más conocido como Cañas. Allí estaba.

—Hijo de puta. ¡Esta vez no paro hasta matarte! —No sé seguro de si lo dijo o lo pensó. El caso es que yo lo oí.

Echó a correr hacia mí desde el otro lado de la carretera.

Cerca tenía a Conchita pero estaba más asustada que yo y retrocedía, no podía esperar ninguna ayuda de su parte. Oí el chillido de Olivia a mi espalda, «¡Asesino!», y su arrebato de furia, pero era evidente que estaba dirigido contra Ardaruig y no contra aquel que me amenazaba. Estaba solo, exhausto, magullado, inerme delante de aquellos puños que ansiaban volver a entrar en contacto con mi persona.

Los ojos de Cañas, estrábicos, me adelantaron la salvación antes que otra señal. Un estallido de susto en el momento en que aquel corpachón voluminoso pisara el hielo y perdiera el equilibrio. Demasiado tórax y pocas piernas, era lo que yo siempre había dicho. Y demasiada pasión y poca prudencia. La suela del zapato, al entrar en contacto con la placa de hielo, salió disparada en una dirección inesperada. Braceó como con la pretensión de salvarse levantando el vuelo y cayó de espalda. Recordé que, en el piso de Lady Sophie, una caída similar había provocado un estruendo de trueno y la convulsión de todo el edificio. De lejos parecía muy doloroso.

Pero aquel imprevisto sólo sirvió para incrementar su furor. La bestia enardecida. Mientras movía los brazos como aspas de molino y pugnaba por ponerse en pie, su mirada me prometía una muerte lenta, fría y cruel. El problema es que volvió a resbalar. Una pierna se le fue hacia atrás, la otra hacia adelante, me parece que escuché un crujido en sus ingles y la mandíbula entró violentamente en contacto con el asfalto. El ruido que hizo me estremeció, como el chirrido de la tiza sobre la pizarra. Era su manera de romper el hielo.

Bueno, pensé que, como mínimo, no me agarraría por sorpresa. Cerré los puños dispuesto a detener la próxima embestida con las pocas fuerzas que me quedaban. Pero Cañas, que estaba a cuatro patas, con el culo en pompa, comprobó, pasmado, que iba resbalando inexorablemente carretera abajo. Se le torció la boca, como si estuviera a punto de sollozar o de llorar amargamente. Quiso contrarrestar el resbalón pataleando con energía, pero fue peor. Aquel intento rompió toda la armonía que lo mantenía más o menos erguido y, de pronto, empezó a mover los brazos y las piernas de manera enloquecida, como si cada una de sus extremidades actuara por su cuenta y a un ritmo diferente, convertido en una figura propia de dibujos animados justo antes de clavar los dientes en el firme alquitrán que tenía debajo.

Cuando se volvió a poner en pie, Palop ya estaba con nosotros, pistola en mano. Traía detenido al Greñas, alto y delgado y con brazos de simio, que no había opuesto ninguna resistencia. Le ordenó a Cañas que se estuviera quieto de una vez, como si supusiera que el pobre Hombre Obús podía dominar sus movimientos y todo aquel espectáculo circense fuera una exhibición voluntaria.

Un instante después, la atención de los presentes se centró en el grupo que formaban Olivia Garnett, Danny Garnett y Luis Ardaruig. Olivia lloraba abrazada a su marido, que había podido salir del BMW por su propio pie.

Luis Ardaruig era una figura pequeña, abatida, que miraba la pistola que esgrimía como si estuviera pensando en la dimensión absurda de la vida. ¿Qué estaba haciendo allí, en aquella situación, un hombre de su cultura y de sus recursos? ¿Quizá estaba pensando en suicidarse? ¿Quizá se estaba planteando la posibilidad de empezar a disparar contra las personas que le rodeábamos? ¿Oponer resistencia a la policía? ¿Disparar contra Palop, contra mí, contra su querida ex? Era como *El pensador* de Rodin con una pistola en las manos y esa herramienta convertía toda la filosofía de la imagen en pura tontería.

—¿Cómo está Garnett? —preguntó Palop.

El futbolista levantó la vista y frunció los labios y asintió lentamente para transmitirnos que estaba bien, que no había que preocuparse por él. Borracho y dolorido por el trompazo, incapaz de presentarse al día siguiente en los entrenamientos, pero vivo, o sea, bien.

Biosca llegaba con Beth y Octavio. Se oía su voz desde lejos:

—... Os descontaré el precio de la reparación de vuestros sueldos...! —Y, al llegar hasta donde estábamos todos, cambió el tono

de voz por otro más agradable—: ¡Espléndido, Esquius, tengo que
felicitarle! Francamente, ni siquiera puedo decir que yo hubiera resuelto mejor este caso... Quizá más de prisa, eso sí, pero mejor, no.

Octavio decía no sé qué de un autógrafo.

4

Un juez es una persona que, ante un incidente cuyos testigos son
contradictorios, decide qué pasó realmente a pesar de no haber
estado presente. Da igual que a uno le parezca haber visto, o haber oído, o esté completamente seguro de que las cosas fueron de
otra manera: basándose en declaraciones y pruebas, él establece
quién miente y quién no, quiénes son los buenos y quiénes los malos, cómo hay que escribir la historia. De él depende la Verdad.
De manera que, si el trabajo de un detective consiste en buscar la
verdad, inevitablemente, tarde o temprano, tendrá que visitar a
un juez.

Salvador Santamarta había sido alto y fuerte, corpulento, panzu-
do, buen comedor, bebedor, vividor y descarado hasta que una em-
bolia lo mantuvo durante casi un año paralizado de medio cuerpo y,
poco a poco, a medida que se recuperaba, había descubierto la tercera edad. Cuando entré en su despacho, ya era un anciano encorvado y débil, un esqueleto recubierto de carne excesiva y fláccida y
muy arrugada, y rezumaba la amargura del condenado a medicamentos perpetuos y a dietas estrictas. El rostro redondo y saludable
se le había vuelto largo y anguloso y las ojeras y las mejillas, otrora
hinchadas como globos, ahora eran colgajos de color ceniciento. La
sonrisa era postiza, forzada, triste como el llanto de un niño abandonado. Y la ropa le iba grande.

—¡Pase, pase, Esquius! Quería conocerle. ¡Siéntese, siéntese!
Joder, qué pintas me trae, lo han destrozado. ¿Quién le ha partido la
cara? Bueno, a los detectives privados ya os conviene un tirón de
orejas, de vez en cuando, ¿verdad? Es broma.

No hice ningún esfuerzo por reír porque el chiste no me hacía
ninguna gracia y porque estaba un poco asustado.

—... No, hablemos en serio. La verdad es que le esperaba para darle el tirón de orejas yo, personalmente. Un detective privado no puede investigar asesinatos, y usted tendría que saberlo. Tendría que haberme pedido permiso.

—Le pedí permiso a la policía y en todo momento los tuve informados de mis investigaciones.

—Sí, sí, eso ya me lo han dicho, pero la policía no manda. Aquí mando yo. Este caso era muy delicado, un caso de terrible alarma social. Usted y yo, Esquius, que hace años que no vamos a misa, no vemos ningún mal en que unos ciudadanos decidan libremente intercambiar sus parejas como si fueran cromos. ¿Qué mal hay en eso? Yo mismo cambiaría a mi mujer por cualquier cosa, ja ja, es broma. Pero el público en general, la masa, el ciudadano obtuso, el votante tipo, no lo entendería. Imagínese los titulares de los periódicos. Orgía que acaba con puta asesinada, ¿me entiende o no? La gente implicada es demasiado conocida e importante, y eso significa que tiene muchos enemigos y muy poderosos, y una tontería como ésta habría arruinado su vida y su carrera, y habría hecho peligrar muchos proyectos e intereses. Por ejemplo, si le hubiéramos colgado a Danny Garnett el sambenito de asesino de putas, ¿se imagina lo que habría pasado? A ocho puntos del líder y después del partido que hizo el domingo pasado, que, si no es por Garnett, nos ganan por goleada. Encarcelamos a Garnett y la afición nos cuelga, a mí el primero. Motines por las calles, las peñas quemando contenedores, infartos y apuñalamientos a mansalva. Por no hablar de la violencia doméstica. Diez o doce mujeres que salen volando por la ventana, porque hay muchos hombres que sólo están esperando un buen motivo para librarse de la costilla, y si la detención de Garnett no es motivo para tirar a la mujer por el balcón, ya me dirá qué otro motivo hay... Ja, ja, no, hombre, que es broma, hablemos en serio. Tuve que hacer juegos de manos para evitar el escándalo y le habría agradecido que me hubiera tenido informado de lo que sucedía... ¿Un purito?

—No, gracias, no fumo.

—Mal asunto. ¿Y una copa? ¿Coñac? ¿Whisky?

—No, gracias.

—Mal, muy mal. Me tendrá en su contra. Se arrepentirá. Debe saber que quien entra en este despacho debe permitirse todos los vicios que yo ya no me puedo permitir. ¿Quiere que le presente una señorita muy liberal? Es broma. Va, hablemos en serio. Tendría que haberme informado, Esquius.

—Ya pensé en ello. Pero tenía miedo de que usted transmitiera la información a otras personas.

—¿Yo? Yo soy una tumba.

—Cuando Soriano le dijo que iba a detener al asesino, usted avisó a Monmeló, o a Ardaruig...

—Incluso las tumbas tienen mensajes escritos en las lápidas, para quien quiera leerlos, ¿no? No, es broma. No tengo por qué darle explicaciones, Esquius, pero le diré que no me quedó más remedio que hacerlo. El caso era tan sumamente delicado que decidí que teníamos que trabajarlo todos los implicados juntos. Yo informaba pero a mí también me informaban. Teníamos que andarnos con mucho cuidado.

—Iban con tanto cuidado que, por un momento, sospeché que estaban protegiendo al rey.

—¡Ja, ja! ¡El rey! ¡Ja, ja! ¡Eso habría estado bien! No, es broma. En serio: no, el rey no habría sido problema. Al rey nadie le habría creído capaz de hacer algo así. Y, en caso de que se lo hubieran creído, le habrían perdonado en seguida, los republicanos aparte, claro, jajá. Un rey es un rey y una puta es una puta. Pero un futbolista... Ah, un futbolista es diferente de un rey, porque sí que creerías que es capaz de cualquier cosa, y a la hora de juzgarlo la opinión pública, no lo considera tan elevado por encima de una puta como pueda estarlo un rey, por ejemplo. Incluso hay una larga tradición de futbolistas puteros, que salen al campo con las piernas de goma después de una sobredosis de actividad sexual. El problema es que al futbolista lo necesitamos. Millones de aficionados de todo el mundo lo necesitan para que marque goles. Claro que marcar goles no es tan importante como gobernar un país, pero la verdad es que el Gobierno la caga y no pasa nada, la gente continúa votando a los mismos, y, en cambio, si Danny Garnett la caga y falla un gol o, aún peor, mata a una puta, eso sí que moviliza masas, eso puede romper el equilibrio social, el oasis catalán a tomar vientos, si me permite la expresión, ja, ja, ja, es broma. Va, ahora en serio: usted nos quitó un peso de encima al desenmascarar a Ardaruig. Ardaruig era el culpable ideal. Porque es político, que quiere decir negociador y quiere decir que no haría explotar el escándalo aunque creyera que eso podría favorecerlo actuando como atenuante. Muy al contrario de su amigo Cañamás, Esquius, que entró por esa puerta gritando que lo sabía todo y que lo contaría todo y, después de unos minutos de charla conmigo, ya no sabía ni dónde tenía su mano derecha. Ardaruig, en cambio, sabe que, si calla y se come el marrón como un buen chico, será más recompensado que si conecta el ventilador de la mierda, no sé si capta el sentido de lo que quiero decir. Porque un político es otra cosa. De los políticos, la gente está acostumbrada a pensar lo peor de lo peor. El que no está metido en un fraude inmobiliario, prevarica como loco, o está escondido en su armario acojonado ante la posibilidad de que lo descubran, o cobra comisiones, o traiciona a los compañeros de partido o a los socios de pacto, o se cambia de camisa cuando menos lo esperas. Que un político sea un asesino de putas ya no escandaliza a nadie, nadie se va a extrañar, no provocará ningún descalabro social. No sabe cómo le agradezco que lo haya demostrado, Esquius. Nos quitó un gran peso de encima. —No se me escapó el plural «nos», pero no quise plantearme a quién incluía. Me daba igual—. Si el médico me permitiera alguna alegría, que no me la permite, ahora mismo lo invitaba a una copita de cava. O dos. O a una señorita liberal. Es broma, ja, ja, ja. Va, en serio... Lo que usted quería decir es que, como yo hablé con el hijo de puta de Ardaruig, éste envió a sus sicarios a ver cómo detenían al cura y lo mató y, de propina, hirió a Soriano, ¿verdad? No se corte, Esquius, no se corte, vivimos en un país democrático y yo soy más demócrata que Fidel Castro, ja, ja, es broma. Bueno, no se preocupe, en serio. Ahora sí que podemos actuar contra esos hijos de puta sin problema. A Cañamás y a su amigo se les va a caer el pelo, yo me encargo de eso, entre otros motivos para contentar a la policía, que está que se sube por las paredes y hay que calmarla: que una cosa es hacerse el tonto y otra, muy diferente, que te tiroteen al personal. Déjeme que le diga que, si esos cabrones estaban allí fue porque los envió Ardaruig, no yo. Y la iniciativa de disparar salió de ese Cañamás, que está loco. Usted no se preocupe, que no los volverá a ver por la calle hasta dentro de unos cuantos años.

5

El día 23 de diciembre por la noche, Beth me invitó a una captura de ladrones y no me pude negar. Estaba descansado porque había dormido todo el día, pero las punzadas en diferentes lugares del cuerpo se habían hecho más explícitas y atrevidas, más localizadas y más insoportables. La verdad es que acompañar a la chica en aquel safari nocturno era un sacrificio únicamente atribuible a la gratitud y admiración que ella manifiestaba hacia mí, y al afecto que me despertaba.

Me pasó a buscar en su moto y, después de hacerme poner aquel casco infernal que me hizo ver las estrellas al presionar algunos puntos sensibles del rostro, me condujo hasta la salida posterior de los grandes almacenes TNolan. Se trataba de una zona de carga y descarga, un callejón inhóspito y sin salida, con camiones ruidosos y obreros de esos que inician la jornada cuando otros la terminan. Por allí, pudimos ver salir al personal de limpieza empujando unos grandes contenedores de basura con ruedas. Por todas partes había arcos detectores que no habrían permitido nunca la salida de ningún producto protegido por la tarjeta magnética.

Beth, muy excitada, me indicó a una de las mujeres del servicio de limpieza que empujaba un contenedor. Era gordita, muy pulida, con su bata azul, sus guantes y la funda de plástico para el pelo, y llevaba gafas.

—Es ésa —me dijo mi investigadora preferida—. Se llama Constancia Barrera.

Los contenedores se quedaron alineados a lo largo de un muro, esperando la llegada de los camiones municipales.

Mientras esperábamos los siguientes acontecimientos, ella no podía apartar la vista de allí y se reía, y se mordía las uñas, y no dejaba de decir que gracias, gracias, gracias a mí había descubierto todo.

—La pista más difícil de interpretar fue la segunda. Cuando me dijiste aquello de forrarse el bolsillo con papel de estaño.

Yo aún no entendía nada. Tenía la cabeza en otra parte. Mi hija Mónica, las próximas celebraciones familiares de Navidad, la convalecencia, las posibles secuelas de la paliza, yo qué sé.

Poco a poco, cesó la actividad de la zona. Los camiones se fueron, los obreros se encerraron en los almacenes, cayeron persianas metálicas y el callejón se quedó solitario y oscuro.

Media hora después, un hombre apareció entre las sombras avanzando con la determinación de quien tiene un objetivo bien preciso en la vida. Iba mal vestido, mal afeitado, sucio, y empujaba un carro de supermercado vacío, que chirriaba. Tenía la apariencia de un mendigo de los que recogen cachivaches de la calle y pernoctan en los bancos de los parques.

—Éste es el otro —me anunció Beth, a punto de emitir un chillido de alegría—. Valentín Barrera. No te dejes engañar. Trabaja como repostador de artículos en TNolan.

—¿Repostador de artículos?

—Lo llaman así. A lo largo del día, a medida que se van vendiendo los artículos, las estanterías de los almacenes se van vaciando. A la hora de cerrar, hay unos empleados encargados de reponer el género, o repostar el género, de llenar las estanterías para que al día siguiente todo vuelva a estar en su lugar. Ellos ponen los artículos, que ya llevan enganchadas las tarjetas magnéticas.

—¿Y este hombre trabaja en eso?

—Sí. Y, algunos días, no todos, cuando se va a casa, se cambia de ropa, se ensucia, se maquilla, se disfraza de indigente, y vuelve a los almacenes convertido en este pelanas...

Ilustrando su exposición, el hombre del carro había levantado la tapa de uno de los contenedores y, de debajo de los papeles y de los plásticos, extraía un espléndido microondas nuevo, y lo depositaba en su carro.

—Brillante —dije, satisfecho del trabajo de mi alumna.

—¡Si me lo diste todo hecho! —exclamó Beth—. Sólo tuve que ponerme en el lugar de los ladrones. ¿Cómo podían sacar los productos con tarjeta magnética si por todas partes había arcos detectores? Pues la respuesta era sencilla, también me la diste tú el día que viniste a robar en el almacén con tu amiga. Yo pensaba, ¿para qué habrá venido? ¿Por qué habrán montado el numerito del bolso forrado con papel de estaño? —Se rió, como si no le cupiese en la cabeza que nadie hubiera dado con una solución tan sencilla—. Y, claro, es exactamente lo mismo. Me demostraste que el papel de estaño interfería la señal de los arcos detectores. Me recordaste este sistema más o menos clásico e hiciste aquel comentario sobre la posibilidad de robar cosas pequeñas forrándose el bolsillo con ese papel. Primero no lo entendí pero, pensando, pensando, acabé dándome cuenta de que querías que cambiara de perspectiva.

—Ah —dije, sinceramente desconcertado.

—Los seguratas del almacén, Octavio, yo, todo el mundo, pensábamos que era imposible que los ladrones utilizaran ese sistema. Porque es imposible, ridículo, que alguien se lleve un frigorífico o un televisor dentro de un bolso. Pero tú me hiciste aquel comentario... A fuerza de pensar en ello, comprendí que querías que pensara en eso, en las medidas. El tamaño. Basta con un pedazo de ese papel para robar una cosa pequeña. Hay artículos pequeños y artículos grandes, pero, ¿cómo son todas las tarjetas magnéticas? ¡Pequeñas, del tamaño de una tarjeta de crédito! ¡Cabrían dentro del bolsillo! ¡Ostras, cuando caí en eso pegué un grito y todo, que mi novio creyó que me corría antes de tiempo! —Supuse que era el exceso de entusiasmo lo que la había hecho revelar ese detalle de su intimidad. ¿Tenía novio?—. O sea, que, en realidad, sólo se necesitaba un trozo de papel de estaño para tapar la tarjeta. —Me miró, triunfal, segura de haber aprobado el examen—: ¿Qué tal falsificar una tarjeta idéntica por fuera, pero con el alma de estaño, con el anverso autoadhesivo para pegarla fácilmente sobre la original?

—Me parece que eso garantizaría que el producto saliera a través de los arcos magnéticos sin hacer sonar ninguna señal de alarma —dije, admirado.

—¿Y quién podía colocar la tarjeta falsa sobre el original, o sea manipular el producto o el embalaje sin levantar sospechas? Pues un repostador, porque su trabajo consiste precisamente en manipular artículos. Entonces fue cuando vi estos contenedores de basura gigantescos. Aquí cabrían objetos de gran tamaño. Y en seguida me figuré a una mujer del servicio de limpieza que, al mismo tiempo que recogía la basura, recopilaba también aquellos productos que el repostador le había indicado que cogiera, mediante una llamada o un mensaje al móvil, y los metía dentro de los contenedores. Y, así, salía a la calle sin disparar ninguna alarma.

—Muy bien —aprobé, para no repetirme. Y cualquiera diría que estaba escuchando lo que yo ya había predicho muchos días atrás.

—Recurrí a la nómina de los almacenes y me estudié la lista de los repostadores y la lista del servicio de limpieza. Seguí a unos y a otros al azar pero, por fin, acabé localizando a dos empleados relacionados entre sí. Los hermanos Barrera, Valentín y Constancia. Repostador y servicio de limpieza respectivamente. Para asegurarme, hice un seguimiento, un día, de Valentín Barrera. Lo vi entrar en su casa y salir disfrazado... Bueno, tengo que aceptar que el primer día me engañó, no lo reconocí cuando salió. El segundo día, en cambio, lo calé y, siguiéndolo, terminé de confirmar mis sospechas. Vi cómo venía aquí y se beneficiaba de un par de microcadenas de música. Aquel día, no pude hacer nada, pero hoy ya no he venido sola...

No se refería a mí. Hablaba de la policía que, en aquel mismo instante, hacía su aparición para atrapar al mendigo con las manos en la masa.

—¡Quieto! ¡No se mueva! ¡Las manos sobre el carro!

Luces azules, sirenas, policías uniformados, esposas, pistolas y «soy inocente, soy inocente, se están equivocando» y todo lo demás.

Beth me abrazó, agradecida y contenta, exultante y preciosa a pesar de su melena verde, y me dio un espontáneo beso en la boca y me habló tan de cerca que me acariciaba la nariz con su aliento.

—¡Gracias, gracias, gracias! Sé que esto me hará ganar muchos puntos delante de Biosca, y seguramente me perdonará el pago de los desperfectos del Jaguar, y me encargará casos cada vez más importantes, y todo gracias a ti, superdotado generoso y macho, de manera que a partir de este momento soy toda tuya y nos iremos inmediatamente a celebrarlo con un cubata o lo que sea que te tomes para celebrar los grandes acontecimientos.

Me dejé arrastrar a su bar preferido, halagado y tierno, condescendiente como un padre, o como, digamos, un amante veterano, diciendo aquello tan típico de «pero sólo una, que estoy reventado y me estoy medicando y mañana quiero madrugar», y fingiendo que no había oído lo de «soy toda tuya», imbécil de mí. Y, en la barra de su bar preferido, cuando yo me sentía observado por el pegote de gasas que me tapaba la cara, «mirad qué tío tan interesante», y envidiado por estar acompañado de una chica preciosa de cabellos verdes, fue cuando ella dijo, como de paso:

—Ah, y respecto al novio de tu hija, tenías razón.

—¿Tenía razón?

—Es un jeta. Pero no te preocupes, que ya lo he solucionado.

—¿Un jeta? ¿Lo has solucionado?

—Le estaba siguiendo, ya te lo dije. Primero, no quería meterme en eso, porque estaba enfadada contigo por lo de Reig, pero al final me decidí. ¡Me has ayudado tanto...! Y, un día, me acerqué a él. Anteayer o el otro, no me acuerdo muy bien. Él dejó a Mónica en su casa y se fue con aquel argentino llamado Roberto Noséqué. Estuvieron bebiendo y hablando de música en un bar y, después, Esteban se quedó solo. Entonces, aproveché para atacar.

—¿Para atacar...?

—Sí. Para probarlo. Beth la sexy.

—Y... ¿Lo probaste?

—Lo puse a prueba tanto como quise y más. —Yo pensé «Dios mío» y me llevé una mano a la cabeza, al mismo tiempo que ella también decía «Dios mío», pero en otro tono—: Dios mío, cayó de cuatro patas. Además de estafador, debes saber que es un reprimido y un sátiro, un sátiro reprimido, que son los peores. Sólo tuve que hacerle así con el dedo, «ven», y sacó la lengua como un perro y acabó la noche con promesas de amor eterno y todo. Un mal bicho.

Por el amor de Dios. ¿No podía entender Beth que cualquier hombre del mundo, incluidos los más santos y castos varones, habría jadeado como un perro al ver una maravilla de mujer como ella haciendo así con el dedo? ¡No había que ser un crápula! Traté de dominar mi contrariedad pero no había forma de cerrar la boca. Como si se me hubiera desencajado la mandíbula.

—Pero, entonces, me estás diciendo que... —A trompicones y riendo histérico, como para quitar importancia al drama—... Bueno, que le has quitado el novio a mi hija!

—¿Quitado? ¡No! ¿Qué quieres decir? ¿Si hemos ligado? ¿Si nos vamos a casar? ¡No! ¡Ni loca! ¡Juego! Lo tengo engolosinado, absolutamente obnubilado, atrapado, caliente, encoñado, adúltero, infiel, traidor y renegado de la causa principal, que tendría que ser la de tu hija. ¡La hemos salvado! Y, mira, ya estaba pensando en enviarle a Mónica unas fotografías aclaradoras por correo electrónico, estaba dudando entre hacerlo o no, pero no hizo falta.

—Oh. No hizo falta —repetí con una voz muy parecida a la de los autómatas del Tibidabo.

—Ayer estábamos en un local que hay cerca del piso de Mónica, y de repente, aparece tu hija y nos pilla. Imagínate: entra y se encuentra al hombre de su vida morreándose con una chica de cabellos verdes.

—¿Que Mónica os vio...? —grité. Pero, como la música del local resultaba ensordecedora, ella debió de pensar que sólo trataba de hacerme oír.

—No veas la escena. Se quedó de pasta de boniato y, entonces, aquel imbécil le suelta de golpe todos los tópicos de las películas románticas: «Lo siento, Mónica, quería decírtelo, esta chica y yo nos hemos enamorado, no ha sido culpa de nadie».

—¿Y qué hizo Mónica?

—Salió corriendo. Seguro que tuvo un disgusto, no te digo que no, pero créeme que salió ganando.

Me terminé el cubata de un trago, reprimí las ganas de destrozar el vaso con la mano y tragarme también los cristales y se me despertó un tremendo dolor de cabeza y ganas de huir corriendo del local y no parar hasta casa donde me encerraría para no salir nunca jamás.

—No te preocupes —remataba Beth, sin darse cuenta de nada—, que ese mamarracho no volverá a molestar a Mónica. Por cierto, ¿qué haces esta Navidad? ¿Quieres que la pasemos juntos?

—No —dije—. No. No. Uh, qué tarde es. Me parece que me tengo que ir.

De repente, comprendí que estaba más viejo que nunca. Éste es un hecho que nos sucede a todos continuamente, pero nunca nos paramos a pensarlo, y a mí, en aquel momento, me pareció catastrófico.

Tal vez incentivado por la mezcla de alcohol y medicamentos, vi con toda claridad la tradicional comida de Navidad en casa de Oriol, con estridencias de Navidades y los niños balbuciendo el verso, y escudella y carn d'olla y pavo relleno, y turrones saliéndonos por las orejas, todos abotargados y entorpecidos por el alcohol y, allí, en un rincón, Mónica, mi hija querida, la que tanto vela por mí, llorando y diciendo que se quería morir. «¡Esteban me ha traicionado!». Y yo mordiéndome la lengua para no añadir: «¡Por mi culpa!». El genio del theremin la había abandonado para irse con una pelandusca de cabellos verdes. «Y, papá, por cierto, perdona, pero... ¿En vuestra agencia no hay una chica que lleva los cabellos teñidos de verde?»

Nunca he sido muy aficionado a las celebraciones navideñas pero, de repente, aquel año, se me presentaban como terribles condenas infernales.

Mónica llorando, abrazada a mí, «Esteban me ha dejado», ignorando que yo era el principal culpable. ¿Qué podía decirle?

La noche de Navidad me excusé con Ori diciendo que había conocido a una mujer y que queríamos celebrarlo juntos y a solas, y que no me esperase ni por Navidad ni por San Esteban. Y el chico primero protestó en nombre de las tradiciones pero, acto seguido, me felicitó y me recomendó que no me olvidara los condones ni el Viagra.

—Por cierto —le dije, ahogado de miedo—: ¿Qué sabes de tu hermana?

—Nada. Supongo que vendrá mañana, pero hace días que no sé de ella.

Y, poco después, dirigía mis pasos, envejecidos, rígidos y culpables, hacia aquella casa del Ensanche donde creía recordar que todo había comenzado.

No podía quitarme de la cabeza a Ginni, Eugenia antes Cristina. Me justificaba diciendo que pensaba en ella porque quizá se le ocurría alguna manera de reconciliar a nuestros hijos. Al fin y al cabo, los dos habíamos luchado, codo con codo, a nuestra manera, por su felicidad. Y, si ella era una embustera manipuladora, yo no me quedaba corto a la hora de liar las cosas hasta el desastre total.

Me decía que era una cuestión de fuerza mayor lo que me hacía volver a aquel piso pero, por el camino, cuando me miraba en los cristales de los escaparates, tuve que reconocer que buscaba compañía para aquellas Navidades tan negras. No quería volver a casa y encontrarme con el fantasma de Marta, de una vida anterior que no se acababa de morir nunca. Buscaba un poco de alegría, sombreritos de papel, espantasuegras, trompetillas impertinentes, serpentinas y confeti. Para eso, estaba seguro de que Ginni se las pintaba sola. ¿Qué importaba si un día me había engañado? Sólo pretendía ayudar a su hijo, y esa clase de cosas creo que sí que se le pueden consentir a una madre. Ella necesitaba a alguien que la quisiera y yo también. De alguna manera, éramos dos almas gemelas, dos almas solitarias corriendo la una al encuentro de la otra.

Bueno, no se puede decir que yo corriera, pero sí que avanzaba a tanta velocidad como era capaz a pesar del daño que me hacía todo el cuerpo.

Me detuve al ver aquella furgoneta mal aparcada, con dos ruedas sobre la acera, delante mismo de la casa de Ginni. De la furgoneta se apeaba un chico joven y fuerte vestido con un mono azul. Tanto en el vehículo como en la ropa de trabajo del adonis se podía leer: FONTANERÍA SILVESTER.

Pulsó un botón del portero electrónico, no vi exactamente cuál, a lo mejor no iba a casa de Ginni, a lo mejor sí que se trataba de una urgencia doméstica del tipo de una cañería reventada o un cortocircuito. A lo mejor sí. ¿Para qué tenían que llamar a un fontanero la noche de Navidad, si no?

En todo caso, yo no me atreví a llamar al timbre porque ya no tengo edad ni ánimos para sorpresas.

Empezaba a nevar, tal como había anunciado el hombre del tiempo.

Pasé de largo y continué caminando entre luminarias navideñas, y los villancicos atronando proyectados desde las tiendas resplandecientes hacia la calle, y de los árboles adornados con brillantes oropeles, y niños embobados, y papanoeles tocando la campana, y padres cargados de regalos, y conductores exasperados tocando el claxon, continué caminando, dudando si irme a casa, cabizbajo, resignado a encontrarme con los fantasmas familiares que nunca te abandonan, o si llamar a Beth.

Recurrí al teléfono móvil.

—¿Beth? —dije.

Y ella, entusiasmada:

—¡Ven, que conocerás a mi novio!

—¿Tenéis gorritos de cartón, y trompetillas, y espantasuegras, y serpentinas...?

Me dijo que sí.

Visite nuestra web en:

www.umbrieleditores.com